宋如珊　主編

現當代華文文學研究叢書

桂林抗戰文藝論

李建平　著

秀威資訊・台北

本書簡介

抗戰時期桂林的文藝運動，其活躍程度和重要性不亞於戰前的北平、上海。由一九三七年到一九四四年，當時先後在桂林活動的作家、藝術家和學者有一千多人，著名的有郭沫若、茅盾、巴金、夏衍、田漢、柳亞子、艾青、徐悲鴻、歐陽予倩、焦菊隱、熊佛西、洪深、王魯彥、艾蕪、周立波、胡愈之、胡風、范長江、黃藥眠、端木蕻良、司馬文森、秦牧、秦似、李樺、黃新波、關山月、張曙、林路、吳曉邦、戴愛蓮等。許多重要的作品在這裏創作，許多重要的劇作在這裏首次上演和發表；出版和發行的書刊，在全國堪稱第一。著名出版家趙家璧曾說，抗戰時期國統區的書刊，有百分之八十是在桂林出版的。[1] 曾任全國人大常委會副委員長的文化名人胡愈之一九七八年在回憶抗戰初期的文化形勢時說：「山明水秀的桂林，本來是文化的沙漠，不到幾個月時間（指一九三八年十月到一九三九年上半年——李建平注）竟成為國民黨統治下的大後方的唯一抗日文化中心了。」[2] 一九四四年二月至五月舉辦的西南五省戲劇展覽會，更是聚集了南方五省近千名戲劇工作者和文化工作者參加，演出劇目一百二十六個，造成了中國現代戲劇史上的空前盛舉，

---

1 趙家璧一九四七年五月十八日在《大公報》[上海版]發表〈憶桂林——戰時的「出版城」〉中說：「（民國）三十年至三十二年桂林被譽為文化城。……抗戰期間全國所謂的精神食糧——書，有百分八十由桂林出版供給的，所以說桂林為文化城不如講出版城更恰當些。當時每天出版的書、期刊在二十種以上，刊物普通銷路約近一萬份。」

2 胡愈之，《憶長江同志》，《人民日報》一九七八年十一月二十三日。

影響遠至海外。抗戰勝利後不久出版的《中國抗戰文藝史》評價桂林的文藝地位是「抗戰文藝運動的大據點」[3]。據此可以領會到，開展桂林抗戰文藝研究，是抗戰文化研究逐步深入的一種必然，對於中國抗戰文藝和文化研究，是十分重要和必要的。

作者自八〇年代初開始研究桂林抗戰文藝，三十多年，出版《桂林抗戰文藝概觀》、《桂林抗戰文學史》（合作）、《抗戰時期桂林文學活動》、《抗戰遺蹤——廣西抗戰文化遺產圖集》等著作多部，發表該領域的相關論文五十多篇，現正主持國家社科基金藝術學專案《桂林抗戰藝術史》。本書為作者多年研究成果的彙編，分為〈總論〉、〈文藝活動〉、〈作家研究〉、〈藝術家研究〉、〈史料探微〉、〈歷史與傳承〉六個部分，較全面地反映了抗戰時期桂林文藝活動的歷史與貢獻，反映了作者的對這段歷史的評價與思考，對中國抗戰文藝史研究有一定的借鑑意義和參考價值。

[3] 藍海，《中國抗戰文藝史》，轉引自《抗戰文獻類編・文藝卷》第四冊（北京：國家圖書館出版社，二〇一〇年），頁六〇四。

目次

第一章　總論

一、戰時桂林的崛起及其抗戰文化繁盛景觀

二十世紀三〇年代初到四〇年代中，是中日兩國矛盾最為深刻尖銳、衝突最為激烈的時期。日本政府在這一時期發動了長達十四年的侵華戰爭，把中國推到了亡國滅種的邊緣。中國人民在民族危亡的緊急關頭，人不分長幼，地不分南北，聚集在愛國主義和抗日民族統一戰線的旗幟下，展開著不屈的頑強抗戰，譜寫下中華民族以血肉長城抗擊外敵的最壯麗的民族史詩。

發生在中國南部一個風景秀麗的小城——桂林的一段文化抗戰史實，是近代中國的一個文化奇觀。

（一）戰時桂林的崛起

桂林歷史悠久，文化傳統源遠流長。自西漢元鼎六年（前一一一）在今桂林地設始安縣（隸屬荊州零陵郡）至

今，桂林有建制的歷史已有二千一百二十二年。從宋代起，近一千年來，除一九一二至一九三六年有二十四年廣西省治曾遷至於南寧外，桂林一直是廣西路（省）的首府，廣西的政治、軍事、文化的中心[1]。現今留存在桂林大地上的寶積巖、甑皮巖古人類文化遺址、秦代興安靈渠、唐代的摩崖造像和石刻、宋代山水園林、明代桂林靖江王府和靖江王陵、清代重臣陳宏謀故居、晚清康有為來桂講學和臨桂詩派、近代的太平天國革命和辛亥革命活動遺址以及桂劇、彩調等民間文藝，無不構成嶺南文化以至中華文化的朵朵奇葩。在這種深厚的文化沃土裏，當時光進入到二十世紀三〇至四〇年代時，一個更為奇異的文化現象誕生了，這就是時稱「桂林文化城」的桂林抗戰文化。桂林抗戰文化規模宏大、文化品類眾多、影響廣泛，在抗戰文化中占有極其特殊和極為重要的位置。

1. 戰時重要的民生要地

一九三一年九月十八日，日軍侵占我國東北的瀋陽，揭開了侵華戰爭的序幕。在東北抗日軍民在冰天雪地裏英勇抗日的同時，處於數千公里之外的嶺南地區，同樣發出了愛國救亡的呼號。一九三三年三月《玉林民國日報》副刊《雷驚》第二期刊發的一首李冬竹的詩作〈為什麼〉，直接控訴日本侵略中國的暴行：「為什麼暴日定要把飛機炸彈駛到中國，給我們的茫茫神州披上破碎的血衣?!」，揭露日軍侵華給我國人民帶來「看不盡的悲慘而破碎的河山！數不了的骷髏與墳場！」，號召中華兒女「起來，我們群策群力求生存！起來，我們不屈不撓去奮鬥！」全詩充滿愛國救亡激情，反映了廣西作家的民族擔當，是廣西較早出現的抗日詩篇。一九三六年，以李宗仁、白崇禧為首的廣西當局要人發動聯合抗日的「六一運動」，在廣西省內勵精圖治，緊急動員，組織抗日物資和兵員，廣西迅速成為當時享譽一時的模範省[2]，為迎接偉大的抗日戰爭奠定了基礎。

---

[1] 鍾文典主編，《桂林通史・概述》（桂林：廣西師範大學出版社，二〇〇八年），頁三。

[2] 關於「模範省」的情況，詳見陳一新，〈抗戰時期廣西推進婦女武裝文化教育概況與啟示〉，《抗戰文化研究》第四輯（二〇一〇年）。

一九三七年七月七日「盧溝橋事變」爆發，中國進入全面抗擊日本侵略者的全面抗戰時期。至一九三七年底，在戰爭爆發不足半年時間裏，中國古都北平、首都南京和大都市上海就相繼失守，華北、華東大片國土淪陷。到一九三八年十月二十一日和二十五日，又有廣州和武漢相繼失守，華中和華南的部分國土又淪入敵手。以武漢、廣州淪陷為標誌，中國抗日戰爭進入戰略相持階段，即抗戰第二階段。抗戰陣線繼續向西南收縮，戰爭形勢的發展將桂林推到了抗日鬥爭的前沿，使其成為中國南方的重要戰略據點，在中國抗日陣營的政治、軍事和社會民生格局中的重要性日益凸顯。

抗戰爆發後，人民流離失所，紛紛南遷。一九三八年十月下旬武漢、廣州失守後，十一月十二日，剛剛由武漢撤到長沙的數十萬軍人、難民又遇到了長沙全城大火，驚恐中，逃難的民眾蜂擁般撤到衡陽、撤到桂林。飽經苦難的人們在長途跋涉後來到桂林，見到比較穩定的社會政治環境和山清水秀的地貌風光，加上桂林市區大大小小的山頭都有可以躲避日本飛機轟炸的山洞，許多人家都因此歇息下來，自然而然地就留居在這座城市裏了，致使桂林人口急劇膨脹。一九三六年，國民黨廣西地方當局將省會由南寧遷至桂林時，桂林人口為七萬，一九三八年底，桂林人口已增至近十二萬，一九四二年，達三十一萬，一九四四年桂林大疏散時，人口超過五十萬。[3] 由於人口驟增，桂林市區也空前擴大，西面市區由翊武路、榕湖一帶擴展到甲山，南面市區擴展到將軍橋以南，北面市區延伸至連接靈川縣境。灕江東岸的東江市區變化更為明顯，建乾路、三里店、施家園、六合路等新居民點，成為外地遷桂人員的主要居住地。據統計，一九四四年桂林淪陷前夕，全市共有房屋五十二萬五千五百五十七間，[4] 形成了較大規模的市區，一座有較大規模的抗日城市。

許多機關、學校、研究機構、報刊社、學術團體以及工廠這時也紛紛遷來桂林，僅在一九三八年底至一九三九年春的短短幾個月裏，遷桂的單位就有：中央研究院地質研究所、物理研究所、地理研究所、中國航空公司、中華職業教育社、

3　以上人口數字依次見於：莊智煥，〈桂林市政之檢討〉，《建設研究》一卷二期（一九三九年）；〈桂市公佈十年人口統計〉，《建設研究》五卷一期（一九四二年）；一九四九年《桂林市年鑑》，頁三。
4　《桂林淪陷雜記》，一九四九年《桂林市年鑑》。

生活教育社、漢民中學、無錫國學專修館、江蘇教育學院、《救亡日報》社、國際新聞社、《國民公論》社、中國農村經濟研究會等。

工商交通等事業也發展很快。抗戰前桂林較有規模的工廠只是電力廠、修械廠、廣宜安機米廠、民生木機紡織廠四家，其他是規模小、技術落後的手工業工廠或作坊。抗戰後，由於許多工廠內遷，桂林的工業獲得較大發展。一九四三年十二月時，桂林較有規模的工廠已達二〇七家，超過當年柳州、南寧、梧州三市工廠的總和。[5] 商業和金融也日趨繁榮。戰前全省僅有廣西銀行一家。一九四四年，桂林市已有分屬國民黨中央政府和各省政府及私營的商業銀行共二十餘家，廣西地方當局的銀行也增為廣西銀行、廣西農民銀行、桂林市銀行三家。商業方面，一九四〇年，全市共有商店二千五百九十三家。桂林市場一時甚為繁榮。交通方面，公路原有連接廣東、湖南及桂南的桂八路、桂黃路、桂柳路，抗戰後又增修了連接貴州的桂穗路，於一九四一年七月通車。一九三八年九月通車的湘桂鐵路，成為大後方連接粵漢、浙贛線的大動脈，是整個大西南的重要鐵路幹線。一九三八、一九三九年，桂林又開闢了臨桂、央塘兩機場，有民航班機通重慶、香港。桂林一時成為連接大西南和香港的重要交通樞紐。

2. 抗日民族統一戰線的大據點

一九三八年十月廣州、武漢的淪陷，是抗日戰爭的一個大轉折，桂林的戰略地位日益重要。由一九三八年十一月中旬到十二月上旬，幾乎是同時，國民政府在桂林建立軍事委員會委員長西南行營，白崇禧任行營主任；中共中央南方局在桂林建立八路軍桂林辦事處，吳奚如、李克農先後任辦事處主任。一九四〇年後，國民政府軍事委員會撤銷西南行營，改設國民政府軍事委員會桂林辦公廳，由李濟深任主任。桂林成為中國抗戰陣營的重要戰略據點。

[5] 廣西省政府統計室編，《三十二年度廣西統計年報》（一九四四年）。

八路軍桂林辦事處是中國共產黨和八路軍在國民黨統治區建立的公開辦事機關，在一九三八年冬至一九四一年初的兩年多時間裏，八路軍桂林辦事處貫徹執行中國共產黨的持久抗戰的思想和黨的抗日民族統一戰線的策略方針，組織和發動國民黨統治區的廣大人民群眾，團結國民黨民主派及各階層抗日愛國人士，發展和鞏固抗日民族統一戰線，與軍事委員會委員長西南行營、國民政府桂林辦公廳以及廣西地方當局有較好的合作關係，使桂林成為堅持抗戰、反對投降，堅持團結、反對分裂，堅持進步、反對倒退的堅強陣地，成為西南大後方抗日民族統一戰線的大據點。

3. 重要的國際交流城市

中國的抗日戰爭爆發後，這場正義的戰爭吸引了當時世界各國許多政治家、進步人士和文化人的關注。他們先後來到中國，不少人到了桂林。在桂林活動的國際進步團體有越中文化工作同志會、在華日本人民反戰同盟西南支部、朝鮮義勇隊和朝鮮東方戰友社等。越南政治家革命家胡志明、日本反戰作家鹿地亙與夫人池田幸子等長期在桂林活動，與中國抗日文化戰士共同戰鬥。先後來桂林活動的進步文化人還有蘇聯塔斯社總社副社長諾米洛斯基、蘇聯《消息報》記者卡爾曼、蘇聯亞洲影片公司總經理謝雅法，美國記者與作家史沫特萊、愛潑斯坦、格蘭姆•貝克、白修德、賈安娜、戲劇評論家愛金生、美國駐華大使館新聞處編輯主任裴克、史學家費正清，法國記者兼東方問題專家李蒙及其夫人郭士美，越南革命家與文化人范文同、黃文歡、武元甲，日本進步人士阪本秀夫，朝鮮作家李斗山、李達、編導金昌滿、藝術表演家金煒，德國記者與作家王安娜，英國技術專員艾黎，等等。

他們在桂林期間，不僅瞭解了中國的戰爭和戰時社會情況，還與我國進步文化人一道，相互切磋交流，開展抗日救亡文化工作，例如德國作家王安娜向李克農採訪和瞭解了中國的抗戰和民主運動；美國記者愛潑斯坦考察了《救亡日報》社，作家史沫特萊與周恩來在桂林廣泛探討中國抗戰及前途，與作家馬寧談抗戰小說；日本反戰作家鹿地亙與作家馮乃超在桂林建立在華日本人民反戰同盟西南支部的合作，等等。

留居桂林的中國抗日文化人也用手中之筆與世界反法西斯戰士一道戰鬥。因此，在蘇聯紀念「十月革命」二十五周年的日子裏，茅盾寫了〈打擊共同的敵人〉，把中國的抗戰與蘇聯的衛國戰爭聯繫起來加以議論，道出了兩國人民正在進行打擊共同敵人的戰爭。柳亞子、田漢、胡風、歐陽予倩等都寫了聲援蘇聯戰士、歌頌蘇聯斯大林格勒保衛戰的文章。桂林美術界也回應中蘇文化協會桂林分會關於「發動全市人民向蘇聯友人寫信」的號召，先後發表了〈中國繪畫工作同人致蘇聯同志書〉（沈同衡、艾青、李樺、賴少其、劉建庵、陽太陽、葉淺予、丁聰等二十四人）、〈致蘇聯木刻作者〉（中華全國木刻界抗敵協會）、〈致蘇聯漫畫家〉（余所亞）、〈致蘇聯友人〉（陽太陽）、〈讓敵人在我們面前消滅——給蘇聯人民信〉（黃新波）等，熱情表彰蘇聯人民英勇抗擊德國法西斯可歌可泣的鬥爭精神，衷心祝願中蘇兩國人民在反法西斯鬥爭中團結一致，奪取最後勝利，從而增進了中蘇兩國人民相互瞭解、支援，增進友誼。

木協、漫協還配合中蘇文化友好協會桂林分會舉辦了《蘇聯抗戰及文藝圖片展覽》、《蘇聯衛國戰爭圖片宣傳展覽》（沈士莊主辦）等畫展，向桂林市群眾介紹蘇聯人民反法西斯戰爭的豐功偉績，激勵抗日鬥志。正如文協桂林分會在〈致蘇聯作家們〉的信中所說：「我們喜歡蘇聯文學，同時對於蘇聯的作家更表示著無限的敬意。」夏衍的雜文〈送綏靖公之群〉、〈掌聲與哀聲〉、〈學英國〉、〈魯迅沒有看錯人〉等，對國際綏靖路線和國內綏靖分子的言論作集中批判；秦似的〈國際隨筆〉、〈不能緘默〉、〈戰神的歡笑〉、〈惡魔與「瘋狗」〉等，歌頌蘇聯反法西斯的勝利，聲討妥協投降思想。

此外，桂林美術界還積極籌集資金、作品出國展覽交流。全國木協配合中蘇文化協會，徵集了幾百幅中國抗戰木刻、宣傳畫，於一九四〇年一月二日在蘇聯莫斯科東方文化博物館舉辦《中國戰時藝術展覽會》，引起強烈反響，蘇聯《真理報》特發表社論予以讚揚。徐悲鴻於一九三八年底離桂到香港、新加坡、印度等地辦畫展，將中國抗戰的真實情景和中國人民的抗日鬥志傳播到海外。桂林作為戰時中國南方的國際交流中心之一，在世界反法西斯戰爭中發揮了重要的作用。

4. 抗日救亡文化城

抗戰時期，桂林被稱為抗日「文化城」，文化教育事業發展很快。當時，桂林共有大專院校九所：國立廣西大學、國立桂林師範學院、省立醫學院、廣西藝術師資訓練班、江蘇教育學院、無錫國學專修館、北平新聞專科學校、西南商業專科學校、榕門美術專科學校；有公、私立中學十餘所，小學上百間。科研單位有李四光主持的中央研究院地質研究所、丁西林主持的物理研究所、汪敬熙主持的地理研究所。桂林在一九三七至一九四四年裏，先後聚集了上千文化人，出版報紙雜誌將近二百種，有眾多文化社團開展活動，影響廣泛，成為抗戰時期大後方重要的文化中心。當時桂林的文化繁盛景象，文藝評論家周鋼鳴一語概括：「文人薈萃，書店林立，新作迭出，好戲連臺。」曾任全國人大常委會副委員長的文化名人胡愈之一九七八年在回憶抗戰初期的文化形勢時說：「山明水秀的桂林，本來是文化的沙漠，不到幾個月時間（指一九三八年十月到一九三九年上半年——李建平注）竟成為國民黨統治下的大後方的唯一抗日文化中心了。」[6]密集的人口，擴展的市區，發達的經濟，繁榮的文化，使桂林成為戰時重要的民生要地，成了中國南方的一個大都市。當時在桂林任國民政府軍事委員會桂林辦公廳主任的李濟深曾說，桂林是當時「江南唯一繁盛都市」[7]。

（二）抗戰文化的繁盛景觀

抗戰時期桂林有「文化城」之稱，文化繁盛景觀被讚為「繁花競秀，盛極一時」。其繁盛標誌可概括為文人薈萃、出版繁榮、作品豐碩、活動頻繁。

6　胡愈之，〈憶長江同志〉，《人民日報》一九七八年十一月二十三日。
7　〈李主任談桂市應即疏散〉，《大公報》[桂林版]一九四一年四月十四日。

1. 文人薈萃

匯聚上千愛國救亡文化人於一地開展愛國救亡文化活動，是抗戰時期桂林文化繁榮的第一大景觀。

抗戰爆發後，由於北平、上海等中國的文化中心和武漢、廣州等大城市的陷落，戰時中國的作家被迫進行了大遷移。許多作家在戰火中走遍了大半個中國。其間流徙輾轉之苦是難以言狀的。這期間，許多作家藝術家曾來到桂林居住，有的幾乎在桂林度過整個抗日戰爭時期。

關於抗戰時期在桂林活動的文化人的數目，現在常用的是兩個資料：一是著名文化人二百多人，二是先後來桂活動的文化人達數千人。第一個資料來自魏華齡、李建平主編的《抗戰時期文化名人在桂林》[8]及魏華齡主編的《抗戰時期文化名人在桂林（續集）》[9]，兩書收錄後人撰寫的二百一十六名文化人在桂林活動的史實。第二個資料可以參照參加西南劇展的人數，僅參加一九四四年二月至五月在桂林舉辦的西南劇展的演藝人就有近一千人，這還不包括新聞、出版、學校、科研機構的記者、編輯、書店文員、教師、科技人員等。說在桂林活動的文化人在二三千人以上，應該是個保守的資料。

來桂文化人的類型，主要有文藝、新聞、出版、教育、科技類人士等。著名作家藝術家有：郭沫若、茅盾、巴金、夏衍、柳亞子、徐悲鴻、田漢、艾青、胡愈之、胡風、賀綠汀、楊朔、秦牧、歐陽予倩、王魯彥、艾蕪、周立波等。著名記者、報人、學者有：范長江、陶行知、梁漱溟、馬君武、沈志遠、雷沛鴻、李四光等。

據初步調查，來桂藝術家的名單如下：

8 魏華齡、李建平，《抗戰時期文化名人在桂林》（桂林：灕江出版社，二〇〇〇年）。
9 魏華齡，《抗戰時期文化名人在桂林（續集）》（桂林市政協文史資料委員會編印，二〇〇四年）。

戲劇家：李文釗、焦菊隱、歐陽予倩、馬彥祥、熊佛西、章泯、鳳子、孫敏、唐若青、廖行健、章泯、洪深、冼群、姚展、黃若海、杜宣、汪鞏、嚴恭、石聯星、刁光覃、朱琳、瞿白音、田漢、夏衍、孫師毅、張雲喬、宗維賡、吳劍聲、馬彥祥。

美術家：丁聰、丁正獻、力夫、萬昊、萬籟天、萬籟鳴、馬萬里、方元士、方志星、豐子愷、王立、王羽儀、王漁父、王德威、鄧俊群、尹瘦石、馮法祀、艾青、龍潛、龍廷壩、龍伯文、龍若林、龍敏功、盧漢宗、盧巨川、帥立學、帥礎堅、葉淺予、葉侶梅、關山月、劉元、劉侖、劉建庵、許幸之、呂枚石、朱乃文、朱培鈞、孫福熙、任真漢、陽太陽、陽建德、沈樾、沈士莊、沈同衡、沈逸千、汪子美、宋克君、宋吟可、李樺、李白鳳、李可染、李明就、李鐵夫、李瘦石、李銘德、李漫濤、李毅士、楊影、楊訥維、楊秋人、吳乾惠、何香凝、余本、余所亞、余武章、張拓、張一尊、張大千、張大林、張雲喬、張安治、張在民、張正宇、張光宇、張蘇予、張家瑤、陸田、陸地、陸志庠、陸其清、陳華、陳宏、陳望、陳公哲、陳仲綱、陳更新、陳雨田、陳曉南、陳海鷹、陳煙橋、邵一萍、鄭可、鄭克基、鄭明虹、范新瓊、林半覺、林仰崢、林恆之、郁風、武石、易瓊、羅鼎華、周千秋、周公理、周鼒、周令釗、洪荒、褶海松、趙少昂、趙延年、趙望雲、胡冰、鍾惠若、唐英偉、倪少迂、徐傑民、徐悲鴻、徐德華、梁中銘、梁永泰、梁燦纓、梁岾廬、梁鼎銘、黃茅、黃堯、黃超、黃苗子、黃榮燦、黃獨峰、黃顯之、黃養輝、黃新波、曹若、曹辛之、曹佩圻、曹墨侶、盛此君、盛特偉、龔紹焜、符羅飛、野夫、溫濤、滑田友、曾恕一、謝曼萍、謝順慈、傅天仇、傅思達、賴少其、廖冰兄、譚暢、蔡迪支、滕白也、熊豔貞、黎冰鴻、黎雄才、魏繼昌。[10]

10 美術家名單引自楊益群《抗戰時期桂林美術運動》（桂林：灕江出版社，一九九五年），頁九六—九九。

音樂家：滿謙子、陸華柏、張曙、任光、林路、廖行健、吳伯超、胡然、章枚、舒模、聯抗、劉式昕、甄伯蔚、孫慎、黃力丁、姚牧、薛良（郭可諏）、馬衛之、石嗣芬、黨明、張清泉、鄭思、陳欣、王友健、黎瑨、王義平、陸平。

舞蹈家：吳曉邦、盛婕、戴愛蓮、呂吉。

眾多的人才聚集在山水絢麗的天地間，上演了一齣抗日救亡的雄壯大戲，留下了抗日「文化城」的美譽。

2. 出版繁榮

新聞、出版方面，抗戰前，全廣西只有報紙十一種、雜誌九種[11]。抗戰期間，桂林共出報紙十二種：《廣西日報》、《救亡日報》、《力報》、《大公報》[桂林版]、《大公晚報》、《自由晚報》、《廣西晚報》、《桂林晚報》、《小春秋》、《戲劇日報》、《民眾報》，另有國際新聞社、中央通訊社、《新華日報》桂林分館、桂林廣播電臺等新聞機構；先後出版各種雜誌一百九十餘種。書店、出版社林立，顯示了出版業的興盛。一九三八年《克敵》週刊第二十三期麗妮〈戰期中桂林文化的動態〉一文記載了當時的情景：「桂林的街頭，最容易觸目的，是販賣精神食糧的書報店的增加率，和販賣糧食的飯菜館，等量齊觀。試看桂林的文化街範圍，已從中北、中南兩路，拓展到桂西、環湖二路。戰前桂林原有的新書□□[12]，僅有桂海、文海、文源、文南、大成、典雅、前導七家；報局莫林記、張日光兩家，舊書店全文堂、經益、少卿、石渠等幾家。戰後，生路、正中、開明、生活、中華、文明、商務各家，都先後來桂設店。」這裏所談的，僅是一九三八年時的情景，而整個抗戰期間，桂林先後有書店、出版社一百四十多家。當時，每天出版書刊在二十種以上，刊物銷路約一萬份，遠銷大後方各地及香港、南洋（今東南亞）一帶。桂林成為大後

---

[11] 許晚成，〈一九三六年全國期刊統計〉，《中國現代出版史料》乙編（北京：中華書局，一九五五年）。

[12] 原件缺失兩字。

方文化事業的重要據點。著名出版家趙家璧談戰時出版界狀況時說：抗戰時期的書刊，有百分之八十是桂林出版的[13]。就這個意義來說，說戰時桂林的文化事業支撐著大後方的文化，是並不為過的。

3. 作品豐碩

桂林抗日「文化城」誕生了眾多優秀的文藝成果，不少成為中國現代文藝史的經典之作。

一九三八年十一月，巴金由廣州來到桂林，寫下了〈在廣州〉、〈桂林的受難〉、〈桂林的微雨〉、〈先死者〉等一批散文，在描寫他親見的「生命的毀滅、房屋的焚燒、人民的受苦」的場面中，表達了強烈的民族悲憤和復仇的意志。巴金在桂林，還寫完了他的長篇小說「抗戰三部曲」《火》的第三部。

詩人艾青也被抗戰之火燃燒得詩興遄飛，他那最著名的抒情短章〈我愛這土地〉寫於剛到桂林不久的一九三八年十一月二十四日，詩中傾訴了他對祖國真摯的厚愛和為民族解放獻身的願望，其中「為什麼我的眼裏常含淚水？因為我對這土地愛得深沉……」一句，成為經典的愛國主義詩句。他抗戰時期最重要的長詩〈吹號者〉、〈他死在第二次〉均是在桂林寫作的。艾青在桂林還自費印刷出版了他的詩集《北方》，完成了中國新文學史上重要的詩論著作——《詩論》的寫作。

大作家茅盾，一九四二年三月九日至十二月三日在桂林居住了九個月時間。他在這裏寫成的長篇小說《霜葉紅似二月花》（以下簡稱《霜葉》），是他抗戰時期小說創作的重要收穫之一。《霜葉》是繼《子夜》之後茅盾的又一部重要的社會剖析小說，出版後在國統區文藝界獲得廣泛的讚譽。

13 趙家璧，〈憶桂林——戰時的「出版城」〉，《大公報》[上海版]一九四七年五月十八日。

艾蕪，一九三九至一九四四年在桂林生活了五年，這段時間，他的創作占了建國前創作成果的半數以上。抗戰時期，他共創作了長篇小說三部，中篇小說三部，短篇小說集九部，其中，長篇小說《山野》、《故鄉》是抗戰時期重要的小說作品。

戲劇家田漢在桂林創作了話劇《秋聲賦》、《黃金時代》和愛國歷史劇《岳飛》、《新兒女英雄傳》、《雙忠記》等。歐陽予倩在桂林創作和導演了《梁紅玉》和新編歷史劇《忠王李秀成》，夏衍在桂林創作了話劇《心防》，這些都是抗日戰爭時期重要的劇作。

大畫家徐悲鴻，在桂林創作了《灕江春雨》、《雞鳴不已》、《馬》、《青崖渡》等一批畫作。在《雞鳴不已》一幅上，他題寫了「風雨如晦，雞鳴不已」的詞句，以報曉的雄雞，象徵著苦難的祖國對光明未來的不捨的呼喚。其愛國丹心，躍然紙上。

漫畫家廖冰兄創作出了極有影響的《抗戰必勝連環畫》，包括《越打越弱的日本》和《越打越強的中國》兩部分內容，當時很鼓舞人心。

音樂家張曙倒在敵機轟炸的血泊之中，用鮮血和生命寫下了抗戰歌曲：「十二月裏喝涼水，點點滴滴記在心。日本鬼子的仇和恨，此生不報枉為人。」

桂林文化城，孕育了無數愛國詩篇，鍛造了無數愛國進步文化人。

4. 活躍的抗日救亡藝術活動

文化藝術活動眾多、影響廣泛是桂林抗戰文藝繁榮的又一個標誌。

戲劇活動是最為活躍和影響最大的。抗日戰爭爆發後，桂林的抗日救亡運動就逐步走向高潮。一九三八年初，桂林還沒成為大後方文化中心時，戲劇活動就十分活躍。從一九三八年五月戲劇公演的紀錄可以看到當時的熱烈情景：

一　日：《民族公敵》、《撤退》（國防藝術社在民眾運動場為紀念五一節的演出）。

六、七、八日：《飛將軍》（國防藝術社在新華戲院演出）。

九　日：《盲啞恨》、《放下你的鞭子》（抗戰後援會話劇組在街頭演出）。《沒有祖國的孩子》、《三江好》、《再上前線》、《孩子流亡曲》（桂初中劇團在桂初中禮堂演出）。《歡送曲》、《盲啞恨》、《掃射》、《放下你的鞭子》（東江分局劇團在新華戲院演出）。

十　日：《撤退》、《新難民曲》（婦工校在該校禮堂演出）。《中國婦女》、《打鬼子去》（桂國中在該校操場演出）。

十六日：《春之笑》、《八百壯士》（前線劇團在樂群社演出）。

十七日：《春之笑》、《最後一計》（前鋒劇團在樂群社演出）。

十八日：《飛將軍》（國防藝術社在新華劇院演出）。

十九日：《八百壯士》、《最後一計》（前鋒劇團在新華劇院演出）。

三十日：《民族公敵》、《咆哮的農村》（國防藝術社在民眾運動場演出）[14]。

從這份紀錄可以看到當時桂林已是好戲不斷，幾乎日日上演。一九三八年六月，歐陽予倩到桂林，開展戲劇改革和抗日戲劇的排演，十一月以後，來桂的文化人和戲劇家更多，歐陽予倩主持廣西藝術館，田漢在這裏幫助新中國劇社活動，並主辦大型刊物《戲劇春秋》，焦菊隱、熊佛西等戲劇大師長期在桂林導戲、寫劇評、辦雜誌，桂林成為西南大後方的戲劇中心。音樂救亡運動、美術運動，等等，各項藝術活動高潮不斷，萬人歌詠大會，街頭劇、話劇、桂劇、戲

---

[14] 根據強鄰〈五月公演紀錄〉整理，原載《戰時藝術》第二卷第一期。

曲、音樂會、魔術、馬戲等演出十分活躍，還有各種街頭美術展覽、詩朗誦、文藝講座、體育比賽，等等。一九三九年四月二十日，田漢由長沙來到桂林。五月七日他興致勃勃地去參加了一次群眾歌詠活動，有感而發，歸來寫了一篇題為〈歌詠‧歌會及其他〉的文章在五月九日的《掃蕩報》[桂林版]上發表，對這次活動甚為肯定，並記述了一些當時情況：「體育場的一角給前宵的猛雨匯成淺淺的水……另一部分都給軍民群眾站滿了。……從各隊紅藍的旗影裏，看見臺兩邊『堅定抗戰信念，鼓吹愛國精神』的對聯，接著聽得鋼琴的伴奏和得獎各隊的獨唱和齊唱了，嘹亮的樂聲博得了群眾熱烈的掌聲。實在的今日廣大軍民大需要音樂了，太歡喜藝術了。特別是抗戰藝術。……這種群眾歌詠特別是兒童歌詠由於吳伯超先生和許多音樂專家、歌詠指導者之努力，在本城已有了很可觀的成績了。」

從一九三七年初到一九四四年十一月桂林淪陷時止，桂林文藝活動的具體情況，我們從《桂林文化城概況》、《抗戰時期桂林音樂文化活動》等書中統計得到以下資料：

戲劇：在桂林建立和來桂林演出過的文藝團體有六十四個，演出劇目三百九十五個，按劇種分，分別是：話劇二百三十一個，京劇八十七個，桂劇三十六個，粵劇七個，湘劇六個，歌舞劇九個，活報劇十三個，木偶劇五個，默劇一個。

音樂和舞蹈：群眾性歌詠集會和文藝演出一百八十五次，專業性音樂會一〇六次，演出歌劇、舞劇十四場。

美術：舉辦畫展二百三十多次[15]。

一九四四年二至五月舉辦的西南五省戲劇展覽會，更是當時影響巨大的戲劇活動，是桂林抗戰文化繁盛景觀的重要標誌。西南劇展聚集了南方數省近千名戲劇工作者和文化工作者，共演出劇目一百二十六個，是中國現代戲劇史上的

15 楊益群，〈抗戰時期桂林美術運動的作用、意義及影響〉，魏華齡、曾有雲、丘振聲編《桂林抗戰文化研究文集》（桂林：灕江出版社，一九九二年），頁一九九。

空前盛舉。美國戲劇評論家愛金生來我國考察後，在《紐約時報》撰文介紹西南劇展說：「如此宏大規模的劇展會，有史以來，自古羅馬時代曾經舉行外，尚屬僅見。中國處在極度艱困條件下，而戲劇工作者以百折不撓之努力，為保衛文化，擁護民主而戰，迭予法西斯侵略以打擊，厥功至偉。此次聚中國西南八省戲劇工作者於一堂，檢討既往，共策將來，對當前國際反法西斯戰爭，實具有重大貢獻。」西南劇展影響巨大，堪稱我國抗戰文化運動的一次壯舉。桂林抗戰文藝運動，在這時也達到了頂峰。

西南劇展結束不到一個月，日軍旨在打通從河南到廣西直至連通越南的大陸交通線的「一號作戰」已經打到了湖南，桂林局勢一下子緊張起來。幾個月後，桂林保衛戰在激戰十餘天後淪陷。因戰事迫近，歐陽予倩、何香凝、梁漱溟、千家駒等人撤離到距桂林二百公里外的賀州八步鎮和黃姚鎮等地，在那裏繼續開展辦報、教學、戲劇演出和群眾宣傳等抗日文化活動，一直堅持到一九四五年八月抗戰勝利。他們的活動，可以視為桂林抗日文化運動的餘波。

二、桂林抗戰文藝運動發展的幾個階段

桂林抗日文藝活動，在其自身的發展過程中，經歷了高一低一高的三個階段，這就是前期的文藝運動形成高漲局面，中期的在低潮中堅持和發展，後期的文藝高潮的再度興起。前後將近六年時間。劃清桂林抗日文藝運動的三個時期，對於我們把握戰時桂林文藝的內容和特徵，無疑是很有必要的。

關於三個時期的起止，我取以下事件標定：

前期：一九三八年十月下旬的武漢、廣州失守，一九四一年二月二十八日《救亡日報》被迫停刊。

中期：一九四一年三月《救亡日報》停刊之後，一九四二年一月底滬、港文化人到桂之前。

後期：一九四二年二月三日夏衍、蔡楚生、郁風、司徒慧敏等大批香港文化人脫險後到達桂林，一九四四年九月十二日桂林城防司令部下達第三道緊急疏散令，柳亞子、邵荃麟等最後一批文化人撤離桂林。

（一）前期文藝運動走向高潮

一九三八年十月，武漢、廣州失守後，大批文化人集聚桂林活動，桂林戰時文藝出現了一個飛躍時期，形成了一個激昂高亢的興盛局面。這種興盛局面能在短時間裏迅速形成，應當說，是離不開原有的文藝基礎的，因而在介紹桂林抗日文藝運動的歷史過程之前，有必要對它興起之前的桂林文藝活動情況，做一簡要追述。

抗戰初期在桂林起著重要文化宣傳作用的藝術宣傳團體是國防藝術社。國防藝術社隸屬於第五路軍政治部，參加人員多為進步文化人和愛國青年，戲劇方面有章泯、鳳子、白克，美術方面有陽太陽，音樂方面有陸華柏。歐陽予倩、焦菊隱、洪深都曾給國防藝術社導演過劇目。在一九三八年十月以前，國防藝術社是桂林文藝界最強的一支的藝術宣傳力量，一九三八年十月以後，國防藝術社仍有很大活力。該社曾演出過田漢的《回春之曲》、歐陽予倩的《青紗帳裏》、洪深的《飛將軍》以及《放下你的鞭子》等劇。該社還主辦了藝術性綜合刊物《戰時藝術》，發表過茅盾、艾青、歐陽予倩、焦菊隱、鳳子等人的文章。由於有國防藝術社的骨幹力量，由於有歐陽予倩一九三八年夏在桂林的戲劇改革和話劇活動，一九三八年十月以前，桂林的抗戰戲劇活動已十分活躍。從下面的一份對一九三八年五月戲劇公演的記錄中，我們可看到當時的熱烈情景：

一　日：《民族公敵》、《撤退》（國防藝術社在民眾運動場為紀念五一節的演出）。

六、七、八日：《飛將軍》（國防藝術社在新華戲院演出）。

九　日：《盲啞恨》、《放下你的鞭子》（抗戰後援會話劇組在街頭演出）。《沒有祖國的孩子》、《三江好》、《再上前線》、《孩子流亡曲》（桂初中劇團在桂初中禮堂演出）。《歡送曲》、《盲啞恨》、《掃射》、《放下你的鞭子》（東江分局劇團在新華戲院演出）。

十　日：《撤退》、《新難民曲》（婦工校在該校禮堂演出）。《中國婦女》、《打鬼子去》（桂國中在該校操場演出）。

十六日：《春之笑》、《八百壯士》（前線劇團在樂群社演出）。

十七日：《春之笑》、《最後一計》（前鋒劇團在樂群社演出）。

十八日：《飛將軍》（國防藝術社在新華劇院演出）。

十九日：《八百壯士》、《最後一計》（前鋒劇團在新華劇院演出）。

三十日：《民族公敵》、《咆哮的農村》（國防藝術社在民眾運動場演出）。

（根據強鄰〈五月公演紀錄〉整理，原載《戰時藝術》第二卷第一期）

當時，刊物的出版也較戰前有所增加，除《戰時藝術》外，尚有《拾葉》（孟超、陳邇冬編）、《五月》等文藝刊物及《克敵》週刊、《全面戰》、《文化》等綜合性刊物。進步文化人來桂活動也逐漸增多。一九三七年前後，曾在桂林的高等院校如廣西大學、省立師專等校任教的教授、學者有陳望道、千家駒、鄧初民、楊騷、陳此生、夏征農、沈西苓、熊得山等。他們在桂林傳播馬克思主義，傳播中國革命的進步理論，也進行了一定的文藝活動。陳望道、沈西苓等組織了「師專劇團」，陳望道任團長、沈西苓任導演，演出過果戈理的《巡按》（即《欽差大臣》）和《怒吼吧，中國！》[16]。

---

[16] 陳邇冬，〈回憶桂林文化城的幾個片斷〉，《學術論壇》一九八一年第一期。

較早來桂林從事文藝活動的還有歐陽予倩、徐悲鴻、張安治、麗尼等作家、藝術家。他們在桂林的活動，為桂林文藝運動的興起並走向高潮，奠定了良好的社會基礎和藝術基礎。

在桂林抗日文藝運動由發展走向高潮的第一階段裏，《救亡日報》、《國民公論》起著骨幹和中堅作用。《救亡日報》於一九三七年「八一三」抗戰後創刊於上海，由郭沫若任社長，夏衍任總編輯。上海淪陷後，《救亡日報》遷至廣州，一九三八年十月二十一日廣州失守，報社人員於二十日晚撤出廣州，於十一月七日來到桂林。一九三八年十一月十二日，夏衍在長沙向周恩來、郭沫若請示《救亡日報》復刊工作，周恩來指示：「自籌經費，儘快恢復救亡日報。」[17]並向夏衍交代了在桂林建立西南各省抗敵演劇隊的聯繫據點的重要任務。一九三九年一月十日，《救亡日報》在桂林復刊。《國民公論》是胡愈之、張志壤、張鐵生、千家駒、姜君辰等人主辦的政治文化綜合性刊物，是中國共產黨領導主辦的一份重要期刊。留桂的中國共產黨的文藝工作者和進步文化人以《救亡日報》、《國民公論》為主要陣地，開展了卓有成效的抗日救亡文化宣傳和文藝創作活動。《救亡日報》作為當時國統區內除《新華日報》外的唯一的一張中國共產黨直接領導下的報紙，在當時發揮了極大的宣傳作用。八路軍桂林辦事處主任李克農曾對報社人員說：「不能把這張報紙的作用估計得過高，也不能把它估計得太小。《新華日報》被扣得厲害，西南、東南乃至香港，都把這張報紙看作黨的周邊，代表黨講話……」[18]

二期抗戰開始後，蔣介石集團加緊反共活動，在言論、出版極不自由的情況下，《救亡日報》、《國民公論》連續發表了中國共產黨領導人的文章，大力宣傳堅持持久抗戰、堅持抗日民族統一戰線的思想。一九三九年九月，《救亡日報》連續發表了兩篇毛澤東關於第二次世界大戰爆發後的時局分析的文章，《國民公論》也發表了其中〈第二次帝國

---

17 夏衍，〈白頭記者話當年〉，《新聞研究資料》第二輯（一九八一年）。
18 夏衍，〈克農同志二三事〉，《廣西日報》一九六二年八月二十一日。

主義戰爭講演提綱〉（一九三九年九月十四日在延安幹部大會上的講演，載《國民公論》第二卷第七期），《國民公論》還發表了周恩來一九三九年四月十八至十九日在南嶽的報告大綱〈中日戰爭之政略與戰略問題——一個報告大綱〉（載《國民公論》第一卷第十二期），《救亡日報》社的文彙性刊物《十日文萃》發表了葉劍英的〈廣州武漢淪陷後的抗戰局勢〉（載《十日文萃》一九三九年第四期），與此同時，《救亡日報》、《國民公論》還發表了中國共產黨文藝工作者和進步文化人的有關重要文章，如胡愈之的〈變侵略戰爭為反侵略戰爭〉（載《國民公論》第一卷第十、十一期合刊）、張志壤的〈第二期抗戰與民眾運動〉（載《國民公論》第二卷第一期）、陳此生的〈第二期抗戰之三大原則〉（載《國民公論》第一卷第七期）。這些文章，在傳播中國共產黨堅持持久抗戰、堅持統一戰線思想，鼓舞人民抗戰信心方面，起到了極大的作用。

「我們文化人，在今天國家民族最嚴重的關頭，最重要的工作，是喚醒民眾，激發士氣。[19]」桂林文藝工作者通過自己的創作和其他活動，積極投身到「喚醒民眾，激發士氣」的工作中。當時《救亡日報》除每天刊登一篇社論，由夏衍主筆，分析國際大事、國內抗戰形勢，以至社會問題、群眾生活等內容外，第四版設固定的「文化崗位」專欄，還輪流出版戲劇、美術、音樂等方面的專刊。

《國民公論》為綜合性刊物，以政治時事評論文章為主，也開闢了文藝專欄。郭沫若、艾思奇、田漢、夏衍、司馬文森、柳亞子、艾蕪、林煥平、孟超、何家槐、韓北屏、艾青、以群、林林、華嘉、周鋼鳴、秦似等許多作家都在《救亡日報》上發表文章，《國民公論》發表了王魯彥、丘東平、司馬文森、艾青、艾蕪、力揚、夏衍、馮乃超、穆木天、宋雲彬、蹇先艾等作家的文學作品。桂林文藝家以藝術之筆，喚醒民眾，激發士氣，鼓吹為民族解放而戰，產生了許多在當時極有影響的作品。如艾青〈吹號者〉、〈他死在第二次〉等激昂的抗戰詩歌及新文學史上重要的理論著

19　《國民公論・發刊詞》（一九三八年）。

述《詩論》，夏衍的劇作《心防》、《愁城記》，田漢的《江漢漁歌》等抗戰劇作，都是這一時期在桂林產生的。王魯彥、艾蕪、司馬文森的反映抗戰生活的小說，歐陽予倩的劇作《青紗帳裏》及一些戲曲作品，夏衍、聶紺弩、秦似、宋雲彬等人的雜文，也是這一時期較有影響的作品，產生了積極的戰鬥作用。

由於中國共產黨對桂林文藝運動的領導，由於進步文藝工作者的努力，戰時桂林文藝在這一階段裏蓬勃發展，取得顯著成效。在一九三八年底至一九四〇年冬的兩年時間裏，桂林一直處在高昂的抗戰熱潮中。一九三八年十二月周恩來、葉劍英、徐特立、郭沫若等人在桂林多次做抗戰時局和堅持持久抗戰、堅持抗日民族統一戰線的演講，對穩定桂林局勢，鼓舞人民抗戰信心，將桂林抗日救亡活動推向高潮，起到了奠基作用。以後，宣傳抗戰，鼓動抗戰，堅持團結、進步，反對投降、倒退、分裂的各種宣傳活動，如演講會、歌詠大會、戲劇公演、街頭詩朗誦、街頭漫畫、美術展覽會等，在桂林連續不斷地舉行。

桂林廣播電臺及廣西音樂會「按期播送音樂，運用國樂特長，致力抗戰宣傳」[20]。中華職業教育社每週進行一次時事講演，先後聘請郭沫若、范長江、鹿地亙、千家駒等著名人士主講。街頭上，到處看得見抗戰標語、宣傳畫，聽得見抗戰歌聲、抗戰號子。當時的桂林城，確似一九三八年抗戰中心的武漢。

這種抗戰熱潮、抗戰聲浪，在二期抗戰時的國統區內，幾乎是絕無僅有的。這種情景表明，文藝工作者在當時的工作，與人民緊密相連，與抗戰的實際緊密相連。他們以自己的行動，批判了那種「不願與大眾為伍，不屑做抗戰救亡的日常工作，而自鳴清高，孤芳自賞，以文學為至上的觀點」[21]，為中國抗戰文藝運動，做出了新的貢獻。

---

20 〈一月動態〉，《建設研究》第一卷第四期。
21 周揚，〈新的現實與文學上的新的任務〉，《文學運動史料選》第四冊，頁四一。

（二）中期低潮中的堅持和發展

一九四一年一月六日，「皖南事變」爆發。一月十八日，《救亡日報》拒發中央社關於新四軍「叛變」的文稿，被扣押了當日的全部報紙。一九四一年二月二十八日，《救亡日報》受軍事委員會之強制命令後，被迫停刊。中國共產黨在桂文化工作者夏衍、范長江、廖沫沙、林林、周鋼鳴、華嘉等被迫出走香港。與此同時，八路軍桂林辦事處被撤銷，《國民公論》亦被停刊，生活書店桂林分店被限期停業。一時間腥風血雨，桂林城寒氣襲人。前一時期那嘹亮歌聲、火熱號子蕩然無存。當時，桂林文藝界中的共產黨員與中共中央南方局的聯繫暫時中斷了，工作開展十分困難。

在這種險惡、困難的政治形勢面前，中國共產黨留桂文藝工作者繼續戰鬥，將抗日救亡文藝活動堅持了下去，並有了新的發展。《救亡日報》社撤離桂林前夕，中國共產黨桂林負責人決定由當時尚未暴露身份的司馬文森留桂負責今後桂林文化界的領導工作。司馬文森以及留桂其他黨員幹部，堅決貫徹中共中央制定的「蔭蔽骨幹，長期埋伏，積蓄力量，以待時機，反對急性和暴露」[22]的共產黨在國統區的工作方針，團結進步文化人，進一步鞏固和發展文藝界抗日民族統一戰線，堅持了抗日進步文藝鬥爭。

由於當時政治形勢所限，留桂文藝工作者以創辦文藝刊物、召開文藝座談會、從事多種形式的文藝創作等合法的文藝活動形式，進行隱蔽、曲折的以反對投降、倒退、分裂，堅持抗日、進步、團結為主要內容的文藝鬥爭。當時，《救亡日報》、《國民公論》等政治色彩較濃的報刊被迫停刊了，但還有些文藝刊物在繼續出版，如《野草》、《戲劇春秋》、《自由中國》、《詩》等。留桂文藝工作者通過這些刊物，撰文評擊當局壓制進步文化的行徑，揭露腐敗、醜

[22] 毛澤東，〈放手發展抗日力量，抵抗反共頑固派的進攻〉，《毛澤東選集》（一卷本），頁七一四。

惡的社會現象。

創刊於一九四〇年八月的雜文刊物《野草》，尤其反映了這一時期鬥爭的特點：「我們的辦法是不明罵，不赤膊上陣。」[23]當生活書店桂林分店被查封後，《野草》在一九四一年四月出版的第二卷第一、第二期合刊上立即發表了聶紺弩（以邁斯筆名）的雜文〈韓康的藥店〉，以惡霸西門慶封閉韓康的藥店，企圖獨霸一方的「故事」，抨擊當局壓制民主、扼殺抗日進步文化事業的罪行。文章最後寫到，幾年以後，「西門大官人，已經死在潘金蓮的肚子上，五家藥店都被掌櫃們捲逃一空，關門大吉」。而韓康「吃了一回官司卻並沒有死，……韓康的藥店一開，人們又重新生起病來，吃起藥來，韓康的藥店門口，仍舊穿進湧出，人山人海」。由於文章反映了人民的心願，在當時，人們競相傳閱，「轟動一時」[24]，「使大家認清了西門慶們的面目」（夏衍〈宿草頌〉，載《夏衍雜文隨筆集》），從而起到了極大的戰鬥作用。

除了堅持出版原有的刊物外，留桂文藝工作者抓住各個時期，利用種種機會，又創辦了《文藝生活》、《詩創作》、《文藝新哨》等文藝刊物，擴大了文藝陣地。司馬文森回憶當時辦《文藝生活》雜誌時說：「有家新成立不久的出版社——文獻出版社老闆和孟超是熟人，他想辦一個文藝雜誌，為他的出版社『打打招牌』。孟超來找我：『請你辦個文藝月刊，出版許可證我有辦法弄。』……經他這一提議，我便決定和那個出版社合作了。對方是商人，辦雜誌有他的動機，我們是革命者，辦雜誌為革命鬥爭服務，也有我們的動機。」[25]以後幾年，司馬文森主編的《文藝生活》一直成為桂林文藝界以至整個西南大後方的重要刊物。留桂文藝工作者就是這樣以文藝期刊為陣地，通過合法的形式，為發展抗日進步文藝繼續鬥爭著。

---

23 秦似，〈野草雜憶〉，《廣西日報》一九六二年十月三十日。
24 秦似，〈回憶《野草》〉，《新文學史料》第二輯（一九七九年）。
25 司馬文森，〈在桂林的日子〉，《廣西日報》一九六二年十月十三日。

桂林文藝工作者還利用文藝座談會的形式，向國統區內窒息進步文藝的黑暗政治制度進行抨擊。一九四一年十一月十九日，《文藝生活》編輯部主持召開了「一九四一年文藝運動的檢討」座談會。會上，中國共產黨桂林文藝界的負責人邵荃麟以及司馬文森相繼發言，指出：一九四一年文藝運動朝低潮走，客觀原因重要的一條是：「政治朝低潮走，文藝運動自然也免不了受影響。」[26]矛頭直指以蔣介石為首的國民黨頑固派，控訴其挑起第二次反共高潮，破壞抗日進步事業的罪行。這次會議，對糾正「皖南事變」後文藝界中出現的一些迷亂思想，總結歷史經驗，指明工作方向，起了積極的引導作用。由於廣大進步文化人的努力，桂林抗日文藝運動在一九四一年底到一九四二年初開始出現轉機，為一九四二年後文藝運動再度興起高潮，奠定了基礎。

（三）後期文藝高潮的再度興起

一九四一年冬，中共中央南方局派李亞群、胡家瑞二同志來廣西與在廣西工作的抗敵演劇隊和桂林文藝界中的中共黨組織建立了聯繫，勾通了中斷八個月的組織關係。與此同時，成立了邵荃麟、張錫昌等三人組成的中共桂林文化工作小組，領導桂林進步文化活動和文藝運動。一九四一年十二月八日，日軍偷襲美軍基地珍珠港，太平洋戰爭爆發，旋即，日軍又向香港進攻，並開進上海租界，造成了香港和上海這兩個抗日文化據點的消失。

一九四二年春、夏，大批滬、港文化人經過長途跋涉，來到桂林，包括許多著名作家和文化人，如茅盾、柳亞子、夏衍、胡風、于伶、蔡楚生、葉以群、戈寶權等。其中少數人稍事停留後即赴重慶，如夏衍、葉以群，其餘的就或長或短地在桂林留下了一段寫作或其他社會文化活動經歷，使走向高潮的桂林抗日文藝運動，添加了新的光彩。

[26] 邵荃麟在「一九四一年文藝運動的檢討」座談會上的發言，見《文藝生活》第一卷第五期（一九四二年）。

此時期國統區抗日文藝運動的形勢發生了新的變化。由於政治局勢的緊張，文藝家言論、出版、行動極不自由，抗戰前期那種直接到戰區、前線生活和寫作的做法受到了限制。作家不能直接反映抗戰實際鬥爭生活，又不能直接抨擊社會腐敗與黑暗，因而出現了寫歷史、演歷史，以歷史影射現實，以歷史人物的愛國精神和高尚品德節操激勵人民、教育人民的歷史劇寫作和演出高潮。自一九四一年下半年至一九四二年裏，國統區作家完成了《忠王李秀成》（歐陽予倩作）、《天國春秋》（陽翰笙作）《楊娥傳》（阿英作）、《高漸離》、《虎符》（郭沫若作）等著名歷史劇。

一九四二年一月，郭沫若的著名歷史劇《屈原》在重慶報刊上發表，接著，在周恩來的親自佈置下，重慶文藝界以《屈原》上演為突破口，向國民黨文化專制主義和高壓政策發起了一次猛烈的進攻。一九四二年四月三日，《屈原》在重慶上演了。「啊，……你們風，你們雷，你們電，你們在這黑暗中咆哮的，閃耀著的一切的一切，……你們宇宙中偉大的藝人們呀，儘量發揮你們的力量吧，發洩出無邊無際的怒火把這黑暗的宇宙，陰慘的宇宙，爆炸了吧！爆炸了吧！」（《屈原》，《郭沫若文集》第三卷）〈雷電頌〉的聲音，響徹了山城重慶，震動了西南大後方。周恩來在祝賀《屈原》上演獲得成功的慶祝會上說：「在連續不斷的反共高潮中，我們鑽了國民黨一個空子，在戲劇舞臺上打開了一個缺口。」[27]《新華日報》配合《屈原》上演，宣傳《屈原》達半年之久，發表了唱和詩一百多首。通過《屈原》上演及後來的唱和詩活動，國統區內自「皖南事變」後的沉窒局面被打破了，形成了二期抗戰後國統區抗口文藝運動的一個新的高潮，推動了整個國統區文藝運動的蓬勃發展。在上海、香港文化人大批聚桂的有利條件促進下，在《屈原》上演獲得巨大成功的推動下，桂林的抗日文藝運動自一九四二年春、夏起，出現了第二次高潮。

文藝創作的豐收，是這一時期桂林文藝運動的重要活動成果。茅盾的長篇小說《霜葉紅似二月花》、中篇報告文學《劫後拾遺》以及《參孫的復仇》、《耶穌之死》等短篇小說，巴金的長篇小說《火》（第三部）以及短篇小說《還

[27] 轉引自夏衍，〈知公此去無遺恨——痛悼郭沫若同志〉，《人民文學》一九七八年第七期。

魂草》，艾蕪的長篇小說《山野》、《故鄉》以及其他一些著名的中短篇小說，歐陽予倩的劇作《忠王李秀成》、于伶的劇作《長夜行》、田漢的戲曲作品《金缽記》，駱賓基的短篇小說《北望園的春天》、《一九四四年的事件》等新文學史上的重要作品，都是這一時期所創作的，是留桂作家對抗戰文藝運動所做出的重要貢獻。邵荃麟、司馬文森、端木蕻良、彭燕郊、秦似、秦牧、黃新波等文藝家在此時期的創作活動，亦是他們一生中重要的創作內容，都留下了值得珍視的作品。

此時期，文藝刊物的出版又有了飛速的發展。僅文藝刊物，在一九四二至一九四三兩年內，就復刊和創刊了十七種，即《文學創作》、《文學批評》、《新文學》、《創作月刊》、《青年文藝》、《藝叢》、《文藝雜誌》、《人世間》、《文學譯報》、《文學雜誌》、《音樂知識》、《大千》、《文學報》、《明日文藝》、《種子》、《拓荒》、《新兒童》。一九四四年仍有新刊物出現。這種繁榮局面，出現在國民黨對進步文化嚴加防範，出版極不自由的情況下，是極其罕見的。這些刊物，不僅為茅盾、艾蕪、田漢、柳亞子、胡風、邵荃麟、司馬文森、駱賓基、端木蕻良、秦似、秦牧、聶紺弩、孟超、宋雲彬、王魯彥、歐陽予倩、熊佛西、黃新波、張安治等當時在桂林活動的文藝家提供了大量的創作園地，而且發表了郭沫若、何其芳、沙汀、劉白羽、老舍、臧克家、曾卓、田濤等許多當時在重慶、延安等地的作家的作品。郭沫若在重慶被禁止出版的歷史劇《筑》（即《高漸離》），就是由田漢拿到桂林刊物上發表的。這些刊物，為抗日進步文藝運動的發展做出的貢獻，是清晰可見的。

戲劇活動在這一時期又重新活躍起來。新中國劇社的建立，使桂林劇運增添了新鮮的活力。「皖南事變」後，為抵制國民黨頑固派對抗日進步演劇隊伍的迫害，保護和發展國統區抗日進步演劇力量，中共中央南方局指示以西南幾個演劇隊隊員為骨幹，在桂林建立以民間職業劇團面目出現的新中國劇社。在中國共產黨的領導下，新中國劇社逐步成長起來，為抗日進步演劇活動做出了積極的貢獻，成為西南地區重要的進步演劇力量之一。在當時複雜的環境下，桂林戲劇界採取靈活的鬥爭策略、合法的形式，促進了戲劇活動的開展。一九四二年三月，田漢、夏衍、洪深合作的大型話劇

《再會吧，香港！》在桂林上演。由於內容反映了抗戰大後方的現實，揭露了官僚富豪的醜惡行經，在上演的當晚，受國民黨特務的阻撓而被迫停演。「劇本要上演才顯現它的力量」[28]為了達到宣傳目的，桂林文藝工作者採用改換劇名的方法，終於使《再會吧，香港！》以《風雨歸舟》的劇名與桂林人民見面了，從而取得了這場鬥爭的勝利，粉碎了國民黨頑固派查禁進步文藝的陰謀。

一九四四年二月舉行的西南戲劇展覽會，再次顯示了田漢、歐陽予倩、瞿白音等戲劇工作者對開展抗日進步劇運的宏大戰略思想和高超的鬥爭藝術。他們邀請當時廣西地方當局最高首腦擔任大會名譽會長，邀請西南各省及各戰區首要人物擔任名譽指導長，而實際領導權則由中國共產黨文藝工作者和進步文化人所掌握，形成了「用他們的錢，演我們的戲，唱我們的歌」[29]的局面，使這次中國現代戲劇史上規模巨大的戲劇匯演得以勝利進行，推動了國統區抗戰劇運的發展。由於中國共產黨的領導和進步戲劇工作者的努力，一九四二年後桂林的戲劇演出活動空前活躍，逐步形成了一個國統區內的戲劇高潮。田漢在當時給重慶的郭沫若寫了一信，興奮地談到了桂林戲劇演出的盛況，他說：「桂林劇運近來也頗為熱鬧。新中國劇團演《大雷雨》，成績甚佳，接著《秋聲賦》、《風雨歸舟》、《大地回春》次第上演。」「與此相前後的藝術館的《面子問題》、《這不過是春天》、《天國春秋》、國藝社的《阿Q正傳》、《原野》，海燕社的《青春不再》，現在又做次期的準備了，照樣子看可以做到天天有話劇看。」[30]這種戲劇演出盛況，到一九四四年西南劇展會時更是達到了國統區內戲劇運動的高峰，充分顯示了桂林抗日文藝運動的興盛和成就，顯示了桂林抗日文藝隊伍的力量。

---

28 《夏衍雜文隨筆集》（商務印書館，一九八〇年），頁五八。
29 周恩來語，轉引自夏衍，〈周恩來對演劇隊的關懷〉，《人民戲劇》一九七八年第三期。
30 〈通訊〉，《戲劇春秋》第二卷第二期（一九四二年）。

一九四四年五月十九日，西南戲劇展覽會結束。此時，日本侵略者為打通直至越南的大陸交通線，繼發動河南戰役之後，向湘北發起了進攻。五月二十七日，日軍主力在岳陽以南突破了中國軍隊的第一道防線，六月十八日，長沙陷落，湘南、桂北震動。六月二十七日，廣西地方當局下達了第一道疏散令，至六月底，大部分報刊停止出版，一部分文藝家隨人流撤離了桂林。在這種動亂的局勢下，桂林文藝界留桂人員還舉行了戰時桂林最後一項重要的文化活動——成立桂林文化界抗敵工作隊，赴桂北前線進行戰地慰問和抗日宣傳活動。一九四四年六月下旬，桂林文化界在「保衛大西南」活動中，成立了文化界抗敵工作委員會，李濟深、田漢、歐陽予倩、邵荃麟、周鋼鳴、司馬文森、陳殘雲、華嘉以及李任仁、陳劭先、陳此生等人參加其間工作。在田漢的倡導下，抗敵工作委員會於七月成立了赴前線工作隊，陳殘雲任隊長，田漢任總領隊。七月二十三日，工作隊離開桂林赴興安、全州一帶前線工作。由於戰局惡化，工作隊於八月二十五日回到桂林，結束了一月餘的前線慰問和戰地宣傳工作。一九四四年九月十二日，廣西地方當局下達第三道強迫疏散令，柳亞子、邵荃麒等最後一批文化人撤離桂林。戰時桂林文藝活動至此全部結束。十一月十一日，桂林淪陷。八個月後，中國軍隊於一九四五年七月二七日收復桂林。

描述桂林抗日文藝運動的發展歷史，無疑，有以下幾個方面的意義：

首先，準確把握戰時桂林文藝的時間範圍。在戰時桂林文藝的時間劃定上，研究者有不同的認識，即使是當年活動其間的文藝家，也有截然相反的認識，如有的認為《救亡日報》停刊後桂林戰時文藝的蓬勃時期就已結束；有的則認為，桂林文藝運動的真正開始，是自一九四二年以後的後期。通過對桂林抗日文藝運動的發展過程的勾勒，我們可以看出，戰時桂林文藝，在抗戰初期即已萌芽，一九三八年十月後形成全國性影響，至一九四四年九月桂林疏散時止，一直沒有停止活動，前後長達六年之久，超過了武漢、上海、香港等戰時極有影響的文藝據點的存在時間，是幾乎貫穿整個抗戰八年的重要的文藝運動。

其次，深入理解戰時林桂文藝的活動內容。戰時桂林文藝在長期裏未引起文藝史家的重視，原因之一，在於文藝史家受西南劇展會巨大影響的迷惑，將戲劇活動當作戰時桂林文藝的代表性內容，而忽視了其活動內容的綜合性特點。桂林抗日文藝運動的發展過程表明，它是包括文學、戲劇、美術、音樂以及文化出版諸方面內容交織的綜合性文藝運動。以上各藝術門類，在當時均取得突出的成績，是顯示國統區抗日文藝運動重要成果的不可缺少的內容之一。

第三，正確判定戰時桂林文藝的性質。桂林抗日文藝運動的發展過程清晰表明，無論在它發展顛峰的高潮期或是在它潛長時的低潮期，它都是在中國共產黨的領導下進行的革命進步文化運動。它在中共中央南方局的直接領導下，為完成中國共產黨在新民主主義時期的反帝反封建的文化任務而努力鬥爭著，以自己的鬥爭實踐，充分顯示了戰時桂林文藝絕不是什麼「右傾文藝」，而是革命的抗戰的大眾文藝，是中國共產黨的文藝工作者和愛國進步文化人士共同書寫的抗日救國的一曲壯麗史詩。

桂林抗日文藝運動的發展歷史充分表明，我們的文學藝術家在國家蒙難、民族危亡的嚴重關頭，沒有辜負歷史的重任和民族的期望，為中國抗日民族解放戰爭貢獻了他們的忠誠與才智。他們的輝煌業績，在中國新文藝史及抗戰文藝史上，成為永昭後人的不朽篇章。

三、論桂林抗戰文藝在國統區抗日文藝運動中的地位和作用

（一）「文化城」文人薈萃

桂林，抗日戰爭時期有「文化城」之稱，文人薈萃，盛極一時。桂林「文化城」包括從一九三八年十月廣州、武

漢淪陷，大批文化人來到桂林，到一九四四年九月桂林大疏散的這一段時間，前後將近六年。它整個時期，跟抗日戰爭第二階段基本吻合。

在這一時期，國統區文藝形勢發生了什麼新的變化呢？這就是：以武漢為文化中心的時期結束，地方性的文化重心形成。羅蓀談到這一狀況時說，武漢廣州淪陷後，「原來集中在粵漢的作家卻並沒有全部到重慶來，做了又一次的分佈工作。這時候建立了許多個別的新的戰鬥單位，建立了個別地區的文化中心。如金華，如桂林，如昆明，如成都，如延安，如曲江，如上海……」[31]。這些文化重心，分別對當時的抗日文化運動包括解放區、國統區、淪陷區的抗日文化運動，做出了積極的貢獻；而在國統區內，擔當了抗日救亡文藝運動重要陣地的是桂林。

一般人認為，抗日戰爭時期國統區內重慶、桂林、昆明三大據點呈鼎足之勢支撐著大後方。從人流的匯集、經濟的效應等方面看，確是這樣；昆明在抗戰史上自然有它獨特的地位和作用。但從文藝運動方面分析，並非如此。昆明那裏聚集的主要是教育界人士；地理位置又處於僻遠一角，影響了它與各地的聯繫和交流，文藝運動終未造成壯大的聲勢和廣泛的影響。在國統區抗日文藝運動中起主要作用的是重慶、桂林兩大文藝據點。它們以犄角之勢，確是造成了「迂迴曲折，此伏彼起，乘虛伺隙，互相呼應」[32]的鬥爭局面，在國統區文藝運動中起了核心和主力軍作用。它們兩者的區別和主要職能在於：重慶是國統區抗日文藝運動的指揮部，桂林則是國統區抗日文藝運動的重要戰場。

重慶是抗戰時期國民政府所在地，也是中國共產黨在國統區內的最高領導機構——中共中央南方局所在地。周恩來同志在重慶領導著中國共產黨在國統區範圍內包括文藝運動在內的各項鬥爭。因而，重慶是中國共產黨在國統區的政治鬥爭的主要戰場，也是領導著國統區抗日文藝運動的指揮部。

31　羅蓀，〈抗戰文藝運動鳥瞰〉，《文學運動史料選》第四冊（上海教育出版社，一九七九年），頁一一九。
32　茅盾，〈在反動派壓迫下鬥爭和發展的革命文藝〉，《文學運動史料選》第五冊，頁六六七。

桂林「文化城」是在中國共產黨領導下建立和發展起來的國統區抗日文藝運動的戰鬥堡壘，中共中央南方局書記周恩來同志為此花費了大量的心血。在武漢、廣州失陷，長沙大火之後，國統區人民心頭籠罩著烏雲的時刻，周恩來同志於一九三八年十二月至一九三九年五月三次來到桂林，建立了八路軍駐桂林辦事處，他與葉劍英、董必武等中共代表多次做有關抗日民族統一戰線和堅持持久戰的演講和報告，掃除了人民頭上的濃霧，點燃了山城人民堅持抗戰的鬥爭烈火。對抗日文化宣傳工作，周恩來同志親自部署了要在桂林恢復《救亡日報》和建立南方各省抗戰演劇隊聯繫據點的任務；在文化隊伍裏建立黨的組織，留下黨員和幹部。隨著文藝戰線上的統一戰線的形成和發展，文化、新聞、教育、出版機構及文化人大批遷入桂林，從此桂林的抗日文化力量一天天加強，抗日文藝活動一天天高漲，最終成為國統區抗日文藝運動的重要陣地。這個陣地的形成，其標誌主要有三個方面：

1. 桂林「文化城」是愛國進步作家、藝術家縱橫馳騁的重要戰場

大批重要作家，在這裏從事文學創作及討論文藝思想，編輯期刊和叢書，在這裏出版和發表了全國大部分作家的著作和文章，開展各項戲劇活動和抗日宣傳工作。下面將桂林「文化城」的主要文藝活動分述如下：

（1）成立中華全國文藝界抗敵協會桂林分會

文協桂林分會於一九三九年十月二日正式成立。第一屆理事會理事有王魯彥、夏衍、歐陽予倩、艾蕪、黃藥眠、舒群、焦菊隱、陳此生等人。先後擔任歷屆理事會理事的有田漢、邵荃麟、巴金、胡風、柳亞子、熊佛西、司馬文森等。文協桂林分會出版過一期會刊《抗戰文藝・桂刊》，組織過前線慰問、青年輔導會、文藝講習班、學術報告會等多項活動，為推動桂林的抗日民族統一戰線和文藝運動的開展，做出了一定的貢獻。

（2）期刊及叢書的編輯出版工作

桂林「文化城」的期刊和叢書的出版量是極大的。《新華日報》一九四三年二月一日的一則消息說，一九四二年書刊出版以重慶桂林最繁盛，「兩地合起來，占了全國的一半」。把桂林擺在很重要的地位，根據《中國現代文學期刊目錄》（上海文藝出版社，一九六一年）的統計，我們將一九三八年十月至一九四四年九月國統區各主要城市期刊出版情況列比較表如下：

類別＼區域	重慶	桂林	成都	昆明	香港	金華	西安	總計
文學刊物	19	22	9	2	3	4	5	64
專門性刊物	17	8	2	1	缺	1	缺	31
綜合性刊物	22	9	2	2	6	3	4	48
累計	58	39	15	5	9	8	9	143

從表中我們可以看出，桂林出版的期刊，從總數看僅次於重慶，遠在其他城市之上，而文學刊物又超出了重慶。需要說明的是，由於時過境遷，條件所限，今天對於當年的期刊是難以概全的，《中國現代文學期刊目錄》亦是如此。據筆者統計，由中國共產黨的文藝工作者和進步的愛國文化人士編輯的刊物就有五十種以上。其中，在國統區有較大影響的有：《文藝雜誌》（王魯彥編輯）、《文學創作》（熊佛西主編）《文化雜誌》（邵荃麟編輯）、《野草》（夏衍、秦似等編輯）、《國民公論》（胡愈之、張鐵生、千家駒等編輯）、《文藝生活》（司馬文森編輯）、《戲劇春秋》（田漢主編）、《詩創作》（陽太陽等編輯）、《中國詩壇》（陳殘雲、黃寧嬰等編輯）、《新音樂》（李凌等編輯）等。文學專著的出版，除出版了郭沫若的《「民族形式」商兌》、茅盾的《霜葉紅似二月花》、《劫後拾遺》等

重要著作外，還出版了大批重要的文學叢書，主要有邵荃麟、宋雲彬等編輯、文化供應社出版的《文學創作叢書》，內有艾蕪的短篇小說集《荒地》、邵荃麟的短篇小說集《英雄》、歐陽予倩的歷史劇本《忠王李秀成》、陳白塵劇本《大地回春》等，以秦似為編輯的《野草》月刊社出版的《野草叢書》，內有夏衍的《此時此地集》，聶紺弩的《歷史的奧秘》、秦似的雜文集《感覺的音響》等；司馬文森編輯的《文藝生活叢書》，內有艾青詩集《向太陽》、于伶劇本《長夜行》等；胡風編輯的《七月詩叢》，內有鄒荻帆的《意志的賭徒》、冀仿的《躍動的夜》，等等，據當時有人統計，抗戰時期國統區書刊，有百分之八十是桂林出版的[33]。這話是否確鑿，現難以考證；但以此可以窺見抗戰時期桂林文化繁榮的一斑。

（3）戲劇活動

戲劇活動也是桂林「文化城」中很活躍很有影響的項目。被夏衍稱作「中國話劇的三個奠基人」[34]的田漢、歐陽予倩、洪深都先後來到桂林。在桂林活動的戲劇家還有熊佛西、翟白音、焦菊隱、金山、杜宣等。他們除了從事戲劇創作外，還開展了多項戲劇活動。首先是戲劇改革活動。一九三八年夏，歐陽予倩改編《梁紅玉》為桂劇，獲得很大成功，以後又創編和改編了《桃花扇》、《木蘭從軍》等愛國主義劇目，使桂劇以嶄新的面目出現。其次，進行了戲劇隊伍的組織活動。先後成立了以演劇隊隊員為基本成員的新中國劇社和廣西省立藝術館話劇實驗劇團。前者由瞿白音、杜宣領導，後者由歐陽予倩任團長。這兩個劇團是後來西南劇展的骨幹。第三，導演了眾多的劇目。洪深在桂林導演了《風雨歸舟》，歐陽予倩導演過《心防》、《法西斯細菌》、《國家至上》等，瞿白音導演過《秋聲賦》，熊佛西導演過《北京人》、杜宣導演過《大地回春》……這些劇目，分別由新中國劇社、廣西藝術館話劇實驗劇團、桂林國防藝術社以及

33 趙家璧，〈出版界簡況及出版業發達原因〉，《大公報》[上海版]一九四七年五月十八日。
34 夏衍，〈悼念田漢同志〉，《收穫》一九七九年第四期。

常在桂林活動的抗敵演劇隊第一、第九隊演出。當時在桂林活動的還有新安旅行團、孩子劇團等，把桂林劇壇搞得十分活躍。第四，舉辦了影響極大的西南八省劇展。一九四四年二月至五月在桂林舉行的西南八省戲劇展覽會，是中國現代戲劇史上燦爛的一章。會上聚集了八省三十多個劇團，共上演了話劇二十一個，歌劇和地方戲三十八個，並召開了戲劇工作者會議和戲劇資料展覽，影響很大，受到中外人士的注目。茅盾稱之為「國統抗日進步演劇的空前大檢閱」[35]。

（4）創作活動

先後在桂林從事寫作的有茅盾、柳亞子、巴金、夏衍、田漢、艾青、歐陽予倩、王魯彥、邵荃麟、艾蕪、胡風、熊佛西、司馬文森、洪深、蔡楚生、駱賓基、陳殘雲、葛琴、聶紺弩、端木蕻良、周鋼鳴、胡愈之、許之喬、金仲華、秦牧、秦似、林林、蘆荻、林煥平、李健吾、杜宣、黃寧嬰、王西彥、彭燕郊、陳邇冬、陽太陽、樓棲、華嘉、黃藥眠、張志壤、胡明樹、韓北屏、黃慶雲、徐遲、穆木天、宋雲彬、孟超、何家槐、瞿白音、汪鞏、于逢、易鞏等。他們在桂林「文化城」的創作活動，是桂林「文化城」的重要內容。

（5）舉行了多次文藝理論、文學創作的研究討論和文藝檢討會

重要的有：一九四〇年十一月二日夏衍、杜宣、歐陽予倩、許之喬、聶紺弩、宋雲彬、姚平等人參加的「戲劇的民族形式問題討論會」（由戲劇春秋社主持召開）；一九四二年七月十四日茅盾、柳亞子、歐陽予倩、胡風、宋雲彬、于伶、安娥、蔡楚生、周鋼鳴、田漢等人舉行的「歷史劇問題座談會」，一九四一年十一月一九日田漢、邵荃麟、司馬文森、許之喬、杜宣等十四人參加的關於檢討一九四一年文藝運動的座談會（由文藝生活編輯部主持召開）；一九四三年

[35] 茅盾，〈在田漢同志追悼會上的悼詞〉，《人民戲劇》一九七九年第五期。

十月二十日巴金、艾蕪、田漢、周鋼鳴、司馬文森、林煥平等人參加的「《霜葉紅似二月花》第一部座談會」，（《自學》月刊編輯部主持召開）。這些會議，對新文學的文藝創作、文藝評論、文藝思想鬥爭都是起到了積極的作用的。

戰時的桂林「文化城」，在當時集中的作家是最多的，戲劇活動是最活躍、影響最大的，期刊和叢書的出版無論在質量、數量上也都占了全國數一數二的地位。說桂林「文化城」是國統區內愛國進步的作家、藝術家縱橫馳騁的重要陣地應當是恰當的。

2. 桂林「文化城」是文藝戰線上中國共產黨與國民黨文藝政策鬥爭的重要陣地

在這場鬥爭中，重慶同樣是指揮部，桂林「文化城」是重要戰場。當時的重慶，由於受當局的直接控制，各項進步活動受到嚴密監視和嚴重限制。國民黨強行解散政治部第三廳後，雖然成立了一個文化工作委員會，但是只「可以做些研究工作，不能從事對外的政治活動」[36]。身為文委會主任的郭沫若只好長歎：「一年容易過，坐老金剛坡。」[37]在當局嚴加防範的情況下，重慶文藝界便開展了以爭取郭沫若的歷史劇《屈原》公開上演為突破口向當局高壓政策進行反擊。這鬥爭取得了勝利。但為時不久，《屈原》就被禁演了。郭沫若後來寫的歷史劇《筑》也被禁止出版。由於重慶的環境過於險惡，開展鬥爭十分困難，因此同當局文藝政策進行鬥爭的主要戰場就轉移到了桂林。

當時桂林是廣西省會，而桂系軍閥與國民黨中央政府的矛盾始終存在。桂系軍閥為了保存和發展自己的地方勢力，在抗戰中打出抗日、民主的旗號，盡力網羅人才，包括進步文化人士，並與中國共產黨保持一定的聯繫。這在一九四〇年李濟深擔任了國民黨政府軍委桂林辦公廳主任之後表現得更為突出。由於他在力所能及的範圍內為中國共產黨、為抗日進步文藝活動給予了一定的支援和合作，使得重慶勢力對桂林局勢難以插手。這就使得中國共產黨反擊國民黨文

36 郭沫若，〈序《杜國庠文集》〉，轉引自卜慶華《郭沫若評傳》（湖南人民出版社，一九八〇年），頁一三七。
37 郭沫若，《潮汐集・文化工作委員會成立一周年》。

藝政策的鬥爭爭得較有利的形勢。桂林「文化城」反擊國民黨反動文藝政策的具體表現是：

（1）在當局的反共政策下繼續文藝抗日等宣傳活動

國民黨於一九三九年頒佈〈限制異黨活動辦法〉，加緊反共活動，文化界「出現了葉青、張君勱等人的反動和言論出版的不自由」[38]之後，桂林「文化城」的抗日文化宣傳活動並沒有因此而停息下來，相反地繼續發揚了武漢時期的戰鬥的精神，形成了不可阻擋的興盛氣勢。當時，桂林的《救亡日報》、《國民公論》等報刊陸續發表中國共產黨領導人的文章，包括毛澤東同志一九三九年九月十四日在延安幹部大會上的講演〈第二次帝國主義戰爭講演提綱〉[39]、周恩來同志一九三九年四月十八至十九日在南嶽的報告大綱〈中日戰爭之政略與戰略問題——一個報告大綱〉[40]、葉劍英同志〈從抗戰經驗談到當前戰局〉[41]等，此外還發表了宣傳中國共產黨抗日民族統一戰線和論持久戰方面的文章，如胡愈之的〈變侵略戰爭為反侵略戰爭〉、陳此生的〈第二期抗戰之三大原則〉[42]、胡風的〈論持久戰中的文化運動〉[43]等。這些，在當時的重慶是較難辦到的。

在文藝方面，相繼復刊和出版了《抗戰文藝‧桂刊》、《野草》、《文藝生活》、《中學生戰時半月刊》、《戰時藝術》、《文叢》、《國民公論》、《十日文萃》、《中國詩壇》等期刊（自一九三八年十月至一九四〇年底）。在「皖南事變」之前，桂林一直保持了這種熱烈的氣氛，給國統區的抗日戰士和廣大民眾以極大的影響。

38 毛澤東，《新民主主義論》，《毛澤東選集》橫排合訂本，頁六六三。
39 載《國民公論》第二卷第七期。
40 載《國民公論》第一卷第十二期。
41 載《國民公論》第一卷第三期。
42 載《國民公論》第一卷第三期。
43 載《國民公論》第一卷第七期。

（2）以戲劇形式反擊當局的高壓政策

郭沫若歷史劇《屈原》於一九四二年四月在重慶上演後，給桂林及其他各地的戲劇隊伍打開了向當局文藝政策反擊的缺口。桂林戲劇界沿著這一缺口突進，擴大鬥爭戰果。一九四二年下半年，由於當局把持了重慶的戲劇劇場，各劇團雖已排好了《蛻變》、《虎符》、《草莽英雄》、《第七號風球》、《風雪夜歸人》、《家》等十多齣劇目，「但在無劇場的今天，這成了一桌沒處鋪排的豐筵」[44]。而在桂林，黨領導的文藝隊伍則大張旗鼓地上演了《忠王李秀成》、《風雨歸舟》、《大地回春》、《秋聲賦》、《長夜行》、《原野》、《北京人》等劇目，「一九四二年的桂林劇壇，正式公演了二十九次話劇（其中一次是獨幕劇）」[45]。郭沫若在重慶被禁止出版的劇本《筑》（即《高漸離》），也在桂林的《戲劇春秋》雜誌上發表了[46]。一九四四年二月桂林舉辦的八省劇展，更是戲劇界與國民黨頑固派進行鬥爭所取得的重大成果，在中國話劇史上是前所未有的壯舉。

（3）成功地粉碎了當局企圖將從滬、港赴桂的文化人控制在重慶的陰謀

一九四二年春、夏，上海、香港兩地文化人因兩地淪陷而大批撤往桂林，使得桂林的抗日文藝活動更為興盛。蔣介石甚感焦慮，親自兩次派程思遠、劉百閔來桂，聲稱已準備了五十萬元在重慶作為安置滬、港文化人的生活和工作之用，動員他們離桂赴渝。桂林文藝界則不為所動，除少數人因工作需要陸續赴渝外，大部分仍留在桂林堅持鬥爭，直到桂林淪陷。這對桂林後來文藝運動的蓬勃開展包括西南劇展的舉行，起了重要的作用。

---

44 子岡，〈陪都瑣聞〉，桂林《大公報》一九四二年十月二十日。
45 《國民公論》創刊號（一九三八年）。
46 小涵，〈桂林的演劇報導〉，《文學創作》第一卷第六期。

3. 桂林「文化城」曾一度成為國統區抗日文藝運動的中心

一九四一年十一月太平洋戰爭爆發前，上海「孤島」和香港都聚集著不少我國主要文化人。從武漢失守到滬、港淪陷，由於文化人的分散，國統區抗日文藝運動的中心是不很明顯的。香港淪陷，和上海「孤島」消失後，滬、港文化人大批遷桂。他們願意在這民主空氣較濃、行動較自由的桂林生活和工作，不願到國民黨頑固派嚴密控制下的重慶。這就使得桂林「文化城」的文藝隊伍更為壯大、文藝運動更為興盛，其規模一時間超過了重慶，成為國統區抗日文藝運動的中心。其標誌：

一是在其間活動的作家、藝術家增多。當時國統區的重要文藝家大部分都在桂林聚集。桂林文協會員王坪於一九四三年九月的一篇文章中說：「留桂的文化工作者，無論質和量，有一個時期都占全國第一位。」[47]

二是大批文藝刊物沖決羅網而出。一九四二年與一九四三年兩年，新出版的文藝刊物就有《文學創作》、《文學批評》、《新文學》、《創作月刊》、《青年文藝》、《藝叢》、《文藝雜誌》等十七種，這種狀況，出現在受國民黨嚴加防範出版極不自由的「皖南事變」後，無疑是僅見的。

三是戲劇活動在一九四二年後掀起了一個高潮，延續至一九四四年西南劇展，成為當時國統區內最興盛熱烈的地區。

綜上所述，筆者認為，桂林「文化城」的性質和特徵是：它是在抗戰第二階段開始後在國統區內由中國共產黨領導開展的抗日救亡文藝運動的主要陣地；它以文化出版工作和戲劇活動為主要活動形式，取得了巨大的成績和影響，一度成為國統區抗日文藝運動的中心，在抗戰文藝史上占有重要的地位。

---

[47] 王坪，〈文化城的文化現狀〉，《廣西日報》一九四三年九月八日。

（二）「文化城」鼓舞人民堅持抗戰

在國統區抗日文藝運動中占有重要地位的桂林「文化城」，它在當時起到了鼓舞人民堅持抗戰的信心、推動新文藝運動發展的進程等積極作用。其具體體現在：

1. 建立和鞏固了國統區抗日文藝運動的據點，使廣大革命的進步的抗日文藝工作者有了開展抗日文藝活動的基地

抗戰爆發後，我國新文化運動的中心由北平、上海轉移至武漢。一九三八年十月前的武漢，其抗戰熱潮為抗戰史上最高的時期。武漢淪陷前夕，周恩來同志和其他中共代表一道佈置我國主要的文化人撤往長沙、衡陽，以後又撤到了桂林。當時，國土大片淪陷，桂林成為抗日陣地。中國共產黨正確地分析了形勢，看到了桂林建立抗日宣傳據點的重要戰略意義，看到了由於廣西地方當局與中央政府的矛盾所造成的有利條件。在周恩來同志親自部署下，除建立八路軍駐桂林辦事處外，留下了這樣兩支建立有黨組織的文化隊伍：一支是以夏衍為首的《救亡日報》社；另一支是胡愈之、張志壤、劉季平領導的桂林行營政治部第三科，其成員即原政治部第三廳的人員。這兩支隊伍以《救亡日報》、《國民公論》為主要陣地，在文化宣傳工作方面發揮了重要作用。這股力量是「皖南事變」前桂林「文化城」前期時的抗日文藝運動的中堅。其中桂林行營政治部第三科有「小三廳」之稱。隨著抗日民族統一戰線的建立和發展，「國際新聞社」、「中國青年記者協會」、「文化供應社」等進步文化團體也紛紛成立，以後又成立了以中國共產黨黨員楊東蓴為教育長的廣西地方建設幹部學校，在那裏建立了中國共產黨的支部。這些組織，在當時都起到了相當大的骨幹作用。桂林「文化城」也就基本形成為由中國共產黨領導的抗日文藝運動的據點。

桂林「文化城」這國統區抗日文藝運動據點的建立，其意義在於：

（1）在國統區文藝戰線上又開闢了一新戰場，使廣大文藝戰士開進了陣地，克服了廣州、武漢淪陷後文藝戰線由於人員的大遷徙造成的混亂局勢，促進了抗日救亡文藝運動的深入開展。

（2）在揭露和反抗高壓政策方面，取得了突出的成績，較之重慶，起到更大的揭露作用和戰鬥作用、促進了新文藝運動的開展。

（3）支援和鼓舞了南方各省新四軍和抗日游擊隊的抗日鬥爭，鼓舞了國統區人民和海外愛國僑胞的抗日救國熱情。

2. 桂林「文化城」推動和發展了新時期的文學創作，使現代文學寶庫添了珍貴的財富

血與火交織的八年抗戰，在中華民族鬥爭史和新民主主義革命鬥爭史上是壯麗的一幕，在斷代文學史上同樣是輝煌燦爛的篇章。艾青說：抗戰時期「是繼『五四』以後又一個中國新詩空前發展的時期」[48]。在其他文藝領域，同是如此。為時六年的桂林「文化城」，活躍著大批作家、詩人及其他文藝工作者。他們的作品是新文藝寶庫中的珍品。

茅盾的文學成就，以創作上繪製了「規模宏大的歷史畫卷」為冠。他的作品《霜葉紅似二月花》、《虹》、《蝕》、《子夜》、《春蠶》、《林家鋪子》、《清明前後》、《鍛鍊》，刻畫了中國民主革命自五四開始至一九四九年各個階段的艱苦歷程，而他在桂林創作的長篇小說《霜葉紅似二月花》，正是他刻畫「中國民主革命的艱苦歷程」，繪製「規模宏大的歷史畫卷」的極重要的一部作品，它「為我國文學寶庫創造了珍貴的財富，提高了現實主義文學創作的水平，在文學史上留下了不可磨滅的功績」[49]。

48 艾青，〈電國新詩六十年〉，《文藝研究》一九八〇年第三期。
49 胡耀邦，〈沈雁冰同志追悼會上致悼詞〉，《人民日報》一九八一年四月十二日。

夏衍、田漢、歐陽予倩、艾蕪等人都是在新文學史上有突出貢獻的作家，他們都比較長時期地在桂林從事創作和其他文學藝術活動。夏衍在桂林創作了《心防》、《愁城記》兩個劇作，他在後來創作的《法西斯細菌》也是發表在桂林「文化城」期刊上。《心防》和《法西斯細菌》是夏衍的兩個重要劇作，特別是後者，一直被公認為新文學優秀劇作，解放後仍多次上演。在今天四化建設的征途中，《法西斯細菌》仍有一定的現實意義。夏衍在桂林「文化城」裏還留下了大批雜文和時評文章，其內容十分豐富。田漢在桂林創作有話劇劇本《秋聲賦》、《黃金時代》，還有戲曲劇本《岳飛》、《武則天》、《白蛇傳》等。這一時期是他在抗日戰爭時期的一個重要創作階段。歐陽予倩的創作，如前面已談到的，他在創作和改編戲曲劇目上有很大的成就；尤以創作歷史劇《忠王李秀成》，改編《梁紅玉》、《桃花扇》影響最大。這幾個劇目，是抗戰時期國統區內演出最多的有數的劇目中的幾個。艾蕪當時在桂林寫了長篇小說《山野》、《故鄉》，中篇小說《我的旅伴》以及《秋收》、《回家》等十多個短篇，這在他解放前的創作中占很大的比重。其中長篇《山野》，評論家認為：「是作者這一階段創作成就的主要標誌」[50]，「標誌著作者在長篇創作上走上成熟時期」[51]。

現代文學史上許多重要的作品也是在桂林「文化城」期刊上發表的。除上面談到的《法西斯細菌》、《忠王李秀成》、《高漸離》等外，桂林「文化城」期刊還發表了郭沫若史劇《孔雀膽》、詩作《罪惡的金字塔》、茅盾的短篇小說《耶穌之死》、田間的詩作《她也要殺人》以及老舍的《大地龍蛇》、張天翼的《金鴨帝國》、沙汀的長篇《淘金記》等等。茅盾在抗戰時期寫的十二篇短篇小說，有九篇發表在桂林「文化城」期刊上。

---

50 唐弢、嚴家炎：《中國現代文學史》第三冊（人民文學出版社，一九八〇年），頁四四六。
51 唐弢、嚴家炎：《中國現代文學史》第三冊（人民文學出版社，一九八〇年），頁四四六。

3. 桂林「文化城」錘鍊了青年作家，培養了文學新人

胡愈之、張鐵生等人編輯的《國民公論》創刊詞寫道：「戰爭是一個大熔爐，……民族和國家都要從戰爭中磨練自己，批判自己，洗刷舊的陳腐的，建造新的進步的。」[52]在八年抗戰這場偉大的民族解放戰爭中，民族得到了錘鍊，作家也得到了錘鍊。伴隨著桂林「文化城」而成熟和成長起來的最有代表性的作家和詩人是艾青、秦似、秦牧等人。

艾青在抗戰前即寫了著名的〈大堰河——我的媬姆〉，但他的作品仍一度帶上低沉憂鬱的情緒，他還沒有獲得更多的通過人民鬥爭取得解放的階級意識。聞一多就此曾批評艾青的「太陽向我們滾來」詩句。聞一多說：「為什麼我們不滾向太陽呢？」抗戰爆發後，詩人在流離轉徙中目睹了千千萬萬人的苦難，受到了熱火朝天的抗戰救亡運動的教育和鍛鍊，思想產生了飛躍，作品中熱烈、明朗的情調也越來越濃。他繼寫〈街〉後，在桂林又寫了〈吹號者〉和〈他死在第二次〉，離桂不久寫了〈火把〉。「以〈吹號者〉、〈他死在第二次〉、〈火把〉為代表，艾青的詩跨入一個新的高度。」綜觀艾青的全部創作，評論家謝冕的這話是不錯的。艾青在桂林的生活和創作，是他一生創作活動中的一個重要階段，奠定了他成為現代中國傑出詩人的基礎。

秦似和秦牧都是在桂林「文化城」的抗日文藝運動中成長起來的有成就的作家。抗戰爆發後，秦似即在《文藝陣地》、《救亡日報》上發表文章。一九四〇年夏他來到桂林，與夏衍、聶紺弩、宋雲彬、孟超辦起了富有特色和戰鬥力的《野草》月刊。秦似在《野草》上發表了〈為著誰——我們讓血〉、〈戰神的歡笑〉等大量雜文，後輯成《感覺的音響》出版。秦似在桂林「文化城」的實際鬥爭中得到鍛鍊，迅速成長，終於成為桂林抗日文化活動的骨幹。夏衍離桂林不久，秦似一人挑起了《野草》的全部編輯、出版、發行工作，並在後來擔任了文協桂林分會理事、常務理事。今天，秦似已成為我國有數的雜文家之一，他的雜文，在現代文學領域中占有一定的地位。

---

[52] 《國民公論・創刊詞》，《國民公論》第一卷第一期（一九三八年）。

當代著名的散文家秦牧，他步入文壇正式開始從事寫作生活，是自桂林「文化城」開始的。他在〈我是怎樣走上文學道路的〉[53]一文裏寫道：「我真正比較嚴肅地跨上文學道路，是四〇年代初的事，即在一九四一年太平洋戰爭爆發之後。當時我在桂林當中學教師。」正是在那幾年，秦牧在桂林積極參加抗日文藝活動，寫了大量的散文、雜文，逐漸成熟起來。一九四七年上海出版了他的第一本集子《秦牧雜文》，他說：「裏面收的文章大抵是桂林時期寫的。」可以說，秦牧是一位在桂林「文化城」裏成長起來的作家。當時，桂林文藝界還通過舉辦文藝講習班、創辦青年刊物等方式，對文學青年進行多方面的指導，引導了許多文學青年通過抗日救亡文化運動走上了民族解放和民主革命的道路。如《救亡日報》社、國際新聞社中的許多青年工作者即是如此。今天，當年桂林「文化城」中鍛鍊成長起來的文學青年，許多已成為社會主義文藝事業的骨幹力量。

（三）「文化城」對中國文藝事業的發展提供經驗和啟示

在國統區抗日文藝運動中占有重要的地位、發揮了重大作用的桂林「文化城」，為我們文藝事業的發展提供了豐富的經驗和寶貴的啟示。

通過桂林「文化城」的文藝活動歷程，我們首先可以看到：中國共產黨是桂林「文化城」的靈魂。桂林「文化城」從一開始即是在中共中央南方局的領導下建立的；以後幾年，桂林的抗日文藝活動一直在八路軍桂林辦事處和文藝隊伍中黨的文藝工作小組領導下開展。在階級陣線最為複雜、鬥爭最為艱巨的年代裏，黨領導革命的進步的文藝工作者堅決執行黨中央規定的「長期埋伏、積蓄力量、等待時機」的國統區工作方針和「對於反共頑固派的一切反動的法律、

[53] 載《文藝報》一九八一年第十期。

命令、宣傳、批評，我們應提出針鋒相對的辦法和他們做堅決的鬥爭」的指示，正確處理了民族矛盾與階級矛盾的關係，正確認識抗日鬥爭與文藝創作的關係，利用廣西地方當局與中央集團的矛盾所形成的有利條件，使黨的文藝通過「上層工作和下層工作相配合，公開工作和秘密工作相配合，公開宣傳和秘密宣傳相配合，黨外的聯繫和黨內的聯繫相配合」，在抗日戰爭這嚴竣的年代裏取得了卓越的成效。這一寶貴經驗，在今天更具有強大的現實意義。

在桂林「文化城」時期，桂林的革命文藝工作者堅持統一戰線中既聯合又鬥爭的方針，在整個「文化城」期間，對廣西地方當局採取「爭取中間勢力」、「爭取地方實力派」為主的方針，而當桂系向中央政權靠攏的時候，則堅決地進行揭露。在鬥爭過程中，採取了既有原則性又有靈活性的巧妙鬥爭方法，如「皖南事變」後對事件真相的揭露、一九四二年春、夏對當局企圖驅趕自滬、港淪陷後返桂的文藝工作者赴重慶以便其控制的陰謀而進行的鬥爭；一九四四年西南劇展的籌備與舉辦等等。所有這些，使當局文藝政策在桂林「文化城」裏收效甚微，而文藝始終保持了堅持抗戰、爭取民主的蓬勃生機，展示了新文藝運動的進程。這一歷史經驗，在整個新文藝領域是值得很好總結的重要內容。

通過桂林「文化城」，我們還能看到：作家對民族的命運擔負有一重大的責任。在國土淪亡，中華民族遭受空前災難的年代裏，「五四」以來發展起來的新文藝不但沒有被扼殺，反而出現了一個蓬勃發展的新時期。這一文藝現象，凝結著與新文藝史上各個時期不同的創作經驗。它表明：我們的作家沒有辜負我們民族的期望，人民的期望，他們在民族淪亡的生死關頭，毅然投入火熱的戰鬥生活，以文藝為武器，肩負起挽救民族危亡的重大責任。他們的文藝實踐，對我國今天建設四化、振興中華的事業來說，同樣有著重要的啟示，具有巨大的現實意義。

桂林的抗日文藝運動，在當時的歷史條件下，自然也存在著一定的缺點和錯誤，相對而言，它的成績和經驗更為寶貴，值得我們認真總結。

四、桂林「文化城」成因

桂林，在抗戰前，是一座僅以「山水甲天下」聞名，而在其他方面均沒沒無聞的南方小城，是什麼原因使它在戰火紛飛、山河變色的歲月裏竟成為大後方著名的「文化城」，為抗日救亡文藝運動做出了極大的貢獻呢?筆者認為：抗日戰爭局勢的發展變化是「文化城」形成的客觀依據；蔣、桂矛盾所造成的桂林的較民主空氣是進步文化人生存發展、大顯身手的特殊環境；良好的自然地理及社會人文條件為文化城的建立和發展提供了必要的社會物質基礎；中國共產黨的領導是戰時桂林文化運動取得巨大成就的根本原因。下面分別論及。

（一）抗戰局勢發展的客觀需要

一九三八年十月廣州、武漢淪陷後，抗戰局勢發生了重大變化，抗日戰爭進入了戰略相持階段。也正是從這時開始，桂林的戰略地位日益重要，逐漸成為西南一帶政治、軍事、文化的重心。

一九三八年十月後，由於武漢、廣州淪陷，長沙大火，南昌的孤零，數月後即淪陷。重慶的地理位置又過於僻遠，因而，桂林成為這一時期南方軍事指揮重地。一九三八年十一月二十八日，蔣介石在湖南南嶽召開軍事會議，重新部署國民黨戰場的軍事，調整戰區，取消了原西安、廣西、重慶各行營，分別在桂林、天水建立軍事委員會委員長西南行營與西北行營，白崇禧任西南行營主任、程潛任西北行營主任，統一指揮南北戰場。一九三八年十二月三日，軍事委員會委員長西南行營在桂林正式成立，白崇禧在桂林就任行營主任職。桂林逐成西南軍事指揮中心。

1. 桂林是西南抗日救亡革命活動的重心

一九三八年九月，中國共產黨召開了擴大的六屆六中全會。會議總結了抗戰十幾個月以來的經驗，明確了在抗戰形勢即將發生重大變化的情況下所面臨的緊急任務，批判了王明投降主義的錯誤，同時，對組織機構和人事安排做了調整。由於武漢的陷落，會議期間，撤銷了中央長江局。根據形勢的發展變化，中央決定設立南方局，由周恩來任書記、董必武任副書記，領導西南、華南的黨組織和統一戰線工作。十月，武漢危急，周恩來急返武漢，後撤往長沙、桂林，繼而到重慶，籌組和規劃南方局各項工作。由於長沙大火，八路軍長沙辦事處無法工作，一九三八年十一月中旬，在周恩來的親自安排下，八路軍桂林辦事處在桂林建成。

八路軍桂林辦事處是中國共產黨和八路軍在國民黨統治區建立的公開辦事機關。八路軍桂林辦事處由李克農任主任，負責「聯絡湘、贛、粵、桂及香港運輸」[54]。八路軍桂林辦事處在中共中央南方局的直接領導下，在一九三八年冬至一九四一年初的兩年多時間裏，傳達中共中央的各項指示，宣傳中國共產黨的持久抗戰的思想，貫徹執行黨的抗日民族統一戰線的策略方針，堅持抗戰、反對投降，堅持團結、反對分裂，堅持進步、反對倒退，組織和發動國民黨統治區的廣大人民群眾，團結國民黨民主派及各階層抗日愛國人士，發展和鞏固抗日民族統一戰線，聯絡和領導湘、贛、粵、桂等省中共地下黨組織，溝通與香港及海外的交通運輸，輸送中共幹部和進步青年到延安及各抗日民主根據地。由於八路軍桂林辦事處的建立及領導，桂林成為中共中央、南方局聯結華南、華東及香港、海外革命活動的重要樞紐，成為西南抗日救國革命活動的中心之一。

---

[54] 一九三九年一月十八日中央南方局報中共中央書記處電文，見桂林市「八路軍桂林辦事處紀念館」陳列照片。

2. 桂林是國統區抗日文藝活動的重要據點

自武漢失守後，桂林成為「抗戰文藝運動的大據點」[55]。這是國統區文藝形勢隨著抗戰政治、軍事形勢變化而變化的結果。作家孔羅蓀在談這一時期的文藝形勢時說：武漢、廣州淪陷後「原來集中在粵、漢的作家卻並沒有全部到重慶來，做了又一次的分佈工作。這時候建立了許多個別的新的戰鬥單位，建立了個別地區的文化中心。如金華，如桂林，如昆明，如成都，如曲江，如上海，……」[56]這還只是一九四一年以前的情形。一九四一年後，隨著「皖南事變」及太平洋戰爭的爆發，香港淪陷，「孤島」消失，金華、曲江等地當局對進步文化人壓迫的加劇，昆明、成都本身文化力量不足，而桂林，則由於滬、港文化人的大批湧入更興盛起來，成為二期抗戰後國統區內重要的文化據點。

正是由於抗日戰爭政治、軍事、文化形勢的發展變化，使得桂林的戰略地位日益重要，在大西南抗日救國鬥爭中發揮著獨特的作用。這就在客觀上促進了桂林抗日文藝運動的蓬勃發展。

（二）進步勢力生存的特殊環境

桂林，是廣西省會，國民黨地方實力派桂系的根據地。以李（宗仁）、白（崇禧）、黃（旭初）為首的國民黨新桂系，長期以來與蔣介石中央集團有矛盾。他們若即若離，時分時合，勾心鬥角。正是由於國民黨存在有這種複雜的矛盾鬥爭，使得中國共產黨人和其他進步勢力在抗戰時期獲得了一個生存和發展的特殊環境，為中國抗戰事業和進步文化事業，做出了傑出的貢獻。

55 藍海，《中國抗戰文藝史》（山東文藝出版社，一九八四年），頁五一。
56 羅蓀，〈抗戰文藝運動鳥瞰〉，《文學運動史料選》第四冊（上海教育出版社，一九七九年），頁一一九。

抗戰中的桂林，有著較之重慶等蔣介石直接統治地較多的民主空氣，這是進步勢力賴以生存發展的政治基礎。這種較多的民主空氣具體表現在：

1. 廣西地方當局與中共有較好的默契和合作

一、廣西地方當局在一定時間、一定程度上曾實行聯合中共及聘請進步文化人來桂工作的開明做法。桂系與重慶當局的本質毫無二致，但是，由於他們之間矛盾的長期存在和尖銳程度，並不排斥桂系在具體鬥爭目標上出現反蔣的時期。由於中國現代歷史的複雜性，也由於桂系興起的特殊背景，桂系自三〇年代中期以來，其國內政策、政治態度有較大改變，防蔣甚於防共。國民黨桂系反蔣的目的，是以其地方割據的政治目的為準則的，是企圖保持廣西的獨立、半獨立狀態，以維護他們在這一地域中的利益，而蔣介石卻時時在窺視並企圖吞併這股異己力量。桂系在長期的與蔣介石的摩擦中深知，要反蔣自存，光靠自己的力量，隅於西南一角是不行的，必須聯合其他反蔣勢力，包括中國共產黨。因此，抗戰前，國民黨桂系就於一九三五年派劉仲容到西北去與張學良、楊虎城等主張抗日的武裝力量聯繫，開始了與中國共產黨的初步接觸。一九三六年十二月「西安事變」，桂系代表劉仲容第三次到西安時，又與中共中央代表團周恩來、葉劍英進行了直接接觸。周恩來對廣西地方當局主張抗日的態度表示讚賞[57]。廣西地方當局對中國共產黨和平解決「西安事變」的主張表示贊同。一九三六年十二月十六日，李宗仁、白崇禧、李濟深等十六人聯名通電全國，擁護和平解決「西安事變」，主張「確實建立抗日政府，舉國一致實行對外」[58]。抗戰開始後，廣西地方當局聘請進步文化人來桂工作，「皖南事變」前，容許中國共產黨人來桂林開展抗日救亡活動。綜觀國民黨桂系在抗戰中的作為，可以認為，他們在對待抗日民族統一戰線上，有較之重慶當局更多一點的誠意。他們在一定時間（主要是「皖南事變」前）、一定程

57 劉仲容，《西安事變的回憶——順記三次西安之行》，《廣西文史資料選輯》第九輯。
58 見一九三六年十二月二十五日《解放日報》[西安版]消息。

度上（對中國共產黨在廣西從事不反對地方當局的抗日救國活動採取默許態度）與中共有較好的默契和合作。這就造成了有利於進步勢力生存發展的較民主的政治氣氛和特殊環境。

2.廣西地方當局採取了有利於國計民生的措施

桂林這種較民主空氣還表現在廣西地方當局在當時確實做了一些從客觀上說有利於國計民生的工作，如抗戰出兵與廣西民政。抗戰爆發後，李、白、黃集團實踐了一九三六年「西安事變」時他們給全國的通電中所說的「廣西軍一部北上援綏」抗戰的諾言，派出軍隊赴前線抗戰。據資料統計，抗戰期間，廣西地方當局除李宗仁、白崇禧兩人親赴前線指揮中國軍隊與日軍作戰外，共出兵五十萬餘人，開赴蘇、浙、皖、鄂、豫等省抗戰前線，先後參加了淞滬會戰、徐州會戰、武漢會戰、隨棗和宜昌會戰等重要戰役[59]。在廣西民政工作方面，廣西地方當局為標榜自身的「民主」、「進步」，從三〇年代初期起，即在全省推行普及教育，「每村設立國民基礎學校一所，每鎮設立中心國民基礎學校一所。……每縣設立國民中學或普通中學一所」[60]。此外，還有發展交通、推行衛生等具體措施。廣西地方當局在民政工作方面的一些成績，曾受到外省來桂人士如徐特立[61]、夏衍等人的讚揚。夏衍在當時所寫的一篇文章中曾寫道：「廣西政治上有一個最不可及的特點，就是不尚空言，而很迅速地提出實際的辦法。……十二月二日大轟炸之後，那時候我還在桂林，在那些罹災民房的牆隙裏還吐著火舌的時候，當局處理災民善後的佈告已經貼在牆上了，這辦法是簡單而明白的三點：第一，開放四處戲院、電影院作為災民住宿的地方。第二，未罹災居民每戶均有收容一個罹災者的義務，托詞拒絕者可以報警查究。第三，罹災民眾每人發給伙食費五角。看起來是很平常，但是在全中國許多遭受了轟炸的城市裏面，

59 黃宗炎，〈廣西軍隊在省外抗日概況〉，《學術研究動態》一九八五年十一期。
60 周全，《桂系解剖》（香港七星書屋，一九四九年）。
61 參見千家駒，〈在桂林的八年〉，《學術論壇》一九八一年第一至二期。

能夠這樣敏捷而實際地為老百姓想了辦法的，似乎還不多。」[62]

3. 國民黨內的左派勢力及被視為桂系成員之民主勢力

當時桂林的這種較為進步的民主空氣，再一方面是來自國民黨內的左派勢力及被視為桂系成員的民主勢力。這主要是李濟深、李任仁、陳劭先等人所起的作用。

李濟深是國民黨元老，長期以來與蔣介石有矛盾。抗戰開始後，不被蔣介石所信任，先任戰地黨政委員會副主任，一九四〇年四月起任國民政府軍事委員會桂林辦公廳主任，均為無軍事實權的地位。李任仁與李宗仁、白崇禧是同鄉，又是白崇禧的小學教師；白崇禧讀小學後投考陸軍小學、轉學初等師範以及辛亥革命時參加學生軍等場合，都得到李任仁的幫助，因而李任仁極得白崇禧的尊重，關係一直較好[63]。李任仁並不是桂系的核心成員，甚至「沒有在桂系做官」[64]。他是救國會成員，廣西參加救國會的代表人物，當時任廣西省臨時參議會的議長，廣西建設研究會常務委員。陳劭先也是救國會成員，當時任廣西建設研究會常務委員，實際負責該會的日常工作。陳劭先與李宗仁有較密切的關係。

李濟深、李任仁、陳邵先等人，他們或以自己的威望，或以自己的私人關係，分別給桂系一定影響，這就造成了在某些情況下，桂系集團對事情的處理，甚至在一些問題的決策上會受他們的影響而有利於革命和進步勢力的一方。例如，「皖南事變」時，桂系參與了反共行動，但是，桂系在廣西並沒有把事情做絕，對外來共產黨人及進步文化人，不是採取公開逮捕而是採用暗中送走的辦法。例如夏衍撤往香港，就是黃旭初親自囑副官購買飛機票送走的[65]。而這種做

62 夏衍，〈桂林怎樣抵抗轟炸〉，《新華日報》一九三九年二月三日。
63 李任仁，〈國民黨崩潰前夕的和談內幕〉，《廣西文史資料》第十八輯。
64 胡愈之，〈回憶李任仁先生〉，《廣西文史資料》第十八輯。
65 夏衍，〈白頭記者話當年〉，《新聞研究資料》第二輯（一九八一年）。

法，又是李濟深、李任仁從中協助得以實現的。當然，桂系的這種做法，也是與反蔣自存的目的相關聯的，桂系認為，這批共產黨人與進步文化人，是為擴大自己的勢力和影響請來的，今後反蔣或許還得借助他們，因而施行「好來好往」的政策。而另一方面，廣西也發生了迫害地下黨和進步人士的事件，如南寧一九四一年的「一一五事件」，桂林一九四二年的「七九事件」。

這裏還得對廣西建設研究會、文化供應社這兩個機構做些介紹。

4. 廣西建設研究會、文化供應社對民主進步事業的幫助

廣西建設研究會成立於一九三七年十月，原是李、白、黃以反蔣為主要目的而建立的一個政治組織，但它的公開身份和後來的實際內容卻是一個學術研究機構，真正的目的只有桂系核心分子才知道。李宗仁在離廣西赴徐州任第五戰區司令長官前夕，曾對幕僚說：「廣西是抗戰的大後方，也是我們的根據地，現在我和健生都出去了，廣西留給旭初負責。他的責任是重大的，光靠他還不行，所以必須延攬人才，集思廣益，才能充實力量，使我們立於不敗之地。」在吸收成員問題上，李宗仁又說：「應當多吸收一些進步分子，以壯大我們的聲勢。回顧『六一』運動時，蔣介石集中了幾十個師來包圍我們，我們只有十多個團，……形勢非常嚴重。但蔣介石不敢動手，為什麼呢？主要是那時廣西得到各方面的支持，各黨派都有人來廣西，蔣對這一形勢不能不有所顧忌。」[66]因此，廣西建設研究會成立後，實際是桂林的統一戰線性質的組織，會長、副會長雖是李、白、黃兼任，但主持工作的是常務委員李任仁、陳邵先、黃同仇。三人中只有黃同仇是另類，可是不久即離開廣西，實際權力掌握在進步人士李、陳二人手中。中共文化工作者和進步文化人胡愈之、邵荃麟、歐陽予倩、千家駒、宋雲彬等人曾先後參加了這一組織。

---

[66] 程思遠，〈政壇回憶〉，《學術論壇》一九八一年第四期。

廣西建設研究會在李任仁、陳劭先的主持下，曾做了許多有益於抗戰，有益於民主進步事業的工作，其中較重要的一件是成立「廣西憲政協進會」。一九四〇年，與延安憲政促進會相呼應，廣西建設研究會的進步分子成立了一周邊組織「廣西憲政協進會」，起草了一份針對獨裁統治，揭露其〈五五憲草〉實質的宣言，並通過該會內部刊物《時論分析》印發，送往全國。桂系首腦擔心這份宣言過於刺激，不敢在《廣西日報》刊出，最後通過金仲華的關係，在香港《星島日報》發出，造成很大影響[67]。

廣西建設研究會所做的另一件較重要的有益於抗戰的工作是成立了進步出版機構文化供應社。文化供應社與廣西建設研究會的性質不同，後者是政治組織，文化供應社則是建設研究會成員集資所辦的出版公司，實際上是中共領導。文化供應社由陳邵先任社長，胡愈之、宋雲彬、傅彬然、楊承芳、邵荃麟等都先後在其間任編輯。由於文化供應社的成立，進步文化人有了自己的出版機構，不僅以出版園地養活了許多文化人，出版了許多好書，而且直接安置了許多文化工作者，既解決了文化人的生活問題，又給他們開展革命進步活動以隱蔽的場所。

「同是國民黨統治下的地區，我們在東南前線的浙江福建待不住，在西南後方的廣西又待下來了。」[68]抗戰時期，桂林這種相對民主、相對自由的特殊的政治環境，無疑是中國現代史上的一個奇特現象。它給戰時桂林文藝的形成和興起，提供了良好的政治基礎。

（三）地理人文等基本條件的具備

桂林當時不僅有較民主的政治條件，而且具備了較理想的自然地理和社會人文條件。

[67] 千家駒，〈在桂林的八年〉，《學術論壇》，一九八一年第一至二期。
[68] 張畢來，〈回顧在桂林和邵荃麟相處的日子〉，《學術論壇》一九八二年第二期。

1. 自然地理條件

從地理因素看，首先，桂林地理位置良好，地處廣西東北角，有鐵路連接西南、華中、華商，戰略上可進可退，南下香港、南洋，西轉昆明、重慶，均有迴旋餘地，不似重慶隅於僻遠一角，進退頗為不便，因而人們願集結於此。另外，由於武漢、長沙、廣州以至先期撤到武漢、廣州的華北、華東、華中的機關、學校、工廠、人員等，在武漢、廣州失守後，均最先撤到桂林，然後才能轉到貴陽、重慶、昆明等地，而一些長途跋涉後再無能力繼續後遷的機關、民眾，包括一些文化人，就這樣集結了下來，這也是造成戰時桂林人才濟濟，興盛繁榮的一個原因。

其次，桂林交通發達，是連接西南、東南的交通樞紐。由於華中、華北大片國土均為日軍所占，因而不僅由東南各省到重慶、昆明等地要經過桂林，就要去延安、西安、新疆等地，也須走這條線。由重慶到東南各省以及到新四軍根據地，也必須繞道桂林而行。一九三九年春，周恩來由重慶到華東新四軍根據地視察工作，往返即是走這條道。另外，桂林又是連接內地與香港及海外的重要的交通和聯絡樞紐。許多支援抗戰的海外物資，均是由香港繞大鵬灣到桂林，然後運送到新四軍及其他抗戰前線的。當時桂林的交通，鐵路有湘桂線通粵漢線，連接廣東、湖南及東南各省，黔桂線一九四一年一月通車至金城江，後通到貴州境內的獨山，大大縮短了桂林到貴陽、重慶、昆明的時間。公路原有桂黃路（桂林—黃沙河），連接湖南，桂柳路（桂林—柳州），連接桂中、桂商，桂八路（桂林—賀縣八步），連接廣東，一九四〇年又修桂穗路（桂林至貴州三穗）；水路常年有民船通梧州，連接廣東。民航方面，有桂林—重慶、桂林—香港兩航線連接西南與香港，交通十分便利。

第三，桂林的喀斯特岩溶地貌造成了市內市郊群山「無山不洞」的特殊的防空安全場所，最大的岩洞七星巖可容納一萬多人，風洞山、伏波山、鸚鵡山、虞山、老君洞、南溪山等處都有較大的岩洞，小洞更是遍佈全市，無處不有。這對於防禦頻繁的日機襲擊，安全地生活和繼續工作，無疑是最為理想的。由此創造了「岩洞學校」、「岩洞劇院」、

「岩洞宣傳」等抗日救亡新形式。在七星山下的一個岩洞裏，至今仍留存著新安旅行團的孩子們當年寫下的標語：「敵機在轟炸，我們在上課」。

2. 社會人文條件

從文化事業發展所需要的印刷、紙張等物質因素看，桂林也具有較好的條件。抗戰以來，內地許多廠家遷來桂林，桂林的印刷業飛速發展。戰前，桂林只有印刷廠十餘家，而且大部分屬於手工印刷，工效低，質量差。抗戰後，據一九四三年七月的統計，全市共有大小印刷廠一〇九家，排字能力，每月可達三千萬到四千萬字[69]，有關印刷工人、技師在一萬人以上[70]。紙張的來源也相當便利。當時多用湖南邵陽、瀏陽及廣東南雄土紙，數量充足，價格便宜，運輸也很方便。黑色油墨桂林生產的就能供應印刷需要。這些條件，在整個大後方來說，都是較理想的。它們是桂林文化事業尤其是出版事業盛極一時的強大的物質基礎。

悠久深厚的歷史文化傳統是戰時桂林文化和文學藝術飛速發展的必不可少的人文條件。桂林，是廣西最早與中原文化勾通的地區，自秦代開發以來，已有二千多年歷史。不僅在廣西，而且在整個南方，桂林均是文化水準較高的城市之一。唐、宋期間，文人騷客旅桂的山水詩鐫刻於眾山之中，石壁之上，明末時，桂林的地方劇種——桂戲正式成形，這些，對文化的傳播和民眾文化素養的提高，都是起到很重要作用的。晚清的四大詞人王半塘、朱疆邨、況蕙風、鄭叔問，就有兩位是桂林人（王、況），且形成了著名的「桂林詞派」（或稱臨桂詞派）。近代史上，桂林有馬君武、白鵬飛、梁漱溟等著名學者。

69 冼文，〈桂林市的印刷工業〉，《中國工業》一九四三年九月第十期。
70 古曼，〈桂林印刷業的窘境〉，《新華日報》一九四四年九月四日。

抗戰前夕，座落在桂林南郊雁山公園的廣西師專（廣西大學文法學院前身），集聚有許多學者，計有陳望道、鄧初民、夏征農、祝秀俠、沈西岑、廖亦光、陳致道、裴本初等，在那裏傳播進步文化。一九三八年夏，歐陽予倩來桂林從事桂劇改革活動，為抗戰戲劇在桂林蓬勃發展以來的「西南劇展」打下了良好的群眾基礎。廣西師專的「文學研究會」他們所辦的《月芽》文藝期刊，國防藝術社的戲劇活動以及他們所辦的《戰時藝術》期刊，都在宣傳新思想、普及新文藝方面，起到了極大的推動作用。

文藝的產生、發展是與社會需要緊密相連的。如果沒有這種悠久的歷史文化傳統，沒有較高水準的文化普及與文藝修養，很難想像，戰時桂林文學藝術能取得如此磅礴的聲勢和巨大的影響。我贊成這樣的說法：抗戰前，「桂林並非一片『沙漠』——一片文化沙漠！倘是『沙漠』能建起『文化城』這個『上層建築』嗎？」[71]顯然，良好的群眾文化知識水準，是戰時桂林文藝能取得巨大成就的一個必不可少的社會基礎。

（四）中國共產黨的領導使之成為現實

戰時桂林的抗日文化活動和文藝運動，是在中國共產黨的直接領導下進行的。

1. 中國共產黨建立和鞏固桂林的抗日民族統一戰線

桂林「文化城」的歷史，是中國共產黨領導下的各階段、各階層人民組成統一戰線開展抗日救亡文化活動和文藝運動的歷史。中國共產黨是桂林「文化城」的靈魂。中國共產黨的領導首先體現在建立和鞏固抗日民族統一戰線的巨大

---

71 陳邇冬，〈回憶桂林文化域的幾個片斷〉，《學術論壇》一九八一年第一期。

功績上。一九三五年十二月，中共中央在陝西瓦窯堡召開會議，會議根據時局的變化，確定了建立抗日民族統一戰線的方針。其工作任務之一，就是開展上層統戰工作，與地方實力派建立逼蔣抗日的統一戰線。根據這一策略思想和工作方針，中國共產黨對國民黨地方實力派的李、白、黃桂系集團，採取了秘密工作與公開工作、下層統戰工作與上層統戰工作、著重開展上層統戰工作的不同方式，進行了一系列艱苦複雜的統戰工作。

公開工作方面，一九三六年六月「兩廣事變」發生後，中國共產黨領導人毛澤東、朱德即代表工農民主政府和工農紅軍發表了〈為兩廣出師北上抗日宣言〉，表示：「願意首先和兩廣當局結成抗日聯盟，共同奮鬥。」[72]對「兩廣事變」表示了極大的關注。秘密工作方面，開始了與國民黨桂系的秘密接觸。第一次是一九三六年七月，派雲廣英「用紅軍代表的名義，對兩廣實力派進行統戰工作」。雲廣英到廣西後，與李宗仁及桂系其他人物會談。桂系首腦對抗日統一戰線「表示贊成」[73]。一九三六年十二月「西安事變」時，周恩來、葉劍英與桂系代表劉仲容進行了直接接觸。一九三七年七月，抗戰全面爆發後，中共又派張雲逸前往廣西，與桂系進行第三次接觸。中央對張雲逸的工作指示道：要本著「聯合地方實力派，迫使蔣介石抗戰」的原則，敦促和幫助地方實力派「一面促成蔣在建立全國抗戰之最後決心（此點恐尚有問題），一面自己真正的準備一切抗日救亡步驟，並同南京一道做去」[74]。這些工作，對促進中央政府投入抗戰起到了積極的推動作用，對以後中國共產黨在桂林建立八路軍辦事處，與廣西地方當局在一定程度上合作抗戰，建立抗日民族統一戰線，奠定了基礎。

一九三七年九月二十二日，〈中國共產黨為公佈國共合作宣言〉由國民黨中央通訊社正式公佈，二十三日，蔣介石發表談話，承認了中國共產黨的合法地位，宣佈國共合作抗戰。至此，全國性的抗日民族統一戰線正式形成。以後，

72　轉引自郭曉合、羅嘉寧，〈「兩廣事變」前後新桂系政治態度的變化〉，《廣西大學學報》一九八五年第一期。
73　雲廣英，〈「六一運動」前後我黨在南寧活動的片斷〉，《廣西文史資料選輯》第九輯。
74　一九三七年七月十四日毛澤東致張雲逸電，轉引自沈繼英，〈周恩來論抗日民族統一戰線〉，《北京大學學報》一九八一年第二期。

中國共產黨對廣西地方當局又進行了一系列複雜多樣的統戰工作，促進了抗日民族統一戰線在桂林的建立和鞏固。在上層工作方面，一九三八年周恩來在武漢期間，與白崇禧多次接觸，「進行誠摯而又坦率的『統戰』工作」，毛澤東的《論持久戰》出版後，周恩來同志親自將這本書送給白崇禧。葉劍英同志也向白崇禧詳盡地解釋了這一著作在整個抗日戰爭中的戰略意義。一九三八年十二月周恩來、葉劍英等中共代表到達桂林後，也為《救亡日報》在桂林復刊之事，曾和郭沫一道跟李宗仁、白崇禧商談，希望廣西地方當局給予協助，桂系「表示『歡迎』」[75]。李克農、夏衍在桂林期間，也將主要精力放在上層統戰工作方面，開展了多方面的工作。

上層工作的另一方面是團結國民黨左派及愛國進步團體的領袖人物，與他們合作，一道去做抗日進步工作。李任仁是廣西救國會的代表，曾被人認為是當時「廣西進步力量的一面旗子」[76]。廣州淪陷，《救亡日報》被迫遷到桂林後，為能在桂林合法出版，夏衍一到桂林，李克農就指示夏衍去拜訪李任仁，然後由李任仁陪同，再去對廣西省政府主席黃旭初做禮節性拜訪。這步必要的工作，對以後《救亡日報》在桂林站穩腳跟、擴大影響，起到了積極的作用。另外，中國共產黨與當時桂林軍事委員會辦公廳主任李濟深、與廣西建設研究會常務委員陳劭先等人均有較好的合作關係，在第二次反共高潮到來的時候，他們對掩護八路軍辦事處工作人員安全撤退，起了極大的幫助作用。在中國共產黨人的努力工作下，國民黨桂系在一段時間、一定程度上保持了與中共較好的合作關係。國民黨桂系沒有參加第一次反共高潮，在第二次反共高潮中採取「暗中送走」而不是「公開逮捕」外地來桂共產黨人的處置方式，均是中國共產黨長期大量的統一戰線工作的結果。

與此同時，中國共產黨在進行下層工作方面，組織各種群眾性抗日救亡組織，開展各種群眾性的抗日救亡活動，如演講會、報告會、文藝宣傳演出、前線慰問等。當時，桂林組織了抗敵後援會、中華職業教育社、國際反侵略運動中

75 夏衍，〈白頭記者話當年〉，《新聞研究資料》第二輯（一九八一年）。
76 千家駒，〈緬懷李重毅先生〉，《廣西文史資料》第十八輯。

國分會桂林支會、桂林文化界抗敵委員會等群眾抗敵團體。在宣傳鼓動方面，周恩來、葉劍英、董必武、郭沫若等人在桂林期間多次演講。周恩來於一九三八年十二月八日，在桂林大華飯店舉行的國際反侵略運動中國分會桂林支會籌備成立大會上做了抗日形勢的演講，葉劍英於一九三九年五月十八日在桂林樂群社李子園儲才學校向桂林市各界人士做了〈積小勝為大勝〉的抗日形勢的報告，一九三八年十二月十八日郭沫若在中華職業教育社舉行的時事講座第八次演講會上作的〈第二期主戰前展〉的報告，前來聽講的群眾多達一千多人，會場「擁擠異常」[77]，宣傳效果極佳。這些活動，對傳播中國共產黨關於統一戰線和堅持持久抗戰的思想，對於動員下層軍官、職員、店員、市民、工、農群眾參加抗戰工作，起到了極大的推動作用。

桂林的抗日民族統一戰線的建立和鞏固，是桂林抗日文化活動和文藝運動取得巨大成就的根本保證。其間，雖有一九四一年因桂系倒向反共立場而出現的統一戰線瀕於破裂的危機，但最終仍是在發展、鞏固著的（一九四四年桂林文藝界宴送李濟深、西南劇展會的舉辦等都說明了這一問題）。而以上論述充分說明，桂林抗日民族統一戰線的形成和鞏固，是中國共產黨經過巨大努力，做了「上層工作和下層工作相配合，公開工作和秘密工作相配合，公開宣傳和秘密宣傳相配合，黨外的聯繫和黨內的聯繫相配合」[78]的大量工作的情況下取得的。歷史已經證明，中國共產黨是抗日民族統一戰線的發動者和領導者。國共兩黨的合作和統一戰線是事業取得巨大成就的可靠保證。

2. 中國共產黨直接領導戰時桂林的抗日文化活動和文藝運動

中國共產黨對桂林抗日文藝運動的領導還體現在組織領導的一貫性上。桂林「文化城」一開始，就是在中國共產黨的領導下建立的，其間，中共中央南方局，周恩來、李克農等人花費了極大的心血。武漢失守與長沙大火期間，周恩

[77] 《廣西日報》[桂林版]一九三八年十二月十九日。
[78] 周恩來，〈建設堅強的戰鬥的西南黨組織〉，《周恩來選集》（上），頁一一〇。

來就佈置了迅速在桂林建立八路軍辦事處、復刊《救亡日報》、西南抗敵演劇隊聯繫據點等項工作。一九三八年十二月至一九三九年五月，周恩來曾三次來到桂林，做了大量的宣傳工作、組織工作和統一戰線工作，同時，對桂林的抗日文化工作，做具體部署和安排。從此，桂林的抗日救亡文化活動日益高漲起來。

在桂林抗日文化活動和文藝活動的發展期間（一九三八年十月至一九四一年一月），文化活動文藝運動是直接在八路軍桂林辦事處的領導下開展的。當時，八路軍桂林辦事處直接領導的文化、宣傳機構有：《新華日報》桂林分館、《救亡日報》社、國際新聞社、生活書店、新知書店、讀書出版社、抗敵演劇隊、新安旅行團、軍委會桂林行營政治部第三科和廣西地方建設幹部學校等。八路軍桂林辦事處對這些機構及時傳達中共中央南方局的指示，並時常注意文化宣傳工作中出現的問題，做出具體的指示和安排。例如，《救亡日報》有一次發表了一篇對國際時局有政治性錯誤的分析文章。李克農見報後，立即趕到《救亡日報》社，與夏衍商談了四五個小時，指出：「《新華日報》被扣得厲害，西南、東南乃至香港，都把這張報紙看作黨的周邊，代表黨講話，……把這麼嚴重的國際問題做了錯誤的分析，對外面會起多麼壞的影響。」並且，與夏衍連夜研究，再寫一篇社論，第二天刊出，把頭一天的錯誤「糾正過來」[79]。

在文藝方面，桂林文藝界統一戰線組織——文協桂林分會成立時，李克農曾對文協桂林分會理事組成名單做過研究和指示，保證了文協桂林分會在我黨文藝工作者和進步文化人手中。進步文化人也常常主動與八路軍辦事處聯繫，請示如何處理當時出現的各種複雜的情況和問題。艾蕪回憶當時的情景時說：「有時，我也找他（指李克農——引者注）求教，國民黨的刊物和報紙來約稿，應該怎麼辦。他指示說：只要他們的刊物報紙，主張抗戰，可以給他們稿子。」[80]

---

79 夏衍，〈克農同志二三事〉，《廣西日報》一九六二年八月二十一日。
80 艾蕪，〈關於三十年文藝的一些感想〉，《新文學論叢》一九八〇年第一期。

一九四一年「皖南事變」後，八路軍桂林辦事處被迫撤銷。從這時到一九四二年二月約一年時間裏，桂林文藝界中的黨組織與中共南方局的聯繫一度中斷，桂林文藝運動處於低潮期。這一時期共產黨的領導作用主要體現在基層黨組織獨立領導能力和黨員的獨立作戰能力方面。這時由於時局惡化的特殊環境裏所採取的特殊的領導方法，是根據「皖南事變」後中共中央制定的「隱蔽精幹，長期埋伏，積蓄力量，等待時機」的方針而實行的。在當時惡劣的政治環境裏，桂林黨的文藝工作者與中共南方局的聯繫雖然中斷了，但仍獨立地為黨的事業、為民族解放鬥爭做了大量的工作，如：聯繫和領導文化系統的地下黨員，安置外地逃來桂林避難的黨的文化工作者和進步文化人，繼續領導開展創辦文藝期刊、開文藝座談會、從事文藝創作等合法形式的鬥爭，充分發揮了中國共產黨的領導作用和中堅力量，為一九四二年後文藝運動的再度興起做了充分的準備。

一九四一年冬，中共中央南方局派李亞群、胡家瑞來桂林、柳州等地，與原八路軍辦事處領導的地下黨組織聯繫，恢復了黨的組織關係，重新勾通了駐廣西的抗敵演劇隊及桂林文化系統黨組織與中共中央南方局的聯繫，同時，成立了由邵荃麟、張錫昌等三人組成的桂林黨的文化工作小組，由邵荃麟任組長，直接領導桂林抗日文化活動和文藝運動的開展。黨的文化工作小組成立後，對開展桂林文化界的統一戰線工作，規劃和部署桂林抗日文藝運動各項活動的開展，安置香港淪陷後撤來桂林的文化人，籌組一九四四年西南戲劇展覽會的召開以及在湘桂大撤退中組織文化人疏散等方面，做了大量的工作，發揮了重要的作用。邵荃麟作為中國共產黨在桂林文化界的主要領導人，一直工作到最後一批文化人撤離桂林後，自己方才撤離，將中國共產黨在桂林抗日文藝運動中的工作，進行到最後一刻。

桂林抗日「文化城」的歷史，將永遠記載於中國現代文化史冊。

五、論桂林抗戰文化的特殊文化含量

（一）奇異的文化景觀

在以桂林為中心的廣西北部這片土地上，文化傳統淵遠流長。桂林寶積巖、甑皮巖古人類文化遺址、秦代興安靈渠、唐代桂林的摩崖造像和石刻、明代桂林靖江王府和靖江王陵、宋代山水園林、清代臨桂詩派、近代的太平天國革命和辛亥革命活動遺址以及桂劇、彩調等民間文藝，無不構成嶺南文化以至中華文化的朵朵奇葩。在這種深厚的文化沃土裏，當時光進入到本世紀三〇至四〇年代時，一個更為奇異的文化現象誕生了，這就是時稱桂林「文化城」的桂林抗戰文化。桂林抗戰文化規模宏大、文化品類眾多、影響廣泛，在桂林文化中占有極其特殊和極為重要的位置。

桂林抗戰文化，是二十世紀上半葉的一個文化奇蹟。

在戰火紛飛的抗日戰爭歲月裏，桂林這座抗戰前僅有七萬人的南方小城，竟在戰爭爆發後的一兩年時間裏一下子繁盛起來，發展成為擁有三十多萬人口、數十家報刊、上千文化人聚集活動的戰時大後方的重要文化城。從一九三八年到一九四四年，先後在桂林活動的作家藝術家和新聞記者有：郭沫若、茅盾、巴金、夏衍、柳亞子、徐悲鴻、田漢、艾青、胡愈之、胡風、賀綠汀、馬思聰、范長江、楊朔、秦牧、歐陽予倩、王魯彥、艾蕪、周立波等；著名學者有：陶行知、梁漱溟、馬君武、千家駒、沈志遠、雷沛鴻、李四光等。

許多重要的作品在這裏創作而出，許多重要的劇作在這裏首次上演和發表；出版和發行的書刊，在全國堪稱第一。著名出版家趙家璧後來回憶說：抗戰時期國統區的書刊，有百分之八十是桂林出版的。一九四四年二至五月在桂林舉辦的西南五省戲劇展覽會，聚集了南方數省近千名戲劇工作者和文化工作者，共演出劇目一百二十六個，是中國現代戲劇史上的空前盛舉。

美國戲劇評論家愛金生來我國考察後，在《紐約時報》撰文介紹西南劇展說：「如此宏大規模的劇展會，有史以來，自古羅馬時代曾經舉行外，尚屬僅見。中國處在極度艱困條件下，而戲劇工作者以百折不撓之努力，為保衛文化、擁護民主而戰，迭予法西斯侵略以打擊，厥功至偉。此次聚中國西南八省戲劇工作者於一堂，檢討既往，共策將來，對當前國際反法西斯戰爭，實具有重大貢獻。」西南劇展是桂林抗戰文化繁盛景觀的最好注腳。

桂林抗戰文化，是桂林文化中的一座高峰，一個富礦，其奇異的文化景觀，與優美的桂林山水自然景觀一道，永遠蕩人心魂，長存於世。

（二）特殊的文化含量

1. 桂林抗戰文化是文化要素高度密集的綜合性文化

桂林文化沃土深厚，抗日戰爭的爆發，將民族文化在戰爭熔爐裏鍛鍊，桂林抗戰文化不是單一或少數文化因素的產物，而是多種文化現象的交匯、多項文化因素整合的產物。其綜合性特徵表現在如下幾點：

（1）文化品類眾多

它既是狹義的「文化」概念上的文學、戲劇、美術、音樂、舞蹈、曲藝、新聞、出版、廣播等文化品類的綜合，又是廣義的「文化」概念上教育、科研、經濟、哲學、軍事、統戰、外交等文化現象的綜合，可以說凡是「文化」所能涵蓋的內容，幾乎均在其中。桂林抗戰文化的厚重文化內涵，可想而知。

（2）文化源流多向

既是本土文化與中原文化的綜合，又是東方文化與西方文化的綜合。在桂林抗戰文化的舞臺上，既有桂林本土文化，如彩調、桂戲、山歌、土風舞等，也有來自中原文化和受西方文化影響的平劇、湘劇、歌劇、皮影戲、木刻、現代舞、西洋音樂等。

（3）文化成果豐碩

它既有屬於器物文化的成果，也有屬於觀念文化的成果。我們今天能夠看到的屬於前者的有八路軍桂林辦事處舊址、廣西藝術館、七星山一帶的張曙墓、八百壯士墓和至今仍留有「飛機在轟炸，我們在上課」標語的作為「岩洞教育」教室的洞穴、西山的蘇軍中校巴布希金墓等等。屬於觀念文化的成果例如文學藝術作品更是大量存在，至今深有影響，其中的精品，如茅盾的長篇小說《霜葉紅似二月花》、巴金的散文等，將永久流傳。桂林在戰時獲得了大後方「文化城」的聲譽，是名副其實的。戰時「文化城」這稱譽，本身就是對桂林抗戰文化豐碩成果的一種高度概括。這些文化成果表明，桂林抗戰文化不是一種時過境遷，隨著戰爭硝煙散去而雲飛霧散的「瞬息」文化、速食文化，而是一種實實在在的文化概念，一種有載體的有形文化。

2. 桂林抗戰文化是開放性文化

在抗戰初期，桂林地區已有抗戰文化出現，但有規模、有影響的桂林抗戰文化的形成，是在一九三八年十月以後，武漢、廣州等地大批文化人到來以後。因而，桂林抗戰文化不是封閉環境下土生土長發展起來的本土文化，而是一種充分吸取中華民族優秀文化營養的開放性文化，不僅如此，桂林抗戰文化還是一種與西方文化特別是與世界反法西斯文化充分交流和相互借鑑的開放性文化。下面主要介紹與外來文化交流與相互借鑑的主要情景。

（1）吸收與借鑑

翻譯和出版世界各國的進步書刊尤其是世界反法西斯陣營國家的反戰文學，是當時桂林文化界的一項重要工作。《翻譯雜誌》在桂林創刊時所寫的發刊詞就說到：「世界天天變動著。在當前的大戰期間，這變動的急劇尤其是空前的。……我們必須經常吸收世界的新知識。我們必須經常關心當代各國政治家、思想家、科學家、藝術家的思想和活動。我們必須從當前的大變動中間不斷地學習，不斷地研究。」

秦似與莊壽慈、孟昌等人合辦了《文學譯報》雜誌，譯載蘇聯作家高爾基的《苦命人巴威》、A・托爾斯泰的《喬治亞的民族詩人》、法捷耶夫的《勝利的保證》等作品以及美國作家傑克・倫敦的《強者的力量》、惠特曼的《養牛者及其他》、斯坦倍克的《人鼠之間》等文章。夏衍翻譯了鹿地亙的反戰劇本《三兄弟》在《救亡日報》刊出，林林、馮乃超等人翻譯了鹿地亙的反戰作品《和平村記》，朱雯翻譯出版了德國作家H・列普曼的報告文學《地下火》。像這樣的翻譯作品在當時桂林發表和出版了很多，中國作家由此獲得了許多寶貴的營養。

（2）文章出國

鑑於桂林在戰時文化地位的重要和環境的優越，許多國家在桂林建立各類辦事處和新聞出版機構，各種新聞通訊、報紙、雜誌紛紛在桂林出版發行，如美國駐華使館新聞處建立桂林分處並出版《新聞簡報》，蘇聯駐華使館新聞處出版《新聞類編》，英國駐華使館新聞處建立桂林分處並出版《國際新聞週報》和《中英週報》以及英國在桂林出版的

《國際知識叢刊》、《世說》，日本人民反戰同盟西南支部出版的《人民之友》，朝鮮義勇隊總隊出版的《朝鮮義勇隊通訊》、《戰鼓》和朝鮮東方戰友社出版的《東方戰友》等，中國的抗日戰爭和桂林的抗日文化活動被逐步介紹到國外。蘇聯卡爾曼將新安旅行團在桂的「岩洞教育」拍攝成紀錄片介紹給蘇聯國內人民，莫斯科出版的《國際文學》專門介紹了夏衍等主編的《野草》雜誌，美國《紐約時報》駐華記者愛金生介紹西南劇展等等。

許多作家和文化人的作品也被介紹到國外，如司馬文森的《雨季》、《人的希望》、《危城記》被翻譯成英文編入英國作家約瑟夫卡爾瑪的《中國短篇小說選集》和俄文版《中國短篇小說集》，艾蕪的小說《山野》則被匈牙利翻譯出版。陳殘雲的《今日馬來亞》在《大公報》登載後，引起了國際人士的高度重視，美軍駐桂陸軍供應處很快將該文譯成英文寄回美國。

（3）交流與切磋

中國的抗日戰爭爆發後，這場正義的戰爭吸引了當時世界各國許多進步作家和文化人。他們來到中國，不少人到了桂林，其中有蘇聯塔斯社總社副社長諾米洛斯基、蘇聯《消息報》記者卡爾曼、蘇聯亞洲影片公司總經理謝雅法；美國記者與作家史沫特萊、愛潑斯坦、格蘭姆・貝克、白修德、賈安娜、戲劇評論家愛金生、美國駐華大使館新聞處編輯主任裴克、史學家費正清；法國記者兼東方問題專家李蒙及其夫人郭士美；越南革命家與文化人胡志明、范文同、黃文歡、武元甲；日本反戰作家鹿地亙與夫人池田幸子以及阪本秀夫；朝鮮作家李斗山、李達、編導金昌滿、藝術表演家金煒；德國記者與作家王安娜；英國技術專員艾黎等等。他們在桂林期間，不僅瞭解了中國的戰爭和戰時社會情況，還與我國的進步文化人一道，相互切磋交流，開展抗日救亡文化工作，例如德國作家王安娜向李克農採訪和瞭解了中國的抗戰和民主運動；美國記者愛潑斯坦考察了《救亡日報》社，作家史沫特萊與周恩來在桂林廣泛探討中國抗戰及前途，與作家馬寧談抗戰小說；日本反戰作家鹿地亙與作家馮乃超在桂林建立在華日本人民反戰同盟西南支部的合作等等。在此基礎上，外國在桂林的各種進步團體如越中文化工作同志會、在華日本人民反戰同盟西南支部、朝鮮義勇隊和朝鮮東方戰友社等競相成立，與中國的抗日文化戰士共同戰鬥。

（4）聲援與吶喊

世界反法西斯戰爭把中國和世界聯繫了起來，中國的抗日戰爭已成為世界反法西斯戰爭的重要戰場。與世界反法西斯戰士一道吶喊，用手中的筆一道戰鬥，是桂林抗戰文化的內容之一。正如文協桂林分會在〈致蘇聯作家們〉的信中所說：「我們喜歡蘇聯文學，同時對於蘇聯的作家更表示著無限的敬意。」因此，在蘇聯紀念十月革命二十五周年的日子裏，茅盾寫了〈打擊共同的敵人〉，把中國的抗戰與蘇聯的衛國戰爭聯繫起來加以議論，道出了兩國人民正在進行打擊共同敵人的戰爭。夏衍的雜文〈送綏靖公之群〉、〈掌聲與哀聲〉、〈學英國〉、〈魯迅沒有看錯人〉等，對國際綏靖路線和國內綏靖分子的言論做集中批判；秦似的〈國際隨筆〉、〈不能緘默〉、〈戰神的歡笑〉、〈惡魔與「瘋狗」〉等，歌頌蘇聯反法西斯的勝利，聲討妥協投降思想。柳亞子、田漢、胡風、歐陽予倩等都寫了聲援蘇聯戰士、歌頌蘇聯斯大林格勒保衛戰的文章。

（三）重要的文化價值

桂林抗戰文化將作為二十世紀的一項偉大成果留存於世。其重要的文化價值，在今天我們進行社會主義文化建設的時候，仍然具有重要的文化意義。

1. 一個革命理論、民族文化和反法西斯文化的寶庫

血與火交織的八年抗戰，在中華民族反抗外來侵略的鬥爭史上是壯麗的一幕，在中國新文化史上同樣是輝煌燦爛的篇章。艾青曾說：抗戰時期「是繼『五四』以後又一個中國新式空前發展的時期」。這話對於其他文化藝術領域而言，同是如此。在為時六年的桂林抗戰文化城裏，大批文化藝術成果在這裏誕生、傳播，為艱苦抗戰中的愛國軍民輸送精神食糧，也為後人留下了寶貴的精神財富。

當時，毛澤東、周恩來、葉劍英等中國共產黨領導人的重要言論和著作都曾在這裏發表和出版。桂林進步文化人採用多種形式予以傳播，如：（1）以統戰工作的形式，向國民黨桂系首腦做宣傳統一戰線與持久戰思想；（2）通過廣泛大量的機會、演講等方式，向國民黨下層軍官士兵和人民群眾，傳播團結抗戰、持久抗戰的思想；（3）通過報刊、書籍等出版物刊載毛澤東、周恩來等人的講話和文章；（4）以秘密鬥爭的方式，傳播中共的聲音；（5）通過文藝座談會、文藝爭鳴等形式予以傳播；（6）作家在自己所辦的刊物和所寫的文章中予以傳播（有關內容可參見拙著：《毛澤東思想在桂林文化城的傳播和影響》，載廣西師範大學出版社一九九五年出版《桂林抗戰文化研究文集》第二集）。桂林文化城對延安思想的傳播和實踐，對促進新民主主義文化建設做出了傑出的貢獻，這是我們今天尤應珍視的財富。

在這個文化寶庫中存有大批文化藝術精品。茅盾的長篇小說《霜葉紅似二月花》、巴金的散文《桂林的受難》、《桂林的微雨》、《先死者》、徐悲鴻的國畫《灕江春雨》、《雞鳴不已》、柳亞子的愛國舊體詩詞、艾青的詩作〈我愛這土地〉、〈吹號者〉、田漢、夏衍、歐陽予倩等人的劇作，等等，是其中的傑出代表。

在這個文化寶庫中，存有與世界反法西斯文化同一聲音的不朽之作。作家劉白羽在論中國抗戰文學時說：「中國的抗戰文學，是整個第二次世界大戰反法西斯戰鬥文學的一翼，中國抗戰文學，也得到了世界許多國家反法西斯文學的滋養。中國抗戰文學的巨大成就是和全世界進步的文學的影響分不開的。」桂林的眾多作家藝術家創作出了一批反戰、

反侵略的傑出作品，其中以《野草》雜誌所載作品最多、影響最大。一九四一年蘇德戰爭爆發後，《野草》雜誌由於刊登了多篇聲援蘇聯衛國戰爭的文章而在當時蘇聯反法西斯營壘裏流傳，戰後成為世界反法西斯戰爭文化遺產留藏於蘇聯博物館裏。桂林抗戰文化運動中誕生的反法西斯的文化藝術作品，是留給中國人民和世界人民及其珍貴的財富。

2. 一座連接世界文化的橋樑

桂林，不僅以秀甲天下的迷人的自然景觀吸引世界友人前來觀光，而且以其深厚的歷史文化和抗戰時期誕生的反法西斯文化，吸引著越來越多的人們的關注與嚮往。首先，寶貴的反法西斯文化遺產將永久為世界人民關注和珍視；其次，當年在桂林活動過的文化前輩，一些人後來移居海外，他們本人和他們的親屬，對這段歷史、這片土地，長久懷念嚮往；一些當年來中國和桂林支援中國的抗日戰爭的國際友人及其他們的親屬，也在尋找機會回中國探訪。前不久美國飛虎隊的老戰士和有關親屬就來到桂林，尋訪當年遺址；再次，隨著一些史料、遺物、遺址的發現，會構成海內外和國際性的關注熱點，如前年在興安貓兒山發現的美軍飛機殘骸就是一例。最後，隨著桂林抗戰文化研究的深入和大力宣傳，桂林抗戰文化的寶貴價值逐步被社會和海外瞭解和重視，許多學者和文化人開始從文化角度關注桂林，關注桂林抗戰文化，甚至參與桂林抗戰文化研究。韓國釜山大學教師金惠俊來中國做訪問學者期間，瞭解到桂林抗戰文化的豐富內容，寫出了二萬餘字的〈關於桂林的「文藝的民族形式」論爭〉的論文在韓國和中國兩地出版物發表。桂林抗戰文化將在對外開放和國際交往中起到獨特的橋樑與紐帶作用。

3. 一面愛國主義大旗

胡愈之等人當年在桂林創辦的《國民公論》雜誌的創刊詞寫到：「戰爭是一個大熔爐。只有通過這熔爐，一個民族才能打成堅強的不可分的一片。也只有通過這熔爐，一個獨立自由的國家才能從新的鑄型上面建造起來。」正是由於一場偉大的正義戰爭，將桂林鑄造成一座新型的文化城，一面飄揚在南中國的愛國主義大旗。這裏，是愛國主義者的集結地，是愛國主義作品的誕生地，是愛國主義思想的傳播地。人們在這裏忘我地工作著，為民族而戰，為祖國的獨立和自由而戰。巴金一九三九年一月五日在桂林編輯《文叢》雜誌後寫的〈寫給讀者〉中寫到：「這本刊物是在敵機接連的狂炸中編排、製型、印刷的。這個燃燒的城市的苦難，激起了諸君的憤慨和關心。我在這個城市裏經歷過它最慘痛、最艱苦的時刻，我應該藉著這本小小刊物把這個城市的呼聲傳達給散處在全國的讀者諸君。物質的損壞並不能摧毀一個城市的抗戰精神，正如刊物的停刊與撰稿人的死亡也不能使我們的抗戰的信念消滅。」《中學生》雜誌由上海遷來桂林出版《中學生（戰時半月刊）》時向全國學生青年提出：「民族利益超過一切，犧牲一切個人的利益，時刻準備為救國救民而奮鬥。」

每一個作家，每一個文化人，此時都在愛國主義旗幟下戰鬥著，為抗戰謳歌，為民族復興吶喊。作家艾蕪當時談到自己的工作時說：「我還在用文藝的寫作，在抗戰殺敵的大海中，努力盡一點一滴的微力。」他寫出了多本抗戰小說集和長篇小說《山野》。由香港淪陷而撤回桂林的詩人鷗外鷗寫下詩作〈不降的兵〉。漫畫家廖冰兄創作出了極有影響的《抗戰必勝連環畫》，包括《越打越弱的日本》和《越打越強的中國》兩部分內容。大畫家徐悲鴻，在桂林創作了《灕江春雨》、《雞鳴不已》、《馬》、《青崖渡》等一批畫作。在《雞鳴不已》一幅上，他題寫了「風雨如晦，雞鳴不已」的詞句，以報曉的雄雞，象徵著苦難的祖國對光明未來的不捨的呼喚。巴金在桂林，寫下了〈在廣州〉、〈桂林的受難〉、〈桂林的微雨〉、〈先死者〉等一批散文，在描寫他親見的「生命的毀滅、房屋的焚燒、人民的受苦」的場面中，表達了強烈的民族悲憤和復仇的意志：「我們是不會投降的。而且不達到我們的目的，我們永不會停止抗戰。」他說，他此時的作品，「全和抗戰有關」。

正是在團結抗戰的愛國主義旗幟下，才有了全民一心、持久抗戰的民族「心防」，才有了全國眾多文化人聚集桂林的盛況，才有了繁花競豔的文化大觀。歷史雖然已推進了五十年，我們不應忘記這段血與火的歷史，我們仍應高舉這面愛國主義大旗。繼承前輩們的業績和精神，在跨世紀的新征程中，鍛造我們的民族魂。

最後，我想用我過去說過的一段話結束這篇文章：「在桂林優美的自然景觀的一側，曾誕生了燦爛的人文景觀，抗戰時期的『文化城』，即是其中最動人的一景。……應當把這一段富有愛國主義思想，極具文化審美內涵的歷史，融進當今人們的生活中，融進桂林的山水大地間。讓桂林市人民，讓千千萬萬來桂林旅遊的國際與國內友人，在感受自然的造化之功的同時，感受人文精神的宏富與崇高。」[81]

我相信，隨著時間的推移和研究工作的深入，宣傳工作的力度加大，桂林抗戰文化的豐富內容和寶貴價值，必將日益為世人所認識。

[81] 李建平，《抗戰時期桂林文學活動‧後記》（灕江出版社，一九九六年）。

第二章　文藝活動

一、抗戰時期桂林戲劇活動

抗日戰爭爆發後，被稱作「戲劇兵」的抗日演劇團隊和戲劇工作者，以戲劇為武器，投入到偉大的抗日救亡鬥爭中，為中國抗日民族解放戰爭做出了自己的貢獻。正如夏衍在當時所說：「在參加了民族解放戰爭的整個文化兵團中，戲劇工作者們已經是一個站在戰鬥最前列，作戰最勇敢、戰績最顯赫的部隊了。」（〈戲劇抗戰三年間〉，《戲劇春秋》創刊號）

桂林的抗戰戲劇運動，是國統區抗日進步戲劇運動的重要組成部分。在一九三八年十月至一九四四年夏長達將近六年的時間裏，它以雄壯的戲劇隊伍，豐碩的創作成果，頻繁、盛大的戲劇會演，熱烈、深入的戲劇理論研究、討論，以及別具一格的桂劇改革活動等方面的內容，形成了國統區內一個極活躍的抗日演劇活動中心，為抗戰戲劇運動，增添了奇異的光彩。

（一）蓬勃開展的戲劇運動

1. 強悍的戲劇演出隊伍的建立

桂林抗戰戲劇運動的一個重要內容，是建立了一支強悍的戲劇演出隊伍。抗戰時期，在桂林活動的戲劇團隊有：國防藝術社、廣西省立藝術館話劇實驗劇團、廣西戲劇改進會與廣西省立藝術館合辦的桂劇實驗劇團、新中國劇社、海燕劇藝社、廣西省抗敵後援會宣傳團話劇組、樂群劇團、桂林行營政治部演劇隊、「七七」業餘劇社、新安旅行團以及常來桂林演出的抗敵九隊、抗宣一隊。此外，還有一些機關和學校組織的業餘劇社，如廣西大學青年劇社、桂林中學劇團、逸仙中學劇團等。在這些演劇團體中，新中國劇社、國防藝術社、廣西省立藝術館實驗劇團是三個最重要的演劇團體。

（1）國防藝術社的建立和演出

國防藝術社是桂林成立時間最早、活動時間最長的一個重要的藝術團體。一九三七年，國防藝術社成立於桂林。國防藝術社雖是隸屬於桂系集團的第五路軍政治部的宣傳組織，但由於領導者及成員大都是進步文化人，又活動於抗戰初期全民抗戰的政治氣氛中，因此，它一直是一個主要從事進步演劇活動的藝術宣傳團體，在新中國劇社和廣西省立藝術館實驗劇團成立之前的幾年裏，它是桂林的主要演劇力量。國防藝術社的工作在較長時間裏是由該社副社長、廣西進步文化人李文釗主持。一九三九年李文釗辭去該職後，工作先後由孟超、焦菊隱負責。歐陽予倩、馬彥祥、熊佛西、章泯、焦菊隱等戲劇家都給該社導過戲；主要演員有鳳子、陳邇冬，孫敏、唐若青、廖行健等人。

國防藝術社曾上演過多部大型話劇，如一九三八年，歐陽予倩導演過《曙光》、《青紗帳裏》（歐陽予倩編劇）和《前夜》（陽翰笙編劇）、章泯導演過《飛將軍》（洪深編劇），一九三九年馬彥祥導演過《古城的怒吼》（馬彥祥改編）、洪深導演過《夜光杯》（尤兢編劇），同年，還作為桂林戲劇界的主要力量，參加了為《救亡日報》籌募基金的《一年間》（夏衍編劇）的演出活動；一九四〇年，歐陽予倩導演了《魔窟》（陳白塵編劇）、焦菊隱導演了《雷雨》（曹禺編劇）、《明末遺恨》（阿英編劇）、洗群導演了《夜上海》（于伶編劇）；一九四二年熊佛西導演了《北京人》（曹禺編劇）、姚展導演了《阿Q正傳》（田漢改編）、黃若海導演了《原野》（曹禺編劇）。這些劇目的上演，在當時都產生了一定的影響，有的引起了戲劇界的爭鳴，促進了戲劇活動的開展。

「皖南事變」後，國民黨桂系由中間立場轉向反共，對國防藝術社長期邀請帶有左翼色彩的文化人十分不滿，一九四二年九月，以節省經費為由，解散了國防藝術社。

（2）新中國劇社的建立和演出

新中國劇社是共產黨人經過微妙的鬥爭所建立起來並直接領導的演劇團體。一九四一年，桂系集團中的進步文化人李文釗受桂系內部派系鬥爭排擠，辭去國防藝術社副社長職務後，與焦菊隱、胡危舟等人商量，準備單獨成立一民間職業劇團性質的演劇組織，並邀請廣西省政府審查取得了許可證，定劇社名稱為「新中國劇社」。此時，由各戰區撤來的一些被國民黨遣散的演劇隊隊員來到桂林。李文釗通過杜宣聯繫，擬將這批戲劇工作者拉到「新中國劇社」裏來。杜宣等中共文化工作者經請示中共南方局，決定與李文釗合作，將這批工作、生活均無著落的戲劇工作者重新組織起來，開展演劇活動。不久，李文釗無力把劇社辦下去，「新中國劇社」就完全轉移到具有中共背景的文化人手中了。

一九四一年十月，「新中國劇社」正式成立，主要成員有：杜宣、汪鞏、嚴恭、石聯星、刁光覃、朱琳等；一九四二年，瞿白音從四川來到桂林，一九四三年春杜宣赴重慶後，就一直由瞿白音負責。田漢當時對新中國劇社十分關懷。一九四一年十月他全家遷居桂林後，全力支持劇社的工作，並擔任了名譽社長，專為新中國劇社趕寫了大型話劇《秋聲賦》。新中國劇社在桂林幾年中，先後上演了《大地回春》（陳白塵編劇、杜宣導演）、《秋聲賦》（田漢編導）、《再會吧，香港！》（田漢等編劇，洪深導演）、《大雷雨》（奧斯特洛夫斯基編劇，瞿白音導演）、《欽差大臣》（果戈理編劇，瞿白音導演）、《重慶二十四小時》（沈浮編劇，華念慈導演）；一九四二年，為慶祝郭沫若誕辰五十周年，上演了杜宣的《英雄的插曲》，演唱了田漢的詩作《南山之什》；一九四四年西南劇展會召開時，上演了《戲劇春秋》（夏衍等人合作，瞿白音導演）。

在全劇社人員團結協作、共同努力下，新中國劇社終於渡過了創建初期白手起家經費困難的艱苦時期，逐步打開了局面，站穩了腳跟，獲得了越來越大的演劇效果和眾多的觀眾。當時的一篇文章反映了新中國劇社的這種情況：「在觀眾數量上，是比例地增加了數倍，當《大地回春》初演的時候，觀眾不到四千人，而以後的《大雷雨》，先後在桂林演出兩次，觀眾激增到兩萬人。」（何泛，〈桂林劇壇略述〉，載於一九四四年二月十五日《大公晚報》）在一九四四年西南劇展會上，新中國劇社與廣西省立藝術館是主要的籌備和承辦單位，為劇展會的召開，做了巨大的努力，新中國劇社最終成為西南地區重要的演劇力量。

（3）廣西省立藝術館實驗劇團的建立和演出

廣西省立藝術館實驗劇團是歐陽予倩領導的戲劇演出團體，下屬話劇實驗劇團與桂劇實驗戲劇團（與廣西戲劇改進會合辦）兩部分。一九三九年歐陽予倩第二次來桂林從事桂劇改革活動時，廣西戲劇改進會將所屬桂劇團交與歐陽予倩領導，歐陽予倩在桂林的桂劇改革活動，就是通過桂劇實驗劇團進行的，有關活動，我們將在下面詳做介紹。在話劇演出方面，曾上演過《忠王李秀成》（歐陽予倩編導）、《天國春秋》（陽翰笙編劇、歐陽予倩導演）、《國家至上》（老舍、宋之的編劇，歐陽予倩導演）、《心防》、《愁城記》（夏衍編劇，歐陽予倩導演）、《日出》（曹禺編劇、黃若海導演）、《舊家》（歐陽予倩編導），《面子問題》（老舍編劇、吳劍聲導演）、《結婚進行曲》（陳白塵編劇、吳劍聲導演）、《越打越肥》（歐陽予倩編導）等劇目。其中《忠王李秀成》首演即達二十三場，以後又多次重演，是極受觀眾歡迎的劇目。廣西省立藝術館實驗劇團在西南劇展會的籌備和召開時，亦承擔了大量的工作，是劇展會籌備和承辦的主要單位。

2. 規模盛大的戲劇公演和會演

桂林抗戰戲劇運動第二個方面的重要內容，是舉行了多次規模盛大的戲劇會演和極有影響的戲劇演出活動。桂林的演劇活動，在國統區內，開展得十分頻繁熱烈的。戰後曾有人這樣評論道：「抗戰時期，號稱文化城的桂林，劇運非常蓬勃，尤其是話劇，幾乎可以和重慶分庭抗禮。」（見桂林《小春秋日報》一九四八年二月十五日）在抗戰第一階段的一九三八年裏，桂林的戲劇演出已出現繁盛局面，強麟所記錄的《五月公演紀錄》（載於《戰時藝術》第二卷第一期），即可見其一斑；在抗戰中期，一九四二年，桂林上演了大型話劇二十九個，與重慶霧季公演各年演出平均數字相近；在抗戰後期的一九四四年裏，桂林舉行了規模盛大的西南戲劇展覽會。以上情況說明，桂林的抗日演劇活動，其熱烈狀況，其重要程度，在國統區戲劇運動中占有十分顯著的位置，值得我們認真總結、評價。

抗戰時期，桂林戲劇界曾上演了大量抗戰愛國進步劇目，舉行過多次規模盛大的戲劇會演和極有影響的演出，其中重要的有：

（1）一九三九年的《一年間》公演

一九三九年一月，《救亡日報》在桂林復刊。復刊後，報社的經濟日漸困難，夏衍到香港籌募的經費，到三、四月間又快用完了。為維持《救亡日報》的長期出版，在郭沫若的倡議下，重慶、香港、桂林三地的戲劇工作者決定為

《救亡日報》籌募基金分別舉行《一年間》聯合公演。一九三九年四月，《一年間》首先在重慶上演。參加演出的有趙丹、白楊、秦怡、舒繡文、應雲衛、顧而已、吳茵、周伯勳、陳天國、葉露茜、王為一等著名演員，演出後轟動重慶山城，取得了很大成功。香港戲劇界於五月初開始籌備公演，但因香港當局的干預，公演被禁。桂林戲劇界於四月份開始醞釀公演事宜，五月裏，確定了參演人員名單。六月十六日《一年間》公演籌委會正式成立，六月三十日，又組成了公演導演團，由田漢、夏衍、歐陽予倩、焦菊隱、孫師毅五人組成，擔任舞臺美術、舞臺監督工作的是張雲喬、宗維賡、吳劍聲。《一年間》劇組的演員由國防藝術社的成員擔任，另外吸收了抗敵演劇隊的部分演員和桂林其他劇社的一些演員，可以說是網羅了留桂的所有優秀人才。八月五日，劇組開始排演，分國語紅組、國語藍組、桂語組、粵語組四組進行。與此同時，還成立了宣傳委員會和劵務委員會，大張旗鼓地開展有關工作。十月六日，《一年間》在桂林正式公演，連續上演十餘場，觀眾達一萬餘人次，「情形的熱烈超過任何一次的演出」（海燕，〈桂林劇壇總檢閱〉，載於《新中國戲劇》一九四〇年創刊號）。這次公演，動員力量之廣、規模之大、演出場面之宏闊，均是桂林前所未有的，在當時整個西南大後方，都產生了極大的影響。

（2）一九四〇年三月的《三兄弟》公演

一九四〇年三月八日，在華日本人民反戰同盟西南支部在桂林上演了日本反戰作家鹿地亙的三幕劇《三兄弟》。該劇的內容，陳殘雲有一段文字概括得較好：「《三兄弟》不是一幕通常的宣傳劇，沒有低貶日本軍閥的聲威，也沒有把日本人民的反戰情緒故意誇揚，劇中的故事和人物都不是虛構的，全是目前日本人民實生活的寫照。在這兩年來的戰爭中，軍需資本家的榨取，已把勞苦者的血汗榨乾了，而軍閥們卻用著種種卑污的手段，威迫利誘，驅趕著勞苦大眾去當炮灰，結果，是迫成日本兄弟的醒覺，《三兄弟》就是這過程中的一個縮影。」（〈受難者的呼聲〉，《救亡日報》一九四〇年三月月日）該劇在桂林上演時，由吳劍聲導演，歐陽予倩、夏衍、焦菊隱任導演顧問，上演後極得戲劇界的好評與群眾的歡迎。報界評論道：「自八號開始，連日座滿，觀眾空前擁擠，實開桂林戲劇界公演盛況紀錄。」（一九四〇年三月十一日《救亡日報》）該劇原定上演三天，後「因各界熱烈要求」，又於十一、十二兩日加演了兩場。

（3）一九四一年的慶祝郭沫若五十壽辰和創作二十五周年演出

「皖南事變」後，當局的文化控制日益加劇，文藝陷入低潮。為反擊迫害和壓制，在周恩來的親自部署下，全國文協做出了舉行慶祝郭沫若五十壽辰和創作二十五周年活動的決定，以此作為抗爭。一九四一年十一月，桂林文協響應全國文協號召，決定舉行慶祝會。新中國劇社承擔了慶祝晚會的演出任務。十一月十六日，在桂林文藝界舉行的慶祝晚會，新中國劇社首先演唱了田漢專門寫就的長詩《南山之什》，然後上演了杜宣撰寫的以郭沫若秘密回國後，他的家屬在日本的境遇為題材的二幕劇《英雄的插曲》。演員們以豐富的情感來誦唱和演出《南山之什》與《英雄的插曲》，深深打動了參加晚會的文藝界人士。演出取得了可喜的成功，「不少文化界朋友激動得落了淚，剛唱完最後一句，難以抑止的感情爆發出來，響起了震撼全場的熱烈掌聲」（汪鞏、嚴恭，〈從田漢的詩憶四十年代桂林文化城〉，載《新文學史料》一九七九年第五輯）。這次演出，在配合重慶文藝界向文化專制發起反擊，重振文藝戰線方面，是起到積極作用的。

（4）一九四二年《再會吧，香港！》的演出及鬥爭

一九四一年十二月太平洋戰爭爆發後，香港陷入敵手。翌年二月，夏衍、蔡楚生、金山等文化人由香港來到桂林。當時，新中國劇社正在排演李健吾以一香港舞女在抗戰中的命運為內容的三幕劇《黃花》。夏衍等人到桂後，帶來了許多香港的新消息，劇社人員認為，《黃花》沒有充分反映香港的社會狀況，尤其是人民的抗戰情緒表現不足，因而決定另排新戲。這時，洪深也應邀由廣東坪石來桂林排戲。田漢、夏衍、洪深三人相聚於桂林，十分興奮，決定寫反映

香港生活的四幕劇《再會吧，香港！》。

劇本寫好後，通過審查，獲得了准演證。但由於劇作表現了香港人民的抗戰熱情，揭露了漢奸分子的罪行，具有較大的宣傳力量，致使到了三月七日上演的當晚，國民黨廣西省黨部再次做出了禁演令。田漢、洪深、夏衍、歐陽予倩、杜宣、瞿白音等人，一方面分頭奔走，到廣西省政府主席、民政廳長等處交涉，另一方面果斷下令按時開演。但到第一幕結束時，武裝憲兵衝上了舞臺，《再會吧，香港！》不得不停演。執行導演洪深激憤地走上舞臺，一面高舉准演證，一面向觀眾解釋被迫停演的原因，以事實揭露當局出爾反爾的行徑，並表示，願意退票的可以在門口取票款，不願退票的可留下票，待以後上演時再看。許多觀眾當場撕掉戲票，站起來大聲說：「我們不退票，我們抗議！」給新中國劇社很大支持。這次演出，在經濟上雖然遭受了損失，但造成了很大的政治影響。幾個月後，新中國劇社通過改換劇名的方法，以《風雨歸舟》劇名，在桂林通過了審查，獲得公演，達到了《再會吧，香港！》的宣傳目的。

（5）一九四二年《忠王李秀成》的演出

一九四二年五月，歐陽予倩的重要劇作《忠王李秀成》在桂林《大公報》連載，引起了桂林戲劇界的重視，十月，廣西藝術館話劇實驗劇團在歐陽予倩的親自執導下，在桂林上演了此劇。全劇演員共八十餘人，國防藝術社部分演員協助演出，規模十分宏大，在桂林演出時獲得極大成功，連演十四天，場場滿座，以後又多次重演，是國統區內上演最多的有數的幾個歷史劇之一（參見陽翰笙〈國統區進步的戲劇電影運動〉，載於《中華全國文學藝術工作者代表大會紀念文集》）。

一九四四年二月至五月召開的西南戲劇展覽會，是戰時桂林舉行的規模最大的演出盛會。關於這次演出活動的詳細情況，將在第三節裏介紹，此不贅述。

3. 卓有成效的戲曲改革活動

桂林抗戰戲劇運動的第三個方面的重要內容，是開展了卓有成效的戲曲改革活動。歐陽予倩、田漢等人在抗戰時期，對中國傳統戲劇所做的改革工作，不僅使戲曲這一古老的藝術樣式在抗戰中發揮了宣傳鼓動作用，為抗戰服務，而且給戲曲注入了新的血液，在民族解放鬥爭中獲得了新生。歐陽予倩、田漢等人的戲曲改革活動，是桂林抗日戲劇運動的重要內容之一。

（1）歐陽予倩改革桂劇的工作

一九三八年夏，歐陽予倩應留日同學、當時任廣西戲劇改進會會長的馬君武之邀，來桂林從事桂劇改革活動。歐陽予倩改革傳統戲劇的一整套主張、方案，是包括所有的地方戲在內的，而桂劇，之所以成為他所選擇的改革實驗劇種，用他自己的話說，是由於：「桂戲因為偏處一隅，交通不便，受到上海和香港的影響不多，好比一個內地姑娘，沒有燙過頭髮，沒有穿過高跟鞋，天真爛漫，得其自然之美。桂戲本身沒有經過時下流行性的傳染，比較純樸，改革的工作易於著手。」（〈改革桂戲的步驟〉，載於《公餘生活》一九四〇年第二卷第五期）這是原因之一。第二，是由於當時桂戲改革的主觀條件也較為完備：「像廣西戲劇改進會這樣的組織，會長、兩位副會長、總務劇務兩組長，都是國內有最高地位的教育家紳士兼學者，會員都是名人紳士和高級官吏，這是全國唯一的。其中陳俊卿、關德軒兩先生尤其對於桂劇和平劇有很深的研究。」（歐陽予倩〈後臺人語〉，載於《文學創作》一九四三年第一卷第六期）由於主客觀條件都很好，因此歐陽予倩對改革桂劇抱有很大的決心，即使在一九三八年因與馬君武意見不合，四個月後即離去的情況下，一九三九年仍應白鵬飛之邀前來桂林再次從事桂劇改革之事。以後幾年，廣西省政府就完全將桂戲改革之事務交與歐陽予倩主持了。

歐陽予倩改革桂劇的工作，主要從以下幾個方面入手：

Ⅰ. **創編和導演新型的桂劇劇本**：歐陽予倩最初認為，改革舊戲應「多挑些新劇本去代替原有的舊節目」（〈百花齊放中的桂戲〉，載於《一得餘抄》），「目前當務之急，是在配合抗戰建國的需要趕排新戲，並做種種新的試驗」（〈改革桂戲的步驟〉）。為此，歐陽予倩在桂林，創編和改編的新劇數量是較多的，計有：創編和根據自己原話劇本或京劇本改編的歷史劇《梁紅玉》、《木蘭從軍》、《桃花扇》、《人面桃花》；新編的現代劇《漁夫恨》、《勝利年》、《搜廟反正》、《廣西娘子軍》。這些劇目，都是充滿民族意識、鼓動抗戰情緒的作品；現代劇還直接配合了抗戰鬥爭，與現實生活結合得十分緊密。歐陽予倩親自導演這些劇目，在桂林上演時引起極大的反響。如一九三八年導演的《梁紅玉》，在桂林連續上演十三場，場場滿座。這在當時人口僅十萬於人的桂林，是前所未有的，造成了「大街小巷都談著《梁紅玉》的現象」（〈後臺人語〉）。一九三九年上演的《桃花扇》、《木蘭從軍》等劇，也在桂林產生轟動，《桃花扇》首演達三十三場，連原來對歐陽予倩的改革做法不盡贊同的馬君武等人，也不得不對他的改革成果表示讚賞。這些劇目的上演，使桂戲在抗戰宣傳上發揮了獨特的作用。

Ⅱ. **對桂劇傳統劇目進行了整理**：歐陽予倩在改革桂劇的工作中，最初認為：「還沒有餘暇去整理舊戲。」（〈改革桂戲的步驟〉）但在後來的實踐中，他仍將桂劇的傳統劇目進行了整理，並將這一工作看作整個改革工作的一部分。歐陽予倩在桂林期間，整理的傳統劇目有：〈關王廟〉（《玉堂春》中的一折）、〈搶傘〉（《雙拜月》中的一折）、〈斷橋〉（《白蛇傳》中的一折）、〈烤紅〉（《少華山》中的一折）。改進後的這些劇目，剔除了思想內容中的封建糟粕和粗俗淫靡的成分，增進了新的思想意義，深得桂戲藝人和觀眾的喜愛，這對桂戲的改革更新，同樣是極有意義的一項工作。

Ⅲ.對排練和表演方法進行了改革：舊戲的排練，沒有文字臺本，演員只是跟師傅的口傳死背，背下來的句子時有遺漏和文字的增添，表演時甚至有的在臺上隨意亂唱亂唸。這種被稱作「放水」的亂唱亂唸的做法，歐陽予倩極為反感。他說：「我的戲是絕不讓人放水的。」（〈後臺人語〉）因此，他導演劇目是用嚴格的話劇排練制度進行。他規定演員不僅要絕對地服從導演的調度指揮，而且要他們認真研究劇本，認真分析角色，做出獨立創造。對劇本臺詞，不但要求演員唸熟，有的重要部分，還要演員一定要照他的規定去唸唱。這些做法，對桂劇的排練和表演來說，無疑是一個飛躍，逐漸將桂劇的表演、導演方法引向正規化，使桂劇藝術日臻完美。

Ⅳ.建立了一支新的桂劇演員的骨幹隊伍：歐陽予倩清楚地知道：「無論是改革舊戲，或是創造新戲，應當有一個健全的職業劇團，而這個劇團必須要從商業劇場解放出來，不然改革運動必要受到絕大的打擊，甚至於無法進行。」（〈關於舊戲改革〉，載於《克敵》週刊一九三八年第二十三期）在建立新的桂劇演員隊伍的工作上，歐陽予倩一方面將原來廣西戲劇改進會的桂劇團改為自己掌握的「桂劇實驗劇團」，著手改革劇團內部制度，教育演員提高思想覺悟，教育他們「不但要做演員，而且要做品格高尚的人」；另一方面，於一九四〇年創辦了桂劇學校，親任校長，對學員從藝術修養、文化修養、品行修養各方面進行完整系統的教育和訓練，使新的一代桂劇演員以不同於前人的面目出現。歐陽予倩對桂劇隊伍的組建和教育，是他桂劇改革活動得以順利實施的可靠保證。

（1）田漢的戲曲改革活動

田漢的戲曲改革活動，主要是在戲曲劇本的創作、改編和輔導進步戲曲團體從事進步戲曲演出等方面上。田漢在桂林的四年時間裏，創作了《江漢漁歌》（原作於武漢，後於桂林完成全劇）、《新兒女英雄傳》、《金缽記》、《武則天》、《雙忠記》、《新會緣橋》、《武松與潘金蓮》、《怒吼吧，灕江》等戲曲劇本。田漢的改革精神，主要體現在將抗戰情緒貫注於劇目中，使其達到為抗戰服務的目的。這就使得中國傳統戲曲改變了舊面目，而作為抗戰宣傳工具之一種而出現在中國近代文化史上了，其意義十分深遠。

與此同時，田漢還領導和參與了進步戲曲團體的戲曲演出活動。一九三九年夏、秋，他曾率軍委會政治部平劇宣傳隊來桂林演出，上演田漢編劇的《新雁門關》及歐陽予倩的《梁紅玉》，頗有成效。以後，又曾輔導和參與了中興湘劇團、文藝歌劇團、四維平劇社兒童劇團等戲曲團體的演出活動，多次演出《江漢漁歌》、《岳飛》、《新兒女英雄傳》、《新會緣橋》、《武松與潘金蓮》等劇。田漢認為：「改革歌劇始終是有意義的工作。」（〈山居書簡——代《岳飛》序〉，載於《野草》一九四一年第二卷第五、六期合刊）田漢在桂林期間，一直以飽滿的熱情和極大的精力投入這一工作之中，為戲劇改革運動，做出了積極的貢獻。

（二）歐陽予倩、夏衍、田漢等人的劇作

1. 歐陽予倩在桂林的劇作

歐陽予倩作為中國現代戲劇運動的開拓者、成就卓著的大戲劇家，對桂林抗戰戲劇運動做出了卓越的貢獻。在桂林，他創作了《青紗帳裏》、《忠王李秀成》、《舊家》等大型話劇以及《一刻千金》、《越打越肥》等獨幕劇。

歐陽予倩抗戰前期的劇作，是宣傳抗戰，鼓動抗戰，與現實鬥爭配合得十分緊密的抗戰劇作。《青紗帳裏》原作於上海。一九三八年歐陽予倩在桂林導演此劇時，曾做重大修改：「把第三幕完全寫過，第一、二幕也有一些增刪。」（〈《青紗帳裏》改編後記〉，載於《戰時藝術》一九三八年第二卷第二期）一九三七年歐陽予倩寫於上海的《青紗帳裏》與抗戰前期的許多抗戰劇一樣，寫北方山村農民遭受日寇和漢奸虐殺燒搶的苦難和反抗，全劇在日寇、漢奸施以暴

行，村民奮起反抗的高潮中結束。一九三八年修改後的劇本，最大的變動在於，第三幕表現了義勇軍在艱難困苦的環境裏堅持抗日鬥爭的內容。這一修改，突出了義勇軍鬥爭的一面，將日寇的姦淫燒殺暴行的展現放在次要的一面，從而突出了持久抗戰的現實意義，使劇作的抗戰思想更為深刻而不至於停留在一般化、表面化的程度，從而達到「希望大家及早自衛，希望大家能明瞭除了抗戰到底，沒有絲毫妥協的可能，沒有一線的和平可以希冀」（〈《青紗帳裏》改編後記〉）。

《忠王李秀成》是歐陽予倩抗戰時期所創作的最富盛名的劇作。該劇的成功之處，在於作者塑造了一個以國家、民族利益為重，奮力拯救國家危亡的民族英雄的形象。歐陽予倩選取天京被圍，李秀成奮力解救天京，終敗於內部的挑撥與猜忌而最終被俘受害的一段史實結構劇情，從中突出了李秀成的忠貞、英勇和雄才大略，表現了他被害於內部奸佞、叛賊之手的悲慘遭遇，同時，深刻揭露了革命陣營裏那些「兩面三刀，可左可右，投機取巧的分子」破壞革命事業的罪行。全劇通過對李秀成性格的塑造和他的悲劇結局的設置，揭示了革命失敗的原因，不是沒有抵禦外敵的優秀分子和民眾基礎，而是在於自己內部的混亂和分裂。《忠王李秀成》正是由於以成功的藝術形象體現了這一主題，因而具有強烈的現實意義。這意義的價值，一方面在於影射了抗戰統一戰線被「皖南事變」等一系列事變所破壞的現實，「使觀眾因過去的事蹟聯想到目前的情況」（《忠王李秀成・序言》）；另一方面，「用古人的鬥爭情緒鼓勵現代人向上」（《忠王李秀成・序言》）；激勵人們無論在何等險惡、艱難的環境裏，也絕不猶豫徬徨，而是奮發興起，堅持鬥爭。這就使得該劇頗具思想力量。《忠王李秀成》全劇人物雖多，但筆墨集中，線索單純，劇情始終圍繞著李秀成的行動、命運展開，突出了這一英雄人物的形象，給觀眾強烈的藝術感染力。作家在選擇素材、結構劇情、提煉主題、刻畫人物等方面的藝術功力，在《忠王李秀成》中得到了充分的體現。

2. 夏衍在桂林的劇作

夏衍在桂林創作了《心防》、《愁城記》、《再會吧，香港！》（與人合作）以及獨幕劇《冬夜》。《心防》最有光彩的一面在於它正面表現了堅持抗戰鬥爭的文化戰士劉浩如的鬥爭生活和精神面貌，將其作為全劇的主導面，給人以直接的鼓舞和感召力量。在《心防》中，劉浩如的現象主要通過與破壞抗戰事業的老鼠——漢奸分子的反覆較量和韌性的戰鬥來表現；同時，還通過劉浩如在工作、生活及與楊愛棠的關係中，多方面展示其性格和心理，使這一形象顯得十分真實、生動。劉潔如強烈的愛國主義精神和所具有的堅定頑強、大智大勇的性格，給人們以強烈思想震動與情緒感染。劉浩如形象的成功塑造，使《心防》成為抗戰劇壇上一部優秀劇作。

《愁城記》通過趙婉夫婦的生活經歷，形象地說明：小資產階級知識分子必須跳出個人小圈子，走到集體大圈子裏，才能實現理想，有所作為，獲取人生的價值。該劇可以說是夏衍前一時期小市民劇的繼續。《愁城記》對小知識分子的性格心理的刻畫是真實準確的。它對那些在黑暗中摸索的小知識分子，暗示了通向光明的途徑。這在當時動亂歲月裏的知識青年來說，是很有啟迪意義的。

3. 田漢在桂林的劇作

田漢，是中國現代戲劇運動的主將。抗戰時期，他在桂林居住了近四年時間。他對桂林抗戰劇運的貢獻，主要在抗戰劇運的組織和領導上。與此同時，他創作了話劇劇本《秋聲賦》、《黃金時代》、《再會吧，香港！》（與人合作）及一批戲曲劇本。這些劇作，是桂林劇運的一個重要收穫。

被稱為田漢抗戰後期代表作的《秋聲賦》，是作者為支持新中國劇社的成立而趕寫的急就章。該劇以一九四一年後瀰漫在桂林文壇的秋意、文化界的搖落景象為背景，通過作家徐子羽與妻子秦淑瑾及情人胡蓼紅之間的愛情糾葛表現了中國知識分子在抗戰最困難的日子裏，如何擺脫自己身上的弱點，更積極、更勇敢地投入抗戰工作的精神狀態和實際行動。劇中體現作家主題思想的主要人物是徐子羽與胡蓼紅。田漢在《秋聲賦・後記》中曾說：「這裏面的主要人物可議之處都很多，但本質上都很善良。」徐子羽在寂寥的文壇中苦撐著工作「耐心地掙扎」著。女詩人胡蓼紅戀愛至上，對他狂熱地追求，使他的心境更為陰鬱。然而，他終於從個人的感情糾葛中擺脫了出來，決心為開拓中國新文化的園地，做一個能耐寂寞的「拓荒者」。如果說，徐子羽身上弱點的克服，還僅僅是一個毅力和意志的問題的話，胡蓼紅的弱點的克服，就涉及到人生觀、世界觀轉變的問題了。《秋聲賦》對當時文化界的思想狀況的反映和批判，無疑是十分及時而有意義的。田漢很明確地表示，此劇就是要表現：「我們今天需要的是每個人都能集中力量於抗戰工作，我們要清算一切足以妨害工作甚至使大家不能工作的傾向」（〈關於《秋聲賦》〉）。在藝術上，人物性格的鮮明，使劇作具有較強的真實感和批判力量，是全劇現實主義創作成就最重要的一點；全劇多處穿插歌聲，在製造氣氛，渲染、烘托人物心理等方面，顯得十分貼切得體，給全劇添加了抒情、暢想的浪漫主義情調，亦是此劇的一個出色之處。

四幕話劇《黃金時代》是田漢抗戰後期所創作的又一齣大型劇作。該劇展現的是一個青年戰地服務團的鬥爭生活，表現了在學習與工作的問題上，正確思想與錯誤思想的鬥爭。《黃金時代》的創作動機與《秋聲賦》一樣，都是為了使「每個人都集中力量於抗戰」。

田漢在桂林所寫的戲劇作品，飽含愛國激情，閃爍抵禦外敵的戰鬥光芒。一九三八年他在桂林最後寫定的京劇《江漢漁歌》，寫的是宋代漢陽太守曹彥若發動江漢間的漁民百姓和愛國志士共同禦敵、大敗金兵的英雄業績；《新兒女英雄傳》抒寫明代英豪掃平倭寇，揚眉吐氣的豪情；《雙忠記》表彰明末忠臣瞿式耜、張同敞的錚錚硬骨，都激蕩著抗敵、戰鬥、不屈不撓的反抗精神和民族正氣。田漢與歐陽予倩等作家以自己的抗戰戲曲劇作，為中國現代戲曲史書寫了新的章頁。

4. 于伶在桂林的劇作

曾以《夜上海》、《大明英烈傳》等劇飲譽劇壇的青年劇作家于伶，太平洋戰爭爆發後撤出上海，於一九四二年二月來到桂林。當年七月，他在桂林完成了著名劇作《長夜行》。

《長夜行》以「黑夜行路，失不得足」為全劇主題。主人翁俞味辛是一個有愛國心的正直的知識分子。他參加了救亡工作，無論是生活的困難、日偽漢奸的暴力威脅恐嚇，都沒有動搖他的救亡之心。但由於他潔身自好，政治生活方面的幼稚等缺陷，使他的鬥爭生活不如陳堅那麼堅實有力。陳堅針對俞味辛的思想狀況，指出：「僅僅是自己不失足那還是消極的」，「更應該站在人群前面領導在黑夜裏走長途的五百萬上海市民，不失足落水，不停留後退，光榮地走完這長途，走盡這黑夜」，全劇通過陳堅的形象和俞味辛最終走上堅實的鬥爭道路的轉變過程，鮮明地體現了「黑夜行路，失不得足」的思想。該劇還廣泛地反映了上海社會生活的各面：勞動者的辛酸血淚、投機商的囤積居奇、漢奸分子的陰謀與兇殺。內容的廣闊、場景的逼真、思想的深刻，使《長夜行》成為描寫「孤島」鬥爭生活的抗戰劇作中重要的一部，在現代戲劇史上占有特定的位置。

5. 熊佛西在桂林的劇作

戲劇家熊佛西在桂居住的三年，主要精力在編輯工作上，與此同時，創作了話劇、長篇小說、散文等一批作品，大型話劇《袁世凱》是他桂林時期的重要創作成果。

熊佛西在〈關於我寫的《袁世凱》〉（《文學創作》一九四二年第一卷第四期）中說：「袁氏已死了將近三十年，然而他留下來的毒素——所謂『袁世凱的作風』，與一般封建勢力腐化思想的渣滓，現在還普遍的蔓延或活躍在中國各階層的社會裏。」寫《袁世凱》一劇，就是為著「剷除袁世凱的作風與掃蕩當前的封建勢力」。劇作截取袁世凱一生中最能體現其性格和卑劣作風的事件——袁世凱稱帝——來結構劇情。袁世凱稱帝，面臨國人怨憤、討袁軍興、衛隊倒戈的情況下，他仍垂死嚎叫：「他們搗亂，老子不怕！老子有膽量！老子擔得起！老子有錢，老子可以買通他們；老子有槍，老子可以殺他們！」通過袁的自我表演，達到了無情鞭撻的目的。

《袁世凱》一劇還寫了人民的覺醒和反抗。對蔡松坡忠貞為國、大智若愚性格的刻畫，也為全劇增加了亮色。熊佛西在桂林的劇作還有獨幕悲劇《新生代》，該劇為抗戰時期下層社會的苦難生活留下了一印痕。

6. 杜宣、章泯、汪鞏、歐陽凡海、端木蕻良、孟超等人在桂林的劇作

敘述抗戰時期桂林的戲劇創作成果，還應談到杜宣、章泯、汪鞏、歐陽凡海、端木蕻良、孟超這幾位作家。杜宣在桂林創作有《英雄的插曲》，這在敘述桂林的戲劇演出活動時已做了一定的介紹。章泯創作過大型話劇《苦戀》。汪鞏在桂林創作有《希特勒搖籃曲》、《怒吼吧！桂林》、《萬元大票》等十多個活報劇，在桂林等地上演後曾風行一時。歐陽凡海於一九三八年創作了四幕劇《抗戰第一階段》。該劇原寫於武漢及華中某鎮，第三、第四幕則寫於桂林。劇作反映了武漢失守前的抗戰第一階段裏，中國農民在苦難中奮起，開始了反抗外敵侵略的民族解放戰爭的鬥爭經歷。多才多藝的作家端木蕻良，在桂林揮筆寫了幾個劇本，計有《晴雯》，《林黛玉》、《紅拂傳》，為桂林劇壇增添了情趣。孟超在國防藝術社工作期間，曾創作改編了《漁家女》、《被淘汰的人們》、《新的娜拉》幾個劇本。

當時，在桂林從事戲劇創作和發表劇作的還有張客、吳天、趙明、嚴恭、石炎等人。他們的創作，多為配合抗戰現實鬥爭的獨幕劇，如《軍用列車》（嚴恭、石炎作）、《鹽》（趙明作）、《逃》（張客作）等。這些劇作，在戰地宣傳和民眾教育方面，起到了積極的作用。

（三）西南戲劇展覽會盛況及意義

1. 西南劇展規模盛大，內容豐富

一九四四年二月十五日至五月十九日舉行的西南第一屆戲劇展覽會（以下簡稱西南劇展），將桂林抗日戲劇運動

推到了最高峰。這次劇展，共有西南八省三十多個演劇團隊，九千多名戲劇工作者參加，共展出劇目一百二十六個，包括話劇三十一個，平劇二十八個，桂劇九個，歌劇一個，話報劇七個，傀儡戲五個，民族舞蹈十四個，馬戲九個，魔術十個；演出場次達一千七百七十七場；與此同時，還召開了戲劇工作者大會，舉辦了戲劇資料展覽，討論了有關劇運的許多現實問題，通過了多項提案；展覽了戲劇運動發展以來的眾多史料。西南劇展的規模之盛及內容之豐，使它成為現代戲劇史上的一項壯舉，在現代戲劇史上占有重要的一頁。

西南劇展是在中國抗日戰爭仍處於艱苦階段的歲月裏召開的。它之所以能在困難的環境中得到順利召開，並造成盛大的聲勢和影響，有其偶然性和必然性。

（一）西南戲劇展的最初動因

召開西南戲劇展的最初動因，直接產生於歐陽予倩、田漢等人。一九四〇年三月，以歐陽予倩為館長的廣西省立藝術館成立了。為保證進步演劇團隊有一自己的演出劇場，自一九四二年開始，由歐陽予倩等人發起和籌畫，開始籌集資金，興建廣西藝術館新廈。一九四四年春，廣西藝術館新廈全部完工，從此，桂林的戲劇隊伍有了自己的演劇場地。戲劇工作者心中的喜悅是難以抑止的。為慶祝戲劇界的這一樁喜事，歐陽予倩等人籌畫舉行一次慶祝活動。他說：「最初幾個朋友談起的時候，並沒有打算大規模地舉行，只想就廣西藝術館新建館址落成的機會，邀請近邑幾個團體連續演幾個戲。恰好新中國劇社回到桂林，四隊的同志也來了幾位，大家一談，展覽會的組織就被提出，恰好九隊副隊長刁光覃同志也到了桂林，各方面的朋友相聚商討，辦法就大體決定了。」（〈關於西南第一屆戲劇展覽會〉，《當代文藝》一九四四年創刊號）

劇展雖因慶祝廣西藝術館新廈落成的偶然因素引起，但它最終得以召開，是抗戰戲劇運動發展的必然結果。必然因素之一，在於抗戰劇運的危機局面必須起來打破。《新華日報》一九四四年二月十五日的社論〈抗戰戲劇到人民中去！〉曾提出了這種危機狀況：「比年以來，跟著時局的變化，在後方，在前線，我們常常聽到戲劇工作者乞援的呼聲，我們也常常看到劇運遭遇危機的警告。在前方，戲劇運動漸次的消沉，工作團隊日見減少；在後方，由於物質條件的困難，由於檢查標準的苛雜，由於物價波動而造成的生活艱難，由於票價提高而觀眾逐漸限於有錢有閒者的事實，後方劇運有脫離廣大人民，游離抗戰現實，而漸次趨向於卑俗娛樂和高蹈自喜的傾向。」由於政治、經濟、物質、環境等方面的層層限制，進步劇運的發展已瀕臨危機，日漸困難。

這種危機，造成了在一九四二年曾掀起過戲劇高潮的重慶，一九四四年的戲劇節卻相當冷落、黯淡，出現了「重慶幾個艱苦奮鬥了一年多的職業劇團，現在以困難太多，不能不無聲地離去」的淒涼景象（〈西南劇展閉幕〉，《新華日報》一九四四年五月十九日）。面對著這種危機局面，不起來打破它就不可能復甦抗戰劇運的蓬勃生機。進步戲劇界清醒地認識到：「沉滯的局面必須打開，滿足於現狀的心理必須清掃。死中求活的堅韌戰鬥本來是中國戲劇運動最優良的傳統，我們今天正是一個應該用更大的決心來扭轉我們劇運危機的時候。」（〈抗戰戲劇到人民中去！〉，《新華日報》一九四四年二月十五日）。正是在這樣的歷史背景下，聯合行動舉辦大規模戲劇活動的心願，與進步戲劇界人士的心理普遍吻合，因而一方提議，多方回應，匯成了又一次戲劇演出大潮。

（2）西南戲劇展的參加團隊和演出劇目

在歐陽予倩、田漢、熊佛西、瞿白音等人的組織領導和籌畫下，在廣西省立藝術館和新中國劇社的辛勤工作下，西南劇展於一九四四年二月十五日開幕。參加演出展覽的團隊共二十九個，這就是：抗敵演劇第四隊、抗敵演劇第七隊、抗敵演劇第九隊、廣西省立藝術館話劇實驗劇團、新中國劇社、四戰區政治部教導大隊、七戰區政治部藝宣大隊、中國藝聯劇團、社會劇團、中國實驗劇團、第九休養院凱聲劇團、第三軍服廠復興劇團、第三被服廠戲劇教育隊、江西省戲劇工作者代表團話劇組及平劇組、麗華平劇團、桂林四維平劇社、柳州四維平劇社、四維平劇社兒童訓練班、廣西戲劇改進會桂劇實驗劇團、啟明桂劇科班、廣西桂劇實驗學校、廣西省立藝術專科學校劇團、中山大學話劇團、廣西大學青年劇社、廣西省立桂嶺師範學校邊疆歌舞團、文協傀儡戲研究組、周氏兄弟馬戲團、天影魔術團；觀光團隊三個：柳州某邊政大隊、廣東力行劇團、某軍春秋劇團，此外，重慶中華全國劇協、抗敵演劇第六隊、昆明華山劇社、三戰區政治部工作隊、贛州教育部劇教隊等單位派出觀光代表參加。

自開幕至五月十八日止，劇展會共演出了以下劇目：

話劇：《百勝將軍》、《舊家》、《蛻變》、《法斯斯細菌》、《虎符》、《日出》、《欽差大臣》、《大雷雨》、《鞭》、《家》、《皮革馬林》、《愁城記》、《油漆未乾》、《飛花曲》、《重慶二十四小時》、《錢》、《浪花夫人》、《孔雀膽》、《塞上風雲》、《茶花女》、《軍民進行曲》、《戲劇春秋》、《海戀》、《杏花春雨江南》、《勝利進行曲》、《沉淵》、《洪宣嬌》。

平劇：《玉玲瓏》、《定計化緣》、《金水橋》、《五人義》、《思凡》、《文章會》、《小上墳》、《大補缸》、《雪擁藍關》、《司馬逼宮》、《御林郡》、《喜榮歸》、《紅龍澗》、《張漢祥刺馬》、《文天祥》、《班超》、《岳飛》、《天下第一橋》、《麻姑獻壽》、《江漢漁歌》、《梁紅玉》、《徽欽二帝》、《天作之合》、《恩與怨》、《武則天》。

桂劇：《木蘭從軍》、《長生殿》。

傀儡戲：《國王與詩人》、《小紅帽》、《蠢貨》、《三隻花狗》、《舞蹈》。

（3）西南戲劇展的開幕、閉幕和工作者大會活動

十七日正式開始展出。開幕的前一天，曾為招待新聞界舉行過預展。「資料展覽」共展出了十餘個戲劇團隊的各類資料一〇二九件，包括文獻資料三百七十五件，照片二〇五幀，統

計圖表五十六種，舞臺模型六十二座，平劇臉譜一百六十三幅，作家原稿二十五件，舞臺設計圖六十四張，平劇及桂劇珍本七十九種。內容上分為三個部分：第一部分為中國戲劇運動發展史料，第二部分為各藝術團隊工作情況，第三部分為劇作家創作和生活情況，陳列了郭沫若、洪深、歐陽予倩、田漢、夏衍、宋之的、于伶等人的原稿、手記、劄記、著作、傳記、肖像及有關資料。四月五日，「資料展覽」閉幕，參觀人數共三萬六千多人。

在西南戲劇展舉辦期間，戲劇工作者還召開了西南戲劇工作者大會。大會於三月一日在廣西省立藝術館舉行。二十九個藝術團隊五千多人參加了開幕式。該會預備會代表趙越報告了籌備經過。大會期間，歐陽予倩在大會上做了題為〈劇運工作之開端〉的報告，田漢做了〈當前的客觀形勢與戲劇工作者的新任務〉的專題演講，熊佛西做了〈戲劇大眾化問題〉的專題演講，張客做了〈演劇隊的作風〉的專題演講，趙如琳做了〈新中國藝術體系的建立問題〉專題演講，各藝術團體負責人報告了各自的工作情況，孟君謀、趙如琳、曾也魯分別報告了重慶、廣東、江西劇運情況。

三月十一日，大會開始討論提案。各團隊共送交提案五十三件，內容分為六類：（Ⅰ）關於戲劇的路線問題；（Ⅱ）關於演出困難問題；（Ⅲ）學術研究方面的問題；（Ⅳ）劇人福利問題；（Ⅴ）加強劇運組織問題；（Ⅵ）堅守劇人道德問題。

為總結劇運的經驗教訓和確定今後的路線和方向，發展進步戲劇藝術，大會還曾組織了三次座談會：（Ⅰ）戲劇路線座談會；（Ⅱ）新歌劇座談會；（Ⅲ）舊劇改革座談會。同時，草擬和通過了劇人公約。

一九四四年五月十九日，西南劇展會閉幕。這次展覽會，雖未聚集全國所有團隊，但規模之大，已屬罕見，在國內、國際均產生較大影響。田漢稱之為「空前的盛舉」（〈實愛這空前的盛舉〉，《廣西日報》一九四四年二月十五日）。郭沫若、陽翰笙聯名自重慶發來賀電：「八省劇展，事業空前，敬為中國文化前途致賀。」（載《廣西日報》一九四四年二月十七日），給予讚譽。美國著名戲劇評論家愛金生在《紐約時報》撰文介紹西南劇展，說：「如此宏大規模之戲劇盛會，有史以來，自古羅馬時代曾經舉行外，尚屬僅見。中國處於極度艱困條件下，而戲劇工作者以百折不撓之努力，為保衛文化、擁護民主而戰，疊予法西斯侵略者以打擊，厥功至偉。此次聚中國西南八省戲劇工作者於一堂，檢討既往，共策將來，對當前國際反法西斯戰爭，實具有重大貢獻。」（轉引自一九四四年五月十七日《大公報》[桂林版]消息），對中國文化戰士的工作，給予極高的評價。

1. 西南劇展在抗戰戲劇史和中國現代文化史上的意義

西南劇展的召開，在抗戰戲劇史和中國現代文化史上，有著極為重要的意義。

（1）西南劇展展覽了抗戰劇運的成果，鼓舞了人民的勝利信心

抗戰以來，進步戲劇工作者繼承著新文化運動以來的優良傳統，英勇地投入抗戰救亡的陣營，用自己的武器——戲劇藝術，積極地參加了全民族的英勇戰爭。他們「在前線，在敵後，在邊省，在後方，忍受了一切艱難困苦，不顧一切危險，對抗建大業，貢獻了所有的力量」（歐陽予倩，〈關於西南第一屆戲劇展覽會〉，《當代文藝》一九四四年創刊號）。戲劇工作者不僅對抗戰貢獻了一切，自身也從抗戰中獲得了飛躍的進步。戲劇工作者當時自豪地宣稱：「這七年來，我們的陣營裏，增添了多少巨大而新生的力量！我們的營地，擴展到了多少遼闊和遙遠的地方！有戰鬥的地方，就有戲劇，有戲劇的地方，就有戰鬥。我們的技術，在質和量上，都無可否認地得到了急劇而顯著的提高，我們自身獲得了空前廣大而堅定的團結。七年，這短短的七年，可是我們所付出的所收穫的，卻抵得上平時的十倍。」（歐陽予倩，〈關於西南第一屆戲劇展覽會〉）

西南劇展的意義，首先一點，正是在於它大規模地展出了抗戰以來戲劇工作者的這一偉大的鬥爭成績和豐碩深刻的藝術收穫。來自西南各地的演劇團隊，帶著「七年來豐饒而輝煌的成績，參加了這一個盛會」（歐陽予倩，〈關於西南第一屆戲劇展覽會〉），他們以劇場演出和實物資料兩種形式，向整個社會展示了抗戰陣營中戲劇隊伍的雄壯陣容。

這裏，不僅展覽了話劇隊伍的演劇成果、鬥爭經歷，而且也展覽了舊劇改革的成果，它顯示了：偉大的民族解放戰爭，不僅推動了舊劇的進步，使之成為抗戰救亡宣傳隊伍中的一支力量，而且增進了話劇界與戲曲界的團結，促使他們組成一股強大的力量，在抗戰文化事業中發揮出越來越大的作用。西南劇展會的巨大展覽成果表明，中國的戲劇工作者在烽火連天的戰爭歲月裏，艱苦奮鬥，越戰越強，為保衛中國文化，為保衛民主事業，做出了重要貢獻。這，一方面是對「腳步不無疲困，情緒不無衰退，武器也不無陳舊」（田漢，〈寶愛這空前的盛舉〉）的戲劇兵的精神上與技術上的再武裝，是大反攻前的總動員，使戲劇工作者本身看到自己的成績、力量而信心倍增，奮勇向前；另一方面在激勵正歷盡艱辛的中國軍民的抗戰情緒、鼓舞勝利信心方面，也有著積極的作用和重要的意義。這一點，也正是田漢在當時所說的要求劇展會所達到的政治意義。

（2）西南劇展總結了戲劇運動的鬥爭經驗和教訓，確定了今後的前進方向

西南劇展除了在支持抗戰事業方面具有重要的政治意義外，在戲劇運動發展的本身，也具有深刻的意義。當時任中共桂林文化工作小組組長的邵荃麟在〈一點希望和一點意見〉這篇祝西南劇展開幕的文章中指出：「這次大會名義上雖然是展覽，然而最重要的意義恐怕還是從這次盛大的展覽中間，去認識和評價這幾年來戲劇運動發展的成果，去接受抗戰戲劇運動中的經驗和教訓，和從這裏去重新肯定今後戲劇運動的方針和方向，以及研究戲劇藝術上的各種問題吧。」

抗戰劇運的發展過程表明，道路的曲折，危機的出現，除了外部的不合理的束縛和重壓外，也有戲劇界內部的弱點、失誤。夏衍曾指出這種狀況：「現實環境中的不斷的顛躓和生活的艱困漸次地消磨了工作者們的熱情，人們對決定生死存亡的反法西斯戰爭也終於漸次的失卻了由衷的關注。迷惘，冷漠，懶散，草率，失卻了追求真理的熱，衰退了改善社會的誠，中國式的名士作風加上了外國式的奧布洛莫夫習氣，沉滯與自棄的空氣，漸次地瀰漫在我們日常生活之

中。」因此，他提出：「要使我們的劇運能夠支撐，創造，前進，在我們面前就展開著一條同時得向內外兩條戰線鬥爭的道路。」（〈我們要在困難中行進〉，《新華日報》一九四四年二月十五日）

西南劇展，正是抗戰後期戲劇界開展的一次對抗戰戲劇運動的大總結、大檢討，對今後前進方向的一次認真的探討和確定。戲劇工作者大會以總結、檢討抗戰劇運為主要內容。它通過團隊工作報告、各地劇運報告、專題講演、論文宣讀、提案討論等方式，對抗戰七年來劇運的成績、方向、活動形式、工作內容等方面，進行了認真而深入的總結。在全面總結的基礎上，戲劇工作者大會的全體代表針對戲劇運動存在的問題，提出了五十三項提案（後合併為三十五項），要求改變劇運工作現狀，解決劇運問題。大會最後通過的十條〈劇人公約〉，「是針對過去的缺點與今後的需要而提出的」（〈戲劇工作者公約〉，《戲劇時代》第一卷第四、五期合刊），是從思想、品德、技術、身體各方面，對戲劇工作者的努力方向所提出的具體內容。它要求抗戰中的戲劇兵為迎接民族解放戰爭的最後勝利，徹底地反省自己，改進自己，煥發新貌，投入戰鬥。〈劇人公約〉是戲劇工作者的前進方向，它在全國引起了巨大的反響。重慶戲劇界人士表示：「我們無條件地歡迎這個，回應這個，並且，願意在今後的工作中實行這個，推動這個。」（〈戲劇工作者公約〉）

（3）西南劇展壯大了進步文化的聲勢，推動了新文藝運動的進程

當局繼一九四一年「皖南事變」後掀起一股迫害進步文化的大濁浪之後，一九四三年，再一次採取了迫害行動。該年十一月，國民黨公佈了〈文化運動綱領〉，將其反動文化政策全面化、系統化、綱領化。該年八月，查封了《野草》、《音樂與美術》、《文學月報》、《婦女崗位》、《中國農村》等二十多種進步刊物，致使「全國出版業，最近幾個月來遇到了嚴重的難關」（星林，〈不要在困難前低頭〉，《文化通訊》第二十九期，一九四三年十二月）在戲劇界，一九四三年國民黨取締的劇本，包括已出版或未出版的、已上演的或未上演的，達一千一百一十六種之多；重慶戲劇界在「困難重重中掙扎著」（〈第七年的回顧〉，《戲劇時代》第一卷四、五期合刊）。桂林作家們也紛紛改

弦易轍，另圖它業，「文化城的招牌在風雨中剝蝕著」（〈桂林作家群〉，《大公報》［桂林版］一九四三年九與二十五日），進步文化在重壓下呻吟、掙扎。西南劇展的召開，既是對進步文化人和抗戰軍民的激勵和鼓舞，又是對文化專制主義的有力抗爭。它顯示了進步文化的力量，顯示了中國文化戰士，在抵禦外敵，保衛中國的文化的同時，又擔負著保衛文化的民主自由的重任。它表明，中國的進步文化事業，是任何反動勢力也摧不倒、壓不垮的，它將在民族解放和民主自由的鬥爭中獲得新生。

中國新文藝運動自它誕生的那一天起，就是與新民主主義革命的反帝、反封建的根本任務緊密聯繫在一起的。抗戰爆發以來，新文藝運動與民族解放和民主自由的鬥爭緊密結合，取得了突飛猛進的發展。西南劇展在抗戰的艱苦歲月裏舉行，將瀕臨危機局面的國統區文藝運動，推向了一個新的鬥爭高潮，促進了新文藝運動的健康和持續發展，這在新文藝運動史上，無疑是極有意義的壯舉。

二、抗戰時期桂林美術活動

（一）概述

抗日戰爭爆發後，由於北平、上海、廣州、武漢等大城市的陷落，大批美術家相繼來到桂林，在一個時期裏，桂林曾成為國統區木刻運動的中心，國畫、漫畫等其他美術形式也很活躍，美術評論、美術刊物出版等活動也開展得蓬勃熱烈。留桂美術家的活動，是桂林抗戰藝術的重要組成部分。

1. 抗戰爆發後廣西進步美術運動的開展

廣西由於處於地理位置較為僻遠的邊疆，現代文明的輸入，較之沿海大中城市及發達地區，一般較晚。以新興木刻運動為代表的美術活動在廣西的出現，是在抗戰前夕的一九三六年。這一年，廣州現代木刻會在南寧舉行的木刻展覽會，是廣西藝術界與原版木刻的第一次接觸。李樺、張在民、徐夢平三人的作品，在展覽中尤為新鮮別致，引人注目。同年夏，徐悲鴻第一次到廣西，將其作品及珍藏多年的國內外名作數百件在南寧展出，給廣西藝術界又開闢新的藝術視野，同年冬，徐悲鴻邀請張安治、劉汝醴來桂林，籌建「桂林美術學院」，為桂林進步美術活動的蓬勃發展做奠基性工作。

一九三七年是廣西進步美術活動出現較大發展的一年。此時，廣西省會已由南寧遷到了桂林。廣西的美術活動中心，也由南寧移到了桂林。一九三七年一月，李樺木刻個人展覽在桂林舉行。六月，李漫濤、鍾惠若、沙飛、洪雪村在桂林發起成立了廣西版畫研究會，會員共四十多人。該會成立後，即刻邀請李樺來桂林進行木刻講座，普及木刻藝術知識和技藝，同時，該會辦了《時代藝術》週刊（後改名為《新藝術》）。與此前後，李樺在桂林舉辦了第二次個人作品展覽。《廣西日報》的前身《桂林日報》此時也開始刊載木刻作品。新興木刻運動的影響逐漸傳播到廣西美術界和民眾之中。

一九三七年八月，陽太陽從日本回國，九月回到家鄉桂林，十月，陽太陽應徐悲鴻之邀在桂林美術院舉辦「陽太陽個人畫展」，不久，加入國防藝術社，擔任了該社美術部主任。國防藝術社是廣西成立最早的專業藝術團體，一九三七年五月由第五路軍總政訓處所屬的國防劇社、巡迴講演團、電影隊三團體合併而成。陽太陽的加入，充實了該社的美術力量，使國防藝術社從原來的著重戲劇、電影藝術宣傳擴展到美術宣傳。一九三八年一月，他代表國防藝術社召開廣西省藝術工作者會議，籌備「廣西全省美展」，促成了桂林抗日美術活動逐步走向興盛。

一九三八年十一月以後，從武漢、廣州等地撤來桂林的美術家逐漸增多，由此時到一九四四年六月，先後在桂活動的美術家有：丁聰、丁正獻、力夫、萬昊、萬籟天、萬籟鳴、馬萬里、方元士、方志星、豐子愷、王立、王羽儀、王漁父、王德威、鄧俊群、尹瘦石、馮法祀、艾青、龍潛、龍廷壩、龍伯文、龍若林、龍敏功、盧漢宗、盧巨川、帥立學、帥礎堅、葉淺予、葉侶梅、關山月、劉元、劉侖、劉建庵、許幸之、呂枚石、朱乃文、朱培鈞、孫福熙、任真漢、陽太陽、陽建德、沈樾、沈士莊、沈同衡、沈逸千、汪子美、宋克君、宋吟可、李樺、李白鳳、李可染、李明就、李鐵夫、李瘦石、李銘德、李漫濤、李毅士、楊影、楊訥維、楊秋人、吳乾惠、何香凝、余本、余所亞、余武章、張拓、張一尊、張大千、張大林、張雲喬、張安治、張在民、張正宇、張光宇、張蘇予、張家瑤、陸田、陸地、陸志庠、陸其清、陳華、陳宏、陳望、陳公哲、陳仲綱、陳更新、陳雨田、陳曉南、陳海鷹、陳煙橋、邵一萍、鄭可、鄭克基、鄭明虹、范新瓊、林半覺、林仰崢、林恆之、郁風、武石、易瓊、羅鼎華、周千秋、周公理、周鼐、周令釗、洪荒、褶海松、趙少昂、趙延年、趙望雲、胡冰、鍾惠若、唐英偉、倪少迂、徐傑民、徐悲鴻、徐德華、梁中銘、梁永泰、梁燦纓、梁岵廬、梁鼎銘、黃茅、黃堯、黃超、黃苗子、黃榮燦、黃獨峰、黃顯之、黃養輝、黃新波、曹若、曹辛之、曹佩圻、曹墨侶、盛此君、盛特偉、龔紹焜、符羅飛、野夫、溫濤、滑田友、曾恕一、謝曼萍、謝順慈、傅天仇、傅思達、賴少其、廖冰兄、譚暢、蔡迪支、滕白也、熊豔貞、黎冰鴻、黎雄才、魏繼昌。[1]如此龐大的美術家隊伍，構成了蓬勃開展的桂林抗戰美術運動。

2. 主要活動方式

（1）以通俗的大眾化的美術形式開展救亡宣傳

在這一方面做出突出貢獻的是木刻與漫畫。桂林美術界的漫畫家們經常舉行街頭漫畫展，在桂林民眾中產生了廣

---

[1] 美術家名單引自楊益群《抗戰時期桂林美術運動》（桂林：灕江出版社，一九九五年），頁九六—九九。

泛的影響。廣西省立藝術館美術部和廣西藝術師資訓練班長期合辦街頭宣傳畫、漫畫週刊，張安治主編的《十日畫報》就是其中很有影響的一種。「他們特製了邊長各三米多的木板，豎放在市中心十字路口東南側，根據鬥爭形勢的需要，採用單幅宣傳畫、故事連環畫或漫畫，配以文字說明，定期貼在板上，喚起民眾，同仇敵愾，一致抗日。通俗易懂，生動活潑，深受群眾歡迎。」[2]像這樣的抗日美術宣傳活動，自一九四〇年三月該館成立至一九四三年止，共辦一百多期。以軍委會政治部漫畫宣傳隊和廣西省立藝術館美術部為主要力量開展的街頭漫畫展活動，亦是極受群眾歡迎、產生極大宣傳效果的美術宣傳形式。一九三九年春，軍委會政治部漫畫宣傳隊在桂林舉行街頭漫畫展，參觀的群眾，「有如潮水一樣，雖然不能說是萬頭攢動，但已經夠得上說：打動了千萬人的心」[3]！

留桂木刻藝術家在桂林的抗日救亡藝術宣傳中，還創造了「抗戰門神」和「抗戰年片」的新型的藝術宣傳形式。賴少其創作的《抗戰門神》，是當時極有影響的一次抗戰宣傳。一九三九年春節，《抗戰門神》在「全桂林城及近郊都張貼起來」，極受人民群眾的歡迎。版畫家李樺曾號召美術工作者進一步開展這一工作，他說：「今年我們應該把這種抗戰門神推廣到全中國去，使全中國於新年那天換上一副抗戰的新氣象。」[4]抗戰年片的產生，也是由李樺號召發起的。他說：「我們有寄發賀年片的習慣，便可利用賀年片作為抗戰宣傳。在這個小小的片子上面，如果用宣傳領袖意志，抗戰信念，民族意識代替了『恭賀年禧』四個最普通的字，則在潛移默化中，可以給國民精神一個莫大的影響。」[5]一九四〇年初，桂林文藝界、新聞界聯合組成的桂南前線戰地慰問團的成員，就曾攜帶著桂林美術界藝術家們製作的「抗戰年片」在前線部隊中分發，起到了激勵鬥志、鼓舞人心的宣傳作用。

---

2 楊益群，〈為了劃時代的壯麗畫卷——抗戰時期桂林美術運動初探〉，楊益群編著《抗戰時期桂林美術運動》（桂林：灕江出版社，一九九五年），頁七。
3 〈街頭「漫畫展」〉，一九三九年四月二八日《掃蕩報》[桂林版]。
4 李樺的文章，載於《救亡日報》一九三九年十二月十二日。
5 李樺的文章，載於《救亡日報》一九三九年十二月十二日。

（2）深入戰地工作，將藝術與抗戰現實緊密結合

版畫家李樺是最早投身戰地工作的美術家。一九三八年一月中旬，他離開南寧，隨軍出發皖南、江西等前線宣傳抗日，用畫筆記錄抗戰生活。一九三九年六月下旬，李樺返回桂林，在桂林舉行「戰地素描展」，共展出一年來在豫、鄂、皖、贛、湘各戰區實地寫生作品一百七十多幅，產生了極大的轟動效應。《救亡日報》在有關專題導中，高度讚揚李樺為「中國木刻的前驅工作者」。他的行動和畫作，影響了桂林美術家們。在一九三九年底至一九四〇年初的崑崙關戰役及收復南寧的戰事裏，黃新波、黃超、周令釗、劉元、曹若等美術家深入前線，創作了一批戰地素描、戰地木刻作品。黃新波的《勝利之夜》、《總攻擊之夕》等崑崙關戰事組畫，在桂林的「戰時畫展」展出後，極得好評。黃超、曹若曾以自己戰地工作的成績，分別於一九四〇年四月與一九四〇年十二月，在桂林舉行了「桂南戰地素描」與「桂南戰場風景人物」的個人畫展。留桂美術家的戰地美術實踐，不僅充實了戰時美術作品的戰鬥內容和時代氣息，而且也使戰時美術的表現形式和技法得到了豐富和發展，如美術家劉元深入戰地工作，創造了竹筆素描形式，其作品在桂林展出後，極得美術界同人稱讚。以後，不少美術家採用竹筆進行素描、寫生，成為頗為適宜於戰時美術工作的一種工具。

（3）通過辦美術刊物、美術講座和美術創作輔導班等活動促進抗日美術運動的深入

一九三九年春，全木協桂林辦事處與軍委會政治部漫畫宣傳隊、軍委會桂林行營政治部「工作與學習」社合編了《工作與學習・漫畫與木刻》半月刊，由賴少其、劉季平編輯，共出版了六期。同年七月，全木協遷桂後，與全漫協合編了《漫木旬刊》，作為《救亡日報》副刊的一種，在《救亡日報》刊出，由黃新波、賴少其、劉建庵、特偉主編，共出了十五期。此外，還出版了兩輯《漫畫木刻月選》。一九四〇年十一月，全木協會刊《木藝》在桂林創刊，黃新波、劉建庵主編，一九四一年一月出版了第二期後即被廣西省黨部受上峰指令查封。一九四〇年六月，廣西省立藝術師資訓

練班出版了《音樂與美術》，張安治、陸華柏、徐傑民、沈同衡等人編輯，共出版了三卷十二期。此外，美術刊物尚有郁風於一九四〇年所編的《耕耘》，劉建庵、張安治等人於一九四一年參與編輯的《藝術新聞》，一九四四年沈同衡主編的《兒童漫畫》等刊物。這些刊物，在桂林抗日文藝運動的各個發展階段裏，發揮了不同的作用，是桂林美術界藝術家們對抗戰美術運動所做的一個貢獻。

美術講座、美術創作輔導班自一九三七年李樺來桂對廣西版畫研究會進行木刻講座開始，桂林美術界經常舉行。規模較大的一次是一九四〇年四月軍委會政治部漫畫宣傳隊與全木協聯合舉辦的漫畫與木刻講座，黃新波、溫濤、廖冰兄、劉建庵、李樺、梁中銘等人擔任講課教師，講授「漫畫木刻的本質及在繪畫藝術中的地位」、「漫畫史的發展及中國漫畫運動的路向」、「木刻史的發展及中國木刻運動的路向」、「漫畫製作上的一般問題」、「木刻製作上的一般問題」、「漫畫木刻在抗戰中的任務」等課程。此外，一九三八年七月徐悲鴻對廣西全省中學藝術教師暑期講習班的講座，邀請張安治、孫多慈、徐傑民等人任輔導教師，對廣西美術人才的培養，起著育苗滋潤的作用，亦是極有貢獻的工作。

（4）舉辦美術展覽

美術展覽會是顯示美術運動成果的重要形式。據統計，抗戰時期，桂林共舉行過各種美術展覽二百三十多次[6]，最多時，在一個月內甚至有十幾個畫展同時或先後舉行，例如一九三八年十二月二十八日到一九三九年一月八日的十天裏，由第五路軍政治部國防藝術社主辦的美術展覽會就舉辦了四種展覽：木刻展（十二月二十八日至三十日）、繪畫展（十二月三十一日至一月二日）、攝影展（一月三日至五日）、街頭漫畫展（一月六日至八日），一九四三年元旦，

6 楊益群，〈為了劃時代的壯麗畫卷——抗戰時期桂林美術運動初探〉，楊益群編著《抗戰時期桂林美術運動》上冊（桂林：灕江出版社，一九九五年），頁七。

同時舉辦的畫展多達六七 次之多。這些展覽在當時產生了極大的宣傳鼓動作用和社會影響，發揮了積極的藝術教育功能。有關展覽的具體情況將在後面詳細介紹。

（5）開展理論研討和藝術批評

通過開展藝術理論研究和作品評論活動促進美術創作、擴大美術功能是又一重要方式。本章將在第五節做專節介紹，此不詳述。

3. 主要貢獻

（1）構建了抗戰美術的重要據點

戰時的桂林是大後方抗日美術運動的重鎮，木刻藝術做出了突出的貢獻。桂林，不僅是抗日愛國美術家開展多項抗日救亡美術活動的大據點，更是一段時期裏全國木刻運動的中心。版畫家酆中鐵說：「當時的桂林，由於政局的演變，已逐漸形成一個重要的文化中心」，美術「力量比重慶強得多」[7]。李樺回憶抗戰時期的藝術生活時也說：「一九三八年，武漢緊張，那時上海已淪陷，集中到這個戰時文化中心的文藝工作者很多。他們分了三路撤退，一路去了延安，一路去了重慶，一路則來到了桂林。這樣，桂林集中了不少進步文藝工作者，很快便形成了南方的抗戰文藝的活動基地……西南抗戰文藝的重鎮。」[8]

7　酆中鐵，〈早期木刻運動在四川〉，《美術研究》一九八〇年第四期。
8　李樺，《抗戰時期桂林美術運動‧序一》，楊益群編著《抗戰時期桂林美術運動》（桂林：灕江出版社，一九九五年），頁一。

在這裏，產生了許多中國現代美術史上的優秀作品，如徐悲鴻的國畫《灕江春雨》、《雞鳴不已》，李樺的版畫《爸爸我也要打鬼子去》、素描《去迎接它的英勇的主人》，關山月的國畫《灕江百里圖》，黃新波的版畫《他沒有死去》，蔡迪支的版畫《桂林緊急疏散》，尹瘦石的國畫《屈原》、《瞿張二公殉國史畫》，余所亞的漫畫《前方馬瘦後方豬肥》，等等，編印出版了《漫木旬刊》、《木藝》、《漫畫木刻月選》等多個美術刊物，舉辦了多次全國性木刻展覽，尤其是「魯迅逝世三周年紀念木刻展覽會」和「木刻十年展覽會」這兩個全國性重要大型展覽。前者展出現代木刻作品三百二十九幅，中國古代木刻三十種，並配合展覽出特刊三種，被認為是抗戰以來「最完美的木刻展覽會」，後者展出來自全國各地的木刻新作和文化界人士蒐集到的近十年中較好的作品，共四百九十四幅，同時展出新木刻運動十年來具有歷史價值的文獻一百四十種，形成了廣泛的全國性影響。

正如美術理論家黃宗賢論述的：「從一九三九年至太平洋戰事爆發前的這一時期，桂林的抗日美術活動一直比較活躍，在某些方面的活動都具有全國性影響，故這一時期大後方木刻運動的中心無疑是在桂林。桂林畢竟接近東南、華南前線，所以這裏的美術界總是充滿著熱烈亢奮的氛圍，瀰漫著血與火的氣息，可以說，桂林就是大後方連接前線的一個藝術堡壘。」[9]顯然，桂林抗戰美術界為中國抗戰美術運動的開展做出了不可磨滅的貢獻。

（2）強化現代美術的戰鬥功能

抗日戰爭爆發之初，在民族危亡的緊急關頭，中國美術的主要功能已不再是一種傳播美的藝術樣式，而是一種服務抗戰，充滿政治意識的宣傳和教育的工具。愛國正直的藝術家都看到：「美術在非常時期最大的任務是幫助動員群眾，鼓舞他們抗戰的熱情，出錢出力。」[10]是抗日戰爭，使中國美術擴大了社會功能，在抗戰中發揮了戰鬥作用，使美術

9 黃宗賢，《抗日戰爭美術圖史》（湖南美術出版社，二〇〇五年），頁八八。
10 莫耀宗在〈非常時期的美術〉中的發言，載《戰時美術論叢》，轉引自楊益群編著《抗戰時期桂林美術運動》（桂林：灕江出版社，一九九五

不僅僅是藝術的美術，更是生活的藝術，戰鬥的藝術，這無疑是中國美術的一種進步，一種由優美向崇高上升的進步。正如阮思琴所說：「『八一三』以後，中國美術界立時從過去的優閒惰性的進展狀態下脫出來參加抗戰，所以如果說，中國的美術運動在戰前有中心、沒有力量、沒有價值的話，那麼在抗戰的今天，這些都將成為過去的陳跡。」[11]

不僅如此，抗戰美術的戰鬥功能更重要的一點是它成為了中國開展文化抗戰的一件利器，因而在今天被我們後人稱之為「抗戰美術」而不僅僅是「抗戰時期的美術」。許多畫家，尤其是木刻家、漫畫家，在此時更多的是將美術當作投向侵略者的投槍和匕首，正如木刻家劉侖所說：「我是一個漫木工作者，我無論在戰地、在後方，無論做軍人、做小販，我都是用我的武器，不留情地打擊汪賊精衛，打擊到抗戰勝利為止。」[12] 桂林美術家在這方面是做得比較充分和徹底的。例如他們創作的「抗戰年片」，就曾由桂林文藝界、新聞界聯合組成的桂南前線戰地慰問團攜帶到崑崙關戰役的前線，在抗日部隊中分發，成為鼓舞抗敵鬥爭的精神武器。

（3）創作了大量美術佳作，為中國現代藝術寶庫增添了珍品

抗戰時期，在桂活動的美術家們排艱克難，在戰時物質條件極為困難的情況下，堅持抗戰宣傳和藝術創作，留下了大批藝術精品。藝術大師徐悲鴻在桂林創作了《灕江春雨》、《雞鳴不已》、《青崖渡》、《馬》、《雪景》、《柳鵲》、《牧童和牛》等許多作品，其中《灕江春雨》、《雞鳴不已》馳名中外，是充滿愛國主義情感和極高藝術價值的藝術珍品，是徐悲鴻一生美術創作的重要代表作之一。黃新波的系列版畫《勝利之夜》、《總攻擊之夕》、《增援》等

年），頁四一二。

11 阮思琴在〈非常時期的美術〉中的發言，載《戰時美術論叢》，轉引自楊益群編著《抗戰時期桂林美術運動》（桂林：灕江出版社，一九九五年），頁四一四。

12 劉侖，〈用我的武器〉，《救亡日報》一九四〇年三月三十日。

崑崙關戰地作品，展現了中國軍隊英勇抗敵的戰鬥場面，是反映中國抗戰軍事題材的重要作品。他的另一幅作品《他並沒有死去》，畫面在悲壯、肅穆，具有「簡潔靜穆，有柔美的線條」[13]的藝術風格，極富感染力量。

李樺在桂期間創作的《反攻》、《生死同心》等作品，表現了前方抗日戰士英勇殺敵，為國捐軀的英雄氣概和崇高精神，洋溢著強烈的愛國主義情感，藝術表現上極好。艾青稱讚李樺的藝術成就時說：「他的作品不僅在我國是可以作為奠定繪畫上新寫實主義的基礎，同時也是我國可以誇耀於世界的藝術文化的巨大的收穫之一。」[14]肯定了李樺作品的可貴價值。

漫畫宣傳上有突出成績的廖冰兄，一九三九年與陳仲剛合作了《抗戰必勝連環畫》，很有影響，以後又與方曲直合作了《憲政運動續畫》（後改名為《抗戰建國連環畫》），是抗戰時期具有豐富內涵和深刻思想的漫畫作品。余所亞發表在《野草》第三卷第二期上的《前方馬瘦，後方豬肥》是他的代表作。該作標題警醒、寓意深刻，是進步藝術家對國統區陰暗面進行辛辣諷刺和有力鞭撻的力作。溫濤在桂林的創作也引人注目，他出版了《國際政治人物畫像》、《香港之劫》兩畫冊。茅盾曾為《香港之劫》寫了序言〈記溫濤木刻——香港之劫〉，稱他的作品是「鳳毛麟角」，《香港之劫》的創作，「是抗戰藝術戰線上一件喜事」[15]，給予了甚高的評價。其他如豐子愷的抗戰漫畫，關山月的國畫《灕江百里圖》，何香凝的國畫《楓葉》、《墨梅》，尹瘦石的歷史人物繪畫等，都是思想內涵豐富、藝術水平極高的美術精品。他們的創作，為中國現代美術寶庫增添了珍貴的財富。

13 《抗戰八年木刻選集・作者簡敘》（開明書店，一九四六年）。
14 艾青，〈記李樺個人戰地素描展〉，《廣西日報》一九三九年六月二十八日。
15 茅盾，〈記溫濤木刻——香港之劫〉，《野草》第五卷第二期（一九四二年）。

（4）促進中國美術的現代轉型

還是在一九三七年十二月的抗日戰爭初期，有人就指出：「中國美術界，對於社會的使命，向來是不屑理會的……所以中國的美術，專以個人觀賞為前提，對於大部分的民眾，極少有容許接觸的機會。不但國畫家始終保持著這一貫的態度，即研究西洋繪畫的人們，也未始不沾染著這種習氣。」[16]他聯繫第一次世界大戰時期歐美國家的藝術轉變情景，論述了戰爭對藝術發展的影響，認為：「時代已經在劇烈的轉變中，不適應時代的一切，無形中在迅速地淘汰，美術之比由室內而搬到街頭，已經成為迫切的需要。」[17]

美術理論家傅思達論抗戰美術時說：「『中國抗戰，把中國提前進步了五十年！』這話拿來在美術的成績上檢查一番，也是合用的。不過我國的美術，本來就和時代相差得很遠。像西畫的基礎未立，竟標派系，國畫則大部分停留於唐、宋以來的形式和內容，絕少改易和發展。是則所謂進步，最好的表現，還不過是人們向日對於美術的蔑視，以為『雕蟲小技壯士不為』的觀念，為了抗戰宣傳教育的需要與成就，稍稍改變而已。其在美術的本質上，正需要我們急迫地加以改革和發展的。」[18]

的確，抗戰的洪流，推動著中國社會各個方面的進步，美術界也毫不例外。桂林美術界的美術運動和創作實踐，充分顯示了這種適應時代的藝術轉變的特徵與成效：

一**是創作方法上由畫室到大眾**。木刻和漫畫是抗戰美術的先鋒，它們是抗戰初期最活躍的美術形式和藝術宣傳工具。這得益於版畫家和漫畫家完全投身到抗日救亡的實際鬥爭之中，有的人直接上戰場吸取創作素材，有的走上街頭、

16 朱應鵬，〈抗戰與美術〉，《抗戰文獻類編．文藝卷》第一冊（北京：國家圖書館出版社），頁五六五至五六六。
17 朱應鵬，〈抗戰與美術〉，《抗戰文獻類編．文藝卷》第一冊（北京：國家圖書館出版社），頁五六六。
18 傅思達，〈大時代中美術工作者應有之認識〉，《音樂與美術》第二卷第七、八期合刊（一九四一年）。

走向鄉村，將藝術宣傳推向最下層的民眾。前述的李樺、黃新波、曹若、劉侖等的戰地繪畫實踐，以及賴少其的《抗戰門神》創作，是最好的實踐與作品。木刻和漫畫的行動也帶動了國畫家們。走出畫室，接近大眾，貼近抗戰需求的觀念，也被越來越多的國畫家所接受，並付諸實踐。徐悲鴻流連陽朔、關山月行走灕江、陽太陽參加抗日藝術團體——國防藝術社——工作、張安治在防空洞裏做人物速寫，等等，都將藝術實踐與時代、社會和大眾緊密結合，給國畫藝術增添了時代光彩，融入了民族精神，推進了國畫藝術的進步。

二是題材內容由山水花鳥到社會現實。抗戰以前的中國繪畫，多以描摹古人畫意為追求，如豐子愷指出的：「現今多數的中國畫，所犯的弊病，第一是『泥古』。」畫家們喜好的題材，如傅思達所說：「國畫則大部分停留於唐、宋以來的形式和內容，絕少改易和發展。……因此民間自然流行的還是油畫的裸婦、風景、靜物，國畫的山水、花鳥、道釋人物，形式與內容，還是不折不扣的舊東西。」[19] 全面抗戰爆發後，此種情景被戰火摧毀。畫家們的題材內容開始出現根本改變。內容上，前期以控訴戰爭災難，反映中國軍隊戰鬥場面、鼓動抗日情緒為主，中後期以注重表現社會變遷和民生狀況為多。

桂林的美術工作者，在這方面有許多傑出的表現，印證了中國美術在抗戰時期的進步。這方面的代表性作品有：李樺的《辱與仇》、黃新波的《血衣》、《捧血者》、陽太陽的《姦殺》等控訴日軍暴行的作品，徐悲鴻的《桂軍誓師北伐圖》、黃新波的「崑崙關作品系列」、陸田的《巷戰》、張在民的《變敵人的後方為前線》等反映中國軍隊抗日戰鬥的作品，張安治的《石工》、《擔草婦》、《壓路工人》、《灕江漁女》、《灕江大橋》（組畫）、《避難群》，蔡迪支的《桂林緊急疏散》（一九四四）、《桂林市集》（一九四五），豐子愷的《廣西小品》、關山月的「農村寫生畫展」等，都表現戰時社會民生狀貌的作品。這些作品，擴大了中國美術的表現題材，反映了抗戰時期中國社會的現實狀

19 〈大時代中美術工作者應有之認識〉，《音樂與美術》第二卷第七、八期合刊（一九四一年）。

貌，增加了中國美術的質感與力度。

三是藝術特徵由唯美到崇高。抗日戰爭，使中國美術發生了由「為藝術的藝術」到「為人民的藝術」的轉變，適應時代所需、人民所需成為中國美術的發展旨歸。藝術特徵也由唯美轉變為崇高。桂林美術家的藝術實踐和美術作品很充分地表達了這一點。徐悲鴻的作品是最有代表性的。他筆下的山水和動物，不再是文人雅士眼中閒情逸致的景致和玩物，都充盈著民族的精神與意志。如《灕江煙雨》表達出畫家眷念祖國的情感，他筆下的動物，如他常畫的馬、雞，都寄託了戰鬥豪情，嘶鳴的戰馬和啼叫的雄雞，似乎正在喚起人們奔赴抗戰的疆場，如《戰馬哀鳴思戰鬥》、《秋風立馬圖》、《風雨雞鳴》等。黃新波木刻作品《他並沒有死去》，以英勇犧牲的抗日戰士的不屈形象和點點星光，展開出一副肅穆莊嚴的意境，象徵著抗戰事業和正義鬥爭的神聖與崇高。

擅畫人物的尹瘦石，在桂林期間畫有多幅歷史人物畫，如《伯夷叔齊》、《屈原》、《正氣歌》、《鄭成功海師規勸留都圖》、《史可法督師揚州圖》、《瞿張二公殉國史畫》等。此時的尹瘦石，已拋棄了抗戰爆發前學習中國畫時的「泥古」畫風，在畫筆裏融入了強烈的民族正氣，畫面上洋溢著濃郁的愛國主義情愫。像《瞿張二公殉國史畫》畫中，畫面上以兩棵樹幹粗壯、並肩而立的青松為主體，軒昂大氣，背景的遠山雄渾巍峨，意象肅穆高遠，象徵瞿式耜、張同敞二公作為明末忠臣堅貞的意志與高潔的情懷。尹瘦石畫展在桂林展出後，一篇評論文章說得好：「尹瘦石將他近年所作的畫，舉行了一回預展。這意義不是尋常的。我們從壁上幾幅力作，如《伯夷叔齊》、《屈原》的巨像，《正氣歌》的史圖，可以窺見作者的用心。在那壯健有力的線條上，如火的憤怒，正藉著筆透露出來。」[20] 這「壯健有力的線條上，如火的憤怒」，絕不是純粹的藝術家以純美技法所能表達出的。這是抗戰藝術家推進中國美術進步、服務時代、服務人民的生動表現。著名戲劇家、詩人田漢看了尹瘦石的畫後大為讚賞，作詩道：「宜興並代兩神工，石瘦悲鴻意境

[20] 朱蔭龍，〈尹瘦石畫展先睹記〉，《大公晚報》[桂林版]一九四四年四月十八日。

同。」[21]對尹畫評價極高。

其他如豐子愷的抗戰漫畫，關山月的國畫《灕江百里圖》，何香凝的國畫《楓葉》、《墨梅》，廖冰兄的《抗戰必勝》系列漫畫等，都具有這種洋溢民族正氣、體現崇高意境的藝術風格，給人在獲得藝術的審美享受中產生思想的提升和精神的振奮。

（二）重要活動與畫展

抗戰時期，桂林美術界開展了多樣活動，包括組建美術機構和團體，創建抗戰木刻運動中心，舉辦美術展覽，編輯出版美術刊物，從事美術創作，開展理論研討和美術批評等。其中，美術創作和美術理論與批評已做專章論述，編輯出版美術刊物在上一章已做了介紹，這裏只論述前三項活動。

1. 組建美術社團和機構

（1）全國木協桂林分會

在抗日救亡美術運動中，木刻藝術做出了尤為突出的貢獻。一方面，它具有左翼文藝的革命傳統，是配合革命運動最有力的藝術樣式，正如魯迅所說：「當革命時，版畫之用最廣，雖極匆忙，頃刻能辦。」（《新俄畫選・序》）另一方面，戰爭年代的物質條件，限制了其他藝術畫種的發展，「因為中國的海口全被封鎖，藝術家既得不到必需的油彩

21 轉引自黃國樂，〈桂林抗戰文化城期間主要國畫家研究〉，《抗戰文化研究》第二輯（廣西師範大學出版社，二〇〇八年），頁一七五。

顏料和畫布，要找一張在中國製造而適用的紙也不可得，為了要表現他們自己，就必得另找一條出路。從事木刻既只需要簡單的工具和材料，他們就獲得了一條捷徑。」[22]

一九三八年六月十二日，力群、馬達、劉建庵、李樺、黃新波、賴少其、盧鴻基、羅工柳等木刻家在武漢成立了「中華全國木刻界抗敵協會」（以下簡稱全木協），組織開展全國抗日救亡木刻運動。同年十月，由於戰局緊張，全木協遷往重慶。與此同時，賴少其、劉建庵等木刻家由武漢撤往桂林。一九三八年底，由武漢撤到桂林的木刻家賴少其、劉建庵等人在桂林籌備建立全木協桂林辦事處，開展了徵求新會員、舉辦畫展等活動。一九三九年六月，全木協從便利工作開展考慮，將其辦事機構落在桂林。由此時至一九四一年初，桂林成為國統區木刻運動的中心。全木協到桂林後，立即籌辦魯迅逝世三周年紀念展，展出在作品四百餘幅。以後又舉辦多次木刻展覽，編印了《漫木旬刊》、《木藝》等美術刊物，並多次舉辦美術講座，推出了大量優秀的木刻作品，推動了國統區抗敵木刻運動的開展。一九四一年春，全木協遷到重慶。

（2）軍委會政治部漫畫宣傳隊

一九三八年底至一九四一年，在桂林活動的重要美術團體還有軍委會政治部漫畫宣傳隊、全國漫畫家抗敵協會（以下簡稱全漫協）。漫畫宣傳隊，原為一九三七年九月在上海成立的「上海市各界抗敵後援會宣傳委員會漫畫宣傳隊第二隊」，由葉淺予領隊，隊員有張樂平、胡考、特偉等。上海淪陷後，該隊到達武漢，成為隸屬於國民政府軍事委員會政治部第三廳的漫畫宣傳隊。武漢淪陷後，該隊又於一九三八年十一月撤到桂林，在桂林分為兩隊。以張樂乎（領隊）、麥非、葉岡為一隊，開赴東南戰地，以特偉（領隊）、黃茅、陸志庠、廖冰兄、宣文傑為另一隊，留在桂林。漫

22 老舍，〈談中國現代木刻——《中國版畫集》序〉。

畫宣傳隊在桂林期間，積極開展漫畫宣傳活動，舉辦街頭漫畫展，在報刊發表抗日漫畫作品，舉辦漫畫與木刻講座和「戰時繪畫訓練班」培訓各地漫畫作者等。自一九三九年一月起，先後在桂林陽朔、平樂、荔蒲、柳州、桂平、藤縣、梧州、南寧、賓陽等地舉行「抗戰漫畫巡迴展覽」，成為桂林抗戰美術運動一支活躍的文藝新軍。一九四〇年漫畫宣傳隊遭解散。

（3）廣西省立藝術館美術部

廣西省立藝術館建立於一九四一年三月三日，館址設於桂林。由歐陽予倩任館長。館內設戲劇、美術、音樂及總務四個。美術部由張安治任主任，下設美術陳列所，工商美術設計社、研究室。美術部成員有：尹瘦石、徐傑民、徐德華、易瓊、朱乃文、龍廷霸、周令釗、張蘇予、褶海松 、盧巨川、林樹芬、宋克君、陽建德等。美術部先後曾組織繪畫研究班、暑期美術講座，全省美展、美術作品巡迴展覽，街頭畫展以及美術作品聯展和個展。同時，先後編輯出版有《戰時美術論叢》、《戰時素描集》、《戰時木刻集》、《省藝畫報》等書刊。二對宣傳，推動全民抗戰做了大量的工作，起了很大的促進作用。一九四〇年三月廣西省立藝術館成立後，該館美術部成為抗戰後期桂林美術界的主要活動機構，張安治擔任美術部主任，其成員有尹瘦石、徐傑民、易瓊、龍廷霸、盧巨川等人。

藝術家們還協助廣西藝術館、國防藝術社、新中國劇社刀等各劇團演出，精心創作富有戰鬥性藝術性的巨型海報及舞臺設計、服裝設計等舞美工作，加強演出效果。

（4）初陽畫院

一九三九年夏創辦於抗戰文化城桂林，又名初陽美術院。它是一所私立的美術學院，創辦人陽太陽擔任教授、院長，主導教學和建院工作。李濟深，茅盾，歐陽予倩，田漢，熊佛西，周鋼鳴、李文釗為贊助人。院址設在桂林建乾路。初陽畫院有學員三十人左右。課程設有中國畫、油畫、水彩、素描、色彩、藝術史論、文藝理論。院內備有石膏像、人體模特、靜物等，供學員室內寫生基本練習，師生常常訪問農村、工廠，進行社會調查，到山水風景田園中去寫生作畫，蒐集素材。文學藝術界知名人士田漢、歐陽予倩、熊佛西、端木蕻良、孟超、黃新波等曾來院講學、指導。一九四四年一月，初陽畫院在桂林青年會禮堂舉辦師生作品展覽會，展出師生創作的國畫、油畫、水彩、水墨畫、素描作品一百餘幅。二月又到衡陽展出。孟超、端木蕻良等寫文章評價了初陽師生畫展，高度評價陽太陽創辦初陽畫院的勞績與貢獻。一九四四秋日軍進犯桂林，桂林大疏散，初陽畫院師生分頭疏散，初陽畫院便被迫停辦。

（5）桂林美術專科學校

桂林美術專科學校是私人集資興辦的一所美術學校，先由廣東山水畫家鄭明虹創辦，一九四一年十月招生，同月開學。校長鄭明虹。年底，因經費困難，鄭明虹辭職，由龍潛接任校長。一九四二年一月校址遷至定桂門陳文恭公祠，易名為桂林榕門美術專科學校。八月十日，校董會開會決定，由馬萬里任校長兼國畫系主任。先設國畫系、西畫系，後增設圖音系。在校學生二百餘人。在美專任教的教師有：黃新波、萬昊、龍潛、馬萬里、陽太陽、楊秋人、宋吟可、周令釗、鄧俊群、黃超，張家瑤、帥礎堅等。一九四四年五月桂林大疏散停辦。前後三年時間，舉辦過三屆藝術成績展覽會，兩次旅行寫生畫展（興安、陽朔），培養了一批藝術人才。

（6）廣西省立藝術師資訓練班

一九三六年夏，徐悲鴻到南寧舉行畫展，一九三七年轉到桂林。廣西省首腦李宗仁邀請徐悲鴻在廣西開辦桂林美術學院，發展美術教育事業。徐悲鴻邀請張安治等人來桂林籌建桂林美術學院，在獨秀峰下附近建了兩層樓房，後因抗日戰爭爆發而停辦。一九三八年在徐悲鴻和滿謙子的倡導下，在桂林美術學院地址開辦廣西省會國民基礎學校藝術師資訓練班，招收美術，音樂學生八十餘人，半年結業。美術主任教師是張安治，那時徐悲鴻，豐子愷也曾到班上做學術講座。這個班雖然是不脫產的在職中小學教師來進修學習藝術專業的機構，但開創了廣西藝術教育的先河，填補了廣西藝術教育的空白。在此基礎上，一九三八年正式招收一年制（全日制）的藝術師資訓練班（簡稱藝師班），以後陸續招生，分一年制初級班和兩年制高級班兩種，一直開辦至一九四四年五月因日軍進犯、桂林大疏散時被迫停辦。在藝師班先後任教的美術教師有：張安治、陸其清、黃養輝、沈士莊、沈同衡、傅思達、徐德華、徐傑民、阮思琴、帥礎堅、龔紹焜，林恆之、吳宣化（女）、孫多慈（女）、劉元、劉建庵等。該班在一九四〇年間曾出版《音樂與美術》月刊，美術部分由張安治主編（後期由徐傑民負責），共出版三卷十二期，舉辦過多次畫展，在社會上有一定影響。

（7）紫金藝社

一九三八年十二月二十七日，由張安治、陸其清、徐德華等畫家發起組成的美術家組織，社址在桂林樂群路六十一號。該社成立後開辦過數期美術班，輔導美術愛好者，多次舉辦畫展，較大的一次是一九三九年六月二十五日同廣西美術會聯辦的「濟難募捐美展」，除扣除費用，獲純收入五百多元，上交救濟難胞。該社還在一九三九年六月二十八日《掃蕩報》[桂林版]復刊《戰時美術》編輯出版《救濟難民美術展覽特刊》，展出抗日救亡作品多幅。一九四〇年冬，紫金藝社發起兒童繪畫慰勞活動，收效甚豐，收到兒童作品一萬多件，經審查後，分別送到桂南戰場和粵北前線做勞軍慰問。

2. 建立抗戰木刻運動的中心

在抗日救亡運動中，木刻以其快捷、便利的特點，在抗日救亡宣傳畫的中發揮了重大作用，成為文藝救亡的輕騎兵。一九三八年六月十二日，力群、馬達、劉建庵、李樺、黃新波、賴少其、盧鴻基、羅工柳等木刻家在武漢成立了「中華全國木刻界抗敵協會」（以下簡稱全木協），組織開展全國抗日救亡木刻運動。同年十月，由於戰局緊張，全木協遷往重慶。與此同時，賴少其、劉建庵等木刻家由武漢撤往桂林。一九三八年底，賴少其、劉建庵、張在民等人在桂林籌備建立全木協桂林辦事處，並立即著手舉辦了一個全國性的木刻展覽。

一九三九年一月十七日，全木協桂林辦事處召開了首次會議，決定開展以下工作：（1）成立供應部，供應各種木刻資料與木刻工具、材料；（2）舊曆元旦在桂林街頭舉辦木刻展覽；（3）籌辦木刻研究會；（4）出版木刻月刊；並徵求新會員。

隨著來桂木刻家的增多，全木協從便利工作開展考慮，於一九三九年七月將其辦事機構由重慶遷至桂林，在七星巖前茶座召開全體會員大會（會員約三十餘人），改組為「中華全國木刻工作者協會」，選舉李樺、黃新波、溫濤、劉建庵、陳仲綱、張在民等組成理事會，選張在民為主任理事。由此時至一九四一年初，在一年半的時間裏，桂林成為國統區木刻運動的中心。

全木協在桂林的主要工作，一是出版刊物。與漫畫宣傳隊合編的《漫木旬刊》一九三九年十一月起在《救亡日報》刊出，每月出版二至三期，以刊登漫畫和木刻作品為主，以後共出版了二十五期；一九四〇年十一月創辦會刊《木藝》，由黃新波、劉建庵主編，發表李樺等人的《十年來中國木刻運動的總檢討》等重要文章和木刻作品，共出版兩期；又與全國漫畫作家抗敵協會合編的《漫畫木刻月選》一九四〇年一月由桂林南方出版社出版，共出版兩期。二是舉辦全國性木刻畫展，如「魯迅逝世三周年紀念木刻展」、「木刻十年展」、「第二屆全國木刻展」、「七七抗戰紀念木刻展覽」，以及一些個人畫展，如李樺、黃新波木刻畫展等。三是發展木刻教育，培養木刻人才，如到各美術院校及桂林高中、逸仙哲學、立達中學等做木刻創作專題講座等。

一九四一年一月，「皖南事變」發生後，國民黨廣西政府查封了全木協會址。三月中旬，全木協遷往重慶。

3. 舉辦大量的美術展覽

抗戰時期，桂林舉辦畫展二百三多次，每月都有幾個甚至上十個畫展舉辦，美術氛圍十分濃郁。一些重要的美術展覽影響很大，下面擇要做些介紹。

（1）一九三八年的「抗戰美術展覽會」

一九三八年十月以後，文化人大批聚桂，為鼓舞人民的抗戰情緒，在國防藝術社的主持下，聯合來桂美術界人士，於一九三八年十二月籌備舉辦了大規模的「抗戰美術展覽會」。展覽分木刻展、繪畫展、攝影展、街頭漫畫展四部分，原定從十二月二十八日開始至一九三九年元月八日止，四個展覽部分以順接形式依次展出，每部分展覽三天。十二月二十八日首先開展的是木刻展，展品系全木協武漢撤退時，由盧鴻基帶來的全木協所藏全國畫家的作品，「內多國內名家精深之作」，擬在桂林展出後，再帶到重慶。當數百幅木刻作品在桂林展出後，會場上「觀眾極為擁擠」，極受桂林民眾喜愛。

不料，就在開展的第一天，日機襲擊桂林，剛剛開展幾小時的展覽會場被炸毀，「幾百件之木刻名作則盡化為灰燼」[23]。同日，存放在國防藝術社的繪畫展、攝影展、漫畫展的所有待展展品，也在敵機轟炸之後全部被大火焚毀。在敵人狂轟濫炸的淫威面前，從事救亡運動的進步美術家們並沒有屈服，很快，籌備木刻展的劉建庵、賴少其、張在民等人，又於舊曆春節將新的木刻展推到了桂林觀眾面前。

（2）一九三九年六月「留桂畫家抗戰畫展」

由國防藝術社主辦，漫畫宣傳隊、全國木刻協會桂林分會和《陣中畫報》社協辦。展覽在樂群社禮堂展出，展出

23 〈藝壇消息〉，《廣西日報》一九三八年十二月三十日。

黃新波、賴少其、劉建庵、汪子美、陽太陽、盛此君、周令釗、特偉、梁中銘等二十多位畫家的作品二百餘幅，包括木刻、漫畫、國畫、宣傳畫、素描等美術形式。其中，陽太陽展出的幾幅作品：《農婦》、《二人》、《女戰士》、《騎者與馬》，被當時的一篇評介文章認為：「造型之美，最為觀眾所賞識。」[24]展覽還展出了從重慶寄來的葉淺予、張樂平、梁白波三位畫家的作品。葉淺予的作品是《還有誰沒有加入隊伍》，梁白波的作品是《為和平而戰》，張樂平的作品是數幅婦女自動願意負起後方工作的漫畫。

（3）一九三九年「紀念魯迅先生逝世三周年木刻展」

為紀念新興木刻運動的創始人魯迅先生逝世三周年，全木協於十月十九日在桂林舉行了規模盛大的木刻展覽會，共展出作品四千多幅[25]，分為現代木刻作品、民間木刻作品和外國木刻作品三部分展出。此次展覽會，是全木協遷桂後獨立舉辦的第一次大的活動，在當時產生了較大的影響。

（4）一九四〇年十月全木協舉辦的「中國木刻十年紀念展覽」

一九四〇年十月二十日，全木協舉辦的「中國木刻十年紀念展覽」在桂林樂群社開幕。展覽會第一天招待桂林文化界，劉建庵向桂林文化界做了木刻運動十年的報告。展覽會共展出作品四百九十一幀（此為一九四〇年十月二十二日《救亡日報》所報導的數字。一說五百二十四幅，見《中國新興版畫運動五十年》，頁三四）還陳列了木刻書報、木刻史料圖片等展品。黃新波、李樺、馬達、劉建庵、陳仲剛、萬湜思、劉侖、林仰崢等全國各地的木刻家均有作品展出，顯示了木運十年的戰鬥成果。

24 汾，〈介紹「抗戰畫展」〉，《救亡日報》一九三九年六月十三日。
25 此處數字據劉建庵說，見《版畫》一九五九年二十九期劉文。一說三千餘幅，見《中國新興版畫運動五十年》，頁十九。

（5）一九四一年一月全木協舉辦的「籌建工作室畫展」

一九三八年底以後，桂林逐漸成為南方美術運動的中心，來桂工作的美術家日益增多，桂林美術界為開展工作之計，於一九四〇年九月十三日的「桂林美術界第二十次交誼會」上，提出籌建美術工作室的建議，並通過《救亡日報》向桂林文藝界各團體請求支援。一九四一年一月，全木協為響應桂林美術界籌建工作室的號召，於一月二十九日至三十一日，在桂林樂群社禮堂舉行了「籌建工作室畫展」。參展的畫家有黃新波、劉建庵、溫濤、劉元、林仰崢、周令釗、余所亞、曹若、鍾惠若、張安治、陳頤模等數十人，展品除木刻外，尚有油畫、國畫、水彩、粉彩、素描、漫畫等，共三千餘幅。展覽會雖由全木協主辦，但實已成為桂林美術界全體藝術家的合作努力之作。

（6）一九四二年十二月的「香港的受難」畫展

一九四一年十二月二十五日香港淪陷後，大批香港文化人相繼撤到桂林。當時，許多作家撰文敘寫香港淪陷見聞，戲劇界也聯合寫作上演了《再會吧，香港！》的話劇。畫家郁風、特偉、黃新波等人由此想到，美術家也可聯合舉辦以「香港的受難」為主題的畫展。據郁風回憶道，鑑於話劇《再會吧，香港！》受特務的破壞，不能上演，為避免再發生這類事件，決定利用英國人出面。通過聯繫，得到英國駐桂林總領事兼中英文化協會負責人班以安的贊同和支持，以中英文化協會名義在中華聖公會禮堂展出[26]（《學術論壇》一九八二年第三期郁風文）。一九四二年十二月二十五日，在香港淪陷周年紀念日裏，「香港的受難」畫展正式展出，特偉、郁風、黃新波、溫濤、楊秋人、盛此君六畫家共展出了作品六十幅，包括油畫、水彩、素描、木刻。

茅盾在桂期間，曾觀看了籌備中的部分展品，之後曾寫下〈記溫濤木刻——香港之劫〉發於《野草》月刊上，肯

[26] 郁風，〈關於「香港的受難」畫展〉，《學術論壇》一九八二年第三期。

定了畫家們工作的意義。該畫展影響很大，《新華日報》曾發了桂林特約評論稿，英國大使館新聞處桂林分處處長史密士對畫展曾做以下評論：「表現在這次展覽會裏的藝術才能之宏博，已足以說明新中國的未來，而且給予了豐富的證據，證明中國新一代的藝術家是像過去那些偉大的中國藝術家一樣有力而有為。」[27]畫展後由特偉帶到重慶展出，進一步擴大了影響。

（7）一九四四年的「廣西美術界紀念美術節美展」

一九四四年，是美術節由九月九日改為三月二十五日的第一年。為慶祝一九四四年美術節，廣西美術界在該年三月五日舉行的會議上決定擴大慶祝，舉辦大型美展。三月二十四日，廣西美術界在慶祝美術節大會上，張安治報告了展覽籌備情況；四月八日，展覽會在藝術館開幕，參加展出的共有七十六個單位，二百一十多件作品，包括國畫、油畫、雕塑、木刻、書法等各類作品。同日，廣西全省學生美展同時舉行。一時間，造成繁花競秀的藝術景觀。

三、抗戰時期桂林音樂活動

在三〇年代初期的左翼音樂運動基礎上發展起來的救亡音樂運動，是抗日救亡文化運動的重要組成部分。在民族危亡的緊急關頭，音樂工作者們將跳蕩不安的音符譜成高昂雄壯的旋律，傳播在長城內外，大江南北，「代表了大家發出了反抗的怒吼，代表了大眾發出了團結的呼聲」（周恩來語），成為抗戰文化大軍中的一個有力的方面軍。

27 轉引自〈桂林近事〉，《新華日報》一九四三年一月二十五日。

抗戰時期桂林的文藝運動，不僅在文學、戲劇、美術等方面有著豐富的表現和突出的成果，在音樂方面，也做出了相應的成績，留下了值得記載的一頁。

（一）群眾性救亡音樂活動的開展

1. 抗戰爆發前的廣西音樂會

廣西，素來有「歌海」之稱，民歌的傳統是悠久深厚的。但五四新文化運動以後誕生的現代專業音樂文化，是三〇年代中期才在廣西傳播的。一九三四年七月，國立上海音樂專科學校的教師、音樂家應尚能及戴粹倫、丁善德、滿謙子等人組成的音專旅行團，來南寧時所舉行的音樂演奏會，是新音樂在廣西的第一次正式演奏會。一九三五年，廣西籍的滿謙子由音專畢業後回到本省，在南寧與陳宏、徐孟平等人發起組織了廣西第一個音樂組織——「廣西音樂會」，開始了推行現代音樂的普及工作。當時在廣西的民眾中間，對這種新的音樂還很陌生，也可說是「水平」很低，有一篇文章談到這種情形：廣西早年的學校唱歌技術，簡直壞得不像唱歌，而像是一種隨便唱出來的一些「無所謂」的聲音。即許唱成了一個歌，也免不了隨己所喜加上些油腔滑調的「裝飾音」。學生群、士兵群簡直找不出一個完全唱得對的歌，在他們的音中沒有「4」或「7」，「3」必唱成「3」，「7」必唱成「i」。士兵和學生的歌唱是直接影響到民眾的，兵隊每在街上走過一定唱歌，首先是街上的小孩子學會了，回到家裏唱出來，給家裏的人學會了，他們學得的多半是錯誤的（行健，〈廣西的歌詠工作〉，載《抗戰時代》一九四〇年第二卷第二期）。

滿謙子、徐孟平等人，在此時連續舉辦了幾次音樂會，給廣西民眾展現了又一新鮮的聲樂藝術天地。當時的報刊文章這樣評價了他們的工作：

廣西音樂會，在負責人滿謙子先生努力領導之下舉行過幾次音樂會，他們給廣西歌唱風氣一個盛大刺激，他們至少給一般民眾認識：

1. 群眾唱歌需要一個人站出來「打拍子」——指揮。
2. 男人自己的聲音也很好聽。
3. 男女「參差不齊」的唱很有趣味——合唱。
4. 唱歌不一定是叫喊。

（行健，〈廣西的歌詠工作〉）

滿謙子等人還舉辦了短期音樂訓練班和音樂講座，在報紙副刊上載文宣傳現代音樂知識，逐步擴大了現代音樂的影響。廣西音樂會會員由十多人增至四五十人。滿謙子等人的工作，為現代專業音樂文化在廣西的傳播，做了開拓性的工作，為抗戰爆發後群眾性的救亡歌詠活動的廣泛開展，打下了良好的基礎。

2. 抗戰歌詠團

一九三六年，廣西音樂會的工作一度停頓。群眾性的歌詠運動，在「七七」抗戰爆發之後蓬勃開展起來了。此時，廣西省會已由南寧遷至桂林，廣西音樂會也遷到了這裏。一九三七年冬，廣西音樂會與國防藝術社聯合組織了一個「抗戰歌詠團」，將桂林所有的音樂專業人才聯合起來開展群眾性救亡音樂運動，一時間造成了較大的歌詠規模。一星期內，報名參加抗戰歌詠團的單位共三十二個，團員五千七百多人，以學生為主。抗戰歌詠團設教導委員會，派出音樂專業人才訓練團員。擔任歌詠訓練總負責的是滿謙子和不久前從武漢來的陸華柏及廖行健等人。

抗戰歌詠團成立後一個月，即舉行了一次規模盛大的火炬歌詠大會，參加人數一萬餘人，歌詠大會用擴音機領唱，手電筒指揮，銅管樂小號伴奏，高唱冼星海的〈保衛祖國〉、〈救國軍歌〉，麥新的〈大刀進行曲〉、陸華柏的〈戰！戰！戰！〉。熊熊火炬配合萬眾歌聲，震動了桂林，影響及於華南。當時的一篇文章這樣寫道：「在廣西有成幾千人的火炬歌詠巡行，這還算是頭一次，當時那雄壯的歌聲震動了桂林城，歌聲鑽進了每個人的心裏！」（力波，〈廣西的音樂運動〉，載《戰時藝術》一九三八年第五期）如此廣泛而深刻的群眾性救亡歌詠運動的開展，宣傳成效是顯著的。抗戰歌詠團成立後，「短時間內，幾乎桂林所有的小孩、士兵都放棄了他們的舊的不好的歌，放棄了舊的錯誤的唱法，而唱抗戰歌詠團的歌」了（行健，〈廣西的歌詠工作〉）。

3. 廣西音樂會在桂林

一九三八年冬，廣州、武漢相繼失陷後，大批文化人聚居桂林活動。先後在桂林活動的音樂工作者有滿謙子、陸華柏、廖行健、張曙、任光、林路、吳伯超、胡然、章枚、舒模、聯抗、劉式昕、甄伯蔚、孫慎、黃力丁、姚牧、薛良（郭可諏）、馬衛之、石嗣芬、黨明、張清泉、鄭思、陳欣、王友健、黎瑨、王義平、陸平等人。他們以廣西音樂會、廣西省立藝術館音樂部、新音樂社桂林分社、桂林音樂界聯誼會等音樂組織為核心，領導和推動桂林抗日救亡音樂活動的開展。

廣西音樂會是抗戰初期桂林文化城最活躍、最重要的音樂組織。一九三五年滿謙子等人在南寧成立該會。該會遷來桂林後，仍由滿謙子負責，成員有吳伯超、陸華柏、胡然、陳玠、狄潤君、沈承明、楊振鐸、祁文桂等人；組織有專業與業餘相結合的合唱團及兒童歌詠隊。一九三九年初，為適應救亡音樂運動的發展，該會又設置理論、聲樂、弦樂、鋼琴、國樂五個小組開展活動。廣西音樂會在抗戰期間，尤其是一九三八至一九四九年裏，舉行過多次頗有影響的音樂會，在傳播抗戰心聲，激發抗戰情緒方面，做了許多工作。

一九四〇年以後，由於滿謙子、吳伯超相繼離桂，廣西音樂會由畢業於重慶中央訓練團音樂幹部訓練班的區慕坡擔任理事長，這時，會員也多為音幹班畢業學員。在國民黨廣西省黨部的直接控制下，該會的性質發生了變化。原在其間工作的進步音樂工作者就紛紛退出了。

4. 廣西省立藝術館音樂部的組織與演出

也是在一九四〇年裏，桂林的另一個重要音樂機構成立了，這就是一九四〇年三月歐陽予倩所主持建立的廣西省立藝術館音樂部。藝術館音樂部先只聘有幾位研究員，以後發展為擁有一個職業性合唱團和管弦樂隊，音樂部主任陸華柏兼任了合唱團和管弦樂隊的常任指揮。合唱團的編制是二十人，據陸華柏的回憶，團員有：

女高音：曾嫩珠、甘宗容（甘露）、譚惠珍、何漪蘋等；

女低音：帥立明、劉敏文、周琪等；

男高音：姚牧、張清泉、張智綸等；

男低音：李志曙、謝靜生、歐陽斌等。

鋼琴伴奏：陳婉、王菊英。

管弦樂隊有：陳欣（隊長兼樂隊首席）、劉錫堃、陳世澤、胡倫、冼君仁（小提琴）、李績初（中提琴）、王友健、方大提、潘敏慈（大提琴）、陳萬煦（長笛）、王義平（單簧管）等（參見陸華柏，〈抗戰中期廣西藝術館的音樂活動〉，載《廣西日報》一九八二年十一月十日，此處經原作者做了補充）。

藝術館的合唱團和管弦樂隊，由於屬專業性質，藝術水準較高，因而合唱團除演唱一般抗戰歌曲外，也還演唱過其他音樂團隊較少介紹過的外國合唱歌曲和「五四」以後的一些優秀合唱歌曲，如俄羅斯歌曲〈伏爾加河〉、中國合唱歌曲〈海韻〉等。管弦樂隊也介紹過一些外國古典音樂作品，如莫札特的C大調交響曲，柴可夫斯基的〈如歌的行板」

等，並在一些重要歌劇、舞劇，如抗敵七隊演出的歌劇《軍民進行曲》、新安旅行團演出的舞劇《虎爺》中協助配器、作曲和參加伴奏。

5. 新音樂社桂林分社與桂林音樂界聯誼會

新音樂社桂林分社是抗戰中期桂林音樂界中推行新音樂運動最有力的組織。該社在桂林的負責人薛良、甄伯蔚，一九四一年夏接手編輯《新音樂》月刊後，主要依靠刊物陣地開展工作；一九四二年初，他們又創辦了另一個音樂刊物《音樂知識》。新音樂社桂林分社通過《新音樂》、《音樂知識》兩刊物，總結音樂運動經驗，介紹音樂理論和抗戰歌曲，交流各地音樂運動情況，刊載音樂知識和音樂講座問答，推動了救亡音樂運動的開展。該社創作研究組的孫慎、舒模、聯抗、力丁等人，也曾於一九四二年編輯《創作研究》刊物開展工作。該社還於一九四二年十月一日辦通訊研究部，面向社會招生，普及新音樂基礎教育，擴大了新音樂運動的活動範圍與影響。

桂林音樂界聯誼會是抗戰中後期桂林音樂界人士聯合活動的一種組織形式。它以廣西藝術師資訓練班的教師和音樂工作者為骨幹。成員有馬衛之、林路、劉式昕、姚牧、薛良、甄伯蔚、黨明、石嗣芬等人。聯誼會除組織音樂界人士舉辦音樂會外，還經常開展工作研究和友誼活動。

6. 衆多歌詠團廣泛傳唱抗戰的歌曲

「抗戰中成長的新音樂，歌詠是主潮。」（花白，〈音樂與抗戰〉，載《音樂與美術》一九四〇年創刊號）桂林音樂界各音樂組織，在推動群眾性救亡歌詠運動方面，做出了顯著的成績。一九三八年十月以後，活躍在桂林的歌詠團隊除抗宣一隊、抗敵一隊、九隊、新安旅行團外，較重要的有樂群歌詠團（林路指揮）、廣西藝術館合唱團（陸華柏指揮）、新中國劇社歌詠隊（姚牧指揮）、國防藝術社合唱團（廖行健指揮）、廣西藝術師資訓練班學生合唱團（陸華柏指揮）、廣西音樂會合唱團（吳伯超指揮）、桂林音樂界聯誼會漓詠合唱團（劉式昕指揮）。

許多機關、學校，也成立業餘歌詠團隊，如《救亡日報》社建國歌詠隊，廣西地方建設幹部學校歌詠組、中山紀念學校歌詠隊、廣西電臺合唱團、生活書店歌詠團、廣西大學西林歌詠隊、凱聲歌樂團、青年歌詠團、青年會歌詠團、前鋒歌詠團等。這些歌詠團隊，通過歌詠大會、廣播晚會、街頭演唱、歌詠比賽以及歌詠遊行等形式，廣泛傳唱抗戰的歌曲。

廣西音樂會自一九三八年十月以來，連續舉行了多次音樂會，在一九三九年五月以後的一段時間裏，又於「每星期日下午六至七時，舉行露天廣播音樂會，並教授民眾唱歌」（一九三九年五月十四日《掃蕩報》[桂林版]消息）；桂林廣播電臺還與廣西音樂會合作，「按期播送音樂，致力抗戰宣傳」（〈一月動態〉，載《建設研究》第一卷第四期）。在一九三九年十二月二十六日桂林音樂界舉行的座談會上，又決定於一九四〇年一月第一週起，每週舉行一次音樂晚會，將桂林進步音樂活動，繼續開展下去。

在廣大音樂工作者的努力工作下，桂林的救亡歌詠活動開展得十分熱烈，〈義勇軍進行曲〉、〈游擊隊歌〉、〈丈夫去當兵〉、〈壯丁上前線〉、〈松花江上〉、〈救國軍歌〉、〈在太行山上〉、〈大刀進行曲〉、〈戰！戰！戰！〉、〈保衛大西南〉、〈故鄉〉等作品，在當時桂林民眾中廣為傳唱。桂林的群眾性歌詠活動，成為桂林抗日救亡音樂運動最燦爛的一章。

（二）重要的音樂會和音樂活動

抗戰時期，桂林音樂界曾舉行過多次頗有影響的音樂會以及其他音樂活動，現將其中一些做些介紹：

1. 張曙追悼會和張曙殉難紀念會

一九三八年十二月二十四日，音樂家張曙在桂林遭日機轟炸，不幸遇難。當時，正處於三廳撤離桂林，前往重慶前夕，在三廳的主持下，十二月二十六日舉行了張曙葬儀，還來不及舉行追悼會，十二月二十七、二十八日，三廳機構相繼撤離了桂林。以後，桂林音樂界才舉行了追悼會及紀念會。張曙追悼會是由林路發起，於一九三九年二月十二日舉行的。追悼會上，演唱了張曙遺作〈壯丁上前線〉等歌曲，

一九三九年十二月二十四日，桂林音樂界為紀念張曙逝世一周年，又舉行了紀念大會。紀念會由抗敵演劇九隊隊長吳荻舟主持，李仲融報告了張曙生平。當日的《救亡日報》出版了「音樂家張曙殉難周年紀念特刊」。一九四二年，田漢在桂林期間，與孟超等人前往南郊涼水井墓地，經過多次周折，才找到了因工廠建設而已遭毀壞的張曙墓。

在田漢的倡議下，桂林音樂界於一九四二年十二月二十四日張曙逝世四周年忌日，在張曙墓前舉行了野祭張曙活動，野祭活動後。全體人員又演唱了張曙遺作〈壯丁上前線〉、〈日落西山〉兩首歌。這些活動，寄託了後人對死者的哀思，表達了音樂工作者們決心以張曙的精神，去完成抗戰救亡的偉大事業的心願。

2. 一九三八年廣西音樂會第五次演奏會

廣西音樂會成立以後，曾多次舉行演奏會，深得桂林各界人士好評。一九三八年十一月二十七日，為歡迎武漢、廣州淪陷後撤來桂林的文化人，廣西音樂會舉行了第五次演奏會。演奏會在省府大禮堂舉行，到會聽眾達一萬五千餘人。演奏會節目有：男女混聲四部合唱〈旗正飄飄〉、〈衝鋒歌〉（吳伯超作曲）、合唱賦格曲（即《誅樂》之一〈偉大的戰士，光榮應歸於你！〉，吳伯超作曲）、〈抗戰到底〉、〈抗敵歌〉；女聲四部合唱〈暮色〉（郭沫若詩，吳伯超曲）；女聲三部合唱〈山在虛無飄渺間〉（清唱劇《長恨歌》之一樂章，黃自作曲），還有鋼琴、小提琴獨奏等節

目。據報載，演奏會上演唱的抗戰歌曲「慷慨激昂，頗能激發抗敵情緒」（〈廣西音樂會演奏會誌盛〉，載一九三八年十一月二十九日《廣西日報》）。

3. 一九三九年廣西省會國民基礎學校抗戰歌詠比賽會

一九三九年五月一日至三日，廣西省教育廳在桂林進步音樂界的支持下，舉行了國民基礎學校抗戰歌詠比賽會。比賽會以學校為單位分指定樂曲和自由選擇樂曲兩種進行，演唱了以下歌曲：〈最後五分鐘〉（陸華柏）、〈螞蟻〉（陸華柏）、〈啦啦歌〉（胡然）、〈好國民〉（陳田鶴）、〈春耕歌〉（時玳）、〈木馬〉（陳田鶴）、〈愛國的家庭〉（吳伯超）、〈我們都是小飛行員〉（吳伯超）、〈小工兵〉（陸華柏）、〈向前衝》（鐵克）、〈打鐵歌》〉（胡然）。

擔任這次比賽會評判人的是：發聲評判人胡然、呼吸評判人陳玠、音階評判人陸華柏、節奏評判人吳伯超、速度評判人謝紹會、拍子評判人許淑彬、咬字評判人包惠根、純熟評判人吳伯超、態度評判人吳振民、表情評判人鍾惠若。五月七日，舉行了授獎會。此次比賽，即擴大了抗戰歌曲的宣傳，又促進了兒童們對音樂的興趣和演唱技能的提高，在抗戰歌壇上是頗有意義的。

4. 一九四〇年七月抗戰三周年音樂會

由樂群歌詠團和國防藝術社合唱團聯合舉辦的抗戰三周年音樂會，於一九四〇年七月七日在桂林新華戲院舉行。此次音樂會的節目，除抗戰新歌演唱及廣西省立特種師資訓練班表演的廣西少數民族歌舞外，最重要的是演唱冼星海的《黄河大合唱》。

演唱《黄河大合唱》的合唱團由樂群歌詠團和國防藝術社合唱團的成員以及一些中學歌詠隊隊員共兩百多人組

成。大合唱的指揮，由林路、劉式昕擔任，每一段歌前面的話白和第三段〈黃河之水天上來〉由廣西地方建設幹部學校的葉方和成慶生擔任朗誦，使《黃河大合唱》的演出更為生動感人。

這次演出，是《黃河大合唱》在桂林的第一次公演，合唱陣容之大、歌曲氣勢之磅礴，給桂林聽眾留下深刻的印象。繼七月七日第一次上演後，應聽眾要求，合唱團又在新世界電影院演出了一次。為配合這次音樂會的舉行，林路等人還以「桂林音樂界紀念『七七』三周年音樂籌備會」的名義，印了一本《「七七」之歌》的紀念冊，內容包括音樂會的節目單、演唱的十首新歌和歌舞節目的解說。林路為這紀念冊寫了《用工作來回答與感謝》的序言。

5. 一九四一年五月的「千人大合唱」

「皖南事變」後，桂林抗日文藝運動陷入低潮。桂林進步音樂界為推動救亡音樂運動的復蘇，利用一次在學校和青年中開展文化宣傳的機會，組織了一次規模浩大的抗戰歌曲演唱活動，這就是一九四一年五月二十八日由十六所學校和團體參加的「千人大合唱」。此次活動在市體育場舉行，音樂界林路、廖行健、白寧、曾嫩珠、區慕坡等人參加了活動。演唱的節目，大都是抗戰愛國歌曲，如〈洪波曲〉、〈我們是中國人〉、〈歡送勇士們〉、〈我們的祖國〉、〈最後勝利是我們的〉、〈反投降進行曲〉、〈向前衝〉、〈喀秋莎〉、〈打倒日本鬼〉、〈中國人民大團結〉、〈呂梁禮讚〉、〈保衛黃河〉、〈焦土抗戰〉、〈國旗歌〉等。最後，全場七千餘人齊唱〈義勇軍進行曲〉：「我們萬眾一心，冒著敵人的炮火，前進！……」的戰鬥歌聲，久久在桂林城上空迴響。此項活動，在抗日民族統一戰線面臨危機的時刻，振奮了人民的鬥志，其作用是應當得到肯定的。

6. 一九四二年七月的「聶耳逝世七周年紀念會」

一九四二年春、夏間，太平洋戰爭爆發後由香港、上海等地撤出的大批文化人相繼到達桂林。為研究新形勢下的抗戰音樂工作，由李凌發起，以新音樂社桂林分社的名義，邀請西南各地音樂工作者來桂林召開以紀念聶耳逝世七周年的名義而舉行的音樂工作會議。參加這次會議的有桂林音樂界的馬思聰、林路、徐遲、郭可諏、甄伯蔚、姚牧、石嗣芬、陳慧芝、宗煒、馬衛之、陸華柏（特邀），柳州音樂界的舒模、力丁、曲江音樂界的徐洗塵、林韻，長沙音樂界的高重實等，共五十多人。會議的主要內容，一是討論有關新音樂的一些問題及今後的工作，二是檢閱一年來的創作成果。

田漢在會上，做了聶耳與新音樂運動的演講，強調了聶耳在學習與工作上的刻苦精神。歐陽予倩也在會上做了發言，希望西南音樂界人士相互加強團結，加強自我教育。陸華柏在發言中則談到他兩年前在《掃蕩報》上發表，後來引起爭論的那篇關於「新音樂」的文章，他說爭論係「由誤會而引起」，自己「原無成見」，並「希望今後在工作學習上得以團結一致。」孫慎代表新音樂社發言，「表示願與全國音樂界團結合作，共同致力於抗戰建國」（引文均見〈西南音樂界紀念聶耳節〉，載《新音樂》第五卷第二期，一九四二年）。

這次會議，在西南音樂界中統一了思想，加強了團結，效果是好的，對新音樂運動的發展，起了積極的推動作用。會上，還決定將西南音樂界一年來的創作成果，結集出版。後編成《新音樂歌集》印出，以「新音樂月刊副本」的形式，於一九四三年一月出版。

（三）張曙、林路、陸華柏等人的創作活動

1. 張曙在桂林的創作

在左翼音樂運動和救亡歌詠運動中做出了傑出貢獻的音樂家張曙，抗戰爆發後，參加了軍委會政治部第三廳的工作，與冼星海一道負責救亡歌詠運動的組織領導工作。一九三八年十二月十七日，張曙隨三廳撤退到桂林。十二月二十

四日，他在日機的轟炸下不幸殉難。

張曙殉難時，年僅二十九歲。在他短暫的一生中，他創作了近二千首歌曲。他的作品，抒寫時代聲音，充滿革命激情。那熱情奔放的〈保衛國土〉、激昂悲壯的〈還我山河〉、悲憤沉毅的〈壯丁上前線〉等救亡歌曲，在抗日救亡歌詠運動中，成為廣為傳唱的作品。張曙到桂林後，在著手開展桂林群眾性歌詠活動的同時，又創作了〈負傷將士歌〉。

一九三八年十二月二十四日，上午，張曙來到三廳駐地桂林中學，與林路一道商量了音樂工作，接著，又談起了頭天晚上趕寫的一首歌詞。歌詞的前面四句是：「十二月裏吃涼水，點點滴滴記在心。日本鬼子的仇和恨，此生不報枉為人。」中午，日機空襲時，他和四歲愛女遠真倒在了血泊中！

張曙逝世後的第二天，軍委會政治部三廳及所屬團隊和桂林音樂界人士一道舉行了張曙葬儀。葬儀由三廳廳長郭沫若主祭。郭沫若親自題寫碑文：「音樂家張曙父女之墓」。

2. 林路在桂林的創作

林路，一九三八年五月在武漢參加三廳工作，一九三八年十二月十七日與張曙同日到達桂林。張曙逝世後，林路留桂參加了桂林行營政治部第三科的工作，主管音樂宣傳工作。以後曾擔任廣西建設幹部學校音樂指導、樂群歌詠團音樂指揮。林路在桂林，除編輯有《每月新歌選》十二期、《音樂陣線》三期外，還創作有〈到游擊隊裏去〉、〈戰士的埋葬〉、〈江漢漁歌〉、〈螢火蟲之歌〉等作品。

如果說，林路在創作上的成績還不很突出的話，他對音樂工作所寫的一些理論指導性文章，倒是在當時較引人注目的。他在《每月新歌選》第一期上所寫的〈請音樂家下凡〉一文，闡述了音樂工作與民眾、與抗戰緊密結合的重要性，在桂林文藝界產生反響，《救亡日報》[桂林版]曾將該文轉載發表。他在〈給熱心作曲的同志們〉中，論及了正確世界觀對創作的積極指導作用問題。他說：「作曲有兩個要點，第一是『思想』，第二是『技巧』。所謂『思想』，主要的是理解力和想像力，當我們要為一首歌詞作曲的時候，我們不僅要理解那歌詞的字義與涵義，而且要充分地理解那歌詞在目前政治上所能產生的影響，因而有所取捨。有了正確政治認識，就是你的思想有了指南針，作曲的時候，才有標準，依這標準來發揮你的想像力，你作的曲子才能有價值。」（載於一九四〇年三月十五日《救亡日報》）林路的這些理論文字，對當時的音樂工作及音樂創作，是有一定啟發和指導意義的。林路當時還寫有一些作品評論，如對〈軍民進行曲〉上演所寫的〈祝上演〉等。

3. 陸華柏在桂林的創作

陸華柏是到桂林較早的一位音樂家。一九三七年夏，陸華柏與張源吉、沈承明、楊振鋒、祁文桂在南京組成室內樂演奏小組，取名「雅樂五人團」，經徐悲鴻介紹，來到桂林。在桂林舉行了以器樂節目為主的幾次演奏會，得到了桂林各界人士的好評。同年冬，陸華柏在國防藝術社和抗戰歌詠團擔任了歌詠訓練指導工作，並在這時創作了以後被認為是他的代表作的獨唱曲〈故鄉〉。一九四〇年三月後，陸華柏應歐陽予倩之邀，擔任了廣西省立藝術館音樂部合唱團和管弦樂隊指揮。

陸華柏在桂林，不但組織與參予了多次音樂會及其他音樂活動，包括音樂教學活動，在其間擔任了重要角色，而且，創作了一批較有影響的抗戰歌曲，如〈軍民合作歌〉（雷嘉詞）、〈廣西學生軍歌〉（李文釗詞）、〈從軍樂〉、〈壯丁上前線〉（常任俠詞、張曙原作、陸華柏編為四部合唱曲）、〈磨刀歌〉（章泯詞）、〈勇士骨〉（胡然詞）、〈挖戰壕〉（胡然詞）、〈鞏固統一歌〉（汪辟疆詞）、〈軍民聯歡歌〉（老舍詞）、兒童歌劇《玩具抗日》。

他還接受桂林詩人們的委託譜寫了紀念屈原的大型聲樂套曲清唱劇《汨羅江邊》（伍禾詞）；而他最有影響的創作，是一九三九年底桂南崑崙關戰事期間所創作的群眾歌曲〈保衛大西南〉。這個詞曲均由陸華柏所作的齊唱、四部合唱作品，氣勢雄渾，曲調高亢。歌詞寫道：「保衛大西南！保衛大西南！不論後方，不論前線。保衛大西南！保衛大西南！軍民合作，打成一片。游擊戰，陣地戰，誘敵深入一鼓殲；你出力，我出錢，空室清野意志堅。保衛大西南！保衛大西南！偉大的勝利就在眼前！」這首歌曾由藝師班學生到街頭宣傳演唱，以後，桂林一家報社印成活頁歌片一萬份散發於社會，一時間，桂林全城和崑崙關前線、後方都唱起了〈保衛大西南！〉。

陸華柏在桂林居住到一九四三年才離開去福建（一九四一年曾到湖南鄉間養病一年）。從他在桂林的整個活動內容看，他為桂林救亡音樂運動的開展（包括音樂教育方面）是盡了自己的一份力量，做出了一定貢獻的。

4. 舒模、聯抗、孫慎、力丁等人的創作

新音樂社的舒模、聯抗、孫慎、力丁等人當時主要在桂林附近的柳州工作，但不時前來桂林活動。

舒模當時創作有〈保邊疆〉（湘棠詞）、〈同盟軍進行曲〉（湘棠詞）、〈孩子，你去吧！〉（時玳詞）、〈軍民合作〉、〈保衛家鄉〉、〈破路歌〉、〈慰勞將士歌〉等作品。他的流傳最廣的作品是創作於桂林的〈你這個壞東西〉。歌詞痛斥了奸商「囤積居奇，抬高物價，擾亂金融，剝削人民」的罪行，在國統區內，引起了人民的強烈共鳴，一時間廣為傳唱，不時可以聽到人民「你、你、你、你這個壞東西」的憤然歌聲。舒模當時在群眾音樂工作方面也頗有成績。他不僅在柳州、桂林兩城市中指導業餘歌詠組織開展活動，教唱抗戰歌曲，輔導音樂知識，而且，還曾深入賓陽戰地及靖西、龍州等邊境地區組織當地群眾歌詠活動，教唱抗戰歌曲，在西南一帶，尤其是廣西境內，深有影響。當時報刊曾說：「西南歌詠工作青年對舒氏至為敬佩。」（見《新音樂月刊・音訊》第五卷第一期，一九四二年）

力丁也是當時創作勤奮的一位，他寫有〈青年禮讚〉、〈戰地之春〉（安娥詞）、〈路〉、〈秦始皇和岳飛〉等作品。他的〈五月禮讚〉，採用民歌曲調，婉轉優美，藝術感染力強，充滿對祖國強烈的愛和抗戰必勝的堅定信念。歌詞寫道：「水上的荷花一年一度開喲，五月的紀念一年一度來喲，抗戰五年來，荷花五次開，青年的夥伴，越打越壯，

祖國的力量，越打越強。哎咳喲你日本鬼子你別開懷喲，你命難捱喲，我們一定要把你趕下海。把鬼子趕下海，讓五月的鮮花在祖國的原野，永遠地開來永遠地開！」

聯抗的作品有〈一條道兒長又長〉（黃凌詞）、〈夜歌〉（于葉詞）、〈飛行頌〉（津道詞）、〈陽光〉（華麗詞）等；孫慎的作品有〈我們是民族小英豪〉（何家槐詞）、〈募寒衣〉（呂壁如詞）、〈高歌前進〉（侯甸詞）、〈好爸爸好媽媽〉（呂壁如詞）等。這些緊密配合抗戰鬥爭實際，充滿抗戰激情的救亡歌曲，在當時是起到了鼓舞大眾，服務於抗戰的戰鬥作用的。

5. 陸平採集傳統民歌與抗戰新民歌

廣西，作為「歌海」，桂林音樂界人士十分重視民歌的蒐集、整理和介紹。廣西藝術師資訓練班主辦的《音樂與美術》雜誌，曾刊載了「民歌問題」特輯，載文探索民歌藝術及發展問題，在桂林的音樂會上，也不時演唱廣西民歌，表演民族舞蹈。

當時在廣西藝術師資訓練班學習的音樂工作者陸平，是在這方面做了許多工作的一位。他深入民間蒐集民歌過程中，不僅注意蒐集傳統民歌，而且十分重視群眾中新產生的抗戰新民歌。他曾在學生軍中生活了一年半，採集了一批抗戰新民歌，〈打日本〉一首，即是這樣的作品，是他在桂南的賓陽至都安路上聽腳夫所唱的。歌詞是：「扛起槍桿，上前線（列），殺退（列）敵人，得（拉）安寧（列）」，反映了民眾戰時的思想覺悟與真實情感，是一首極有意義的民歌。他採集的《玉林民歌》，也是這一類作品。陸平還將他採集民歌的工作體會寫成〈關於採集民歌〉一文，發表於《音樂與美術》第十期上。他的民歌採集工作，豐富了桂林救亡音樂運動的內容。

四、抗戰時期桂林舞蹈活動

舞蹈是一門古老的藝術。我國民間原始舞蹈自進入宮廷，成為統治階級歌功頌德的工具以來，已有幾千年的歷史。而舞蹈藝術與人民的革命鬥爭相結合，為中國的民族解放及革命運動服務，則是在本世紀三〇年代後期才開始的。當時一批年輕的舞蹈藝術家，在借鑑西方現代舞蹈藝術表現形式的基礎上，創作了一批反映中國人民鬥爭生活和具有民族特點的現代新型舞蹈，開展了中國新舞蹈藝術運動，為抗日救亡做出了自己的貢獻。它以新型的藝術樣式，加入到抗戰文化陣營中，成為抗日救亡鬥爭的「熱情的宣傳形式」和「抗戰史實的記錄者」（見江上仙的〈新舞蹈與新唱劇〉，《新華日報》一九四一年四月九日）。

抗日戰爭時期，舞蹈家吳曉邦、戴愛蓮、盛婕等先後來到桂林，他們在桂林的舞蹈活動，使中國舞蹈藝術運動進入一個重要階段。

（一）吳曉邦與新舞蹈運動

吳曉邦，蘇州人，是中國新舞蹈運動最早也是最有成就的舞蹈家之一。一九二九年冬，吳曉邦在日本東京稚夫舞蹈研究所開始學習西方舞蹈，「九一八」事變後回國，後再次赴日學習西方現代舞蹈，成為我國當時學習現代舞蹈的第一人。抗戰開始後，他參加了上海救亡演劇第四隊的工作。抗日救亡的鬥爭生活使他的思想發生了深刻的變化，藝術觀念也發生了根本的轉變。在農村、戰地的救亡宣傳活動中，他創作和演出了一批為抗戰鬥爭服務的新型舞蹈，如：〈義勇軍進行曲〉、〈大刀舞〉、〈流亡三部曲〉等。從這時開始，吳曉邦將舞蹈藝術與中國革命鬥爭緊密地結合起來，揭開了中國新舞蹈運動的序幕。

一九四〇年春，吳曉邦來到桂林，在歐陽予倩主持的廣西藝術館負責舞蹈班的工作。不久，他為新安旅行團教舞和排練節目。他們首先排練的是舞蹈小品《春的消息》，作品共分四景：第一景，是冬的風雨在炫耀著淫威，摧殘著地上的鮮花和小草。第二景，是受難的母親在忍辱負重中播下了春的種子，在黎明的時光中抒發著對下一代的期望。第三景是風雨聲中傳來了布穀鳥的叫聲，母親驚喜，夏天的兒女隨著布穀鳥歌聲，開始生長起來了。第四景是春的兒女們健壯地成長，風雨在春天面前退縮了。這極富童話意味的舞蹈，以冬天的風雨象徵侵略者的殘暴，以布穀鳥的歌聲象徵春天的消息，以春的兒女們的成長象徵中國人民的頑強戰鬥。該劇一九四〇年六月在桂林上演，引起了桂林文藝界對舞蹈藝術的重視。它的演出標誌著桂林暨整個西南大後方新舞蹈運動的開始。

以後，吳曉邦又編排了舞劇《虎爺》。《虎爺》上演後，桂林的新舞蹈運動影響更大，這種與中國革命的現實鬥爭生活緊密結合的新型藝術樣式，在西南大後方各地逐漸傳播開來。

吳曉邦在推動中國新舞蹈運動方面的工作實績，立即得到了進步文化界的讚揚。一九四〇年十月十八日《救亡日報》在一篇署名「翼」的短評中寫道：「舞劇在中國還是新生的藝術，吳曉邦先生正在培養這部分的新軍，獨立高擎這面藝術的旗號，向著困難的路走。」

當時，與吳曉邦一道在桂林活動的還有他的學生盛婕、呂吉等人。他們在桂林，多次演出過獨舞、雙人舞、三人舞等節目，如諷刺漢奸汪精衛的《丑表功》以及《苦行》、《救亡三部曲》等。吳曉邦在桂林的活動，不僅推動了桂林以至整個國統區新舞蹈運動的開展，而且為中國的新舞蹈藝術播下了最初的種子。

一九四〇年十一月，吳曉邦與盛婕離開桂林去了重慶。

（二）舞劇《虎爺》及其意義

1.《虎爺》的創作和演出

舞劇《虎爺》的創作和演出，是吳曉邦在桂林活動的重要內容，也是中國新舞蹈運動中的一件大事，在中國新舞蹈發展史上，具有特殊的意義。

四幕劇《虎爺》，是吳曉邦為紀念新安旅行團成立五周年，有感於人民武裝的英勇抗戰而創作的。關於《虎爺》的內容，吳曉邦在他的一篇文章裏談得較清楚：「虎爺」原名趙福，生於虎年，是某一個淪陷區內的大地主。他依仗女婿在省裏當官的權勢，壓迫當地人民。他有兩個兒子，大兒趙德光，很早就加入了國民黨，當上了國民黨軍隊裏的參謀，成了「虎爺」的繼承人。當日本軍隊侵略我國後，「虎爺」所在的農村也成了淪陷區，他只能攜帶著妻子和親信，逃到大後方躲藏起來，四處打聽大兒趙德光的下落。而二兒趙德興受到其他愛國青年的影響，不願跟隨「虎爺」逃走，就地參加了淪陷區的游擊戰爭。他和當地的群眾一起，向敵人開展了游擊戰，經過了艱苦的歲月，最後，人民武裝大反攻的一天終於來到了，農民們重建家園，唱著建設新中國的進行曲（《我的舞蹈生涯》，頁四四）。吳曉邦在當時所寫的一篇文章中還指出：「阻止『虎爺』那種典型人物的發展是我們當前桂林舞臺人的任務。」（〈我愛《虎爺》上演〉，《救亡日報》一九四〇年十月十八日）《虎爺》共分四幕：〈舊的生活〉、〈舊日的毀滅〉、〈新的在孕育中〉、〈新的實現〉，由新安旅行團排練，於一九四〇年十月二十一日在桂林上演。

2.《虎爺》的創作和演出在中國新舞蹈史上的意義

《虎爺》的創作和演出，在中國新舞蹈史上，有著特殊的意義：

（1）它是第一個直接表現抗戰生活內容的中國新舞劇

中國第一個新舞劇是吳曉邦一九三九年在上海孤島創作、中法戲劇專科學校上演的《罌粟花》。這是一個童話舞劇，雖以象徵、隱喻方法顯示了國際反法西斯鬥爭的意義，但畢竟不是直接反映現實鬥爭內容的作品。而《虎爺》的誕生，則顯示了中國新舞蹈正在適應中華民族解放戰爭現實生活的需要，並以自己獨特的形式，成為新文化陣線中的一名新成員。

（2）它是抗日戰爭時期亦即中國新舞劇誕生以來在國統區範圍內上演的第一個大型新舞劇

《虎爺》之前，舞劇只有《罌粟花》在上海孤島上演過，影響較小，因而當時國統區許多文藝工作者都不知道《罌粟花》的上演。《虎爺》在桂林的演出，轟動了整個桂林甚至整個國統區。因此，許多評價文章稱《虎爺》為中國舞劇的第一次上演。其實，稱《虎爺》為國統區範圍內中國舞劇的第一次上演，才是較為準確的。《虎爺》擴大了新舞蹈運動的影響，使中國新舞蹈運動在西南大後方傳播開來，為國統區抗日文藝運動，增添了新穎的內容。

《虎爺》在桂林演出的成功，除在新舞蹈運動方面有特殊的意義外，還在促進中國新音樂運動的發展上顯示了積極的意義。一九四〇年十月二十八日《救亡日報》一篇署名李仲融的文章〈從《虎爺》演出談到新音樂運動〉談到了這一點：「筆者認為此次《虎爺》的演出，除它對於歌劇和舞劇的建立富有重大的意義外，其對於新音樂運動的推進，也給予不少的助力。《虎爺》此次的演出，發動了桂林市的一部分器樂工作者參加了新音樂運動，一掃過去所謂『個人的閉戶修養』、純音樂的欣賞，種種背離時代的誤解，這不僅給予平時憎惡新音樂的人們一大刺激，同時也給予新音樂運動者一大鼓勵。」

（三）《軍民進行曲》等歌舞劇及戴愛蓮的舞蹈活動

1.《軍民進行曲》等歌舞劇演出獲得好評

一九四〇年和一九四一年，是桂林進步舞蹈活動最為活躍的時期。一九四〇年六月、十月新安旅行團上演《春的消息》、《虎爺》等劇目後，十二月，抗敵宣傳一隊（一九四一年後改為抗敵演劇七隊）又在桂林上演了《農村曲》、《生產大合唱》、《軍民進行曲》等歌舞劇。一九四一年，戴愛蓮來到桂林，上演了《覺醒》、《前進》等劇目。這些活動，是桂林新舞蹈運動的重要組成部分。

一九四〇年秋，抗宣一隊離開桂林，前往湘南進行流動宣傳和演出。臨行前，該隊徐方略在八路軍桂林辦事處拿到一本延安魯藝出版的《歌劇集》，內有李伯釗詞，呂驥和向隅曲的歌劇《農村曲》和王震之、天蘭詞，冼星海曲的歌劇《軍民進行曲》。當時並未想到排演這些歌劇。到湘南演出後，所演的話劇內容陳舊，形式呆板，觀眾不歡迎。因此，該隊決定排演有歌、有舞、有音樂、形式活潑新穎的《農村曲》，作為這次流動演出的新節目。《農村曲》的排練與上演，使該隊從此走上了主要以歌劇、舞劇、舞蹈形式開展救亡宣傳活動的道路。一九四六年以後成立的中國歌舞劇藝社，就是以該隊和抗敵演劇五隊為基幹組成的。經過短時間的緊張排練，抗宣一隊在湖南南端的一個小鎮冷水灘上演《農村曲》獲得了成功。幾天後，該劇在離桂林一百多里的興安縣第二次上演，又獲得成功。

抗宣一隊回到桂林後，邀請吳曉邦、林路二人擔任舞蹈和音樂指導，開始排練《生產大合唱》。吳曉邦除幫助演員進行舞蹈基本訓練外，還細心地編排了《生產大合唱》的舞蹈。《農村曲》和《生產大合唱》在桂林上演後，得到了桂林進步文化界的好評，《救亡日報》曾寫有專文介紹，許多觀眾也寫信讚揚。

繼《農村曲》、《生產大合唱》的演出獲得成功後，抗宣一隊決定排練大型歌舞劇《軍民進行曲》。這一消息傳出後，桂林文化界紛紛支持。廣西省立藝術館館長歐陽予倩表示：「只要是歌劇《軍民進行曲》排練、演出需要的，藝術館有什麼就給什麼。」《軍民進行曲》的導演團由桂林進步文藝界的各方面人士組成。總導演是焦菊隱，執行導演是范萊，吳曉邦擔任舞蹈指導，陸華柏任樂隊指揮，林路任聲樂指導，樂隊隊長陳欣兼第一小提琴。經過一個半月的排練，《軍民進行曲》於一九四〇年十二月十四日在桂林樂群劇場首次上演。該劇動員了桂林音樂界的許多力量參加伴奏，其他藝術團體的許多演員也參加了演出，尤其是最後一場「軍民勝利聯歡」的大群舞，上百人中有單人舞、雙人舞、組舞，穿插表演，熱鬧異常。人民喜聞樂見的《打蓮相》、《金錢棒舞》、《跳加官》、《踩高蹺》等民間歌舞形式，也揉合進這舞蹈裏，形成了多姿多彩的具有民族特色的盛大歌舞場面，給桂林觀眾以耳目一新之感。上演當晚，「觀眾擁擠，唱演動人，座中喝彩聲不絕」（一九四〇年十二月十五日《救亡日報》消息），演出獲得很大成功。

《軍民進行曲》的上演，得到桂林文藝界的高度讚揚，一九四〇年十二月十八日，《救亡日報》一篇署名「軫」的評論文章讚道：「平常看一些歌舞劇，常感到與群眾的感情，不能引起共鳴，這次抗宣一隊主演冼星海編製的《軍民進行曲》則沒有這毛病，而且把觀眾深深地感動了。看了《軍民進行曲》之後，我們很欣慰抗戰提供了文藝以嶄新的題材，也創造了嶄新的形式。」

《農村曲》、《軍民進行曲》等歌舞劇的演出，將吳曉邦等人掀起的新舞蹈運動，推向了新的高潮，在中國現代舞蹈史上，具有極為重要的意義。一九四〇年十二月十六日《救亡日報》所載〈關於《軍民進行曲》〉一文說「：目前的新興歌劇和舞劇運動，尚在啟蒙期；桂林的藝術工作者在這方面有著獨特的貢獻。從《春的消息》、《收穫謠》、《新年大合唱》到《虎爺》（新旅演出），從《農村曲》、《生產大合唱》到目前正在演出的《軍民進行曲》（抗宣一隊公演），在新型藝術的園地裏是劃出了一條鮮明的路子。無疑，由於歷次經驗的累積，新的樂劇運動會蓬勃地滋長出來。」這裏，讚揚了舞蹈工作者的成績，同時，也肯定了中國新舞蹈運動自抗戰開始以來，經過許多人的努力，到此時，已顯示了鮮明的特質和獨特的功效，在抗日救亡文化營壘裏，占有了應有的位置。

2. 戴愛蓮在桂林的舞蹈活動

舞蹈家戴愛蓮，原在英國學習芭蕾舞，抗戰後於一九四一年回到祖國。她在一九四一、一九四二年兩次居住桂林期間，不僅演出了《森林女神》、《吉卜賽舞》等芭蕾舞、現代舞和外國民間舞，而且創作和演出了《覺醒》、《前進》等反映抗戰時期現實鬥爭生活內容的新舞蹈。她在桂林，還注意學習桂劇戲曲舞蹈和廣西少數民族舞蹈。她曾深入桂林附近的少數民族地區，學習瑤族舞蹈，在此基礎上編成了舞蹈《瑤人之鼓》。還根據桂劇戲曲舞蹈《啞子背瘋》改編成一個獨舞節目。這兩個舞劇，後來在重慶、上海等地演出時，深受觀眾的歡迎。

戴愛蓮回憶當年的生活時深情地說：「抗戰時期，我先後兩次來到桂林，雖然加起來只有短短一年多時間，但對我一生的舞蹈活動的影響卻是很大的，我剛從外國回來，就在桂林學習桂劇戲曲舞蹈，蒐集和學習民間舞蹈，這對我後來從事舞蹈創作和舞蹈研究工作，是一個良好的新的起點。呵，親愛的桂林人民，是你們最先讓我吮吸了祖國母親的甜蜜乳汁，是你們最先讓我從生活中汲取了舞蹈創作的豐富養料，我能為中國舞蹈民族化的健康發展貢獻一份力量，我青年時代在桂林投入抗日救亡文化活動的那些日子，同你們對我的親切關懷和熱情幫助是分不開的。呵，桂林人民，我深深地懷念你們，感謝你們。」（戴愛蓮，〈新的起點——回憶抗戰時期我在桂林的舞蹈活動片段〉，《灕江》一九八二年第十一期）。

這正是：文藝工作者以文藝為武器參予了抗戰，支持著抗戰；抗戰的偉大鬥爭又培育了文藝工作者，錘鍊了「五四」以來的中國新文藝。抗日救亡文藝運動，在中國新文藝史上，留下了輝煌燦爛的篇章。

第三章　作家研究

一、抗戰時期郭沫若在桂林的活動及其意義

一九三八年十月武漢失守、十一月長沙大火之後，郭沫若率政治部第三廳曾來到過桂林。這是他在《洪波曲》裏記載過的。關於郭沫若在桂林的活動及其意義，由於他在桂林的時間太短，學術界一直沒有注意；今年新刊佈的兩個郭沫若抗戰時期活動記略[1]，對郭沫若在桂林的活動的記載，均未超出《洪波曲》裏的內容。前不久，筆者在從事抗戰時期桂林的文藝運動的資料蒐集和研究工作中，接觸到一些當年的材料，發現郭沫若在桂林的活動，並不僅僅是《洪波曲》裏記載的那些，研究起來，其內容十分豐富。這些材料，較能說明郭沫若的豐富的革命熱情和勇敢的鬥爭精神，可以說，是他戰鬥生活的一個縮影；對於填補郭沫若生平究中的一些空白，對於加強對郭沫若的研究，亦是富有一定價值的。

---

1 易明善、劉思久的〈郭沫若抗戰時期簡譜〉與曾建戎的〈抗日戰爭期間郭沫若話動記略〉，分別載一九八二年《四川大學學報叢刊》第十三輯和《抗戰文藝研究》一九八二年第一期。

郭沫若由一九三八年十二月三日清晨到桂林至十二月二十七日乘飛機離桂時止，在桂林共居住了二十四天。郭沫若在桂林，主要進行了下面三方面的工作：

（一）三廳的機構調整工作

郭沫若到桂林後，首先著手進行的是三廳的機構調整和人員去留的安排工作。一九三八年十月下旬廣州、武漢失陷後，蔣介石於十一月二十八日在南嶽召開了軍事會議，重新調整了戰區，取消了原西安、廣西、重慶各行營，另設天水、桂林兩行營，分別由程潛、白崇禧任主任，統一指揮南北戰場，南北兩行營同樣設政治部，人員從軍委政治部調撥。郭沫若任廳長的負責宣傳工作的政治部第三廳同樣需要調撥人員至天水、桂林兩行營。由於蔣介石的防共政策，對抗日進步文化已開始分割限制的行動，三廳的編制被裁減，「廢處減科」，原來的三個處九個科只能保留四個科，這機構的調整工作和人員的去留工作就都是在桂林完成的。在周恩來同志領導下，在郭沫若和三廳其他領導同志共同規劃、安排下，三廳在桂林留下了中共的幹部和文化工作隊伍。桂林人員組成的行營政治部第三科，由張志壤任科長，劉季平任科內黨的秘密小組組長。這支隊伍，後來成為桂林抗日文化工作的骨幹力量之一，為桂林抗日文藝運動蓬勃發展，做出了貢獻，被人們稱為「小三廳」。郭沫若在桂林還為他關懷備至的三廳孩子劇團做了許多工作。他在桂林為孩子劇團正式配備政治指導員，下手令調在衡陽工作的蔡馥生同志前來擔任。長沙兒童劇團合併於三廳孩子劇團的工作，也是在郭沫若的一手安排下在桂林完成的，郭沫若及三廳途經桂林之所以停留近一個月之久，主要原因就是在於必須在桂林完成三廳的機構調整工作。郭沫若在桂林的前半部分日子基本上都是在處理這些工作。他在《洪波曲》裏曾說到：「到了桂林之後，主要的工作是把三廳的人員分了三分之一留下來參加行營政治部。」[2]由此我們可以知道，這項工作是郭沫若在桂林的重要活動內容。

（二）宣傳演講活動

郭沫若在《洪波曲》裏對在桂林進行宣傳演講一事僅提到過兩次，記載十分簡略。實際上，郭沫若在桂林的演講，據現在所知，共有五次之多（一次派代表講）。各次演講的時間、地點和內容是：

（1）十二月十七日上午，郭沫若應廣西大學校長白鵬飛之邀，前往廣西大學講演，講題為〈戰時教育〉。下午二時，郭沫若又參加了該校師生談話會，該校學生報告了他們外出進行抗戰宣傳的工作後，郭沫若解答了學生們提出的關於抗戰的各種問題。談話會至下午五時方散。

（2）十二月十八日下午三時，郭沫若在中華職業教育社舉辦的時事講座第八次演講會上演講，講題為〈第二期主戰前展〉。一九三八年十二月十九日《廣西日報》的消息報導說：郭沫若的演講「對於中日戰爭新階段的前展，闡揚極為詳盡，日本之必然崩潰，我國抗戰之必獲最後勝利，建國之必可完成等方面，分析極為精密」。

（3）十二月二十日，國民黨廣西省黨部及五路軍政治部招待來桂文化人並商討關於抗戰二期宣傳工作的會議。會上，三廳第七處處長范壽康代表郭沫若做了宣傳工作的演說，到會共有文化界、教育界、藝術界人士一百多人。日本友人鹿地亙先生在會上講了對敵宣傳問題。

---

[2] 《郭沫若文集》第九卷，頁二二七。

（4）十二月二十六日上午，郭沫若在廣西省政府舉行的總理紀念週上演講，講演日本內部問題，據報載：郭沫若的演講，「對於日本內部之危機，無不詳細講述」[3]。演講至十一時二十分始畢。

（5）郭沫若在桂林期間，還應陶行知之邀為在桂的少年兒童團體做了一次演講。會議由陶行知創辦的生活教育社主持。參加團體有當時在桂林的孩子劇團、新安旅行團、廈門兒童劇團、廣州兒童劇團、桂林少年劇社、廣西實驗小學。八路軍駐桂林辦事處主任李克農以及在桂文化人夏衍、金山、王瑩等參加了會議。參加會議的還有國民黨民主派李濟深。郭沫若在演講中熱情洋溢地讚揚了少年兒童離家別母投入到革命洪流之中的為國為民精神，闡揚了在革命歲月裏必然是一代勝過一代的新思想。郭沫若在《洪波曲》裏對這次演講曾有過記載，他說：「那時候陶行知也在桂林，他召開過一次小朋友的大會，似乎就是生活教育社的年會吧，他曾經邀我去演講，我說過『一代不如一代』的意思有了改變了，並不是下一代不如上一代，而是上一代不如下一代。這一轉機，就是孩子劇團的小朋友給予我的。」[4]

郭沫若的這樣多次的演講，在他只有二十四天的桂林之行的各項活動中，無疑是占有重要的地位的。

（三）寫作活動

由於郭沫若在桂林的主要精力花在三廳的組織調整工作和對民眾的宣傳工作上，因而，他在桂林那麼短短的時間裏，不可能從事大量的寫作活動。儘管如此，郭沫若在桂林仍寫了論文〈復興民族的真諦〉，與白鵬飛等遊陽朔後寫了兩首舊體詩，為張曙的遇難寫了輓聯（後在重慶又寫了輓詞、輓詩）。數量雖不多，但畢竟是富有價值的詩文。

3 《廣西日報》一九三八年十二月二十七日、二月十九日。
4 《郭沫若文集》第九卷，頁二二七至二二八。

除以上三方面外，郭沫若在桂林的活動較重要的還有舟遊陽朔和主持張曙葬儀兩項。前一內容《洪波曲》裏記載較詳，後一內容則未記。音樂家張曙是三廳的成員，十二月二十四日敵機轟炸桂林時不幸遇難，同時遇難的還有其四歲長女。十二月二十六日，三廳舉行張曙葬儀。這一天，是郭沫若離桂的前一天。上午，郭沫若在省政府演講，下午三時，他又趕去參加了張曙葬儀。三廳以及孩子劇團、新安旅行團，抗敵九隊、抗宣一隊全體成員，上海救亡演劇二隊、廣西音樂會的代表共數百人前往參加。郭沫若主持葬儀並致悼詞；常任俠報告了張曙生平。儀式結束後，張曙遺體被運至南門外將軍橋涼水井公墓安葬。郭沫若親題碑文：「音樂家張曙父女之墓」。

解放後，人民政府重建張曙墓，郭沫若再題碑文：

音樂家張曙同志之墓

一九三八年十二月二十四日日寇轟炸桂林，張曙同志和他的愛女遠真（四歲）同時遇難，同葬於此

一九五七年十月二十一日
郭沫若題

現在，張曙墓已遷至桂林市風景薈萃的七星山下。重建後的張曙墓肅穆、大方。一九三八年十二月所立之碑，仍保存在新建的張曙墓旁。兩塊碑文，足表達郭沫若與戰友友誼之真，情意之長。

一九三八年十二月二十七日，郭沫若與於立群一道乘飛機離開了桂林。以後幾年，他雖然沒有再來過桂林，但對桂林的抗日文藝運動仍十分關注，長期給桂林的報刊寫稿。據初步統計，從一九三九年初到一九四四年桂林淪陷時止，郭沫若在桂林的報刊上共發表了文章四十八篇，包括劇本、小說、散文、詩（包括舊體詩）、政論、文藝評論、學術論文、書信等多種形式。其中重要的有：劇本《高漸離》、《孔雀膽》、新詩《罪惡的金字塔》、文藝評論〈文藝的本

質〉、論文〈今天創作的道路〉以及在戲劇的民族形式座談會上的發言等。[5]這些文章，對促進當時有抗日救亡「文化城」之稱的桂林的文藝運動的開展，起到了重要的作用，有著較大的影響。

郭沫若在桂林的活動，由於是處在武漢失守後抗戰開始進入第二階段的特定歷史時期裏，是配合周恩來同志領導的中共中央南方局在國統區的工作一道開展的，因而有著更重要的意義。

桂林，在抗戰前是南方一小城，經濟、文化事業都十分落後。抗戰爆發後，由於國土大片淪陷，特別是廣州、武漢失陷、長沙大火之後，桂林地位的重要性就日益凸顯出來。一九三八年十二月，國共兩黨首腦人物先後來到桂林，雖是稍事停留，仍各有重任。國共兩黨均於此時在桂林設置了重要機構。[6]面對著突變的時局，如何加強工作，在南方這塊土地上建立起堅固的抗日救亡堡壘，就成了剛剛成立的中共中央南方局面臨的重要工作之一。也正是在這個時候，郭沫若與周恩來、葉劍英、董必武等中共代表來到了桂林，領導開展了建立八路軍桂林辦事處、復刊《救亡日報》、建立《新華日報》桂林營業處、進行抗戰形勢和建立廣泛的抗日民族統一戰線的宣傳演講等多項活動。周恩來同志於十二月八日，親自在桂林大華飯店裏舉行的國際反侵略運動中國分會桂林支會籌備成立大會上，做了抗日形勢的演講。

郭沫若在桂林的活動，是中國共產黨在桂林的工作的主要組成部分。郭沫若的三廳機構調整工作，是在與周恩來同志共同協商下進行的，給桂林留下了強悍的幹部隊伍。郭沫若的宣傳鼓動工作，對傳播宣傳統一戰線思想、動員民眾等方面起到極大的作用。

在北伐時期即任國民革命軍總司令部總政治部副主任的郭沫若，在桂林人民中早有印象，十二年後郭沫若的來

[5] 以上各篇分別載：《戲劇春秋》二卷四期（一九四二年），《文學創作》一卷六期（一九四三年四月），《詩創作》一九四一年三、四期合刊，《藝叢》創刊號（一九四三年），《創作月刊》一卷一期（一九四二年），《戲劇春秋》一卷四期（一九四一年七月）。

[6] 一九三八年十二月蔣介石來桂林主持了軍事會議，並成立了軍事委員會委員長桂林行營；同月，周恩來同志率中共中央代表團來到桂林，成立了八路軍駐桂林辦事處。

桂，他的演講，受到了廣大群眾的歡迎。十二月十八日郭沫若在中華職業教育社的演講，正確分析時局，指明抗戰勝利前景，給桂林人民極大的鼓舞。前來聽講的群眾有一千多人，包括學生、軍人、機關職員、工人、農民等各界人士。據報載，會場「擁擠異常」[7]，宣傳效果極佳。

桂林後來成為國統區抗日文藝運動的一個重要據點，在抗戰文藝運動中發揮了較大的作用，一個極重要的原因就是在周恩來同志直接領導下，郭沫若在桂林留下了幹部隊伍，為建立和恢復中共的宣傳機構和報刊、動員廣大民眾，做了大量的組織工作、宣傳工作和統戰工作，為桂林「文化城」的建立和發展奠定了堅實的基礎。桂林「文化城」的歷史，應當說是自周恩來、郭沫若等同志來到桂林時揭開新的一頁。

桂林「文化城」的意義在於在國統區文化戰線上開闢了一個新戰場，使廣大文藝戰士開進了陣地，克服了廣州、武漢淪陷後由於人員的大遷散造成的混亂，促進了抗日救亡文藝運動的深入開展，促進了抗日民族解放戰爭走向新的高潮。郭沫若在桂林的活動，為桂林「文化城」的建立和發展，做出了積極的貢獻，也為推動整個國統區抗日文藝運動做出了積極的貢獻。

郭沫若在桂林的活動，就他漫長的革命生涯來說，雖僅僅是短短的一瞬，但卻是他愛國為民、「豐富的革命熱情」特點的具體體現，是他戰鬥生活的一個縮影。從以上敘述可以看到，郭沫若在桂林只停留了二十四天，但他以旺盛的精力、極大的熱情投入到工作中，做了大量的組織工作、宣傳鼓動工作、統戰工作和文化工作，一刻不停地為抗日民族解放戰爭操勞。郭沫若在桂林的活動，充分證明了郭沫若的生活是「勇敢的戰鬥生活」[8]，他是「革命的詩人，同時，又是革命的戰士」[9]。

7 《廣西日報》一九三八年十二月二十七日。
8 周恩來，〈我要說的話〉，《新華日報》一九四一年十一月十六日。
9 周恩來，〈我要說的話〉，《新華日報》一九四一年十一月十六日。

二、一九四二年茅盾在桂林的活動

抗日戰爭時期，茅盾在國統區和香港之間奔波往來，流徙不定，生活極不安寧。他曾從上海到香港、武漢、長沙、廣州、桂林、重慶、烏魯木齊、延安等地。他除在新疆住了一年多，一九四二年底到重慶後住到抗戰勝利外，其餘每一處均未住滿一年。國外評論者稱茅盾這一時期為他的「流浪期」[10]。

在這種環境惡劣、生活艱辛的戰爭年代，茅盾以他熾熱的愛國主義熱情和頑強的鬥爭精神，仍不斷寫出了大批重要作品，從事了多項文學活動。這一時期，茅盾從事的重要文學活動為：（1）一九三八年在廣州、香港編輯《文藝陣地》、《立報》副刊《言林》；（2）一九四一年在香港寫《腐蝕》；（3）在延安講學；（4）在桂林寫《霜葉紅似二月花》；（5）在重慶寫《清明前後》。他這時期的創作，在他一生中是繼左聯時期之後的又一重要時期。

茅盾在桂林的文學活動，是他抗戰時期的重要活動內容之一。茅盾在抗戰期間寫的三部長篇，其中《霜葉紅似二月花》是在桂林寫的；抗日戰爭時期所寫的唯一的一部中篇小說《劫後拾遺》，也是在桂林寫的；《參孫的復仇》、《列那和吉地》等也都是在桂林寫的。由此，也就可見茅盾在桂林的活動的重要性了。今天，認真整理茅盾在桂林的活動史實，深入加以研究，對促進茅盾研究和抗戰文藝研究，無疑是有所裨益的。

10 參見[日]松井博光，《黎明的文學——中國現實主義作家・茅盾》（一九八二年）。

（一）茅盾暫居桂林九個月的因素

一九四一年十二月日軍侵占香港時，茅盾正在那裏。他四處潛藏，換了四五個住處後，於一九四二年一月九日與夫人孔德沚和鄒韜奮、胡繩、葉以群、戈寶權等撤離香港。在東江游擊隊的護送下，茅盾等經惠陽、老隆、曲江等地，行程整整兩個月，於三月九日到達桂林，一直住到十二月三日才離開。茅盾離桂後，走了二十餘天，於十二月二十四日到達重慶。

茅盾在桂林居住達九個月之久，這是什麼原因呢？葉以群在一篇文章中說：「茅盾先生由於準備動手寫《霜葉紅似二月花》，暫時留居桂林。」[11]從茅盾到桂林後的創作情況看，似乎並非如此。茅盾在桂林首先動手寫的是中篇《劫後拾遺》，以後又寫了短篇小說及其他作品，至八月才寫《霜葉紅似二月花》，而茅盾也說過，《霜葉紅似二月花》的寫作並不是有充分的準備的。[12]可見其醞釀時間並不長。從這些情形看，得不出茅盾主要是由於寫《霜葉紅似二月花》而留桂的結論。

那麼，究竟是什麼原因呢？筆者認為，可能是以下兩點：

一**是寫作在香港淪陷期間和後來脫險的經歷**。茅盾在淪陷後的香港潛居了一個月，由香港脫險到桂林路途兩個月。這是一段驚險和富有傳奇色彩的經歷，茅盾對此感觸甚深。他不止一次地談到東江游擊隊搶救文化人的功勞，稱之為「史無前例的偉大工作」[13]！自然會產生寫作這段經歷的強烈欲望。到桂林後，他很快就寫成了七萬字的《劫後拾

11　以群，〈《文藝陣地》雜憶〉，《中國現代文藝資料叢刊》第一輯（一九六二年）。
12　參見〈茅盾致莊鍾慶〉，《中國現代文學研究叢刊》一九八二年第一期。
13　茅盾，《短篇小說（二）·後記》，《茅盾文集》第八卷。

遺》，以後又寫了《虛驚》、《過封鎖線》等短篇小說。當時桂林眾多的出版社、雜誌社，是給作家的創作提供了出版、發表極大的便利條件的。基於這種情況，我想，自然促成了茅盾留桂寫作的實踐。

第二，與重慶惡劣的政治環境和桂林當時的較民主空氣有關。在蔣介石統治中國大陸的二十二年中，他所掌握的中央政權與各地方實力派的矛盾始終存在。廣西地方當局為確保自身利益，便在抗戰中打出「民主」、「抗日」旗號，網羅大批進步文化人來桂，並在一定時期、一定程度上與中國共產黨較好地合作。在中國共產黨抗日民族統一戰線政策的實施下，於是，廣西在一段時間裏比蔣介石控制下的重慶較有民主空氣。

茅盾是在「皖南事變」後，重慶形勢險惡的情況下倉促離渝的。茅盾離渝僅一年，對是否返渝，自然會有一番考慮。當時，在桂林從事活動的有大批進步文化人，如邵荃麟、田漢、歐陽予倩、艾蕪、王魯彥等，這對茅盾留桂工作、生活都是極有利的。這些，我想，都是促成茅盾留桂的因素。

茅盾離桂，走得較急。他自己的話是：「條件變化，我不能在桂林再住下去，不得不赴重慶。」[14]

（二）茅盾在桂林的寫作活動

1. 在桂林完成的創作

茅盾在桂林，主要活動是從事寫作；計寫了以下一些作品：

14 茅盾，《霜葉紅似二月花・新版後記》，《茅盾文集》第六卷，頁二五六。

（1）小說

長篇小說《霜葉紅似二月花》，中篇《劫後拾遺》，短篇《虛驚》、《過封鎖線》、《耶穌之死》、《參孫的復仇》、《列那和吉地》、《太平凡的故事》。

（2）文藝評論和文學創作文章

茅盾的文藝理論是博大精深的，創作經驗是豐富的。在桂林，他寫了一批評論文章和創作輔導文章，據初步統計，有〈《詩論》管窺〉、〈關於研究魯迅的一點感想〉、〈我對於《文陣》的意見〉、〈記溫濤木刻——香港之劫〉、〈大題小解〉、〈談描寫的技巧——大題小解之二〉、〈有意為之——談如何收集題材〉等。

（3）散文

茅盾在桂林寫的散文有〈雨天雜寫之三〉、〈雨天雜寫之四〉、〈雨天雜寫之五〉[15]、〈《白楊禮讚》自序〉、〈《見聞雜記》後記〉、〈歷史會證明〉、〈一年回顧〉、〈《種子》序〉[16]等。

以上作品，字數當在四十萬字左右。應當說明，茅盾在桂林所寫的作品，肯定比以上所列要多，還有待進一步蒐集整理。聯想到茅盾在桂林的寫作條件是僅容一床一桌（桌上還擺油鹽醬醋瓶）的小房和「兩部鼓吹」的環境，不能不使人感歎茅盾的創作精力之旺盛！

15　即《茅盾文集》第十卷中的〈雨天雜寫〉之一、之二、之三。
16　《種子》為張煌的作品集。

2. 關於《霜葉紅似二月花》的創作

（1）該書的完成與評價

茅盾在桂林的寫作活動，最重要的是長篇小說《霜葉紅似二月花》的創作。《霜葉紅似二月花》裏的時代和社會背景是五四時期的江南水鄉村鎮。茅盾原計畫由五四寫至一九二七年，寫「這一時期的政治、社會和思想的大變動」[17]。從寫成的十四章來看，中心事件是資本家王伯申和地方豪紳趙守義之間爭權奪利的鬥爭，結局是雙方妥協，各自獲利，農民受害。小說在王、趙之間明爭暗鬥的描寫中表現了資本主義對農民的危害、中國封建勢力的頑固和強大、資產階級改良派的碰壁和農民的苦難、愚昧；從而揭示了五四時期中國社會的本質特徵。小說由於沒有繼續寫下去，作者的原創作意圖基本未表現出來。

《霜葉紅似二月花》先在《文藝陣地》上連載，一九四三年九月由桂林華華書店出版。小說出版後，在文藝界獲得了很高的評價。一九四三年十月二十日，桂林《自學》雜誌社和《廣西日報》讀書俱樂部聯合召開了「《霜葉紅似二月花》第一部座談會」，巴金、田漢、艾蕪、安娥、孟超、林煥平、周鋼鳴、司馬文森、端木蕻良、洪遒、胡仲持、胡明樹、黃藥眠、韓北屏、靈珠、孫懷琮參加了座談。座談會討論了《霜葉紅似二月花》所描寫的時代、主題、人物、寫作手法等方面的成功及不足之處，大家公認此作「為抗戰以來，文藝上巨大之收穫」[18]。會後，聯名向當時已在重慶的茅盾發了祝賀電，充分肯定了《霜葉紅似二月花》的成就。

但是，這種評價在建國後卻起了變化。《霜葉紅似二月花》在現代文學史著作中常常得不到評價，往往只是一筆

17 茅盾，《霜葉紅似二月花·新版後記》，《茅盾文集》第六卷，頁二五六。
18 〈《霜葉紅似二月花》第一部座談紀要〉，《自學》第二卷第一期（一九四四年二月）。

帶過。對抗戰時期茅盾的長篇，只評《腐蝕》，不談《霜葉紅似二月花》。這種狀況，我覺得不利於茅盾研究。《腐蝕》的成就當然應當充分肯定，但對《霜葉紅似二月花》也不應忽視。

（2）該書值得重視的理由

我認為，《霜葉紅似二月花》至少在以下幾個方面值得我們重視：

Ⅰ.大規模地反映五四時期中國社會生活風貌，揭示那一時代的本質特徵：像《霜葉紅似二月花》那麼廣闊、細膩地反映五四時期中國社會的風貌，這在茅盾的作品中是沒有的。聯繫整個現代文學史看，描寫那一時代生活圖景的長篇小說也是極少的，出自大手筆的更無。這就使得《霜葉紅似二月花》的價值更為可貴。

Ⅱ.細膩、精深的家庭生活圖景的描繪：《霜葉紅似二月花》中除描寫了王伯申、趙守義的家庭外，還著重描寫了錢良材、張恂如、黃和光三個家庭。作者是在對這些家庭，特別是後三個家庭的精微描寫中透出時代氣氛、反映出殘酷的社會矛盾鬥爭。《霜葉紅似二月花》中對家庭生活的精微描寫，是茅盾所擅長的心理描寫藝術特徵的新的發展。

Ⅲ.以各個副線交融完成主線的結構方式：《虹》、《腐蝕》是單線結構，《子夜》則是在吳蓀甫與趙伯韜的鬥爭這條主線之外，再輔以吳蓀甫與工人的矛盾這條副線。《霜葉紅似二月花》則與它們都不同。它是以農民與資本家的鬥爭、青年人與封建勢力（以婚姻、愛情問題表現）的分歧和鬥爭、資產階級改良派與現實社會惡勢力的矛盾等副線的不斷展開，最後歸結在一起，來完成王伯申與趙守義之間的鬥爭這條主線的。這樣結構的好處在於能充分展開生活畫面，鋪開人物關係及其矛盾糾葛，為第二部中心事件和主要矛盾轉換後的寫作打下基礎。

這些，都是茅盾的其他長篇所不能代替的。因而，對於《霜葉紅似二月花》，我們應當深入分析和研究，予以應有的評價，肯定它和《腐蝕》各有千秋，是茅盾抗戰時期的代表作之一。

（三）茅盾在桂林參加各項文藝活動

茅盾在從事繁忙的寫作工作的同時，還十分關切和重視桂林的各項文藝活動，參加了文藝界的一些重要集會、座談等。現分述如下：

1. 參加文協桂林分會與出版界投機商的鬥爭

抗日戰爭時期，一切愛國的文藝家都投入到了挽救民族危亡的鬥爭中，創作出大量優秀的作品。在文藝創作日益繁榮的同時，出版界中一些投機商人藉機壓低作家的版稅、稿酬，從中大發其財。這種危害作家利益的行為，在一定程度上阻礙了文藝的發展。針對這一情況，文協桂林分會於一九四二年四月二十六日召開會議。會議以「保障作家合法權益」為中心議題，就提高版稅和稿費問題提出了具體方案。茅盾出席了該會，並在會上與田漢、司馬文森、胡風、宋雲彬、李文釗、秦似、胡危舟、艾蕪一道被推定負責辦理該項事宜。五月十日，茅盾又參加了文協桂林分會召開的保障作家權益代表會，與田漢等人討論具體工作方案。

一九八一年四月十日，筆者訪問了秦似同志，據他回憶，茅盾當時十分積極地參加了這一工作，與出版界投機商進行了有力的鬥爭，取得一定的成果。對於桂林文藝界的一些弊病，茅盾在後來寫的〈雨天雜寫之四〉中進行了深刻的剖析，其中心思想與文協會議的精神是一致的。這對於指導桂林文化運動朝著正確方向發展，起到了積極的作用。

2. 參加各種會議，做發言和輔導報告

一九四二年五月二十五日，茅盾出席廣西省緊急救僑會舉行的招待滬、港脫險來桂文化人茶會。茶會共一百多人

參加。七月十四日參加《戲劇春秋》社召開的「歷史劇問題座談會」。會議由田漢主持，柳亞子、歐陽予倩、胡風、宋雲彬、于伶、安娥、蔡楚生、周鋼鳴、端木蕻良等參加了座談。茅盾在會上就歷史劇創作問題發言。十月十六日，應廣西藝術館之邀，為藝術館藝術師資訓練班做輔導報告，講題為〈文學之產生、發展及其影響〉。

3. 對青年文藝工作者的扶植和輔導

茅盾除做輔導報告和撰寫創作輔導文章外，還對文藝界新人積極扶植和輔導。他在香港時即發現了于逢、易鞏這兩位文學青年的才華。到桂林後，他又細讀了他二人的長篇《鄉下姑娘》、《杉寮村》原稿，並在後來撰文評介，肯定了《鄉下姑娘》的成就。

一九四二年十二月，溫濤、郁風、新波等青年畫家在桂林舉辦了《香港的受難》木刻展覽。在展出前，茅盾看到了溫濤的作品，他大加讚賞，極力推薦。他在後來寫的評價文章〈記溫濤木刻——香港之劫〉中，稱溫濤的作品是「鳳毛麟角」，「是抗戰藝術戰線上的一件喜事」[19]。溫濤等人的畫展後來影響很大，《新華日報》曾發了桂林特約評論稿。英國大使館新聞處桂林分處處長史密斯評論說：「表現在這次展覽會裏的藝術才能之宏博，已足以說明新中國的未來，而且給予了豐富的證據，證明中國新一代的藝術家是像過去那些偉大的中國藝術家一樣有力而有為。」[20]

茅盾還為桂林的青年刊物《青年文藝》、《文藝新哨》寫了稿，有力地扶植和幫助了這些刊物的成長。茅盾對文學青年的關懷，給桂林市廣大青年作者、讀者以極大的影響。

---

[19] 載《野草》第五卷第二期（一九四三年一月）。

[20] 〈桂林近事〉，《新華日報》一九四三年一月二十五日。

（四）茅盾在桂林的主要貢獻

茅盾在桂林雖僅僅生活了九個月，但他的活動、他所創造的文學實績，為抗戰文藝運動的發展起到了促進作用，為現代文學寶庫增添了珍貴的財富。

茅盾在桂林的貢獻在於：

1. 推動了桂林抗日文藝運動的開展，促進了抗日文藝運動走向高潮

在抗戰前，桂林的文化事業十分落後；抗戰後，特別是廣州、武漢失守後，桂林的戰略地位日益重要，文化事業也逐漸繁盛起來，逐漸成為國統區抗日文藝運動的中心之一，獲得了「文化城」的聲譽。但到「皖南事變」後，桂林的形勢開始惡化，八路軍辦事處被迫撤走，《救亡日報》、《國民公論》等報刊被勒令停刊，夏衍等被迫出走。一九四一年一月至一九四二年春的桂林，抗日文藝活動消沉了下來，處於低潮。直至太平洋戰爭爆發，大批文化人撤回桂林，桂林文藝界才又開始活躍起來。促成桂林文藝運動又一次興起高潮因素是很多的，除了中國共產黨文化工作組的努力工作，大批文化人的來桂，廣西地方當局緩和了與中國共產黨和進步文化人的關係之外，茅盾在其間大聲疾呼，辛勤勞作是一重要原因。

一九四二年春、夏以後桂林文藝運動又一次興起高潮的標誌除大批文化人在桂活動外，是文藝期刊的增多。一九四二、一九四三兩年，除原有刊物外，新創刊了十七種文藝刊物。這些刊物的創刊，與茅盾的支持是分不開的。在《茅盾文集》第八卷〈後記〉中茅盾即談到了熊佛西辦《文學創作》時向他約稿的內容。茅盾還為葛琴主編的《青年文藝》、封鳳子主編的《人世間》創刊號以及《野草》、《文化雜誌》、《文藝雜誌》、《創作月刊》等刊物寫了稿。茅

盾的作品，對這些刊物是極大的支持。

2. 茅盾在桂林的創作，為中國現代文學增添了寶貴的財富

茅盾的作品《霜葉紅似二月花》、《虹》、《蝕》、《子夜》、《春蠶》、《林家鋪子》、《第一階段的故事》、《腐蝕》、《清明前後》，完整地展示了自五四時期至抗戰勝利各個歷史階段的中國社會風貌，構成了一幅「規模宏大的歷史畫卷」[21]。而《霜葉紅似二月花》正是這長軸畫卷的第一幅，是茅盾用以刻畫中國民主革命的艱苦歷程的極重要的一部作品。無論從思想意義或藝術特色來說，《霜葉紅似二月花》都是中國現代文學史上不可多得的珍品。它與《劫後拾遺》、《耶穌之死》、《參孫的復仇》等同為我國現代文學領域的寶貴財富。

3. 發表了對當時及對後來的文化工作和文學創作有指導意義的文藝評論

首先，在文化工作和文藝創作上要適合於兩個需要的思想。茅盾針對桂林文化工作的問題，指出：

> 我們對於文化市場，亦不能僅僅滿足於有書在出，我們還須看看所出的書質量怎樣，還須看看所出之書是否僅僅為了適合讀者的需要，抑或同時適合於文化發展上之需要，這兩個需要，並不完全相等，……舉個淺近的例，目前大後方對於神仙劍俠色情的文學還有大量的需要，但這是讀者的需要，可不是我們文化發展上的需要。[22]

21　胡耀邦，〈在沈雁冰同志追悼會上致悼詞〉，《人民日報》一九八一年四月十二日。
22　茅盾，〈雨天雜寫之四〉，《人世間》第一卷第一期（一九四二年十月）。

茅盾的這一思想，不但對當時桂林的文化工作有指導意義，今天我們進行文化建設和文藝創作，同樣應貫徹這一思想。

第二，「想要學習魯迅，便須研究魯迅」[23]的思想。茅盾看到了當時一般青年中對學習魯迅「只要能欣賞作品就行了」的膚淺理解和不求全盤瞭解魯迅的思想，只記些警句以供引用的實用主義態度，強調學習魯迅的根本態度和方法是：「應當抱著研究的態度……並不一定為了要寫一本魯迅研究之類的書，而是為了自己真正能從魯迅的遺著中接受些什麼──為了自己的受用。」[24]這就廓清了青年中對學習魯迅的一些糊塗思想，給魯迅研究指明了正確的道路。今天，我們在學習魯迅、發揚魯迅精神的時候，茅盾關於學習魯迅須研究魯迅的思想，是應當好好記取的。

第三，茅盾在桂林還提出了關於文藝創作的精闢意見和新主張。如，要做史劇家，先得做史家。他說：「這是中國劇作者的雙重負擔。」[25]作品「與其平順無疵，不如瑕瑜互見而富有創造性」[26]。這些思想卓見，在今天我們的文學創作、文學評論中，同樣是富有指導意義的。

茅盾在桂林的活動，必定不只以上這些，還有待我們挖掘和整理。全面深入地蒐集、整理茅盾在各個時期的活動史實，準確評價茅盾的文學成就，是我們所應當重視的工作。

23 茅盾，〈關於研究魯迅的一點感想〉，《文藝陣地》第七卷第三期（一九四二年十月）。
24 茅盾，〈關於研究魯迅的一點感想〉，《文藝陣地》第七卷第三期（一九四二年十月）。
25 〈歷史劇問題座談〉，《戲劇春秋》第二卷第四期（一九四二年十月）。
26 茅盾，〈我對於《文陣》的意見〉，《文藝陣地》第七卷一期（一九四二年八月）。

三、抗戰時期柳亞子在桂林的生活和創作

（一）柳亞子在桂林為抗日文化活動添加華彩

抗日戰爭時期，大批進步文化人聚集桂林，文藝創作、戲劇演出、美術展覽、文藝座談會、報刊編輯與出版等各項進步文化活動開展得十分熱烈，使這座南方小城一時獲得了抗戰「文化城」的聲譽。一九四二年六月，「南社鉅子」（茅盾語）、著名愛國詩人柳亞子（江蘇省吳江縣人，一八八七至一九五八年）來到桂林。在這以後兩年多的居桂日子裏，他以磅礴的愛國主義激情、卓越的藝術才華，參與了戰時桂林的文化活動，創作了大批詩文作品，為蓬勃開展的桂林抗日文化活動，添加了生氣與異彩。

抗日戰爭爆發後，柳亞子先後居住於上海、香港。一九四一年十二月八日，太平洋戰爭爆發，十二月二十五日，日軍占領香港。柳亞子於一九四二年一月離開香港，在中共東江縱隊人員的護送下，脫離險區，經海豐、興寧、老隆、曲江、衡陽等地，輾轉數月，於當年六月七日來到桂林。

1. 柳亞子在桂林的生活，是惡劣環境下的艱苦生活

柳亞子到桂林後，先是居住在環湖旅館，不久，即遷到麗君路南一巷。在那裏住不上半年，就碰上了麻煩，「房

東催搬家，幾乎連容身的地方都成問題」[27]。後搬到麗君路二十三號，那裏的居住條件更差，房子在貧民區，屋頂漏雨，又無錢修理，只得任其自然。經濟上也日漸拮据，雇不起傭人，「柳夫人自己每天上街買菜，自己做飯洗衣」[28]。在飛漲的物價面前，柳亞子開始賣字，以補家用。為此，柳亞子曾解嘲地說：「在桂林最後半年中，居然賣字，也居然賣到一點錢，這真是天曉得。」[29]

日常生活是如此窘困，政治氣氛又分外惡劣。當時桂林雖有國民黨左派李濟深在主持工作，但國民黨右翼破壞抗日文化活動的行動仍時有發生，一九四三年就曾有在大街上公開綁架文化人士薩空了的事件發生。柳亞子在一九四一年裏，曾與宋慶齡、何香凝、彭澤民等人聯名通電蔣介石，斥責他挑起「皖南事變」，破壞抗日事業的行徑，為此被國民黨中央開除黨籍。太平洋戰爭爆發後，柳亞子被迫由香港撤回國統區，受迫害的危險性自然增大了。

在這種惡劣的環境裏，柳亞子的精神上是苦悶、憂鬱的。女作家謝冰瑩一九四三年春返湖南老家為父母掃墓經桂林時，曾在柳家小住，她說，柳亞子在當時，「除了有時寫些詩，抒發他的愛國傷時的心情外，他喝酒的次數越來越多了」[30]。

一九四二年，柳亞子曾將旅桂詩作輯成《桂旅集》一卷，但在政府書審處的刁難下，不能印行而被扼殺了。

2. 柳亞子在桂林的生活，是堅持進步文化活動的鬥爭生活

儘管柳亞子在桂林的生活艱難窘困，但他仍以極大的熱情投入到桂林文化活動中，為抗日救亡工作盡心盡力。柳

27 柳亞子，《懷舊集》（耕耘出版社，一九四七年出），頁一一八。
28 謝冰瑩，〈憶柳亞子先生〉，轉引自《柳亞子年譜》，頁一二三。
29 柳亞子，〈柳亞子的詩和字〉，《人物》一九八〇年第一期。
30 謝冰瑩，〈憶柳亞子先生〉，轉引自《柳亞子年譜》。

亞子以自己的行動表明，他在桂林的生活，是堅持進步文化活動的鬥爭生活。柳亞子到桂林後，即被文協桂林分會選為理事。他積極參與其間工作，主持正義，擯斥邪惡，為保護文化事業的發展奔走吶喊。

有一次，《野草》發表了一篇揭露《大公報》對消極抗戰政策「小罵大幫忙」的文章，《大公報》某經理惱羞成怒，操縱出版商從印刷、發行等方面對《野草》施加壓力，企圖阻礙《野草》的繼續出版。柳亞子聞訊後，在文化界人士的聚會上，他怒目大罵：「如他在這裏，我要一腳把他踢出去！」[31]在文協桂林分會的一次會議上，特務來監視會場，柳亞子在發言中面斥這個傢伙，「使這個傢伙尷尬萬分，面無人色」[32]。當時，曾有人勸柳亞子在這些事情上不要過於認真，不必小題大做，他抗辯道：「我們大事管不了，只好管管這些小事呢！」[33]

柳亞子始終如一地關心桂林文協的工作，以他的才學、人品和聲望，給桂林文化活動增色不少。一九四四年，他在文協桂林分會會議上提出改農曆五月五日（端午節）為詩人節，得到桂林文藝界人士的擁護。郭沫若自重慶馳函桂林文藝界同人道：「對於柳氏建議改用舊曆五月五日為詩人節表示贊同。」[34]

柳亞子在桂林還多次參加文化界的各種聚會，進行多次發言與演講，發表了許多對抗日救亡和文化事業頗有幫助的建設性意見，如一九四二年七月十四日他在田漢主持的「歷史劇問題座談會」上提出，寫史劇，「是不是要更多地尊重歷史的真實性？」的問題，並於會後專門撰寫了〈雜說歷史劇〉一稿發表於《戲劇春秋》一九四二年第二卷第四期上。這篇文章，從歷史劇寫作的動機、歷史劇應尊重歷史的真實性、歷史劇的人物對話等方面，闡述了歷史劇創作的若干問題，對當時桂林以至整個國統區出現的歷史劇寫作和演出高潮，提出了頗有幫助的意見。他在當時的許多發言與演

31　秦似，《思人草・憶柳亞子先生》注釋，載《灕江文藝》一九八〇年第四期。
32　陳雨田，〈烽煙聲中的書簡——抗日戰爭時期柳亞子先生給我的一封信〉，《語文園地》一九八四年第二期。
33　熊佛西，〈山水人物印象記・南社詩翁柳亞子〉，《當代文藝》創刊號（一九四四年）。
34　〈文壇點滴〉，《文學創作》第三卷第二期（一九四四年）。

講，對桂林抗日文化運動的發展，都起到直接幫助的作用。

3. 柳亞子在桂林，投身於南明史的研究

柳亞子在桂林，曾將較大的精力投入到南明史研究的恢復工作中。這是他在桂林所從事的一項重要文化活動。抗戰開始後，柳亞子在上海、香港等地開始了南明史史料的研究工作及南明史的寫作。到一九四一年底，已編撰成《南明紀年史綱》八卷八編（前七篇曾發表），完成南明人物傳記十三篇，整理《皇明四朝成仁錄》十卷以及寫下了有關文稿。太平洋戰爭爆發後，柳亞子所撰原稿及蒐集的南明史料數百種，均遺棄於香港九龍。

柳亞子到桂林後，結識了南明靖江王裔孫朱蔭龍，與他一道重新開始南明史研究。一九四三年一月，他與朱蔭龍共同起草了〈南明史編纂意見書〉，一九四四年，與朱蔭龍、宋雲彬發起成立了「南明史料纂徵社」，柳為社長，旨在蒐集與研究南明史料，編撰《南明紀年》、《南明紀事本末》、《南明史》三書，還擬編印有關南明史料的資料集，創辦研究刊物，其規模甚巨集。只是因後來時局動亂，桂林不久淪陷，這一工作，又未得完成。

4. 柳亞子在桂林的生活，是閃耀著愛國主義光焰的燦爛生活

柳亞子的愛國主義思想，貫串他一生各個時期，他在桂林的生活，無疑是其中的一個重要階段。柳亞子身上的愛國主義，首先體現在他在桂林寫下了許許多多的愛國詩篇上。他在一幅描繪鄭成功抗清鬥爭的畫幅上題寫「三百年來，溯遺恨，到今未歇」詞句，表達對國家淪亡、人民遭難的憂憤。在〈一九四三年元旦試筆兩首〉中，「慷慨思投筆，艱難想枕戈」兩句，直接傾注了他強烈的報國志願。這種愛國情感，在他的詩詞中有著極為豐富的表現。

柳亞子的愛國主義思想同時體現在他的許多愛國行動上。在桂林時期那艱苦的日子裏，為支援前方抗戰，他將家中僅有的一萬元捐給救亡組織，用作慰勞衡陽抗日守城軍隊。這事還使直接管家理財的柳夫人曾不無懊惱地對人談起：

「這是家中僅有的一點錢了。」[35]一九四四年六月，在桂林各界舉行的保衛大西南大遊行上，他與國民黨元老李濟深等走在遊行隊伍前頭，以自己的愛國真情感動了千千萬萬民眾的愛國救亡之心，連許多在苦難深淵中掙扎的下層民眾，如人力車夫等，也紛紛獻出了自己的血汗錢。

柳亞子身上的愛國主義不僅體現在他全力支援抗戰的這些感人的言行上，還體現在他時常追懷歷代愛國志士，借古頌今的舉動中。在桂林，他為屈原遺像題詩，為鄭成功抗清鬥爭畫幅作詞，謁瞿式耜、張同敞殉難紀念亭，訪張同敞夫婦合葬墓，演講明、清之際的英烈史事，大力稱讚古代民族英雄的偉績勳業：「賜姓延平開大業，孤忠定國亦英雄。」[36]柳亞子的這種思古之幽情，借古頌今、借古勵今的言行，是與國家危亡、民族遭難的現實遭遇、現實感觸緊密相關的。他是以這些仁人壯士的豪烈壯舉激蕩情懷：「貌取遺容奠酒樽，千秋靈爽蕩精魂。」（〈題瞿張二公殉國史畫〉）他在那些追念民族英雄、盛讚英烈業績的詩句中，寄託了自己盼望掃除外敵收復國土的理想和願望。他的這些言行，展現了他那宏闊博大的愛國情懷。

（二）柳亞子在桂林的創作

1. 詩詞創作

柳亞子在桂林的詩詞創作，是他在桂林最主要的寫作活動。柳亞子在桂林的詩作，現收入《柳亞子詩詞選》（柳無非、柳無垢選輯）、《柳亞子詩選》（徐文烈箋、劉斯翰注）兩詩集的約八十首，散見於各報刊的有數十首，寄文壇

---

35 廖輔叔，〈柳亞子先生言行小記〉，載《文史資料選輯》第六十九輯（一九八〇年）。

36 〈赴師範學院史地學會講明清之間史事〉詩句。「延平」，指延平王鄭成功，「定國」，指南明晉王李定國。

諸友，散佈於世間尚未刊佈的想來也不會是少數。以柳亞子詩思敏捷，「詩句是那樣的『得來毫不費工夫』」[37]，大略估計，柳亞子在桂林寫下的詩作，當不會少於三四百首。柳亞子的詩，具有豐富的社會內容和極強的現實意義，其藝術價值更是詩中珍奇，是二十世紀上半葉中國舊體詩壇最優秀的作品。茅盾稱柳詩為「史詩」[38]，郭沫若亦給柳詩以極高的讚譽：「於莊嚴的規律中寓以縱橫的才氣，海內殆鮮敵手。」[39]柳亞子在桂林的詩作，自然是柳亞子一生詩作中不可或缺、彌足珍貴的一部分，分析一下柳亞子在桂林的詩作，這對於我們理解他一生詩詞創作的內容和成就，無疑是有所裨益的。

柳亞子在桂林的詩作，大抵可分為：抒懷詩，如〈一九四三年元旦試筆兩首〉、〈初度將及預賦四首〉、〈三月二十九日感賦〉；詠史詩，如〈題屈大夫遺像〉、《十一月十日謁瞿張二公殉國紀念亭有作》、〈滿江紅〉；寄贈詩，如〈疊韻和沫若、壽昌三首〉、〈安娥女士索詩，報以二絕〉、〈陳此生索詩，次沈雁冰韻一首〉、〈聞伯渠抵渝遙寄兩律〉；紀遊詩，如〈酹江月〉〈年年今夜〉、〈重過瞿張二公紀念亭有作〉。這些詩作，當時的寫作動機雖有不同，但出自具有強烈愛國情感的詩人筆下，抒發抗日救亡的志向，期望祖國的早日統一，就成為這些詩作的共同的思想內容，而成為具有濃郁愛國思想和強烈戰鬥精神的傑出詩篇。

（1）柳亞子詩詞中的愛國思想和戰鬥精神首先表現在他對國土淪亡、民族遭難的危亡時局的關切與憂慮上

他的詩中，不但經常出現懷鄉、憂民的句子，而且還表現了急切希望早日驅逐外敵、收復國土的心願。如他在〈五月二日為曼殊逝世二十六周年忌辰〉一詩中寫道：「遺家孤山猶陷賊，幾時歸棹奠湖湄？」在〈陽九行一首〉中，

37 熊佛西，《山水人物印象記・南國詩翁柳亞子》。
38 茅盾，《柳亞子詩選・序》。
39 郭沫若，〈今屈原〉，載《新華日報》一九四五年十月二十五日。

他愴然寫下「痛定思痛今何時？忍聽豺狼尚咆吼」的詩句，「慟哭昭陵無路達，幾時原廟掃屢塵？」（〈三月十二日為孫先生十八周忌辰有作〉）二句更顯沉痛。

正是由於詩人對國難如此憂鬱悲憤，對勝利前景尤有莫大期望，因而他對堅持抗戰的中國共產黨人，表示了深深的敬意。他將橋陵（即黃帝陵，位於陝西省中部縣西北橋山）指代延安，雖始自香港時期，但在詩中大量運用，用以讚許延安政權，則是在桂林時期的事。一九四三年，他在〈次韻答沫若〉一詩所寫的「肯信寒瓊出幽草？北望橋陵佳氣好」，即是其中最著名的兩句。郭沫若曾對此高度讚揚：「一九四三年亞子先生由香港回國暫寓桂林。五月十九日，我曾經有一首詩寄贈，祝他五十晉七的大壽。亞子先生也有詩和我，……他的詩的結尾四句：『肯信寒瓊出幽草，北望橋陵佳氣好。雲臺他日定相逢，君是星虛我房昂。』這是他的科學性的預言，六年後便完全的中了。『北望橋陵佳氣好』，是指當時在共產黨和毛澤東主席領導下的新生力量正如旭日東升。」[40]

如果說，這還是以借代、象徵的手法來含蓄地表達他對中國共產黨的敬意和讚揚的話，在一九四四年所寫的〈聞伯渠抵渝遙寄兩律〉中，他第一次用明確的語言去歌頌中國共產黨了：「延安自昔防秋好」。他在〈次韻和必武見壽新詩，分寄毛主席及伯渠、玉章、特立、曙時、恩來、穎超諸同志，時五月三日也〉中，他還表示了嚮往為中國共產黨領導的革命事業服務的心願：「平生管、樂襟期在，倘遇桓、昭試一匡。」說的就是自己胸中那管仲、樂毅般的抱負、才能至今尚存，倘若能到延安政權之中效力，仍願幹一番事業。

他的一些懷古詩，稱頌「開大業」的民族英雄鄭成功，褒揚矢志報國、堅貞不屈的南明「雙忠」瞿式耜、張同敞，悲憐「失計」而功敗垂成的李自成，鄙薄昏庸誤國的崇禎帝，等等，同樣是這種思想、精神的表現。

---

40 郭沫若，《柳亞子詩詞選・序》。

（2）柳詩的愛國思想和戰鬥精神還表現在他對腐敗黑暗政治的譴責和蔑視上

一九四四年，他聞說美國總統羅斯福派華萊士來華瞭解中國情況，擬進行國共關係調和問題，有感而發，將鬱集在胸的對當局的憤慨和譴責，凝成〈漢家行〉一首。詩中寫道：

……

廿年專政苦紛紜，動德魏公差足耦。
曠林龍戰師旅陳，島賊鯨吞烽燧又。
半壁炎與尚鬩牆，收京回紇偏求友。
工農四野苦誅求，冠蓋盈庭分左右。

……

朱門酒肉蒼生哭，將軍囊囊官兵瘦。
四海困窮自昔嗟，永終天祿那能久！

詩人在這一首詩中，以「廿年專政苦紛紜，動德魏公差足耦」兩句譴責獨裁專制給國人造成紛紜不斷的苦難，辛辣地諷刺其動德與權奸曹操高下難分。接下去，柳亞子用精練的語言，集中描述了近二十年來專制者大打內戰，調動師旅，「龍戰于野」（《易・坤》），而在「島賊」鯨吞中國之時，在退縮半壁中仍一再挑起反共高潮，在其統治下，一面是民不聊生，一面是中飽私囊。詩人憤而預言：這樣的政權絕不能長久，在〈次韻和必武見壽新詩，……〉中，詩人也以「朝無虛聽言終瀆，民有偕亡日曷喪」的詩句，描繪了獨裁專制喪盡民心的景況。這些詩作，體現了柳亞子詩詞中的極強的戰鬥性。

（3）柳詩中的愛國思想和戰鬥精神還表現在他傾吐報國的志向、才能及有志無成而對友人和後輩寄予的期望上

柳亞子是中國近代堅定的民主主義革命者，早年即投身反清鬥爭，一九〇四年他十七歲時，即吟出了「痛飲黃龍終有願，會教滄海變桑田」（〈為王卓民題扇〉）的豪壯詩句。一九四二年以後，他來到桂林時，已是五十又五了。經過幾十年的磨難和風雨，他所見到的中國，仍是在危難和瘡痍的籠罩之中。但他仍豪情在胸，壯心不已。在〈次韻和董必武先生〉一詩中，起首即是慷慨之筆：「世亂身仍健，心雄國便長。頭顱猶我戴，肝膽為君新。」在〈次韻答沫若〉中，他吟出的是更為硬朗的聲音：「五十七年萬事非，餘生不死心猶壯。」

然而，幾十年的奮鬥，換來的畢竟是「萬事非」，他的才智、抱負多年得不到實現和發揮，因而他也不得不發出些懊喪的聲音：「行年五七涉秋春，我亦蒼髯衰老辰。」（〈陳邇冬集魯迅先生「躲進小樓成一統」「慣於長夜過春時」句為聯囑書，騰以二律〉）「沉思五十七年春，救國無功離亂辰。」（〈初度將及預賦四首〉）

因此，他一面不時抒發自己未泯的壯心，一面將希望寄語下一輩：「繼往開來吾輩事，發凡起例待君來。」（〈小詩奉祝琴可詞人初度〉）他在詩中，多次表達了這種希冀心願。在〈湘衍園呈廖夫人〉中，他寫道：「家國期兒輩。」在〈六月十八日為舊曆端午節，偕田壽昌、廖沫沙遊七星巖茗敘，壽昌索詩，遂成是作〉中，他寫出自己的衰況，盛讚時值壯年的田漢：「劍態簫心吾已倦，風吹雨打汝能狂。」柳亞子還將這種希冀心願化作對朋輩及青年的關切與勉勵。他的一首贈友人新婚詩寫道：「卡爾良儔稱燕妮，孟光清德配梁鴻，中原旗鼓新民主，攜手端應奮鬥同。」[41]

當年的青年教師李耿，一九四三年時曾將所著《中國文學史》向柳亞子先生請教。他閱後在扉頁欣然題詩相贈：

---

41 《大公晚報》一九四四年一月二十四日桂林。

「鐵窗紅淚漫傷春，自由依然還我身。無罪治長文著魯，揭竿陳勝終亡秦！雄心南國文稱霸，媲美西方詩有棒。馬列掀天真極世，始終一節是完人。」[42]柳亞子的詩，讚揚和鼓勵了《中國文學史》作者的治學成績，並勉勵他始終如一地為追求理想奮鬥終身。

柳亞子詩詞中的種種思想情感，表現了一個追求真理、追求進步的知識分子在當時所達到的思想高度。他的詩，反映的是那一時代進步知識分子的共同心聲，具有典型意義。柳亞子詩詞中的愛國思想和戰鬥精神，奠定了他的詩詞在中國現代舊體詩領域的傑出地位。

（4）柳詩詞詩熔鑄古今，雄奇闊大

柳亞子的詩詞，繼承了我國豪放派的詞風及愛國詩人的優秀傳統，在中國現代舊體詩方面開拓了一個嶄新的天地，取得了獨特的成就。他在桂林的詩作，亦體現了這一特點。柳詩的藝術成就表現在：第一，以生動的藝術形象廣闊地反映中國現代社會的生活內容，記載了其間的重大事件，如〈漢家行〉、〈初度將及預賦四首〉。茅盾曾為此稱之：「柳先生的詩，……稱之為史詩，是名副其實的。」[43]第二，創造了雄奇闊大的意境，如〈感事兩首〉、〈後感事兩首〉：「鎖鑰高加索，名城血戰場。三周華不注，一賦魯靈光。民氣終堪仗，天驕莫漫狂，元兇希特勒，會見汝崩亡。」「二十五年史，紅軍新發硎。駒光成轉轂，龍戰正鏖兵。烏克蘭田沃，波羅的海清。更期饒吹壯，直下柏林城。」兩詩寫的均是蘇聯反法西斯戰事，它歌頌蘇聯軍民反抗德國法西斯侵略而浴血奮戰的英雄氣概，遣詞造句，大氣磅礴。博大的意境，如太陽高照，氣象萬千；如雷霆萬鈞，震盪人寰！兩詩結構嚴密，語言精粹，筆力遒勁，風格雄

[42] 此時後收入《柳亞子文集・磨劍室詩詞集》下冊，頁一〇六九。
[43] 茅盾，《柳亞子詩選・序》。

偉、豪放，正如毛澤東評柳詩所說：「慨當以慷，卑視陸游陳亮，讀之使人感發興起。」[44]上述兩方面的藝術成就，使柳亞子的詩熔鑄古今，在運用舊形式表現新的時代內容方面，顯出了天衣無縫的神力。茅盾為此讚道：柳亞子的舊體詩「有新的革命內容，所謂舊瓶裝新酒，更見芳烈」[45]。

2. 散文、理論文章和自傳

柳亞子在桂林，還寫了大量的散文、理論文章，計有：〈更生齋隨筆〉、〈榕齋讀詩記〉、〈懷念阿英先生〉、〈懷念志超女士〉、〈懷胡道靜兄〉、〈弘一法師遺集序〉、〈海國英雄序〉、〈紀念詩人節〉、〈辛亥革命引起的聯想〉、〈閒話南宋〉、〈辛亥革命外史〉、〈我的兒童教育觀〉、〈詩人談詩及詩人〉、〈介紹一位現代的女詩人〉、〈雜談歷史劇〉、〈曹母艾太君墓碑銘〉、〈雜談阿英先生的南明史劇〉、〈新詩與舊詩〉、〈羿樓舊藏南明史料書目提要〉、〈還憶劫灰中的南明史料〉、〈續憶劫灰中的南明史料〉、〈關於大明英烈傳〉、〈關於南明忠烈傳〉、〈江左少年夏完淳〉、〈明季吳江民族英雄吳日生傳〉、〈吳日生與翠湖曲〉等。這些文章，有的記載了一些彌足珍貴的史實，如記述南明史研究的諸篇；有的抒發了自己對世事的感慨，如〈辛亥革命引起的聯想〉、〈我的兒童教育觀〉、〈接吻與賣淫〉，有的提出了頗有見地的理論見解，如〈雜談歷史劇〉、〈新詩與舊詩〉、〈詩人談詩與詩人〉，其中有的已成為現代文壇的珍奇。

柳亞子在桂林，還從事了自傳的寫作。他在桂林所寫的《五十七年自傳》，因腦病復發，曾一度中斷，後寫至一九〇六年二十歲時的生活為止。儘管未全部完成，但已留下了十萬餘字，是他一生所寫的幾份自傳、自傳年譜中最詳盡的一份，成為研究這位文化界重要人物的寶貴資料。

---

44 毛澤東一九四五年十月四日致柳亞子先生信，載《毛澤東書信選集》，頁二六一。

45 茅盾，《柳亞子詩選・序》。

柳亞子作為「南社鉅子」，在清末民初時期的文學活動，已得到後人的重視，在中國文學史上占到了應有的位置。但是，柳亞子在新民主主義革命時期的活動內容及創作成就，仍不見在中國現代文學史上有所反映，這不能不是現代文學史研究中的一個缺環。茅盾在二十世紀八〇年代初曾提出，中國現代文學史應研究和評價自柳亞子以來的中國現代舊體詩詞的創作。這一建議，應該重視。

（「柳亞子」一節與李秋先生合作）

四、抗戰時期王魯彥的活動與思想

王魯彥，「五四」新文學運動中湧現出來的有一定影響的民主主義作家。他自五四時期開始文學活動，到一九四四年八月不幸病逝時止，以創作和其他方面的文學業績，為中國新文學事業做出了傑出的貢獻。

（一）文學活動

關於王魯彥的生活和創作道路，一般劃分為四個時期，但在各時期時間的起止上，學術界有分歧[46]。這裏依上海文藝出版社一九八〇年版《王魯彥論》之說，將抗戰時期作為作家生活和創作的最後一個時期。

[46] 《中國文學家辭典（現代第一分冊）》（四川人民出版社，一九八一年）「魯彥」條目，將魯彥寫作《野火》時期作為王魯彥的第四時期，與〈王魯彥論〉有所不同。

這一時期的七年，在王魯彥二十餘年的文學生涯中約占三分之一時間，是作家一生極其重要的時期。抗戰爆發後，王魯彥由上海到湖南，一九三八年二月，在長沙參加了《抗戰日報》的工作，同年十二月到達桂林。當時的桂林，由於廣州、武漢淪陷，長沙大火，戰略地位日益重要起來。一九三八年十二月，桂林行營成立，軍委會政治部奉命調撥人員組成桂林行營政治部。在郭沫若的親自安排下，政治部第三廳留下了胡愈之、張志壤、劉季平等組成桂林行營政治部第三科，王魯彥也參加其間工作。一九三九年十月，文協桂林分會成立，王魯彥擔任分會理事、常務理事，並主持文協桂林分會的工作。一九四〇年，廣西省立柳慶師範學校成立，他應學校之邀，於同年秋赴三江縣該校任教。一九四一年七月，因病辭去教職返回桂林。以後幾年，他除一九四三年底至一九四四年夏到湖南養病半年多外，一直居住在桂林。一九四四年八月，他由湖南茶陵返回桂林，由於旅途勞累，他原患有的肺結核、喉頭結核等病惡化，八月二十日在桂林逝世。

王魯彥病重期間，桂林文藝界黨組織和進步文化人對其十分關心。當時桂林中共文化工作組組長邵荃麟親自奔走，找醫院、聯繫募捐、處理喪事。邵荃麟在八月二十六日給葉以群的信中詳細介紹了王魯彥病重逝世後的情況：

> 他的病因此次路上太辛苦——走了十二天，在敞車上睡了四天四夜——便突然變嚴重。當時朋友們替他籌募了二萬元請醫治療，後來又電你們設法，得到「文協」援助貧病作家基金的接濟後，才算把他送入醫院。但因針藥太貴，幾乎天天要找錢應付。到了七月（應為八月——引者注）十七日下午，病勢突呈危象，即晚，他太太跑來找我，我次晨去看他，已不能言談，身體瘦得皮包骨頭，宛如骷髏，叫人慘不忍睹！但他仍極力希望活下去，叫醫生替他打葡萄糖。……次晨，我正要去看他，到了半路，報喪的已經來了。我立即電「文協」總會請撥治喪費，一面由書業工會捐了兩萬元，總算把喪事料理過去了。在我到醫院以前，連入殮的衣著都無錢購買！一個文人下場如此悲慘，尚復何言！殯儀已於前晨舉行，尚莊嚴肅

穆，文藝界到會的約六七十人，現安葬在星子巖前面。[47]

王魯彥逝世的消息傳出後，當時因湘桂大疏散離開桂林的許多文藝界人士又返回了桂林，料理喪事和籌備追悼會。八月三十日，桂林文藝界舉行了王魯彥追悼會，歐陽予倩主持，邵荃麟代表全國文協致悼詞。王魯彥逝世以後，巴金、邵荃麟、艾蕪、以群、臧克家、王西彥、傅彬然、焦菊隱等文藝界人士以及「桂林文協同人」都寫了悼念文章，稱[48]讚王魯彥「不僅是一位清醒的作家，而且還是一名不懈的戰士」[49]。

歸結起來，此時期魯彥的文學活動項目為：

1. 文學編輯活動

一九四二年元月，王魯彥主辦的大型文學期刊《文藝雜誌》在桂林創刊，至一九四四年二月止，共編輯出版了三卷共十五期（其中因病請端木蕻良、王西彥編過幾期）。刊物發表過茅盾、巴金、老舍、艾蕪，沙汀、胡風、以群、王西彥、靳以、端木蕻良、張天翼、臧克家、蹇先艾、黃藥眠、李廣田、彭燕郊、周立波、公木、李健吾、蘆荻、曾卓、王亞平等作家的文章，重要的有：茅盾的《過封鎖線》、巴金的《還魂草》、張天翼的《金鴨帝國》、老舍的《大地龍蛇》、沙汀的《奈何天》、艾蕪的《故鄉》、端木蕻良的《科爾沁旗草原》等。刊物出版後，深受廣大文藝界和廣大讀者的歡迎，創刊號還重版了一次。《文藝雜誌》以它堅實的內容和廣泛的影響，成為當時國統區內重要的文藝期刊之

---

47 邵荃麟〈關於魯彥的死〉，《青年文藝》新一卷第三期（一九四四年十月十日出版）。
48 焦菊隱寫有〈哭魯彥〉一文，後未能刊出。見《新華日報》一九四四年八月二十八日《新華副刊》編者按語。
49 桂林文協同人〈悼魯彥先生〉，《廣西日報》[桂林版]一九四四年八月三十日。

一。而王魯彥當時百病纏身，「編校等事，平時均係臥床欹枕而作」[50]。他在政治、經濟以及身體狀況等方面條件都極端困難的情況下，苦撐著出版這一刊物，為此耗費了巨大的心血。除此之外，此時期他還編過《抗戰日報》文藝副刊，參加過桂林文化供應社編輯部、桂林《中學生（戰時半月刊）》的編輯工作。

2. 文藝組織工作

在桂林期間，他曾擔任文協桂林分會組織領導工作。一九三九年七月，文協桂林分會籌備委員會成立，王魯彥即參加了籌委會工作。十月，文協桂林分會正式成立，他擔任常務理事並被推定全面負責分會工作。以後，又擔任了第三屆、第五屆文協桂林分會理事[51]。王魯彥任文協桂林分會負責人期間，曾組織開展過到桂南前線的戰地慰問、舉辦青年文藝講習班、成立文藝習作指導組、創辦會刊《抗戰文藝・桂刊》等項工作，並曾擔任過文藝講習班和文藝習作指導小組的講課和評閱習作工作。王魯彥在這方面的活動，為推動桂林抗日文藝運動的開展做出了積極的貢獻。

3. 抗日救亡文化宣傳工作

這時期，王魯彥走出書齋，投入到轟轟烈烈的抗日救亡活動中。他採寫抗戰時期的新聞、消息，如〈長沙火災的前後〉[52]；關心各種社會問題，如寫有〈抗戰期中兒童保育問題〉[53]，嘗試寫作通俗文藝《胡蒲妙計收偽軍》[54]，他在桂林行營政治部第三科還做了許多抗日救亡的日常文化工作。他以自己的行動，證明了他與那種「不願與大眾為伍，不屑做抗

50 〈王魯彥啟事〉，《文藝雜誌》第一卷第六期（一九四二年十月十五日出版）。
51 一九四〇年十二月一日文協桂林分會會員大會選舉第二屆理事會時，王魯彥已離桂赴柳慶師範任教，故未當選。
52 載《國民公論》第一卷第五、六期合刊（一九三九年一月十六日）。
53 載一九三八年二月六日《抗戰日報》[長沙版]。
54 《新道理（通俗半月刊）》第二十一至二十六期連載（一九四一年五月至八月）。

敵救亡的日常工作，而自鳴清高，孤芳白賞，以文學為至上的觀點」[55]是格格不入的。

從以上活動內容可以看出，此時期王魯彥最顯著的變化是活動內容的增加，由原來單純從事寫作變為參加了編輯工作、組織工作以及抗日救亡的實際工作；而且，這些活動，在他此時期占有相當重的分量。

（二）小說創作

「王魯彥不是一位多產的作家。」[56]還是在王魯彥創作的初期，茅盾就下過這樣的評語。抗戰開始後，由於他活動內容的增多，忙於其他事務，又長期患病，更不可能給我們留下大量的作品。此時期，計寫了長篇小說《春草》（一至七章），通俗小說《胡蒲妙計收偽軍》，短篇小說《我們的喇叭》、《傷兵旅館》、《楊連副》、《炮火下的孩子》、《陳老奶》、《千家村》、《櫻花時節》，以及一些短評、散文等。

小說創作是王魯彥的主要創作成果，這時期的作品，全都是反映抗戰生活，與抗戰鬥爭有關的，計可分為以下幾類：

1. 寫人民群衆和愛國軍隊的抗戰鬥爭生活，鼓動抗戰情緒，號召民衆積極投入抗日鬥爭，支援抗日隊伍

這類作品有《我們的喇叭》、《傷兵旅館》，《楊連副》、《炮火下的孩子》、《胡蒲妙計收偽軍》及長篇小說《春草》。

《我們的喇叭》寫了一個安分守己，吹小喇叭、賣糖果玩具度日的小販，他原來軟弱膽小，恪守「安分守己」，

55 周揚〈新的現實與文學上的新的任務〉，《文學運動史料選》第四冊（上海教育出版社，一九七九年），頁四一。
56 茅盾，〈魯彥論〉，《茅盾論創作》（上海文藝出版社，一九八〇年），頁一五五。

「聽天由命」[57]、事事退讓的家訓，不願當兵動刀動槍。可是，在血與火的戰爭大課堂裏，他受到了教育，參加了抗日隊伍，逐步成長為一個勇敢的戰士，在戰鬥中立了功。小說通過對「小喇叭」的轉變和他成長過程的令人信服的描寫，揭示了「戰則存，不戰則亡」的真理，對鼓舞人民投入抗戰起了良好的作用。

《楊連副》、《傷兵旅館》寫的是抗戰初期軍民關係生活，描寫了從戰場上返回後方的愛國戰士、下級軍官積極搞好軍民關係，以言語和行動教育民眾關心抗戰、支援抗戰，並組織起來，時刻準備投入抗戰的動人情景。

《胡蒲妙計收偽軍》塑造了胡志敏、蒲逸民兩位愛國青年的動人形象。二十四歲的青年知識分子胡志敏，聽到故鄉淪陷消息，悲憤地說：「我胡志敏從小受父母撫養之恩，稍長即受國家教育之惠，如今國難嚴重，同胞遭殃，祖先墳墓亦被蹂躪，此時尚不獻身報國，有何面目存於世！」於是潛回家鄉，組織起抗日民眾隊伍，加入了東北抗日聯軍。後與蒲逸民化裝入敵司令部，經過充分的準備，在迎春節率領偽軍反正。

長篇小說《春草》，也是通過對愛國青年周旭堅決擺脫舊家庭的阻攔，勇敢投入抗日鬥爭的行動描寫，來鼓舞人民群眾抗日救國熱情的作品。這些小說，在抗戰初期，無疑是很有教育意義和鼓舞、激勵作用的。

2. 反映中華民族在巨大的戰爭考驗面前，以堅韌不拔的鬥爭精神，英勇頑強地堅持持久抗戰的時代風貌

這類作品有《陳老奶》、《千家村》。

《陳老奶》中，作者著力塑造的動人形象陳老奶，是我們災難深重的古老民族的象徵。戰爭開始後，她兩個兒子相繼去世，她承受著戰爭帶來的重壓，頑強的支撐著家庭的生存。她說：「做人做人只要做呀，譬如走路，一直向前走，不要回頭就是了……」她對媳婦說：「別傷心呀，記住我的話：做人總是要吃苦的……先苦後甜呀……」[58]被作家推

57 〈我們的喇叭〉，《國民公論》第二卷第一號（一九三九年七月）。
58 《陳老奶》，《文藝雜誌》創刊號（一九四二年元月十五日）。

到我們面前的這一形象，正如海岸邊穩固屹立的礁石，任駭浪打來千百回都不為其所吞沒。

小說《千家村》也具有同樣的意義。「曾經遭受過三次的戰爭」的千家村，在主人翁秋光返回這日夜思想的故鄉時，仍「沉浸在淒涼的苦難中」。然而，在屋毀、人亡的災難面前，人民並沒有屈服，農民們組織起來了，「在那裏放哨，對那早已遠退了的敵人還在嚴重警戒著」。鄉親們的不屈精神和頑強鬥志「催人奮起」[59]，秋光帶著父老們的仇恨和力量，第二天就離開了家鄉。

以上兩類作品，反映了王魯彥思想和藝術方面都較以往各個時期有了較大的進步：

第一，用自己的作品為抗日戰爭服務。王魯彥實踐了全國文協對作家們的號召：「我們應該……用我們的筆，來發動民眾，捍衛祖國，粉碎寇敵，爭取勝利。」[60]此時期他所寫的作品，全部與抗戰有關，都是為民族解放戰爭服務的。這與以往多寫個人的苦悶、狹隘的情感相比有一個根本性的變化。

第二，在複雜的鬥爭時局面前，能清醒地分析形勢，準確地反映時代精神。在武漢失守前的抗戰第一階段裏，「這時全國各方面是欣欣向榮的，政治上有民主化的趨勢，文化上有較普遍的動員」[61]。作家們以自己的筆，描寫那一時期高漲的抗戰形勢，鼓動抗戰情緒，是普遍的現象和重要的任務。王魯彥這一時期所寫的《我們的喇叭》等三篇作品，以國民黨軍隊中愛國官兵為描寫對象，宣傳抗日主題，這是毫不奇怪的。抗戰進入第二階段後，國共時有摩擦，日軍加緊對敵後我抗日民主根據地的掃蕩，抗戰進入最艱苦的相持階段。這時期，王魯彥寫成的是《陳老奶》、《千家村》。這兩篇小說，尤其是《陳老奶》一篇，通過典型形象的塑造，準確地反映了那一時期我們民族的精神面貌和時代的鮮明特徵，獲得較高的成就，成為其上乘之作。在複雜的現實生活面前，王魯彥能如此準確地把握時代發展的主脈，充分說

---

59 《千家村》，《文藝雜誌》第一卷第四期（一九四二年四月十五日）。
60 〈中華全國文藝界抗敵協會發起旨趣〉，《文學運動史料選》第四冊（上海教育出版社，一九七九年），頁一六。
61 毛澤東，〈新民主主義論〉，《毛澤東選集》（一卷本），頁六六三。

明了他思想上的日益進步和藝術表現力的成熟。

第三，著力進行典型形象的塑造並取得突出成績。王魯彥在創作初期，作品以主觀抒情為主，較少注意人物形象的塑造。自創作《黃金》時起，開始對人物形象的塑造加以注意了。由於他還缺乏對時代的變化、社會的本質等根本問題的準確把握，作品或者缺乏典型環境的準確表現（如《黃金》），或者缺乏對生活素材的提煉（如《童年的悲哀》、《阿長賊骨頭》），因而往往影響了作品中人物形象的典型化創造，人物形象也缺少廣泛的社會意義。抗戰開始後魯彥的創作，雖然個別作品（如《櫻花時節》）還有失誤，但從總的傾向看，他在著力塑造具有典型意義的人物方面，取得了較以往各個時期更為突出的成就。《我們的喇叭》、《楊連副》中的「小喇叭」、楊連副都塑造得真實可信又頗有廣泛的社會意義。而陳老奶形象中體現出來的高度概括的典型意義、強烈的時代精神、巨大的藝術感染力，標誌著王魯彥此時期無論在思想或藝術方面，已突破了早期創作的種種缺陷，成為一個成熟的現實主義作家了。

（三）生命後期的思想變化

王魯彥的一生，是貧困的一生，追求的一生，戰鬥的一生。他在曲折漫長的人生道路上，不懈地追求，不斷地搏鬥，終於在他生活的後期，由舊中國小資產階級知識分子的個人反抗轉變為走上了新民主主義革命的道路，由一個追求人道主義的小資產階級個人主義者轉變為自覺地追求民族解放的新民主主義革命者。這裏，我想通過以下幾個方面的分析，來說明王魯彥後期思想上的重大變化。

1. 出現了對馬克思主義理論的重視和學習熱情，加強了與共產黨的聯繫

在王魯彥早期的創作實踐中，是缺少科學理論的指導的，這就是他那一時期的作品之所以「缺乏積極的精神和中

心思想」[62]的緣故。抗戰爆發後，隨著時代的變化以及我們黨對他的影響，他開始認識到科學理論的重要並身體力行，加緊學習了。他說：「我極想多讀一點那樣的書。」由於他長期不關心政治，開始讀困難確實不少，但他仍「拚著命把它讀進去了」。他還說，他對那些觀點，「心裏也頗為贊成」[63]。由此可見，他這一時期對科學理論的態度與以往確有根本的變化。艾蕪在〈關於魯彥的回憶瑣記〉中詳細地記載了王魯彥在桂林時熱情學習馬克思主義理論著作的動人情景，並認為，王魯彥從「憑直觀與人道主義出發而進行創作，到能以滿腔熱情來閱讀馬克思主義的理論著作時」，實是一個了不起的進步[64]。

除此之外，我們還應看到，與共產黨人的密切接觸，受共產黨人的影響，也是促進他這一時期思想發生重大轉變的重要因素之一。從王魯彥一方看，他自覺地靠近共產黨人。抗戰初期，他在長沙參加《抗戰日報》與田漢的接觸；來到桂林後，在桂林行營政治部第三科工作時，直接受胡愈之、張志壤、劉季平等秘密黨員的領導，受很大影響。一九四〇年後，他與邵荃麟一同參加文化供應社做編輯工作，以後幾年，與這位桂林文化界黨組織領導人一直保持密切的接觸。中共組織對王魯彥也予以重視和關切。一九三九年十月，文協桂林分會成立，讓王魯彥擔任文協桂林分會負責人的決定，就是艾蕪、林林向八路軍桂林辦事處主任李克農同志請示、協商後決定下來的[65]。邵荃麟在王魯彥病重和逝世期間，對他住醫院、募捐藥款、料理後事等大量周到細緻的工作，也充分體現了黨對王魯彥的關懷。由於有如此長期和廣泛的領導和影響，王魯彥在他生活的後期，終於實現了思想上的重大轉變。

62 《王魯彥論》（上海文藝出版社，一九八〇年），頁一。
63 同上書，頁一二〇。
64 參見刁縈夢，〈抗戰時期艾蕪在桂林的生活和創作〉，《抗戰文藝研究》一九八三年第一期。
65 艾蕪，〈關於三十年文藝的一些感想〉，《新文學論叢》一九八〇年第一期；另參見刁夢縈，〈抗戰時期艾蕪在桂林的生活和創作〉。

2. 從個人反抗的狹小天地裏走了出來，站到了革命的集體隊伍裏

王魯彥早期的文學活動，基本是從事寫作。這種書齋式的個人寫作活動，是很容易造成與社會、與人民大眾隔絕的；加之他當時又缺乏先進的科學理論的指導，遷就決定了他那一時期的思想行動雖有對舊社會的黑暗的不滿和反抗，但只是屬於小資產階級個人反抗性質的。抗戰爆發後，民族的危亡、救國的熱情促使他投入火熱的民族解放鬥爭中，站到了革命的隊伍裏。他曾多次表示了要「和發亮的槍尖一起」[66]的戰鬥願望。他參加了報刊編輯工作，參加了文藝界統一戰線組織——文協的組織領導工作，參加了抗日救亡的種種實際工作，個人主義道路從此轟毀。他以實際行動表明，他已完全站到了革命的集體隊伍裏。

3. 作品從「怎樣也拉不出快樂的調子」到「催人奮起」

從王魯彥的作品中，我們也可以看出這一時期他思想的重大變化。在他創作的初期，作品是虛幻的理想與灰色的現實碰撞形成的火花，貫穿著一種「焦灼苦悶的情調」[67]，缺少鼓舞人的熱情和催人向上的力量。而抗戰後所寫的作品，像《我們的喇叭》、《楊連副》、《傷兵旅館》、《胡蒲妙計收偽軍》等，都表現了前所未有的愛國熱情和鼓舞人民抗戰信心的積極意義；而《陳老奶》、《千家村》裏洋溢著的堅忍不拔、面向未來的強烈時代精神，更給艱難歲月裏苦鬥的抗戰軍民以巨大的鼓舞力量。這些作品表明，王魯彥以走出了抒寫個人哀怨和苦悶的狹小圈子，開始用手中的筆，為人民寫作，為革命鬥爭寫作；將自己的文學生命，交付與民主革命和民族解放的偉大事業了。

---

66 王魯彥，〈從灰暗的天空裏〉，《現代文藝》[永安版]第五卷第三期（一九四二年五月）。
67 茅盾，〈王魯彥論〉，《茅盾論創作》，頁一五一。

從以上分析我們可以看出，在他生命的後期，他完全投身到了民族解放的時代鬥爭激流中，把自己的青春以至生命貢獻給了無產階級領導的人民大眾反帝反封建的新民主主義革命這壯麗的事業。巴金說：「在生，沒有人稱你做一個戰士。事實上許多年來你一直奮鬥，……即使有人說你沒有留下光輝的戰績（其實你一部分的作品不也就是光輝的成就麼？），但誰能否認你是一個勇敢的戰士呢？」[68]對這樣的一位革命的文化戰士，值得我們永遠懷念。

五、端木蕻良在桂林的文學活動

端木蕻良（一九一二年九月二十五日一九九六年月五日），原名曹漢文，曾用名曹京平，筆名黃葉、羅旋、葉之林、曹坪等。遼寧昌圖人。著名作家、紅學家。一九三二年開始文學創作，寫作長篇小說《科爾沁旗草原》。一九三七年七月七日抗戰爆發時，端木蕻良的長篇小說《大地的海》正在上海的《文學》月刊上連載，後來又去了香港。他寫下了反映抗日軍隊以及游擊隊生活的長篇小說《大江》、中篇小說《柳條邊外》、短篇小說《螺螄谷》，寫過暴露國統區內生活各方面的長篇小說《新都花絮》、中篇小說《江南風景》，還有已結集出版的短篇小說集《風陵渡》及未寫完的長篇小說《大時代》。抗戰時期，端木蕻良在桂林生活了兩年多時間，創作了《科爾沁旗草原》第二部等一大批重要的文學作品，構成了他一生重要的寫作階段。

68 巴金，〈寫給彥兄及附記〉，《新文學史料》一九八三年第一期。

（一）潛心創作大量作品

端木蕻良在桂林，主要活動內容還是從事文學寫作，大量的創作成果表明，桂林時期是他一生創作生涯的重要時期。

小說創作是端木蕻良的主要創作內容，在桂林，他寫下了大量小說作品，計有：《初吻》（短篇小說）、《早春》（短篇小說）、《雕鶚堡》（短篇小說）、《科爾沁旗草原》第二部（長篇小說，未完）、《琴》（短篇小說）、《紅夜》（短篇小說）、《女神》（短篇小說）、《前夜》（短篇小說）、《饑餓》（短篇小說）、《幾號門牌》（長篇小說，未完），出版了長篇小說《大江》（桂林良友復興圖書印刷公司一九四三年四月出版）。

《科爾沁旗草原》是端木蕻良早期創作的一部重要的長篇小說。一九四二年，端木蕻良由香港轉到桂林之後，懷著對遙遠故鄉的的思念情懷，開始續寫《科爾沁旗草原》第二部。這第二部，由於後來未能寫完，也未能印刷成書出版，當時發表於一九四三年三月至十一月桂林出版的《文藝雜誌》第二卷第三期至第六期與第三卷第一期上，一共五章，約四萬字。在這五章裏，主要人物是兩個，一個是被一些研究者認為在小說第一部的末尾已被折磨死去的靈子，一個是第一部尚未出場的丁寧的哥哥丁蘭。這裏第一、第二、第四、第五章主要寫靈子，第三章寫丁以寫靈子的心理活動為主，寫了她的憂鬱、內心痛苦和對丁寧的思念，對未來的冥想等等，將她對生命、死亡、命運的思考等哲學意義的內容，作為了這小說的主體。小說體現了端木蕻良對中國婦女的地位、命運和對人性等問題的思考。

端木蕻良在桂林創作的短篇小說主要有《早春》、《初吻》等。這些作品，寫了一批在家鄉土地上生活的純良美麗的農村女子。端木蕻良在她們身上，寄託了自己對遙遠故鄉的眷戀，寄託了自己對災難家園的關切。《初吻》、《早春》兩篇，代表了端木蕻良上世紀四〇年代小說創作的最高成就。這兩個作品，都是寫的幼年時代的生活內容。《初吻》寫的是一個叫「蘭柱」的富家子弟，在與比他年長幾歲的親戚、名叫「靈姨」的年輕女子的來往和玩耍時，產生了一種新鮮的親近情感。三年後，蘭柱再見到靈姨時，她再也沒有往日的熱烈、活潑和歡愉了。《早春》寫的是蘭柱和只見了三次面而不知其家世的村女金枝姐。與《初吻》一樣，小說先寫一種童稚的天真、歡愉，兩人一道在野地裏挖野菜、採野花的快樂和興奮。後來，金枝姐一家被生活所迫，到更荒涼的北荒去謀生活了，蘭柱再也見不到她了。小說寫出了一種撩人心魂的情，連同那精美明麗的景物描寫、動人的人物心理刻畫，洋溢出與一般抗戰小說不同的藝術韻味和意境，真正體現出了小說中的一種藝術美，從而成為上世紀四〇年代中國短篇小說的重要收穫。

端木蕻良在此時期寫的一些神話小說、歷史小說，如《蝴蝶夢》、《女神》、《琴》、《步飛煙》等，也都是以女性為描寫中心的。這些小說，充滿著作者真切鮮明的愛與憎。端木蕻良正是通過對農村青年女性美好形象的塑造，在對她們悲慘身世的記敘中，流露出他對世間美好事物的無限愛戀，對善良者不幸遭遇的深切同情。在桂林，端木蕻良還創作了《紅樓夢》、《晴雯》、《林黛玉》、《安娜・卡列尼娜》（話劇）、《紅拂傳》等劇本；寫有《哀李滿江》、《贈瘦石》、《秋日訪邇冬不遇》等詩作。除以上已發表的作品外，據筆者訪問端木蕻良時瞭解到，端木蕻良在桂林，還寫有《薛寶釵》（劇本）、《龍女傳》、《三月手記》。這些作品，有的已決定發表，發了預告，後因桂林大疏散，刊物被迫停刊而未能發表。

端木蕻良在桂林還寫了不少文學論文和文學劄記，計有：〈寫人物——以安娜・卡列尼娜為例〉、〈歷史劇問題座談〉（座談會紀錄）、〈心浮私記〉（劄記）、〈論艾青〉、〈向《紅樓夢》學習描寫人物〉（論文）、〈我的寫作經驗〉等多篇。

可以看出，端木蕻良在桂林參與抗戰文藝活動是大量的，寫作成果是豐富的，作品較抗戰前形式更為多樣，內容、題材更擴大了。

（二）思想的提升與創作的轉變

端木蕻良在桂林，是他創作思想得以提升、創作道路發生較大轉變的時期。一九四二年，端木蕻良來到桂林不久就寫出了〈我的寫作經驗〉一文，這是他對自己十年來創作的一個總結，文中表達了他極重要的文學思想。他提出了寫小說是一種哲學事業的思想。他說：「文學是因為它們都隱藏著哲學思想。」他認為，區別一流、二流小說就在於此。在文學觀上，他開始接受毛澤東文藝思想。一九三八年十月，毛澤東在〈中國共產黨在民族戰爭中的地位〉這一報告中提出了「把國際主義的內容和民族形式」結合起來，創造「新鮮活潑的，為中國老百姓所喜聞樂見的中國作風和中國氣派」。根據地和國統區的進步作家都熱烈回應，展開討論，並積極探索文藝「民族形式」的實踐。端木蕻良在總結了抗戰前期一些作品只重視內容而忽略形式的教訓，努力探索「新鮮活潑的，為中國老百姓所喜聞樂見的中國作風和中國氣派」。可以認為，端木蕻良在桂林開始了自己創作中的民族形式的自覺追求，努力探索民族形式，追尋「人民的文學」的創作道路，著力表現鄉土氣息。端木蕻良在桂林曾說：文學「要顧及鄉下人」、文學的未來是「歌頌人民的領袖、人民英雄、各階層人民生活」的「人民的文學」（一九四三年在「戰後中國文藝展望」座談會上的發言）。他在創作實踐中自覺追尋「顧及鄉下人」、寫出「新鮮活潑的，為中國老百姓所喜聞樂見的中國作風和中國氣派」的創作路子。寫他熟悉的生活，熟悉的鄉下人。在《科爾沁旗草原》第二部，《早春》、《初吻》等一時期的重要作品中，體現出了他的這種創作追求，這種創作轉變。

觀察端木蕻良在桂林的創作，可以發現較之上世紀三〇年代的作品，有了以下較明顯的變化：

1. 創作題材由現實轉入歷史

抗戰前期，端木蕻良在重慶、香港等地寫了反映抗日軍隊以及游擊隊生活的長篇小說《大江》、中篇小說《柳條邊外》、短篇小說《螺螄谷》，還有已結集出版的短篇小說集《風陵渡》。這些作品，除了個別篇章外，大都寫的是抗戰全面爆發後全國各地的抗日鬥爭生活和大後方的社會圖景，可以看出，它們多是配合抗戰宣傳的急就章。這是抗戰初期救亡工作的需要，也是端木蕻良的熱情所使然，作家是在以自己的筆，服務於抗戰。

一九三八年抗戰進入相持階段後，由於政治局勢的沉滯，生活在國統區的作家失去了抗戰初期那種深入前線深入民眾的可能，灰暗陰冷的社會氣候使得作家漸漸轉入到歷史中去尋找創作題材。一九四二年端木蕻良到桂林後，也寫有暴露社會黑暗的《幾號門牌》，但由於時代和環境的限制，他同樣無法深入前線，也只得潛入歷史。他在此時寫的《科爾沁旗草原》第二部，雖與抗戰有關，但畢竟不是現實抗戰生活內容的作品。他的《早春》、《初吻》、《紅夜》等，寫的都是記憶中的舊時生活圖景而不是現實生活內容，他的《女神》等歷史小說和《紅樓夢》等劇作，以及他的舊體詩寫作，都體現了他創作上的這種變化。

2. 創作心態由激情宣洩到審美表現

端木蕻良是極富藝術才華的作家，可以認為，在他創作初期寫《科爾沁旗草原》、《憎恨》時，就表現出了較高的藝術才力；但他早期的作品，畢竟是激情多於藝術。一九四二年端木蕻良到桂林後，相對安定的後方生活使他有時間、有精力沉思幾年來的創作路程，他開始注重作品的審美力量、著意追求作品的藝術價值了。他提出了「由美到真」的藝術觀點，他說：「藝術的美根植於生活的真。」他在此時期寫的《心浮私記》裏說：「我認為在文學的過程中，從美的角度裏也可以達到真的境界。而達到了真的，它必然是美的。」他還說：「美若游離了真，那種美就失去了健康和價值。」他在此時，似乎恢復了一九三六年寫作《憎恨》那些小說時的藝術視力，在《早春》、《初吻》等小說中表現出來的藝術魅力，令人沉醉癡迷。構思的精巧、情調的旖旎、文字的準確和典雅，使他的作品達到了美不勝收的境地。可以說，此時期端木蕻良的小說尤其是短篇小說達到了極高的藝術境地。

3. 創作思維由關注政治經濟到關注思想文化

透過上世紀四〇年代端木蕻良到桂林後寫的一系列作品，我們可以看到他思維關注上由政治經濟到思想文化的變化：一是從《科爾沁旗草原》第二部所發表的五章看，小說將靈子作為主人公，將她對生命、死亡、命運的思考等哲學意義的內容，作為了這小說的主體；二是《初吻》、《早春》等短篇小說所表現出來的對中國婦女的地位、命運，對人性等問題的關注；三是此時期端木蕻良開始寫作有關《紅樓夢》的劇本，並立志續寫《紅樓夢》後四十回。端木蕻良並非逃避現實，他是在對中國歷史文化的深沉思索中，理解當今中國的現實，探索中國的未來。可以說，他的所有作品，均體現了他對中國歷史文化的關切，體現了他對中國歷史文化的由憂鬱到憎恨到愛戀到創造的情感。他將他的藝術才華，附著在他最熟悉的生活記憶中，重新將自己的目光與關切，又投向科爾沁旗草原，力圖在更高層面上，勾畫科爾沁旗草原的圖景。正是由這一點出發，端木蕻良寫出了具有真正文化內涵的中國的草原、中國的土地、中國的大地之子，從而使自己的小說具有了較高的思想文化價值。

4. 藝術風格由陽剛轉為陰柔

巴人在那影響極大的評論〈直立起來的《科爾沁旗草原》〉裏說：「作者的澎湃的熱情與草原的蒼莽而深厚的潛力，交響出一首『中國的進行曲』」，《科爾沁旗草原》是「多麼浩瀚、嘹亮、雄壯的詩篇」。他還說：這小說「有《鐵流》的勁與光……」這樣的論斷，是深刻而準確的，說端木蕻良創作風格的豪雄、硬朗、大氣，已成定論。直到幾十年後的八〇年代初期，學者們說到端木蕻良的創作時，仍稱為「來自大野的雄風」，依然是看中和讚頌其陽剛之氣充盈。而《科爾沁旗草原》第二部，就目前所能見到的五章看，則已消失了陽剛，轉為陰柔，尤其是一個柔弱的女子靈子在此時似乎成了小說的主人公，五章裏有三章寫靈子，作者寫其傷感、寫其憂思、寫其心理，細細寫來，柔情縷縷，一改十年前寫《科爾沁旗草原》時的蒼勁、豪放、硬朗的筆力。他的《初吻》、《早春》等短篇小說，更是如此，柔情與溫馨，溢漫全篇，頗為動人。他此時期寫的一批短篇小說，基本是這一風格，與其三〇年代的作品相比較，看得到明顯巨大的風格轉變。

由以上敘述我們領會到，端木蕻良在桂林的創作，是他一生創作活動中承前啟後、奠定成熟的小說大家地位的關鍵時期。此時期他的創作，表現了他以中國社會的認識更深刻了，藝術表現力更嫻熟了。他既繼承了早期創作《科爾沁旗草原》那種對生活的深與細的真切感覺，又克服了抗戰初期以宣傳代替藝術的弊病，將抗戰這大時代賦予的對祖國對人民的愛融入到對新生活的深透的理解和生動的表現中，由此奠定了他一生的藝術成就。

一九四四年九月初，端木蕻良在參加完王魯彥安葬儀式後離開桂林，隨著湘桂大撤退的人流，撤到了貴州遵義。在那裏，他與熊佛西、秦牧等人辦了一張報紙。一九四五年，他去了重慶。

六、秦似與雜文刊物《野草》

秦似編輯《野草》，已是上世紀四〇年代的事了。也正是從那時正式開始，秦似致力於雜文寫作，開始了他的文學生涯，成為我國雜文寫作中的優秀作家之一。

抗日戰爭時期，雜文創作在各文化據點——不論是上海「孤島」或是西南大後方，都顯得十分活躍，有了新的發展。這是因為，當時瞬息多變的社會時局，和政治事件，最適合雜文這短小活潑、戰鬥力強的文學形式去反映，或抨擊，或諷刺，或歌頌。《野草》也正是在這種環境裏應運而生的。它一出現，即引起了大後方文藝界和廣大讀者的注意，以後影響逐漸擴大。《野草》成為現代文學史上的重要刊物之一。

《野草》創刊於一九四〇年八月，到一九四三年六月停刊時止，在桂林共出版了五卷二十九期，由夏衍、聶紺弩、秦似、宋雲彬、孟超五人組成「野草社」，刊物上寫上五個人合編，採取了同人刊物的形式。秦似當時只是一個二十四歲的青年，在五個編輯中年齡最小，但是，這份當時極有影響的刊物卻與他的關係最大。

《野草》期刊是秦似首先提議而在夏衍的大力支持下創辦的。抗戰爆發後，秦似給《救亡日報》寫了一些稿，以後；他向當時《救亡日報》總編輯夏衍建議創辦雜文刊物。夏衍很讚賞這一意見，隨即聯繫了聶紺弩等三人，連秦似一起在桂林東坡酒家聚會，商談辦雜文刊物的事宜。當時每人都擬一個刊名，後來大家決定採用夏衍所提議的「野草」。

《野草》刊物的日常工作，主要是由秦似一人負擔的。《野草》辦起後，在分工問題上是：聶、孟、宋主要聯繫其他文化人，廣開稿源；秦似則負責編稿、出版等其他事宜。夏衍當時主要精力是用在《救亡日報》上，且不久即離桂。因而他參與《野草》工作不多。秦似回憶當年的工作時說：「我年輕，是文藝學徒、新手，許多具體事務，便由我做。編排、校對、處理稿件，到處跑腿。可以說是非常精簡，專做這些工作的只有我一人。[69]」孟超在當時也談到：「家槐兄從柳州來……一同去訪秦似兄，談起《野草》，家槐兄懇切的稱許著秦似兄支持這一刊物的毅力，而尤其對那一貫的作風的保持，他說是多麼可喜可愛的。」[70]由此可見秦似在其間所做工作之一斑。

正因為如此，我們在《野草》自三卷五期起見到只秦似一人編輯時，就不會感到那麼奇怪了。《野草》後來只署秦似一人編輯，其中另有原因。從三卷五期起的後半期的《野草》，同樣保持了前期那種銳利、生動、清新、豐富的特

69 秦似，〈野草雜憶〉，載《廣西日報》一九六二年十月三十日。
70 孟超，〈一年容易又秋風〉，《野草》五卷一期（一九四二年十二月）。

點，並在歌頌反法西斯戰爭的勝利、揭露國統區黑暗等方面，顯得更為有力和鮮明。《野草》的出版越來越引起了當局的恐慌，一九四三年六月出版到第五卷第五期後被查禁。

秦似為《野草》創刊號寫了〈《野草》代發刊語〉，創刊號同時還登載了他的〈這便是憎惡〉。秦似由於思想敏捷，基礎扎實，加上夏衍、聶紺弩等老一輩作家提攜指導，從此進步很快，在雜文寫作上一發而不可收，用顧元、姜采、張築、余士根、令狐厚等筆名，在《野草》上發表了數十篇雜文，其中重要的雜文有：〈惡魔與「瘋狗」〉、〈戰神的歡笑〉、〈不能緘默〉、〈兩年小誌〉、〈正義所要求者〉等。秦似的雜文不但筆鋒犀利、知識性強，且有較高的藝術性，發表在五卷三期上的〈戰神的歡笑〉，即是融會抒情散文感情充沛、文辭瑰麗、富於詩意等特點的優美文章。這裏不妨引幾段作一欣賞：

在未溶的雪土上，我彷彿看見刺多牙湖邊茂密的森林，和曾經被用鋼筋三合土築成的壕塹，寂寂地相對著。凜冽的北風呼呼吹著，它是替發鏽的鐵哀鳴，炮火已經遠去了，愈遠愈模糊，聽不見了，德國人遺留下斑黑的血污，從他們的堡壘和戰壕逃了出去……

那是列寧城，高大的建築物帶著殘傷站立著，男人、女人、老太婆、小孩子，坐在雪橇上的，騎腳踏車的，手挽著的，軒昂地走著的，大街上亂哄而歡騰，其中又顯出著沉毅。母親們和孩子們都笑了，莫斯科運來了乾魚、麵粉，鮮菜……

到處感覺著自由的呼吸，而又充滿著輕快的戰鬥氣氛……

被圍十六個月的列寧城，自由地笑了！……

秦似的雜文，後在桂林輯成《感覺的音響》一書。他的作品，一直得到讀者的喜愛。一九四六年《野草》在香港復刊，一位內地的讀者為《野草》復刊向秦似寫信說：「《野草》[桂林版]，是我在學生時（曾在中大政治系肄業兩年）唯一的精神食糧，後來停了刊，使我如喪失了一種傳家寶一樣的痛苦。……先生！現在你得安心工作下去吧，因為同我一樣的『昔日讀者』還多著呢。」[71]秦似自《野草》時期開始，三十多年裏，一直沒有停步，辛勤地在雜文園地裏耕耘，成為我國有成就的雜文作家之一。一九八一年，三聯書店出版了《秦似雜文集》，所收作品即是他自《野草》起到一九八〇年整整四十年雜文創作的結晶。要瞭解《野草》雜文，還可看三聯書店同時出版的《夏衍雜文隨筆錄》、《聶紺弩雜文集》。它們對於我們瞭解過去的時代，瞭解雜文這一文學樣式、瞭解作家，都是極富歷史和藝術價值的，尤其值得我們青年文學愛好者好好讀讀。

七、抗戰時期林煥平的文學活動

著名文藝理論家林煥平，自一九三〇年參加中國左翼作家聯盟，走過了七十年的文學歷程。在林煥平的文學生涯中，抗日戰爭時期是一個重要階段，值得我們認真研究。

（一）抗戰時期的主要活動

一九三〇年，林煥平在上海經作家白薇介紹，加入左聯。一九三三年，經左聯黨團同意，他赴日本留學。在那

71 〈來自內戰的火線上〉，載《野草》[香港版]一九四七年新二號。

裏，他遵照左聯黨團書記周揚的吩咐，將一度停頓了活動的左聯東京支盟恢復了起來，並擔任了支盟書記。以後，他又擔任左聯東京支盟機關刊物《東流》主編、《雜文》編委。一九三七年五月，林煥平與林為梁、任白戈、林林、魏猛克、張香山等人一道，被日本政府以「反日作家」的「罪名」驅逐回國。

一九三七年七月，林煥平回到家鄉廣東，投入到抗日救亡洪流中，參與組織了廣東文學會。一九三八年六月，他由廣州轉到香港，在廣東國民大學香港分校教書，同時，擔任了文協香港分會和中國青記協會理事及負責人，組織開展抗日救亡文化活動。一九四一年十二月，太平洋戰爭爆發，他撤離香港，於一九四二年二月到達桂林，先後在廣西大學、桂林師範學院等校任教，參與文協桂林分會和西南劇展的有關活動。一九四四年六月湘桂大撤退時離開桂林，一九四五年一月一日到達重慶，同年二月轉入貴洲赤水大夏大學任教，在那裏迎來了抗日戰爭的勝利。

抗日戰爭時期，林煥平的主要活動內容為以下幾個方面：

1. 教書

一九三七年九月，他在廣州美術專科學校教「藝術論」課程，開始了教學生涯。一九三八年至一九四一年，他遷居香港後，在廣東國民大學香港分校，香港中華業餘學校任教；一九四二年至一九四四年，他在桂林先後在廣西大學、桂林師範學院、國立商業專科學校任教；一九四五年，他來到貴州赤水，在大夏大學任教。

正是從抗日戰爭開始，林煥平將他的文學活動與教學工作結合在一起，一直到了今天。他的許多理論研究成果，如《活的文學》、《文學論教程》等著作，就是這種結合的產物。

2. 寫作

此為林煥平抗戰時期著力最多、成果最為豐碩的活動。據統計，抗戰八年，林煥平共寫作和出版文學理論專著三部、文學評論集二部（其中一部因故未出版）、詩集一部、散文集一部、文學譯著五部，發表文學類文章一百多篇。與此同時，林煥平還寫過大量政論文章。一九三八年至一九四一年他旅居香港期間，曾創辦民族革命通訊社華南分社，並作為中國青年記者協會香港分會主要負責人之一，在南洋和美洲各地的華僑報紙上發表了大量政論文章，僅一九三八年七月至十月，林煥平在《天文臺半週評論》上發表的時事政論文章就有四十二篇。一九四二年至一九四四年林煥平在桂林時也繼續撰寫此類文章。為此，林煥平在當時華南及南洋一帶被稱為「國際問題」、「日本問題」專家。

3. 文學組織工作

一九三七年底，林煥平在廣州參與籌備和組織了廣東省文化界救亡協會、廣東文學會等；一九三八年一月二日，他又與郭沫若、林林、蒲風、祝秀俠等五十餘人在廣州太平支館舉行新年文藝座談會，討論籌組廣東藝術工作者協會問題。林煥平擔任廣東文學會理事、該會文學研究委員會負責人期間，主持開展了文學座談會、文學講座等活動。在一九三八年一月二十七日舉辦的該會第一次文學講座中，他邀請了著名作家茅盾、白薇做了〈戰時文藝工作綱領和文藝大眾化和中國化的問題〉的演講。林煥平自己則做過「世界觀與創作方法」的講座。

林煥平還積極推進文藝通訊員運動，在中華全國文藝界抗敵協會成立不久即撰文指出：「中華全國文藝家抗敵協會想要把自己的基礎打穩固，把自己的力量伸張到全國每一個角落的下層民眾中去，非以文藝通訊員運動為基本工作之一，積極推動不可。」在林煥平等人的組織、推動下，廣東的文藝通訊員運動成為全國文藝通訊員運動開展得最早的地區，帶動了長沙、延安、香港、上海、桂林等地的文藝通訊員運動的開展。

林煥平到香港後，任文協香港分會理事，繼續開展文藝通訊員運動、開辦文藝講習班，輸送文藝青年回內地參加抗日救亡活動。一九四〇年春，為反對汪精衛及其漢奸文人鼓吹的「和平文藝」及「和平文藝運動」，林煥平與香港文藝界同人發起聲討汪逆活動，撰文在文協香港分會「機關志」（附於香港各日報）上發表。

（二）寫作成果

就文學活動而言，抗戰時期林煥平的寫作成果，計有文學理論、文學批評、新詩與散文創作、譯作四大類，現分別介紹如下：

1. 文學理論專著《活的文學》、《文藝的欣賞》、《文學論教程》

《活的文學》為林煥平一九三八年與茅盾、樓適夷一道擔任香港中華業餘學校文學科教師時所寫的講義。林煥平在回憶他與茅盾這段教學經歷時曾說：「我向來是搞文藝理論的，讀過一些哲學的和文藝理論的書，自己也讀過一些古今中外的文學名著，但全無創作經驗，只好參考各種理論著作兢兢業業地編寫教材。這份教材，就是後來在一九四〇年由上海海燕書店出版的《活的文學》。……所謂『活的』，有『新的、進步的、革命的』意思。」（林煥平，〈茅盾在香港教書〉，《語文園地》一九八一年第三期）。《活的文學》計分五章：〈什麼是文學〉、〈文學與社會生活〉、〈內容和形式〉、〈世界觀與創作方法〉、〈社會主義現實主義〉。林煥平在該書中以馬列主義文藝觀闡述文學的本質、文學的起源、文學的特徵、文學與社會生活的關係等文學的基本問題。

《文藝的欣賞》，一九四二年寫於桂林，其中第八章〈鏡子與燈塔〉以「論文藝欣賞之四」為副標題發表於一九四四年《收穫》第四十四期，其餘各章一九四六年連載於上海《文藝春秋》。該書於一九四八年一月由香港前進書局出版。《文藝的欣賞》是林煥平針對文藝理論界忽略文藝欣賞理論，缺乏文藝的美學理論的建設而寫的。林煥平認為：以往的理論介紹和理論建設，偏重於文藝創作理論，是一般所稱的「藝術論」，而文藝欣賞理論，則是文藝的美學，兩者統一起來，才是完整的意義上的「藝術科學」。全書分八節闡述了文藝欣賞理論，論及文藝欣賞的意義、文藝欣賞的內容、文藝欣賞的過程、文藝欣賞的態度等問題，重點闡述了文藝欣賞「不能完全離開意志、不能離開理性」的思想，批評朱光潛《文藝心理學》中「欣賞的態度則全憑直覺」、欣賞時應「擺脫意志的束縛」的觀點。

《文學論教程》，林煥平於一九四五年寫於貴州赤水，一九四八年香港前進書局初版。該書為林煥平在貴州赤水任大夏大學教師時所寫的講義，出版成書的只是該講義的後半部分，重點論述創作論問題，自覺地將毛澤東的〈論文藝問題〉（即〈在延安文藝座談會上的講話〉）中的文藝思想吸收運用《文學論教程》之中。林煥平在論述文學的基本理論的時候，結合古今中外大量的各類創作和作品的例子來闡明，清晰曉暢，生動活潑，通俗易懂，引人入勝。該書至一九五〇年，已重印了四次。被人認為「無論是在觀點上或體例上，都對以往的文藝理論教材有所突破」（劉鴻庥，〈是學者，也是戰士——林煥平的生平和文藝思想〉，載《林煥平作品選》，灕江出版社，一九八八年）。暨南大學中文系一九八一年編印的《文藝理論教材史料彙編》認為：「五四」以來出版的所有文學概論的書中，有二十餘種影響最大，《文學論教程》是其中之一。一九八四年，復旦大學編輯《中國現代文論選》選入了該書的「典型論」一章。

在沒有收入集子的論文裏，值得提出的是〈抗日的現實主義與革命的浪漫主義〉一篇。該文發表在一九四〇年六月《文學月報》第二卷第一、二期合刊。這篇文章，以馬列主義文藝觀做指標，辯證地論述了抗戰文藝應以抗日的現實主義和革命的浪漫主義為創作方法的正確主張，對巴人《兩個口號》中的有關偏頗論點進行了批評，對抗戰文藝如何發展提出了頗為重要的意見。

2. 文學評論集《抗戰文藝評論集》、《詩歌與人民》及其他評論

《抗戰文藝評論集》，一九三九年民革出版社初版，收林煥乎一九三七至一九三九年所寫的評論文章十餘篇。這些文章較系統地論述了抗戰文藝運動和創作的基本問題，如「世界觀與創作方法」、「創作技術問題」、「抗戰文藝的批評基準」、「形式問題」、「組織問題」、「作家的基礎條件問題」、「新文學與舊形式問題」、「文藝通訊員運

動」、「街頭劇的創作和演出方法」、「抗戰文藝與心理描寫」、「抗戰詩的諸問題」、「劇本的單調問題」，等等。這些文章，對抗戰文藝運動的發展，提出了及時而中肯的意見，對創作中的缺陷和不良傾向，提出了自己的批評。該書是林煥平第一本評論文章結集。

《詩歌與人民》，詩歌評論集。該評論集是林煥平於一九四四年在桂林所編定的，序文〈序《詩歌與人民》〉發表於《收穫》一九四四年新四十五號。一九四四年夏，日軍南侵，進犯湘桂及粵北，出版之事由此而擱置，該評論集終未出成。

這裏還得談談抗戰時期林煥平評論活動的一個特殊方面，這就是他連續數年所寫的一大批關於戰時日本文壇動態的評論和報導文章。這些文章有：〈日本文壇的暗明面〉、〈明治的作家從軍與昭和的作家從軍〉（以上一九三八年）、〈日本文學的末運〉、〈最近日本文壇的新傾向〉、〈論一九三八年的日本文學界〉（以上一九三九年）、〈日本文壇雜筆〉（一九四〇年）、〈日本文壇的「新體制運動」〉、〈戰時日本的文化動態（之一至之六）〉（以上一九四一年）等等，有數十篇之多，極富參考價值。

3. 詩集《新的太陽》，通訊報告集《西北遠征記》

《新的太陽》，詩集，廣州新文藝小叢書之一種，一九三七年底在廣州出版，收入林煥抗戰初期在廣州所寫的一批為抗戰吶喊的救亡詩歌。林煥平曾說：「《新的太陽》，歌頌共產黨為新的太陽，照耀著全民抗戰的道路。」（《林煥平作品選・作者說明》）茅盾一九三八年一月經廣州到長沙時，曾在廣州讀到《新的太陽》及雷石榆、蒲風、黃寧嬰、青鳥、溫流等人的詩集，寫下詩評〈這時代的詩歌〉（載《救亡日報》一九三八年一月二十六日）。茅盾在這篇詩評中談到：這些「歌頌大時代的詩歌」，「已有幾個特點應當大書特書。第一是步步接近大眾化。……第二是並不注意於技巧而技巧自在其中。……最後第三，是抒情與敘事熔冶為一，不復能分」。一九三八年後，林煥平轉入主要從事文藝理論研究和文學批評，就較少寫作詩歌了。

《西北遠征記》，通訊報告集，是林煥平由香港至陝西往返中所寫的通訊報告文章的結集，一九四〇年出版，生活書店總經售；書中收文章十七篇，均為作者沿途的所見所聞，如〈在空襲下——西安通訊〉、〈渝蓉道上〉、〈從西安到前線〉、〈閻司令長官西川訪問記〉、〈從成都到西安〉、〈五・四重慶被炸記〉、〈化裝小販進太原〉、〈河內漫遊記〉等。這些文章，當時曾先後在《救亡日報》、《星島日報》等報刊發表。

4. 譯作五部

《藝術科學的根本問題》，論著，一九三八年新民圖書雜誌公司出版，這是林煥平根據日本甘粕石介的《藝術學新論》編譯的。

《藝術學》，論著，原著者：[日]高中陽造；一九三九年林煥平在廣東國民大學香港分校任教時譯作教材，廣東國民大學作為「大學叢書」之一種出版。

《社會主義現實主義論》，論著，原著者：[日]森山啟；一九四〇年林煥平譯於香港，同年上海海燕書店出版。

《揚子江之秋》，散文集，民革出版社一九三九年初版；林煥平一九三九年譯於香港，為日本作家散文作品集。

《紅襪子》，短篇小說集，桂林科學書店一九四三年初版；林煥平一九四三年譯於桂林，為俄國短篇小說佳作選集。

（三）文學理論和批評的實踐及成果

林煥平抗戰時期的文學活動及成就，主要在文學理論研究和文學批評方面。他這一方面的文學實踐及成果，體現了以下幾個鮮明的特徵：

1. 大力評介、宣傳馬列主義文藝思想和革命的進步的文學理論，為抗戰文藝運動提供科學的思想武器

抗戰爆發前夕，林煥平由日本返回祖國，在上海所寫的第一篇文章就是介紹卓越的無產階級作家高爾基的長文〈高爾基的生涯、藝術和文學觀〉。一九三八年後，他又將《藝術論》、《社會主義現實主義論》等國外的馬克思主義文藝理論著作翻譯介紹到中國。他翻譯的〈馬克思主義的文藝觀〉一文，系統介紹了馬列主義文藝思想，在臧克家等人創辦於河南葉縣的《大地文叢》刊出後，刊物遭到當局的查禁。林煥平在寫作自己的論著、論文中，也是以馬列主義文藝思想為指導，並大量引用馬、恩對文藝的論述來闡明文學的基本原理。〈活的文學〉、〈文學論教程〉、〈文藝的欣賞〉論及到文學的本質、文學與社會生活、文學創作、文學欣賞、文學批評等文學的基本原理的各個方面，以馬克思文藝思想為指導，對這些方面做出了民族化、通俗化的科學論述。

2. 及時報導戰時文化動態，注重情報的蒐集、分析與歷史經驗的總結、研究

這體現在兩個方面：一為對戰時日本文化動態的報導，二為對中國抗戰文藝實踐的總結述評。前一方面，我們在上面已經提及；後一方面，表現在林煥平連續數年寫下關於中國抗戰文藝發展的年度報告文章或雜感文章。如〈香港文藝界近況〉（一九三九年）、〈一年來的理論活動〉（一九四一年）、〈五年來之文藝界動態〉、〈歲末話文壇〉（以上一九四二年）、〈歲末雜筆〉（一九四三年）、〈一年來的文藝界〉（一九四四年）。

3. 敏銳、犀利、迅捷的批評精神和批評風俗，對抗戰文藝的發展，提出了及時有益的建議

一九三八年四月，張天翼的短篇小說《華威先生》在《文藝陣地》創刊號上刊出，林煥平敏銳地感覺到這篇小說的獨特價值，迅捷地做出反應，肯定了《華威先生》的重大意義。林煥平對艾青與戴望舒合編的詩刊《頂點》的及時推

薦、評述（見一九三九年八月二十七日香港《大公報・書報簡評》文），對巴人關於抗日的現實主義和革命的浪漫主義論述上的偏頗意見，對呂亮耕「詩與自然」問題上的錯誤觀點，對朱光潛《文藝心理學》一書中的問題所進行的及時的批評，均體現了這一批評精神與批評風格。他的種種批評意見和理論主張，對我國文藝理論的建設是有益的。

八、抗戰時期桂籍作家的文學活動與貢獻

一九三七年七月七日，日軍全面入侵中國，一時間，鐵蹄橫行，山河破碎。在古都北平陷落、首都南京陷落、文化中心上海陷落（僅剩英、法租界的一點小小「孤島」）、華中和華南重鎮廣州、武漢也相繼陷落的形勢下，以風景甲天下聞名的南方小城桂林，卻出現了文化繁盛的景觀。當時先後在桂林抗戰文化城活動的作家藝術家和學者有一千多人，著名作家藝術家有：郭沫若、茅盾、巴金、夏衍、柳亞子、徐悲鴻、田漢、艾青、胡愈之、胡風、賀綠汀、范長江、端木蕻良、歐陽予倩、王魯彥、艾蕪、周立波、楊朔、秦牧等。他們大都是因中國北部和東部國土的淪陷隨著流亡的隊伍南下或西撤來到桂林的，在這裏留下了光輝的抗戰文化業績。而廣西的一批本土作家，此時也隨著抗戰的洪流崛起，為桂林抗戰文化城的建設做出了貢獻。

（一）桂籍作家活動概況

抗戰時期活躍在桂林文化城的桂籍作家有十多人，主要人物是：從事詩歌創作（含舊體詩）的陽太陽、陳中宣、嚴傑人、梁宗岱、柳嘉、朱蔭龍、李文釗，從事散文創作（含雜文）的秦似、鳳子、曾敏之、陳閑，小說、詩歌創作兼

為的作家有胡明樹、陳邇冬，從事理論寫作的周鋼鳴。著名學者馬君武、梁漱溟等也有文學創作作品面世。

梁漱溟：桂林人，出生於北京。一九四二年六月到桂林。在桂期間，寫作長篇傳記文學作品《我的自學小史》，發表於桂林《自學》雜誌。著作有《中國民族自救運動之最後覺悟》、《鄉村建設理論》、《中國文化要義》等，主編《民憲》[東南版]。一九四四年秋離桂。

莫寶堅：原名寶煙，廣西岑溪縣人。一九三七年九月任第五路軍總司令部政訓處編譯科科長，主編《全面戰》雜誌。一九三八年十月後任《廣西日報》總編輯，參與文協桂林分會文學寫作研究班講課等活動。寫有〈談波華荔夫人〉等文章在《文藝生活》等報刊發表。一九四二年後任廣西大學教授。一九四四年秋湘桂大撤退時逃難返回家鄉。

曾敏之：廣西羅城人。一九三九年到桂林，在桂林廣西建設幹部學校當教員，後從事新聞和文學創作工作。在桂期間，創作小說《鹽城》、散文〈蘆笙會〉、〈樓居〉、〈燒魚的故事〉等作品在《文藝生活》、《文藝陣地》、《大公報》副刊《文藝》等報刊發表。一九四四年秋桂林淪陷前夕離桂。

鳳　子：女，原名封季壬，曾用筆名封禾子、禾子。廣西容縣人，抗戰爆發後到桂林，加入國防藝術社，從事戲劇活動與散文創作。主演過《曙光》、《前夜》、《天國春秋》等劇。為《戰時藝術》等撰寫一批關於舞臺藝術的文章，並在《大公報》[桂林版]、《廣西日報》、《人世間》等報刊發表〈上灘〉、〈昆明印象〉、〈霧夜圖〉、〈歸鄉〉等散文、小說。後曾離桂赴渝、港，一九四二年再次來桂，主編《人世間》雜誌。一九四三年離桂。

陽太陽：桂林人。抗戰前到日本留學，一九三七年七月回國，同年八月回桂林參加抗日文化活動，任國防藝術社繪畫組長，桂林戰時文藝聯誼會理事，文協桂林分會籌備委員。在桂期間，與胡危舟等主編《詩創作》，寫作〈火〉、〈消滅納粹黨人〉、〈三月的水田〉、〈早春〉等詩作，並從事抗戰美術活動與創作。一九四四年秋離桂。

陳中宣：桂林人。一九三八年到桂林。在桂林參加國防藝術社工作。以「鍾喧」筆名寫作〈我暫時待著，待著〉等詩在《拾葉》、《救亡日報》等報刊發表。離桂時間不詳。

陳　閑：本名馮培瀾。一九三八年到桂林。在桂期間，參加文協桂林分會，任理事、候補理事；寫作發表了〈我們要打殺汪狗群〉、〈希特拉將被洪流淹死〉、〈寫在元旦後二日〉等文章在《救亡日報》等報刊發表。離桂時間不詳。

陳邇冬：桂林人。抗戰期間一直在桂林從事抗日文化活動，曾任廣西「國防藝術社」宣傳部副主任、文協桂林分會理事，主編《戰時藝術》半月刊、《拾葉》詩刊及《大千》雜誌，曾任《桂林日報》、桂林《力報》、重慶《新民報》副刊編輯，出版詩集《最後的失敗》、劇本《戰臺灣》、敘事詩《黑旗》、小說《九紋龍》等。一九四四年六月離桂。

周鋼鳴：廣西羅城人。一九三八年十一月到桂林，先後任《救亡日報》記者兼採訪主任、廣西地方建設幹部學校指導員及中共地下黨外省支部書記、文協桂林分會理事、《人世間》雜誌主編。在桂期間，寫作大量文藝評論文章，著有理論著作《論文藝創作》。一九四四年六月離桂。

胡明樹：廣西桂平人。一九三八年到桂林，加入文協桂林分會。在桂期間，編輯《詩》月刊，多次參加文學專題詩論會，舉辦文藝講座，寫作詩歌〈朝鮮婦〉、〈難民船〉、〈良心的存在〉，出版短篇小說集《甘薯皮》，詩集《若干人集》等。一九四四年六月離桂。

秦　似：廣西博白人。一九三九年開始給《救亡日報》寫稿，後由桂南來桂林，任文協桂林分會理事，與夏衍、聶紺弩等合編《野草》月刊，與莊壽慈等合編《文學譯報》。在桂期間，寫作發表了大量的雜文和翻譯作品。後輯成雜文集《感覺的音響》、《時戀集》出版；並翻譯出版了美國小說《人鼠之間》（與莊壽慈合譯）等。一九四四年秋離桂轉入桂南進行敵後鬥爭。

朱蔭龍：字琴可，筆名任隆。桂林人，明朝靖江王後裔。抗戰期間，歷任桂林中學、南寧高中、桂林師範學校教師，廣西大學講師，廣西省志編審委員會秘書，廣西鄉賢遺著編輯委員會委員、編審主任，主要從事舊體詩寫作和南明史研究。

李文釗：字文瑞，別名劍虹，又名血淚，筆名有啼鵑、傑倫、西嶺、金刀等。廣西臨桂縣人。一九三七年任五路軍總政訓處政治部上校秘書，後任國防藝術社社長、副社長。一九四〇年調任政治部設計委員、五路軍總部參議等職，一九四三年任四戰區榮譽軍人管理處少將副處長。自一九三七年至一九四四年，李文釗積極投身桂林抗戰文化運動，與來桂著名文化人田漢、歐陽予倩、熊佛西等均有密切往來，參與策畫組織眾多大型文化活動。

嚴傑人：原名嚴愛邦，筆名特克、什究、棄市等。廣西賓陽縣人。一九三九年秋到桂林高中讀書，年底考取桂林《廣西日報》外勤記者。一九四〇年春加人中華全國文藝界抗敵協會桂林分會，發表詩作多首。一九四一年秋到南寧任教並任《曙光報》副刊編輯。一九四三年秋返回桂林仍任《廣西日報》記者。一九四四年秋桂林疏散，嚴傑人去了重慶。

（二）桂籍作家的主要貢獻

1. 辦起多個期刊報紙，為抗戰文化發展提供思想文化陣地

桂籍作家在自己的家鄉辦刊辦報，有天時、地利、人和的優勢，因而當時由桂籍作家和文化人辦的報刊不少。陽

太陽、李文釗辦《詩創作》（與胡危舟、陳邇冬。陳只參加了第一期工作），秦似辦《野草》（與夏衍等）和《文學譯報》（與莊壽慈等），鳳子與周鋼鳴辦《人世間》，胡明樹辦《詩》月刊（與周為等），陳邇冬辦《戰時藝術》、《拾葉》、《大千》，莫寶堅擔任《廣西日報》總編輯，扶植了幾個重要的文藝副刊。《野草》，前面已有論述，此處從略。這裏介紹當時作用和影響較大的《詩創作》、《廣西日報》。

（1）《詩創作》

一九四一年六月十五日創刊於桂林，編輯人為胡危舟、陽太陽、陳邇冬（第二期起只胡、陽二人），社長李文釗。從創刊到一九四四年三月，共出版了十九期。

《詩創作》從創刊起就是全國重要的詩刊之一。首先，它的創刊和出版，為抗日文藝運動開闢了新的陣地。一九八一年三月二十九日筆者訪問陽太陽時，他回憶說：「一九四一年春，我在桂林美專教美術，同時參加了桂林文協，常寫詩向《救亡日報》等報刊投稿。在文協裏認識了當時在那裏工作的胡危舟。他原是廣州詩歌會的。我們常在一起談論詩歌界的狀態，討論作品，有感於當時詩歌園地奇缺的狀況，我們漸漸有了辦個詩刊的願望。因為當時重慶純詩刊一個還沒有，《中國詩壇》在桂林復刊了三期後又停刊了，《詩》也停刊了。當時是『皖南事變』後桂林文化城的低潮期，桂林的許多報刊被停刊了。我們有了辦刊的願望，就去找了李文釗，請他做社長。……我們一起討論了具體的事宜和分工，就辦了起來。」[72]

其次，《詩創作》出版以後，容量大、內容充實、出版正常，獲得較多的詩人、作家的支持和來稿，從而成為西南大後方分量厚重的詩刊。幾乎全國各地的詩人都有詩稿在該刊發表，主要有：艾青、黃寧嬰、賀敬之、臧克家、彭燕

[72] 李建平，〈「桂林文化城」期刊簡介（下）〉，《廣西大學學報》一九八一年第二期。

郊、何其芳、田間、公木、徐遲、陳邇冬、周鋼鳴、SM（阿壟）、胡明樹、鄒荻帆、袁水拍、伍禾、鄒綠芷、力揚、黃藥眠、穆木天、韓北屏等。郭沫若控訴日本飛機轟炸重慶，造成幾萬人死亡的重慶大隧道坍塌事件的詩作〈罪惡的金字塔〉發表於該刊第三、四期合刊，影響極大。茅盾也寫有詩論〈詩論管窺〉（第十五期）在該刊發表。

第三，《詩創作》辦得很有特色。它的內容分創作、理論、翻譯三大部分。它很注意集中版面，出版專輯。如第七期出翻譯專號，第十一期出長詩專號，第十五期出詩論專號。一九四四年三月，《詩創作》出了第十九期後停刊。

（2）《廣西日報》

政府官報之一。抗戰時期，任《廣西日報》社長的多是新桂系首腦的親信人物，任總編輯的則多是進步文化人。一九三八年十月到一九四一年底莫寶堅任《廣西日報》總編輯兼主筆期間，宣傳抗日救國，組織進步文化人寫稿，報社總主筆是俞仲華，採訪部主任是劉火子、陳子濤、艾青、陳蘆荻、馬國亮、樓棲、韓北屏、胡明樹等任編輯、記者，構成了一個實力強大、思想進步的編輯部班子。

由艾青主編的副刊《南方》成為影響極大的文藝副刊。郭沫若、巴金、邵荃麟、夏衍、田漢、周立波、艾青、艾蕪、周鋼鳴、林林、司馬文森、端木蕻良、舒群、歐陽予倩、焦菊隱、王魯彥、林煥平、黃新波、劉建庵等一批進步作家、藝術家和畫家，經常為《南方》副刊撰稿。艾青主編了《南方》八十期，巴金的長篇小說《火》第三部和王魯彥的長篇小說《春草》，皆首次在該報副刊上發表。《南方》還重視發表理論文章，如力揚的〈抗戰以來的詩歌〉，周鋼鳴的〈文藝工作者當前的任務〉，艾蕪的〈關於民族形式的雜記〉和陶行知講、毛孟英記的〈歸國報告記〉等，都是當時的重要文章。

一九四〇年十二月一日《廣西日報》又為文協桂林分會在該報副刊上創辦了《文協》旬刊。艾青離開桂林後，陳蘆荻接辦《廣西日報》副刊，更名《灕水》，同樣發表了許多重要文藝家的作品。《廣西日報》為桂林文化城的建設做出了較大貢獻。

2. 為中國文壇貢獻出重要作家和時代氣息濃郁、地方特色鮮明的優秀作品

（1）雜文大家秦似

原名王輯和，一九一六年出生於廣西博白縣。一九三七年考入廣西大學理光工學院化學系就讀。一九三九年，他讀完《魯迅全集》，開始學寫雜文。一九四〇年開始向桂林的《救亡日報》投稿。二月二十一日，《救亡日報》發表了他首次以「似」筆名寫的〈作家二例〉。夏衍很欣賞他的文章，在《救亡日報》刊登啟示，秦似見到後，即來桂林，從此留居桂林從事抗日文化運動。他與夏衍等人合辦雜文刊物《野草》，並在後來擔任該刊主編，開始大量寫作雜文。一九四一年，結集出版了他的第一本雜文集《感覺的音響》，很快就躋身於現代雜文作家之列，一九四三年又出版了第二本雜文集《時戀集》，成為當時雜文界一顆引人注目的新星和當時頗具影響的「野草」派雜文家的重要一員。

《感覺的音響》和《時戀集》共收雜文六十五篇（連〈後記〉），是秦似抗戰時期雜文創作的代表作。秦似雜文視野開闊、內容廣泛，所議問題，涉及戰爭年代社會和政治生活的方方面面，其中，既有揭露國際法西斯分子的血腥罪行，批判綏靖路線的國際時評，如〈國際隨筆〉、〈關於國際青年反法西斯蒂〉、〈不能緘默〉、〈哀納粹魂〉；也有讚美社會主義國家蘇聯，歡呼國際反法西斯陣營的偉大勝利的喜悅文字，如〈惡魔與「瘋狗」〉、〈戰神的歡笑〉、〈談蝗〉；有暴露國統區黑暗政治狀況，聲討妥協投降思想的戰鬥檄文，如〈急事閒談〉、〈清淡與漫話〉、〈掉一個方向試試看〉，也有表達中國人民愛國抗戰決心的鏗鏘聲音，如〈《野草》月刊發刊語〉、〈《野草》兩年小誌》、〈懷念〉，等等。這些作品，所議問題和所談角度雖然不同，但大都具有「時代紀錄」的特徵，溢出強烈的時代戰鬥精神。〈《野草》月刊發刊語〉是作者寫於抗戰時期的最富於時代精神的作品。文章既是對《野草》宗旨的闡述，亦可看作他對自己雜文寫作目的表述。秦似用手中之筆，為那一時代的芸芸眾生，劃出了一道「『人』與『獸的』的分界」，

並將筆鋒化為鋒鏑，投向國際國內的種種獸臉，衛護著那些畸形的受難者們一步一步走向光明。秦似雜文對時代本質的把握，使其作品充盈著強烈的戰鬥精神，並成為那一時代的鬥爭中的「感應的神經，攻守的手足」。

秦似的雜文，具有鮮明的形象特徵和形式多樣、自由活潑的特點。他的作品，有政論式的，有散文詩式的，有寓言式的，有筆記式的，多種多樣，不拘一格。在語言上，顯得清新、自然、樸實、簡約。就藝術風格而言，秦似的雜文比較接近於夏衍，極富歷史價值和藝術價值。秦似成為中國現代雜文史的重要一家。

（2）詩界天才嚴傑人

原名嚴愛邦，筆名特克、什究、棄市等。廣西賓陽縣人。一九三九年秋到桂林高中讀書；年底考取桂林《廣西日報》外勤記者。一九四〇年春加人中華全國文藝界抗敵協會桂林分會。一九四四年秋桂林疏散，嚴傑人去了重慶。一九四六年，他北上到山東，七月十九日病逝於煙臺，年僅二十四歲。日本進步傳媒發表了題為〈中國神童逝世！〉的報導[73]。

年輕的嚴傑人，抗戰時期創作的詩文大都在桂林發表或出版。桂林時期，是嚴傑人的成才期、豐收期。據統計，他發表的詩作約五十首，出版了《今之普羅米修士》和《伊甸園外》兩個詩集。前者為《今日文藝叢書》之一，一九四一年十一月由今日文藝社在桂林出版，內收〈南國的邊緣〉、〈紅水河〉、〈夜桂林〉等十四首詩作。後者為《詩創作叢書》第一輯之九，一九四二年十二月由詩創作社出版，內收〈母牛的死〉、〈山民〉等六首詩作。也是在這一兩年裏，嚴傑人還寫作出版了散文詩集《南方》（遠東書局，一九四二年九月出版），和中篇小說單行本《小鷹》（長江書局，一九四三年九月出版）。一個剛二十歲的青年，有如此多的作品出版，實在是個天才。

---

[73] 轉引自黃澤佩〈彗星早隕，壯歌永存——論嚴傑人和他的詩〉，《桂林抗戰文化研究文集（五）》（桂林：廣西師範大學出版社，一九九七年），頁二二七。

作為《廣西日報》的外勤記者，嚴傑人將戰地的風火帶到了詩中。他深入桂南崑崙關戰場採訪，寫下了〈將軍〉、〈指揮所裏的參謀長〉、〈夜襲〉、〈播音部隊〉等詩作。他的這批戰火中誕生的詩作，給桂林詩壇帶來陽剛的氣質，立起抗戰詩的榜樣。

嚴傑人的詩，是思想性藝術性俱佳的詩。在那戰火紛飛的年代，他通過詩，傾訴民族的聲音，表達人民的意願，而不是只重個人情緒的宣洩。他十分注重藝術地表達這一切，善於從民歌和古典詩歌中吸取營養，使詩作朗朗上口，意韻悠揚，詩意盎然。他贈友人的詩〈祝福〉，極鮮明地體現了這一特色和他詩作的成就：「我們既已決心／用喉嚨去吞嚥一切的不幸／用胸膛去呼吸一切的災難／我們既已決心／用肩膀去擔負世間的痛苦／用肉體去代替人民承受／一切殘酷的刑罰／對於死又有什麼懼怕的呢／即使有一天面對面地站在死的面前／我們也還要昂著不垂的頭。」

嚴傑人以自己優異的詩作贏得了自己在詩壇的地位。一九四五年四月中華全國文藝界抗敵協會總會在重慶籌備換屆改選領導機構時，嚴傑人被推選為候選人。一九九〇年上海文藝出版社出版的一九三七至一九四九年《中國新文學大系》，選入嚴傑人在桂林創作的詩歌〈無題〉、〈鼠的畫像〉兩首和散文詩〈家〉、〈別離歌〉兩章。

（3）理論骨幹周鋼鳴

他在左聯時期就開始文藝創作和文藝評論工作，在三〇年代完成的《怎樣寫報告文學》是中國第一部關於報告文學文體研究的專著。進入抗戰時期以後，他成為國統區文藝界重要的理論家。周鋼鳴在桂林時，以極大的熱情關注著文藝運動的態勢，寫了不少文藝評論和文化動態文章，如〈秧歌——後方生產文藝通訊〉、《一年間》演出的評論、〈剷除汪逆影響〉（隨感）、〈加緊培育文藝幹部工作〉、〈桂林文協成立周年紀念〉、〈談音樂啟蒙運動的實踐意義〉（一九四年二月二十六日）、〈建立民主精神的繪畫〉、〈動魄驚心的文化戰〉、〈從成人教育想起〉、〈文藝工作者當前的任務〉等，發表在《救亡日報》、《廣西日報》等報刊。

代表周鋼鳴這一時期理論成就的是他的理論著作《文藝創作論》和一批結合文藝創作的實踐所撰寫的重要論文，如〈文藝批評的新任務〉、〈文學者的主動精神〉、〈論藝術的概括〉、〈寫作方法研究〉、〈現實主義的求真精神〉、〈搏鬥與追求〉、〈「愛人類」與「人類愛」〉、〈關於歷史劇的創作問題〉、〈夏衍劇作論〉、〈向人類生存的道路前進——郭沫若先生二十五年創作生活〉、〈論《清明前後》〉、〈論新演劇藝術中的幾個問題〉、〈對木刻的希望〉等，發表在《文藝新哨》、《文藝生活》、《藝叢》、《戲劇春秋》、《木藝》、《文學創作》等刊物，影響十分廣泛。

《文藝創作論》（桂林遠東書局，一九四四年一月初版）內容分為三輯：第一輯《寫作方法研究》，是為文藝習作者所寫的創作輔導文章；四篇文章，分別敘及了文學創作須從短小簡易的雜感散文寫起、文學創作者必須熟悉生活、文學創作的中心內容是寫人、文學作品中主題的確立與表現等問題。第二輯《論文學集體創作》為三〇年代左聯時期所寫，三篇文章，〈展開集體創作運動〉正面闡述運動的意義與方法，其餘兩篇是論辯文章。第三輯《論詩歌創作》中〈論詩和詩人〉、〈詩人〉、〈詩，生活底花〉三篇，論述詩的本質、詩人的責任、詩人與人民的關係、詩與生活的關係等問題；其餘兩篇文章，評論詩歌創作的問題與偏向。文章結合創作實踐深入淺出的闡述有關理論，既通俗易懂，又有一定深度。戰鬥精神和時代要求的貫注，使其理論具有豐富性、先進性的特質。

周鋼鳴的理論主張是現實主義的批評論和創作論，他認為，文學創作應以概括的方法，塑造典型環境的典型性格，反映生活的真實本質。他的這一理論主張，與抗戰實踐緊密結合，強調了文藝的戰鬥功能，在當時很有影響。周鋼鳴還認為，要有正確的世界觀，才能駕馭現實主義，才能塑造出時代所需要的典型性格，發揮出文藝的戰鬥作用。

周鋼鳴還認為，現實主義應當隨著時代的發展而發展。在抗戰的中國，現實主義必然帶有新的特質。周鋼鳴他把自己提倡的現實主義冠名為「新現實主義」，有時又稱為「戰鬥的現實主義」、「抗戰的現實主義」，等等。

周鋼鳴以深刻的理論思想和豐厚的成果，成為抗戰時期進步文藝界有著廣泛影響的重要的理論家之一。他為抗日文藝運動的發展，為中國新文藝的理論建設，做出了自己的貢獻。

（4）美文新秀鳳子

在八年抗戰那艱苦漫長的歲月裏，作家們在寫作宣洩戰鬥情愫，表露追光逐火心願的作品的同時，也寫下一批以真情美文為主要特色的抒情小品，鳳子是在這方面有突出成績的女作家。她抗戰時期的作品，曾輯成《八年》一書，一九四五年由上海萬葉書局出版，內中收散文二十六篇。

鳳子的散文，大都記述個人的生活經歷和感觸，從中可感受到戰爭年代的不安氣氛，窺見某些動亂景象。她的散文中較出色的部分，是那些在狀物繪景中體現出較高藝術價值的作品。讀鳳子的作品，可以體味到，她具有一定的美術素養，並對美術有著某種偏愛以至崇拜，她甚至常常是被美術創作的法則操縱著去寫作。因而作品中每每出現動人的圖像與豔麗的色彩。你看她筆下的灘江：「在鬥雞山的右環，有一條帶似的叉河，河水很清洌。河旁石上有三五健壯的女子在洗衣服。水鴨來往游泳著，輕濺起點點水花，傲示出一種與世無爭的態度，那麼瀟脫！」（〈山城〉）還有那山間公路：「這應是一幅畫，綿亙無限的山峰，前路時被雲霧封鎖，時令是冬季，而山坳裏的梯田卻插滿了苗蕙。在山嶺上前後矚望，公路似是一條爬行的蛇，又似乎是神話中仙女們舞動時的裙帶。」（〈在重慶〉）

鳳子善於製造畫境的本領，幾乎到了出神入化的境界，〈船〉一篇，起首一句，即給我們勾畫出一幅蒼茫遼闊的美景：「我愛船。尤其愛豎著桅杆張著帆，偶然一現在江河或大海裏的船。」而當她作品裏的圖像與色彩附著上了摯愛與真情時，整個作品，似乎就充盈著一種生命的靈光了。當筆者讀她的〈上灘〉時，就產生了這樣一種藝術享受上的震顫。文章起首寫道：「江水朝夕地流著，流著。東風吹來蘊蓄在原野裏新生的氣息，夾在兩岸叢竹中的桐花已經盛開了，鷓鴣在深谷裏啼著，又是一度新的曲子。」文詞優美，意境深邃，在抗戰時期的散文小品中，顯露出別具一格的魅力，可視為抗戰時期美文的經典。

3. 整理民族優秀文化遺產，為地方文化建設做出貢獻

戰爭年代，許多民族優秀文化遺產在敵機轟炸和戰亂中遭受毀滅和破壞。朱蔭龍是明朝靖江王後裔，文史專家，早早就致力於古文字學和廣西歷史文化的研究。抗戰時期，大批文化人聚集桂林，朱蔭龍與柳亞子、田漢、尹瘦石等頗多交往，對民族優秀文化遺產的整理就更為頻繁地開展了起來。他為廣西地方文化建設所作的工作和貢獻主要是：

（1）朱蔭龍與柳亞子一道從事南明史研究

柳亞子是對南明史頗有研究的專家，一九四二年六月他到桂林後，先後寫了〈羿樓舊藏南明史料書目提要〉和〈還憶劫灰中的南明史料〉、〈續憶劫灰中的南明史料〉在桂林刊物發表。朱蔭龍與柳亞子結識後，一下子成了知音，兩人過從甚密，為南明史的研究經常交換意見。一九四三年元月，兩人曾草擬了〈南明史編纂意見書〉，開列了撰寫《南明史》的詳細擬目，提出研究計畫。一九四四年，朱蔭龍又與柳亞子、宋雲彬等發起成立「南明史料纂徵社」，計畫在桂林著手編撰《南明紀年》、《南明紀事本末》及《南明史》三書。可惜由於戰局的影響，桂林大疏散，柳、朱雖然積累了不少資料，寫出了一些文章，但這個南明史的編撰計畫最終未能實現。

（2）朱蔭龍整理臨桂詞派遺著，編輯臨桂三家詞

廣西臨桂人王鵬運（一八四九——一九〇四年），字幼霞，號半塘，晚年又號鶩翁，與比他稍後的著名詞人況周頤同被譽為「臨桂詞派」，在「清末四大家」中占了半數席位，在中國文學史上占有重要地位。朱蔭龍熱心整理臨桂詞派的著作，一九四一年秋，編輯整理出臨桂三家詞，即「臨桂王鵬運、況周頤，鄧鴻荃三家詞」。朱蔭龍所輯的這臨桂三家詞，是對桂林歷史文化的一大貢獻。

（3）朱蔭龍研究和整理桂林地方歷史文化

這方面的成果有：論文〈陳榕門先生評傳〉，選輯《五種遺規輯要》（陳宏謀著，文化供應社一九四二年出版）。對明靖江王的研究成果有：〈靖江王考〉、〈石濤新考〉、〈石濤的偉大〉和《石濤年譜》（稿）等。主編半塘先生年譜，由於「大劫之後，文獻殘零」，未能完稿，現僅見他在一九四七年所寫的〈王半塘世德記〉。

（4）朱蔭龍為戰時的桂林留下史詩性詩篇

日軍的入侵給中國人民帶來的深重災難，使朱蔭龍感慨良多，寫下不少反映那個年代的詩篇。現今能見到的有《且止吟》、《甘寂寞室詞稿》、《甘寂寞室集外詩》、《鵙屋吟稿》、《甲申秋詞》等共二百餘首。其中〈續獨秀峰題壁三十首和原韻〉，把桂林淪陷前後社會動亂和百姓的痛苦寫得淋漓盡致，堪稱戰時桂林的史詩。

二十世紀上半葉桂林抗戰文化城的形成，得力於天時、地利、人和的匯聚。東部沿海國土大部淪陷，抗戰形勢發展的客觀需要是天時；桂林地理位置的特殊、國共合作的抗日民族統一戰線創造出良好的政治環境是地利；抗日民族統一戰線創造的人文氛圍是人和。值得強調的是，桂籍作家作為活躍在期間的重要作家群，做出了極為重要的貢獻。我們當繼承前輩的業績和光榮傳統，創造出與時俱進的當代中國的先進文化。

第四章　藝術家研究

一、田漢在桂林的戲劇活動及貢獻

抗日戰爭時期，田漢在桂林度過了近四年時間。在這段時間裏，他以高度的熱情與責任感，組織和領導開展了多項戲劇活動，推動了國統區抗日進步戲劇運動的開展，為抗戰文藝運動和現代戲劇運動，做出了傑出的貢獻。田漢在桂林的活動，是他革命和藝術生涯中一個重要階段。認真總結田漢在這一時期的活動及其成就，對促進今天戲劇事業的繁榮，對促進抗戰文藝研究和現代戲劇運動的研究，無疑是有意義的。

（一）推動國統區抗日戲劇運動的開展

一九三八年十月武漢失守，抗戰進入第二階段後，田漢曾三次來到桂林：

一九三九年四月，他率平劇宣傳隊由長沙來桂林進行宣傳演出，同年九月二十日返湘。

一九四〇年春，田漢與南方四個演劇隊的隊長相聚於桂林，同夏衍一道，商量主辦大型戲劇刊物——《戲劇春秋》，同年六月，奉中共南方局命令赴重慶參加文化工作委員會工作而離桂，「皖南事變」後，他在周恩來的安排下疏散到了衡山。

一九四一年八月，新中國劇社在桂林籌建，他應杜宣之邀來到桂林。此次來桂居住時間最久，自八月二十三日到桂至一九四四年九月湘桂大撤退時止，田漢在桂林居住了整整三年。

為推動國統區抗日戲劇運動的開展，田漢在桂林做了大量的組織工作、宣傳工作、統戰工作和社會文化工作，其中重要的有：

1. 編輯刊物，辦《戲劇春秋》

《戲劇春秋》創刊於一九四〇年十一月。當時，國統區內只有重慶的《戲劇崗位》和成都的《戲劇戰線》等少數幾個戲劇刊物。在國民黨加緊實施對進步文藝的迫害，戲劇運動開展日漸困難的情況下，由田漢主編，歐陽予倩、夏衍、杜宣、許之喬（第二卷第二期起又增洪深）等人編輯的《戲劇春秋》一問世，立即在國統區文藝界產生極大反響。除任編輯的幾位劇作家外，熊佛西、宋之的、瞿白音、焦菊隱等著名戲劇家、劇作家都常給刊物寫稿，郭沫若、茅盾也都在《戲劇春秋》上發表了劇作和文章，使刊物一時形成蔚為大觀的景象，成為當時反映和推動國統區戲劇運動的主要刊物。

2. 關懷和支持新中國劇社的建立和成長

為抵制對抗日文藝隊伍的政治迫害，保護和發展國統區抗日演劇力量，中共南方局指示以西南幾個演劇隊隊員為骨幹在桂林建立以民間職業劇團面目出現的新中國劇社。新中國劇社由瞿白音、杜宣領導，田漢也做了許多重要工作，在其間發揮了相當大的作用。在劇社籌建之初，杜宣前往衡山與田漢聯繫，當田漢瞭解到新中國劇社創建的情況和需要他給予支援時，他即同老母幼女一道遷居桂林。從此，他把極大的心血傾注在新中國劇社上，維護和關心著劇社的成長。

田漢到桂林後，立即投入到劇社的首次演出的準備工作中，擔任了《大地回春》的總導演。接著，他又在極短的時間裏完成了他的「急就章」《秋聲賦》，作為獻給新中國劇社第二次公演的劇目。一九四二年春，田漢又與夏衍、洪深合作了《再會吧，香港！》，在上演過程中，率領新中國劇社與當局進行了針鋒相對的鬥爭。在田漢的大力支持和關心下，新中國劇社在白手起家，困難重重的條件下終於打開了局面，站穩了腳跟，逐漸獲得了出色的演劇效果和眾多觀眾，在抗戰後期的國統區劇壇上，逐漸成為一支重要的演劇力量。

3. 籌辦西南劇展

一九四四年二月至五月在桂林舉辦的西南戲劇展覽會，是現代戲劇史上規模最大的一次盛會。田漢與歐陽予倩是劇展的主要籌備者和主持者。田漢曾擔任劇展會籌委會常務委員、戲劇工作者大會主席團成員、論文審查委員會主任委員，在會上做了〈劇運工作報告總結〉、〈當前的客觀形勢與戲劇工作者的新任務〉、〈抗戰殉難劇人生平〉等報告和專題演講。在抗戰進行到第七個年頭的艱苦年代裏，西南劇展這中國戲劇史上罕見的盛會奇蹟般地出現，充分顯示了田漢、歐陽予倩等人在開展抗戰劇運上的宏大戰略思想、高超的統戰策略和卓越的組織指揮才能。

4. 主持召開關於戲劇問題的座談會、討論會

其中重要的會議有：

（1）戲劇的民族形式問題討論會

為了深入進行民族形式問題的討論，《戲劇春秋》社在田漢的主持下，於一九四〇年六月至十一月，分別在重慶、桂林兩地召開了三次戲劇的民族形式問題討論會。田漢親赴重慶，主持了重慶討論會，並做了七萬餘字的發言紀錄，在《戲劇春秋》上發表。戲劇的民族形式問題的討論，是國統區民族形式問題討論的深入，田漢在其間起到了重要作用。

（2）新形勢與新文藝的座談

一九四二年二月十五日（大年初一），田漢邀請戲劇界友人到家中吃年飯，席間討論在太平洋戰爭爆發後，中國問題進一步國際化的新形勢下，戲劇應如何發展的問題。中心議題是：「我們戲劇工作者怎樣更有效的喚醒大眾？怎樣從太平洋戰爭激變中取得我們決定的勝利……」（田漢語）[1]田漢、歐陽予倩、夏衍、熊佛西、李文釗、洪深、蔡楚生等戲劇家參加了座談。

（3）歷史劇問題座談會

一九四二年七月十四日，田漢主持召開了關於歷史劇問題座談會。茅盾、歐陽予倩、柳亞子、胡風、于伶、安娥、蔡楚生、宋雲彬、周鋼鳴、端木蕻良、田漢參加了座談。會議對「皖南事變」後，歷史劇創作掀起了一個高潮的現象及作用進行了總結和評價，探討了如何進一步發展歷史劇等問題。這是抗戰劇運中很有特色的一次會議。

另外，田漢還在其他一些重要的文藝座談會上就戲劇問題發言，如在「一九四一年文藝運動的檢討」座談會

---

1 〈新形勢與新藝術〉，《文藝生活》第二卷第二期（一九四二年）。

（《文藝生活》雜誌社一九四一年十一月十九日召開）上就一九四〇、一九四一兩年裏的戲劇創作發言，評論了《北京人》、《霧重慶》、《秋收》、《忠王李秀成》、《愁城記》等一批作品，一九四一年十月一九日還在文協桂林分會召開的魯迅逝世五周年紀念會上就歷次魯迅紀念會和魯迅與戲劇的關係演講。這些發言和演講，是田漢在桂林的戲劇活動的一個組成部分。

（二）創作與評論

田漢在組織和領導劇運工作之餘，還寫了大量的劇作、劇評、劇論文章，現分述如下：

1. 話劇創作

田漢在桂林寫了《秋聲賦》、《黃金時代》、《再會吧，香港！》（與夏衍、洪深合作）、短劇《窮追一萬里》。

2. 戲曲創作

田漢在抗戰中花了大量精力在戲曲改革方面，戲曲劇本的改編和創作大大超過了話劇創作。在桂林，田漢寫了《新會緣橋》（湘劇）、《新兒女英雄傳》（京劇）、《金缽記》、（京劇）、《江漢漁歌》（京劇）、《武松》（京劇）、《武則天》（京劇）、《旅伴》（湘劇）、《怒吼吧，灕江》（活報京劇）。

3. 劇評、劇論及關於戲劇創作方面的文章

田漢不僅是一位天才的劇作家，還是一位傑出的戲劇理論家。在桂林，他寫了大量劇評、劇論，重要的文章有：

〈關於當前劇運的考察〉（《半月文萃》第二卷第三期）、〈展開有理論的戲劇運動〉（《新文學》第三期）、〈新歌劇問題〉（《藝叢》第一卷第二期）、〈《戲劇春秋》發刊詞〉、〈關於現實主義〉（《廣西日報》一九四一年十二月二日）、〈寶愛這空前的盛舉〉（《廣西日報》一九四四年二月十五日）、〈序〈愁城記〉〉（《野草》第四卷第一、二期合刊）、〈關於《秋聲賦》〉（《秋聲賦》，文人出版社，一九四四年一月）、〈戲劇中的幾個問題〉（《新華日報》一九四四年五月八日）等。此外，田漢還寫了大量與戲劇有關的散文、詩、工作報告、通訊、書信等，這裏不一一贅述。

應當指出，由於時代久遠，資料散失嚴重，以上統計，肯定難以概全，還有待我們的進一步蒐集、整理。儘管如此，從以上篇目可以看出，田漢在抗日戰爭那艱苦的歲月裏，所做工作之巨大、寫作精力之旺盛，實不愧為現代戲劇運動的一員主將。

4. 抗戰時期的劇作創作特點

綜觀這一時期田漢的劇作，可看出此時期他創作上的兩個特點：

（1）與現實鬥爭緊密結合的創作態度

在數量上，此時期的劇作雖不及抗戰前多，但他所寫的每一個作品都與時代息息相通，無條件地服從抗戰的需要，為抗日民族解放戰爭服務。這從抗戰前期號召全民抗戰的《江漢漁歌》，到「皖南事變」後所寫滌蕩瀰漫於文壇的秋意、堅定抗戰信念的《秋聲賦》，以及暴露抗戰中的消極傾向的《再會吧，香港！》，莫不如此。

此時期，田漢熱心戲曲創作，也是這一創作態度所致。他說：「改革歌劇始終是有意義的工作。以前有人發過端，我們為著抗戰的需要也做過一點推動組織的工作。甚至自己也學著寫過一些舊歌劇形式的作品，由兩三年間的經驗，深信這一運動如果能繼續擴大下去，可以收到非常偉大的宣傳效果，就在戲劇文化的提高上也必有良好的成就。」[2]正是由於田漢從現實鬥爭需要出發，為爭取最廣泛的人民群眾投入抗戰工作中，他對改革舊劇敢「冒著『大不韙』，毅然為之」[3]。

（2）現實主義的創作精神的進一步充實和加強

田漢早期的劇作是有較濃的浪漫主義色調的。一九三〇年前後，隨著世界觀的轉變，他作品中的現實主義成分逐漸增多，產生了《名優之死》這樣的現實主義成就較高的作品。綜合他抗戰前的全部劇作看，現實主義和浪漫主義還是交替出現，時有變化的。抗戰開始後，隨著民族戰爭號角的吹響以及他直接投身於抗日救亡宣傳工作的實際鬥爭，他作品中的現實主義精神愈加強烈，成為這一時期作品中的主導因素。

且不說反映現實鬥爭內容的《蘆溝橋》等話劇，即使是那具有濃郁傳奇色彩的京劇《金缽記》，田漢為配合抗戰需要，增加了抗戰第二階段後的貪贓枉法、狼狽為奸的官場醜態，使《金缽記》成為具有強烈現實意義的劇作。正因如此，它在當時「一上演就被禁止」[4]。

田漢抗戰劇作的這些特色和成就，使它的作品在抗戰劇壇占了突出的位置。這一點是過去我們注意得不夠，而今天應提出加以重視的。

2 田漢，〈山居書簡〉，《野草》第二卷第五、六期合刊（一九四一年）。
3 田漢，《江漢漁歌・小序》，《田漢戲曲選》上冊（湖南人民出版社，一九八〇年）。
4 田漢，《白蛇傳・序》，《田漢戲曲選》下冊。

（三）對抗戰戲劇運動和中國現代戲劇創作的貢獻

田漢在桂林的戲劇活動，對抗戰戲劇運動、對中國現代戲劇創作，做出了積極的貢獻。

1. 田漢是桂林劇運的組織者和領導者

桂林，作為西南的「文化城」，抗日文藝活動一直較活躍。在「皖南事變」前，桂林雖也開展了一定規模的戲劇活動，但主要進行的是圍繞《救亡日報》、《國民公論》為中心開展的革命文化宣傳活動。「皖南事變」後，八路軍桂林辦事處撤走，《救亡日報》等報刊被查禁，抗日文藝運動陷入低潮。在這種「黑雲壓城城欲摧」的險惡形勢下，田漢來桂林領導開展了以戲劇活動為中心的抗日文藝運動。

一九四一年十二月三十一日，《大地回春》在田漢的導演下上演了，沉寂的桂林山城又活躍了起來，為一九四二年桂林文藝運動掀起高潮奠定了基礎。在一九四二年裏，戲劇運動的活躍與文藝期刊創刊增多、文化人大批聚桂，構成了桂林文藝運動在「皖南事變」後再度興起的三個特徵。一九四二年五月二十二日，田漢給郭沫若寫信介紹了桂林戲劇界的活躍狀況：「桂林劇壇近來也頗為熱鬧。新中國劇團演《大雷雨》，成績甚佳，接著《秋聲賦》、《風雨歸舟》、《大地回春》次第上演。與這相前後的藝術館的《面子問題》、《這不過是春天》、《天國春秋》、國藝社的《阿Q正傳》、《原野》，海燕的《青春不再》，現在又做次期的準備了，照樣子看可以做到天天有話劇看。」[5] 顯然，這種喜人局面的開創，是離不開田漢的一份功勞的。一九四二年後，田漢實際成為桂林戲劇界甚至整個桂林文藝界的核心。

[5] 《戲劇春秋》第二卷第二期（一九四二年）。

2. 田漢是國統區抗日戲劇運動的推動者

這表現在：

（1）他主辦的《戲劇春秋》雜誌，在「皖南事變」後的兩年裏成為國統區戲劇界的領導刊物。

（2）一九四二年春，重慶戲劇界上演《屈原》被禁止後，當局把持各演出劇場，查禁進步劇目，提高上演稅，對抗日進步演劇活動實施高壓手段，致使一九四二年下半年開始的重慶霧季公演受到一些挫折，各劇團雖已排好了《蛻變》、《虎符》、《草莽英雄》、《第七號風球》、《風雪夜歸人》、《家》等十多齣劇目，「但在無劇場的今天，這成了一桌沒處鋪排的豐筵」[6]。與前一個霧季公演期相比，上演劇目減少了百分之二十五。[7]此時期，田漢領導的桂林戲劇界以戲劇演出形式，向當局的高壓政策發起了衝擊，將國統區抗日演劇活動繼續推向前去。僅話劇一種，「一九四二年的桂林劇壇，正式公演了二十九次話劇（其中一次是獨幕劇）」[8]。與國統區演劇中心的重慶一九四二年上演三十個劇目相比，可以看出，桂林已成為進步演劇活動的又一個中心了。郭沫若在重慶被禁止出版的劇作《筑》，也由田漢拿來在《戲劇春秋》上發表了。

（3）一九四三年底，田漢與歐陽予倩等人醞釀、籌畫召開了規模巨大的西南劇展，一九四四年春在桂林舉辦後，造成了國統區抗戰劇運繼《屈原》上演後的又一次大的戲劇高潮，推動了國統區戲劇運動的開展。

3. 田漢在桂林的戲劇創作，豐富了現代戲劇的內容

作為天才的藝術大師田漢，一生創作頗豐。抗戰時期的作品在數量上雖不及抗戰前，但題材的擴大、劇種的增

6 子岡，〈陪都瑣聞〉，《大公報》[桂林版]一九四二年十月二十日。
7 石曼，〈抗戰時期重慶霧季公演劇目一覽〉，《抗戰文藝研究》一九八三年第五期。
8 小涵，〈桂林的演劇報導〉，《文學創作》第一卷第六期（一九四三年）。

多、質量的提高，使此時期的創作出現了豐贍多姿的新面貌。無論是當時譽滿西南的《秋聲賦》、緊密配合現實鬥爭的抗戰戲曲作品《江漢漁歌》以及一改舊《岳飛》劇寫法，專取鼓蕩人心的內容來表現的《岳飛》，還有那優美的《金缽記》，都在抗戰戲劇史和現代戲劇創作領域占有一定的位置，是我國戲劇藝術寶庫的珍貴財富。

4. 田漢的劇評、劇論，對抗戰劇運的指導，對現代戲劇理論建設，具有十分重要的意義

這是田漢此時期對抗戰劇運的又一貢獻。田漢十分重視理論的指導作用，他指出抗戰劇運存在著缺少理論的重大缺陷：「三年以來我戲劇文化戰士也曾站在自己崗位盡過相當的任務。……但時至今日客觀需要更為迫切，而我戲劇陣線缺點暴露依然很多。首先是戲劇理論的貧乏……」[9]他大聲疾呼：「我們頭髮也快幹白了，戲劇理論上幾乎還是一張白紙。」[10]

在民族形式問題的討論中，田漢發表了自己的深刻見解：「今日要使文藝或戲劇充分有效的為抗戰建國服務，當然要求文藝作品具有高度的民族形式，即充分有效地表現現代激蕩複雜波瀾浩闊的民族生活，同時能充分有效地獲得全民族的理解與愛好。」[11]他批判了那種認為民族形式只能原封不動地利用傳統形式的觀點：「改革舊劇不等於舊瓶裝新酒，因為舊瓶與新酒的關係是無機的，新酒入舊瓶，酒還是酒，瓶還是瓶。戲劇則不然，舊形式適當有力地注進新內容，可使形式質變，而成為嶄新的東西。」[12]

他還從歷史劇創作出發，談到了文藝的社會作用問題：「廣大農民對歷史人物的觀感是相當確定的。這些觀感的

9 《戲劇春秋．發刊詞》，《戲劇春秋》創刊號（一九四〇年）。
10 田漢，〈展開有理論的戲劇運動〉，《新文學》一九四四年第三期。
11 〈戲劇的民族形式問題座談會：中會〉，《戲劇春秋》第一卷第三期（一九四一年）。
12 〈寶愛這空前的盛舉〉，《廣西日報》一九四四年二月十六日。

好壞主要的通過戲劇小說。」因而，他強調，寫歷史劇「對歷史人物準確的褒貶在今日實在重要」，「文學上的褒貶對社會人心起偉大的指導作用」[13]。

田漢對改革舊戲也闡發了一系列指導性意見。他指出：「改革舊劇實則是反對封建的具體鬥爭的一翼」，「改革舊戲是必須的而且是可能的」，「新的舞臺技術若批判地採用到舊歌劇的舞臺，必能給服裝、動作等等添加其生命」[14]。

田漢的劇論還涉及到文藝與政治的關係、現實主義問題、戲劇表演及方法問題、普及與提高問題等諸方面。田漢的這些理論，是豐富深邃的，不僅在當時極富指導意義，在今天，仍不失一定價值，是現代戲劇理論的重要組成部分，值得後人珍視。

田漢的一生，對現代戲劇事業所做出的貢獻是巨大的。夏衍曾說，離開了田漢，中國現代話劇史沒法寫，現代文學史也很難寫[15]。這並非過譽之詞。認真總結田漢生平活動史實，並做出準確評價，這在中國新文藝史研究領域，無疑是一項重大工程。筆者撰寫此文，如能達到為這一工程添一磚石、加一薄瓦的目的，是甚為榮幸的了。

二、熊佛西在桂林的生活和創作

熊佛西，現代著名劇作家，教授。原名熊福禧，江西豐城縣罐山村人，出身於小商人家庭。九歲入私塾讀書，十歲入本村養正小學。一九一四年到漢口，先後在教會學校聖保羅中學、輔德中學讀書。在中學時代就對戲劇發生了

13 〈寶愛這空前的盛舉〉，《廣西日報》一九四四年二月十六日。
14 〈歷史劇問題座談〉，《戲劇春秋》第二卷第四期（一九四二年）。
15 參見夏衍，〈悼念田漢同志〉，《收穫》一九七九年第四期。

興趣，經常參加學校裏舉辦的文明戲的表演。一九一九年考入燕京大學學習教育和文學，在校曾意圖提倡學校戲劇運動。一九二一年，曾與沈雁冰、歐陽予倩等人組織民眾戲劇社，編過《戲劇》雜誌。一九二三年大學畢業後，回漢口輔德中學任英文教員一年，即赴美國哥倫比亞大學研究戲劇、文學，得碩士學位。一九二六年回國。歷任北京國立藝術專門學校戲劇系主任、教授、燕京大學教授、北京大學藝術學院戲劇系主任，並為中國戲劇社的成員。一九二九年，在北京與張鳴琦共同編寫《戲劇與文藝》。一九三二年前後，曾在河北定縣任農民劇場主任，主持中華平民教育促進會的農村戲劇實驗。一九三八年在成都主辦四川省立戲劇音樂實驗學校。同年十月，與劉念渠主編該校校刊。一九三九年至一九四二年在重慶與唐勝天主編過《戲劇崗位》，一九四〇年與張季純在重慶編《戲劇教育》月刊，

（一）文藝和戲劇創作

歐陽予倩在三〇年代就曾這樣說過：「如果說田漢是南方劇壇的權威，則熊氏便是北方劇壇的泰斗了。」一九四一年七月至一九四四年七月，熊佛西在桂林居住了整整三年。在此期間，他以極大的愛國熱忱，投入到桂林文藝活動中，從事編輯刊物、導演劇目、寫作劇本和長篇小說等活動，為抗戰後期的桂林文壇，添進了生動的色彩。

熊佛西青年時代在燕京大學和美國哥倫比亞大學研究院學習期間，就開始了戲劇創作。一九二六年代由美國留學歸國，任北平藝術師專戲劇系主任、教授。抗戰爆發後，他拋棄了大學教授的舒適生活，來到武漢，不久到長沙組織了抗戰劇團，率領該團到達成都，在那裏建立了四川省立戲劇教育實踐學校，熊佛西自任校長，開展抗日戲劇演出活動和救亡教育工作。

一九四一年春，國民政府軍委會政治部部長張治中邀請熊佛西到重慶主持中國青年藝術劇社。熊佛西來到重慶，但在那裏，只排了一齣戲，幾個月後，即不辭而別。一九四一年七月二十四日，熊佛西來到當時南方抗戰文化中心——桂林。

1. 寫作小說和散文

（1）小說方面

熊佛西到桂林後的第一年，基本上是專門從事寫作，與以往的創作不同的是，他創作了《鐵苗》、《鐵花》兩部長篇小說。這是他一生僅有的一次長篇小說創作經歷。《鐵苗》反映的是抗戰實際鬥爭中的生活各面，《鐵花》寫的雖是大革命時代青年人反封建、反軍閥專制統治的鬥爭內容，但其批判鋒刃，直指延續下來的封建思想意識和黑暗統治。兩部小說，當時分別在桂林《大公報》和《文學創作》雜誌連載。以後又出版了單行本。

（2）散文方面

熊佛西在桂林還寫了不少人物特寫、回憶錄等散文作品和文學評論文章，其中《山水人物印象》一組散文，敘寫自己與文壇名人柳亞子、田漢等人的交往，記錄其高風亮節及不凡舉止，頗為生動詳盡。《山水人物印象》後結集出版，是佛西散文創作的代表作。

熊佛西還在《文學創作》和《當代文藝》兩刊物上以「編者」名義撰寫「卷頭語」，每期一篇，針對文壇狀況發表意見和倡議，如〈一九四三年的文藝使命〉、〈我們需要文藝批評〉、〈保護作家的健康〉等。這些文學評論文章，對桂林抗日文藝運動的開展，起到一定推動作用。

2. 戲劇創作、導演和評論

（1）戲劇創作方面

熊佛西在桂林寫了歷史劇《袁世凱》（三幕）及獨幕悲劇《新生代》。熊佛西戲劇創作的高潮時期是二〇年代及三〇年代初期。據統計，一九一九至一九三一年，他創作劇本近四十個。抗戰八年，由於流離顛沛，生活極不安定，加之抗戰前期他主要從事戲劇教育工作，因而八年中只創作了劇本八個。

劇作的成就，充分顯示了他思想上的進步和藝術觀的轉變。《袁世凱》一劇是熊佛西投向半封建、半殖民地舊中國黑暗政治勢力和頑固腐朽封建思想的重型炸彈。熊佛西曾說：此劇的主旨就是在於「剷除袁世凱作風與的掃蕩當前的封建勢力」。在劇中，作者用高度概括的場景的人物，將袁世凱玩弄權術、頑固詭詐的性格充分表現了出來，使抗戰軍民能通過袁世凱的醜惡面目和必然失敗的命運，既對歷史的經驗有所認識，又對戰時國統區的黑暗面加深了感受。因此，該劇具有較大的思想內涵和強烈的批判力量，體現了熊佛西的思想認識深度。

（2）熊佛西在桂林還從事了導演劇目，寫作劇評、劇論，參加各種戲劇工作等活動

熊佛西為國防藝術社導演過《北京人》、《新梅羅香》兩劇目。他在桂林所寫的一系列劇評、劇論表達了他對開展抗戰劇運的一些有益思想，如他曾論及《戲劇大眾化問題》，他指出，戲劇創作「必須把握大眾情緒，透入大眾心理，瞭解大眾苦痛」；從事大眾戲劇工作的劇人，「自身必須徹底大眾化，始能感化大眾」。這些思想，與毛澤東〈講話〉中的一些基本思想，十分吻合，彌足珍貴。他的〈今後的戲劇運動〉、〈我們需要戲劇批評〉等文以及在「歷史劇問題座談會」、「新形勢與新藝術」座談會上的發言，都對桂林劇運的健康發展，給予了一定的影響。

熊佛西在桂林，是他一生思想上獲得長足進展的一個重要時期。當時，桂林作為南方文化中心，活躍著大批共產黨人和進步文化人。熊佛西在桂林，較之在成都時接觸面大為拓展。由於與茅盾、田漢、邵荃麟等共產黨人及歐陽予倩、柳亞子等進步文化人的頻繁接觸，由於在進步文化活動的實際鬥爭中磨練，他在此時期逐步由自由民主主義者轉變為革命民主主義者。這種轉變，在行動上，表現為他由初到桂林時的主要從事個人的寫作活動轉變為逐步將較大精力投入到進步文化事業的實際工作中。

（二）對桂林抗日文藝運動所做的貢獻

1. 創辦《文學創作》和《當代文藝》

為擴大抗日文化宣傳陣地，熊佛西於一九四二年九月創辦了大型文學刊物《文學創作》，將主要精力轉入文藝創作的組織工作和刊物的編輯工作上。一九四四年元，他又創辦了《文學創作》姐妹刊物《當代文藝》。這兩個刊物，在熊佛西的精心培育下，發表了郭沫若、茅盾、柳亞子、田漢、歐陽予倩、老舍、艾蕪、臧克家、端木蕻良等全國著名作家的文章，成為抗戰後期國統區內內容最為豐厚、思想最為堅實的重要文學刊物之一。熊佛西在桂林的刊物編輯工作，為桂林抗日文藝運動做出了極為重要的貢獻。

2. 參與文協桂林分會的規劃與安排工作

熊佛西在桂林還為桂林抗日文藝運動的發展做了許多其他方面的工作。他曾擔任文協桂林分會第三屆候補理事、第四和第五屆理事，參與文協桂林分會整個工作的規劃與安排。一九四三年，他曾以《文學創作》社的名義主持召開了兩次影響甚大的「戰後文藝的展望」討論會，推動了文藝思想的深入。一九四三年底至一九四四年五月，他與田漢、歐陽予倩、瞿白音等人一道。為促進國統區劇運的發展，發志和籌備召開了規模巨大的西南劇展會，為中國現代戲劇運動做出了新貢獻。

佛西在桂林，還熱心地做青年作家的培養工作。他在《文學創作》上發出「徵求青年作家之作品」的啟事，引導青年文學工作者創作「以現實的筆法描寫前線英勇生活或獎勵後方生產之作品」，並專門撰寫了〈如何培養青年作家〉一文。一九四四年，他還擔任了「青年文藝寫作研究室」導師，為青年作家的成長，做了許多工作。

當年曾和他一道在桂林的戲劇家葉子說：「熊佛西到桂林以後的思想是長足進步的開始。」一九四四年夏，由於日軍南侵，桂林開始疏散，熊佛西出版了《當代文藝》第五、六期合刊後，於一九四四年七月離開桂林，去了貴陽、重慶。

三、抗戰時期徐悲鴻、關山月等國畫家在桂林的創作

抗日戰爭爆發後，由於北平、上海、廣州、武漢等大城市的陷落，大批美術家相繼來到桂林，國畫、漫畫、木刻等美術形式十分活躍。國畫家在桂林的美術活動，是桂林抗戰藝術的重要組成部分。

（一）徐悲鴻

1. 六次到廣西

由一九三五年到四〇年代初，徐悲鴻一共六次來到廣西，度過了他一生中一段柳暗花明的時光。

一九三五年九、十月間，徐悲鴻第一次來到廣西，受到李宗仁、白崇禧等廣西政要的熱情歡迎。李宗仁懇請徐悲鴻來廣西發展廣西美術事業，兩人商談了籌辦桂林美術學院、籌辦廣西省第一屆美術展覽等事宜，徐悲鴻十分欣喜，決定來廣西常住。

一九三六年五月，徐悲鴻再次來到南寧，擔任廣西省畫會名譽會長，在南寧積極籌備「廣西省第一屆美術展覽」。廣西方面對徐悲鴻的工作給予大力支持。為豐富展覽內容，六月，徐悲鴻將其視為「悲鴻生命」的書畫珍品裝在幾十隻大箱裏，經上海取道香港、廣州準備運抵廣西，豈料在途徑廣州時遭到當地軍人的扣押，李宗仁獲悉此事之後，立即飭令駐粵辦事處負責人王遜志出面，就此事與各方周旋，經多方努力，得以放行。

一九三六年七月五日，美展開幕，大約五千餘件書畫作品參加展出，徐悲鴻將自己的作品和珍藏的齊白石、張大千、張若凡、馬萬里等人的佳作，安排在展覽會亮相，其盛況在廣西其所未有，規模十分宏大。徐悲鴻在開幕式上發表致詞，讚揚廣西各民族致力於文化運動的精神，表示願意犧牲一切，盡力幫助推動廣西的美術事業。

徐悲鴻在廣西的活動，廣西當局給予大力支持，可謂關懷備至，關愛有加。徐悲鴻弟子張安治回憶道：「當我應徐先生之命到桂林後，他還熱情對我敘述此間如何待他親如兄弟，食共桌，寒送衣，提倡美術。」[16]

一九三六年冬，廣西省政府由南寧遷到桂林。徐悲鴻被任命為廣西省政府顧問，也遷居新省會桂林。他泛舟遊覽灕江，來到陽朔，流連於山水之間，歎為畫境，顯出戀戀不捨之情。李宗仁得知後，買下灕江邊一座三開間平房的庭院贈送給徐悲鴻，給他作為休憩作畫之家。一九三六年到一九三八年，徐悲鴻在這裏住了近兩年，十分愜意，請金石家林半覺刻了一枚「陽朔天民」印章，表露出愛戀桂林山水，願做陽朔人的心願。

---

16 張安治，〈一代畫師——憶吾師徐悲鴻在桂林〉，載楊益群編著《抗戰時期桂林美術運動》（灕江出版社，一九九五年），頁六四七。

2. 愛戀桂林山水，創作逸興遄飛

徐悲鴻面對祖國的奇山秀水，藝術創作的逸興時時飛升。徐悲鴻在桂林，創作了《灕江春雨》、《雞鳴不已》、《青岩渡》、《馬》、《風雨思君子》、《晨曲》、《逆風》、《雪景》、《柳鵲》、《牧童和牛》等許多作品，其中《灕江春雨》、《雞鳴不已》更是馳名中外的名作。前者如廖靜文所說：「描寫了祖國河山的美麗，以激發人民在國破家亡之際對祖國河山的愛戀」[17]，洋溢著強烈的愛國主義情感。《雞鳴不已》一幅，徐悲鴻題寫了「風雨如晦，雞鳴不已」詞句，以報曉的雄雞，象徵著苦難中的祖國對光明未來的不捨的呼喚。這些作品，大都融有強烈的愛國主義情感和深刻的思想內容。徐悲鴻在桂林的創作，後大都收在他的《彩墨畫畫集》中，其彩墨技巧，在美術界別開生面，深有影響。

為回報李宗仁等的知遇之恩，徐悲鴻於一九三六年夏用了幾個月時間創作了一幅大型油畫《廣西三傑》（又名《廣西三雄騎馬圖》、《眺望》等）。此畫橫四米、縱三米，畫面的人物就是當時號稱「廣西三傑」的李宗仁、白崇禧和黃旭初。此時，兩廣政府發動了反蔣抗日的「六一運動」，抗日熱潮在廣西各地湧動。徐悲鴻正是在這種國家遭受外侮抗日情緒高漲的時代背景下創作這一巨幅油畫的，畫中融入了他對廣西政要堅持抗戰政治態度的敬重與期望。畫中以桂林山水為背景，李、白、黃三個人物身著戎裝，騎著駿馬，眺望北方。人物描繪注重寫實，傳達精神，李、白騎在馬上似擔負神聖使命欲飛奔而去。黃旭初則策馬朝向李、白，似乎在拱衛著兩人的前行。張安治先生回憶說：「徐先生這時著力最多的創作是大幅油畫李、白、黃的騎馬像。」[18] 如此巨集幅的油畫，在徐悲鴻先生一生作品中創作極少，馬作為軍馬，為軍人所駕馭，更是徐悲鴻畫作中僅見的一次。徐悲鴻對此畫十分厚愛和得意，完成後恰逢全國第二屆美展在南京舉行，他派張安治帶此畫前去參展，曾被安排在畫展正中醒目的牆上懸掛。時任國民黨中宣部長的張道藩得知後，大

17 廖靜文，《徐悲鴻一生》（北京：中國文化藝術出版社，一九八六年），頁一五五。
18 張安治，〈一代畫師——憶吾師徐悲鴻在桂林〉，載楊益群編著《抗戰時期桂林美術運動》（灕江出版社，一九九五年），頁六四八。

發雷霆，因為還沒有人為蔣介石畫這麼大的畫，令人撤下掛在了另一處不顯眼之處；但並不影響該作成為畫展中最為引人矚目的作品。此後多年，徐悲鴻的各個美展，《眺望》都是不可缺少的展品，在廣州、香港、南洋、印度等地都展出過[19]。

徐悲鴻在桂林，竭力推進廣西美術事業發展。他積極籌備桂林美術學院的工作，請學生張安治來協助工作，只是由於抗日戰爭的爆發，學院的建設中止了。他又倡辦起廣西省會國民基礎學校藝術師資訓練班、廣西省立藝術師資訓練班，為廣西美術界培養新生力量。

（二）關山月

關山月（一九一二至二〇〇〇年），原名關澤霈，筆名子雲。廣東省陽江縣人。抗戰爆發後，他逃難到澳門，繼續從事美術創作，畫了不少抗戰作品。一九三九年秋，在澳門舉辦了一次抗戰畫展。一九四〇年秋，他回廣東韶關再次舉辦抗戰畫展，展覽結束後，從韶關經衡陽轉到桂林，開始他的「行萬里路」寫生計畫。

1. 創作《灕江百里圖》

桂林的美景是畫家的美妙素材，徐悲鴻曾說：「山水甲天下之桂林，非身歷其境不能知其美。……桂林山水甲天下，終不能否認也。」[20] 關山月因而停留了下來，桂林成了他實施「行萬里路」計畫的第一站。從一九四〇年秋至一九四

19 參見韋芳，〈藝術大師與抗日將軍的知交〉，《抗戰文化研究》第五輯（廣西師範大學出版社，二〇一一年），頁八六至八七頁

20 徐悲鴻，《南遊雜感・桂林》，《旅遊雜誌》第八卷第十二期（一九三四年）。轉引自《桂林烽煙》（天津：百花文藝出版社，二〇〇三年），頁九四。

一年十二月，關山月在桂林共居住一年左右的時間，其間也曾外出到赴黔、滇、川寫生。他在桂林，四處勘踏，跋山涉水，深入荒山郊野，步入少數民族地區，通過寫生，積累了很多創作素材，也創作出許多新作。

正是在他「行萬里路」的實踐中，形成了創作《灕江百里圖》的構思。在桂林的日子裏，他常常帶著乾糧，揹著畫夾去寫生。他努力師法自然，攀岩涉水，凝思揮筆，灕江兩岸的風光，盡收筆下。白天，他外出寫生，晚上歸來又徹夜整理寫生畫稿，經過幾個月的辛勤工作，他收穫了一大批單幅灕江寫生作品，也產生了畫灕江百里圖的大構想，立志把兩岸勝景盡收畫卷之中。他開始閉門作畫。桌子不夠寬，他就把紙鋪在地板上蹲著畫，有時趴著畫。經過廢寢忘食、足不出戶的整整一個月的苦幹，他終於畫完了一幅32.8釐米 × 2850釐米的水墨長卷《灕江百里圖》。

《灕江百里圖》是關山月在桂林的的精心之作，畫面的灕江由灕江橋起，沿著灕江下，直到陽朔為止，畫上的山巒、岩石、洞穴、水流、瀑布、田野、岸樹、江村、小路，逶迤連綿，雲煙環繞，展現出百里灕江清新自然、變幻迷離的景致。

一九四一年三月十五日至十六日，《灕江百里圖》在關山月來桂林後的第二次畫展會上展出。此次畫展由「灕江雅集」主辦，展覽設在桂東路廣西建設研究會會議廳（八桂廳），同時展出的還有他此時期畫的《月牙山全景》、《砦洲晚霞》、《桃花》、《衡陽炸後》等作品。《灕江百里圖》在展覽會上引起了轟動，來觀賞的人絡繹不絕。這幅長卷在當時美術界形成很大影響，成為抗戰時期桂林國畫界的代表性畫作。

2. 三次個人畫展

在艱苦創作的同時，關山月還舉辦了多次畫展，許多作品反映了抗戰內容。此這一時期，他在桂林共舉辦了三次個人畫展。

一九四〇年十月三十一日至十一月三日，關山月在桂林舉行首次個人抗戰畫展，展出地點是樂群社禮堂。這次展覽的展品主要是他在港、澳時的作品，有四十幅，和初來桂林一個多月裏的山水畫三十多幅，共七十多幅[21]，參加過蘇聯「中國美術展覽」的《三灶島外所見》、《漁民之劫》、《漁娃》，和在香港展出的《從城市撤退》、《游擊隊之家》等暴露日本侵略者暴行、反映中國人民抗日鬥爭的作品也在展出之列。據一九四〇年十一月二日《救亡日報》第二版的一篇消息稿介紹，展出期間，有十多幅桂林山水和寫侵略者之末日的作品「已為桂林愛好藝術者鉅資定購」，廣西省主席黃旭初、廣西省臨時參議會議長李任仁都前往參觀並題詞。《廣西日報》副刊《漓水》發表了林鏞的〈介紹「關山月個展」〉，《救亡日報》在一九四〇年十一月五日特地出版了《關山月畫展特輯》，發表李任仁的〈略談關山月的作品〉、劉侯武的〈藝術創造與文化創作——關山月先生畫展題詞〉、陳此生的〈贈畫人關山月〉、余所亞的〈關氏畫展談〉、夏衍的〈關於關山月畫展特輯〉等文章，肯定了關山月國畫創作反映抗戰內容的新成就，稱讚其作品「內容卓越，為國畫進步之表徵」。夏衍的〈關於關山月畫展特輯〉指出：「《救亡日報》是一張以鞏固強化民族統一戰線為任的報紙，『文崗』是以鞏固文化界統一戰線為職志的副刊，所以只要於抗戰救亡多少有點裨益的文化工作，我們都不惜替它盡一點綿力……對於這些舊藝術形式的作家，尤其是那些已經不滿於過去的作風，而開始走向新的方向摸索的人，特別要用友誼的態度來幫助他們，鼓勵他們，使他們更進步。」肯定了關山月抗戰時期的創作開始了新的方向。

繼一九四一年三月十五日至十六日關山月第二次畫展即《灕江百里圖》畫展之後，一九四一年十一月三十日，關山月第三次個人畫展在桂林國民黨廣西黨部舉行預展。這次共展出作品百餘幅，多為他一九四一年用了幾個月時間遊歷黔、滇、川、桂四省名勝及鄉村的寫生作品，主要有：宜山的《龍江渡》，川西的《灌口堆》，峨眉山的《猿啼谷》、《龍江棧道》等，其中有許多是人物特寫。十二月五日，畫展正式展出，共展出三天，稱為「農村寫生畫展」，深受桂林界歡迎。展覽結束，關山月又一次前往黔、滇、川寫生、創作。一九四一年八月八日，他回到桂林。

21 〈關山月畫展今日舉行〉，《救亡日報》一九四〇年十月三十一日。

關山月在桂林從事寫生、創作、辦畫展的同時，還積極參加桂林美術界舉辦的進步活動，如參加抗戰募捐義賣活動。一九四〇年九月，關山月剛到桂林不久，正趕上桂林各界掀起轟轟烈烈的徵募寒衣運動，桂林的音樂、美術、戲劇、舞蹈等各界文化人士都參加了徵募活動，關山月也踴躍參加，於九月二十二日捐畫作義賣，義賣所得募捐寒衣支援前線將士。

一九四一年十二月二十七日，關山月和妻子李小平一起離開了桂林，到西南、西北一帶寫生、創作，他繼續實施他的「行萬里路」計畫。

(三) 馬萬里

馬萬里（一九〇四至一九七九年），著名篆刻家，書畫家。江蘇常州人。一九三四年他隨著名畫家黃賓虹入遊八桂山水，並在南寧市舉辦聯展，後留在南寧，在廣西普及國民基礎教育研究院工作。

一九三六年六月，馬萬里與徐悲鴻一道籌辦廣西第一屆美術展覽會，兩人一起任審查委員。七月五日正式開幕，為期將近一月，共展出徐悲鴻、張大千、齊白石、張聿光，汪亞塵、高劍父、劉海粟、馬萬里等人及本省作者作品五百多件。一九三七年七月全民抗戰開始爆發後，馬萬里與十一月初參加廣西婦女抗敵後援會主辦的書畫義展，同年十二月初參加雅脫書畫社畫展。

以後幾年，馬萬里一直在桂林從事美術教育和創作，參與創辦桂林美術專科學校，任教師；擔任桂林榕門美術專科學校董事，後任校長兼國畫系主任，還擔任廣西美術會審查委員。他參與了桂林抗戰文藝運動多項活動，開辦個人募捐畫展，為廣西各界抗敵後援會籌款義賣書畫作品，支援前線抗戰，是抗戰時期在桂林活動時間最長、出力頗大、做出貢獻的美術家。

1. 國畫創作別具神趣

馬萬里在桂林創作的作品，國畫主要有《南溪山煙雨》、《山水觀瀑》、《蒼松翠竹》、《楓林雙蟬》、《群雀寒梅》等。他愛畫花卉鳥蟲，但也畫山水人物。花卉中他尤善藤本，如凌霄、紫藤、葡萄等，是他的拿手佳作，所繪藤蔓，婀娜多姿，顧盼生情，格外精妙。

有人評價說：「他畫紫藤很講究佈局，真是空白處可以走馬，繁密處卻不容針，從幹枝到花葉，以雄渾之筆一氣呵成，看去覺得花葉垂垂，臨風欲舞，別具神趣。他畫葡萄更是不同凡製，一般畫葡萄的，過於工細，則刻意求形似真而不能傳神，寫意的又過於形象化，缺乏現實感，兩者各有所偏。他對於這兩種畫法能夠捨短取長，融會貫通，自成一格。

他畫的葡萄顆顆圓滿潤澤，落落如貫珠，設色更為注意，每顆都是中淡邊濃，具有西畫的光感，別具匠心。畫枝葉則筆酣墨飽，揮灑淋漓，非常生動而又層次分明，因此，熟人就送了他一個別號，叫做『葡萄馬』。」[22]

他與張大千、徐悲鴻、張安治等多有合作，所繪畫幅，頗為珍貴。一九三五年，與徐悲鴻合作《貓兒松石》，徐悲鴻畫貓、石，馬萬里畫松。一九三六年，張大千畫松、徐悲鴻畫梅、馬萬里畫竹，合作繪成《歲寒三友圖》；與徐悲鴻、張安治合作繪成《迎春圖》；與張大千合作的手卷《雲溪精舍圖卷》，所繪《桂林獨秀峰》為畫界多人喜愛，數人為之題詩，徐悲鴻也為其題詞作序。一九三八年與張大千合作的《九百石印精舍圖卷》，為張大千繪圖並題詞，馬萬里印拓，達一六八方，甚有規模。這些作品，都已成為世間罕見的藝術珍品，其中，《桂林獨秀峰》、《雲溪精舍圖卷》、《九百石印精舍圖卷》三幅長卷現收藏於廣西博物館。

[22] 虞逸夫，〈金石名家畫更奇——憶馬萬里兄〉，《江蘇畫刊》一九八一年第二期。轉引自楊益群，《抗戰時期桂林美術運動》（灕江出版社，一九九五年），頁七二六。

2. 篆刻與書法自成風格

馬萬里是美術全才，金石書畫，無所不愛，無所不工。他對中國文字學下了不少功夫，由小篆、大篆而上溯殷、周金文，旁及秦磚漢瓦，無不心摹手追，運化入印，自成風格。他刻有《集古》、《我師造化》、《陽湖》、《徐悲鴻》、《萬里》等印章，其中，《萬里長城》、《歷劫不磨》印章，在堅硬質地的刻石上注入充盈的抗戰精神。他的朋友評他的金石作品是：「巧而不纖，拙而彌古，渾厚典重，如其為人。」[23]他的書法，和他的畫風相似，筆墨飽酣，豐腴流暢，題畫多用行書。友人虞逸夫評論馬萬里書法時說：「筆調極似米海嶽，八分如鄧石如，篆書如趙撝叔。」[24]

3. 美術教育高尚學生思想

馬萬里抗戰前便從事美術教育工作，深刻地理解到美術教育工作的重要性和必要性。一九四一年十月，在抗戰時期艱難的境況下，他在桂林和鄭明虹、沈樾、帥礎堅、張家瑤、范新瓊等合力於創建了桂林美術專科學校，由鄭明虹任校長，馬萬里任教師。一九四二年一月校址遷至定桂門陳文恭公祠，易名為桂林榕門美術專科學校，馬萬里任校董事。是年八月十日，校董會開會決定，由馬萬里任校長兼國畫系主任。

他就任校長後，著力提倡「簡樸生活與高尚思想」的統一是提高藝術創新力量的主張。他在《私立桂林榕門美術專科學校校目錄・序》中明確指出：「藝術事業最重創造，藝術教育尤重培育造力量。創造力量何自來？來自個人的簡樸生活與高尚思想合流。」因此，他特別注意在艱難的學校環境中加強學生的思想品德教育，提高學生的藝術獨創性，並通過辦畫展等形式和方法，爭取社會扶助，解決經費困難。從此，學校越辦越好，至一九四三年，學校的科系由三增

23 虞逸夫，〈馬萬里及其《九百石印精舍圖卷》〉，載楊益群編著《抗戰時期桂林美術運動》（灕江出版社，一九九五年），頁五七三。
24 虞逸夫，〈金石名家畫更奇——憶馬萬里兄〉，《江蘇畫刊》一九八一年第二期，轉引自楊益群編著《抗戰時期桂林美術運動》（灕江出版社，一九九五年），頁七二六。

至四個，班數由三個增至十個，學生由二百名增至四百多名，教員由四十名增至六十七名，其中有陽太陽、龍潛、周叔雨、林恆之、范新、李瘦石、宋蔭科（吟可）、張家瑤、黃新波、楊秋人、帥礎堅、姚牧、鄧俊群等桂林抗戰美術教育的重要陣地，直至一九四四秋桂林疏散時才被迫停辦[25]。

一九四四年秋，日寇侵犯湘、桂，馬萬里離桂避難至重慶、成都等地。

（四）張安治

張安治是在桂林生活時間較長的美術家。一九三六年，他應徐悲鴻之邀，來桂林籌辦桂林美術學院。由一九三六年冬到一九四四年夏，在桂林生活了八年，創作成果甚豐，是桂林美術界重要的美術家。

1. 組織桂林美術運動

張安治是桂林美術運動的重要組織者。桂林美術學院由於抗日戰爭爆發沒能辦成，廣西政府在一九三八年八月辦了一個中學藝術師資暑期講習班，廣西教育廳音樂督學滿謙子為班主任，並負責音樂教學方面的領工作，美術方面由張安治負責。在此基礎上，一九三九年正式成立「廣西省立藝術師資訓練班」，在桂林、南寧、梧州、柳州分區公開招生，培養抗戰藝術幹部。張安治擔任教師，培養許多藝術人才。一九四〇年，廣西省立藝術館成立，歐陽予倩任館長，張安治任美術部主任，先後參加美術部工作的有郁風、龍廷壩、周令釗、黃養輝、傅思達、徐德華、鄭克基、曹佩芹、劉元、尹瘦石、盧巨川、張蘇予、褶海松等藝術家。美術部開展了舉辦美術創作學習班和理論講座（素描、木刻、漫畫

[25] 引自魏華齡、李建平主編《抗戰時期文化名人在桂林》（桂林：灕江出版社，二〇〇〇年），頁三〇九。

等）、出版了《抗戰畫報》（一週至半月出一期）、開展美術宣傳、接受招廣告和櫥窗等室內裝潢設計業務等多項工作。美術部組織過廣西全省美展、廣西全省兒童畫展等大型畫展，還多次舉辦個人畫展。由廣西藝術館美術部和廣西藝術師資培訓班聯合主辦、每週出版一期的街頭宣傳畫、漫畫櫥窗展覽，共出版一百餘期，歷時三年而不輟，是桂林街頭宣傳畫漫畫的一個重要陣地。張安治還主編了廣西藝術館刊物《音樂與美術》，在推動桂林抗戰藝術宣傳、普及藝術教育、發展美術創作等方面發揮重要作用。

2. 創作國畫、油畫

張安治在桂林創作的作品較多，主要發表在《音樂與美術》、《省藝畫報》等刊物上。他出版了畫集《苦難與新生》，創作有油畫《後羿射日》，國畫《石工》、《深山立馬》、《持戈者》、《擔草婦》、《避難》、《壓路工人》、《灕江漁女》、《洞中日月》、《灕江大橋》（組畫）《避難群》、《小販與士兵》、《空襲下的酣睡者》等作品，反映了作者熱愛祖國和人民的高尚情懷。特別是他的國畫，不論內容和形式、技法，都充滿時代氣息，他有深厚的素描功底和書法的深湛造詣。他國畫中既沒有寬袖長袍的人物形象，也沒有泥古不化的墨情筆趣。他筆下的人物，剛健樸實，充滿內在的張力。如《深山立馬》、《持戈者》、《壓路工人》等，這在三四〇年代的國畫界來說，是十分難能可貴而走在時代前列的。

張安治也創作油畫，他的油畫作品《群力》，表現了勞動者的團結力量，在一九四〇年的「戰時美展」展出後，曾有人稱為該次展覽會上的「最堅實的力作」，畫面上「五十六個人的表情、肌肉與姿態，各不相同，但精神非常集中」[26]。《石工》、《灕江漁女》等作品也十分精彩，在當時，曾得人們的好評。

[26] 白軫，〈繪畫創作與理論問題——戰時畫展的小感〉，《救亡日報》一九四〇年六月三日。

一九四一年七月，張安治速寫畫冊《苦難與新生》由桂林國防書店出版發行，全書收有十六幅速寫，主要是反映戰時人民群眾的深重災難，如《避難群》、《炸後》、《日暮》、《誰家的女孩》等。《前方一老農》、《游擊戰士》、《一夫當關》、《時代的女性》、《石工》、《打樁》等，則記錄了軍民齊心協力抗擊日寇的生動場面。《日本反戰同志》則是對日本反戰同盟西南支部部分同志的頭像速寫。

一九四四年夏，日軍南犯，桂林大疏散，張安治撤到廣西東部的昭平縣，後赴重慶。

（五）尹瘦石

尹瘦石（一九一九至一九九八年），江蘇宜興人。抗戰爆發後，尹瘦石離開了已淪陷的家鄉，到武漢考入武昌藝術專科學校，開始美術學習和創作。一九四〇年，尹瘦石來到了桂林，被時任廣西省立藝術館長的戲劇家歐陽予倩聘為該館美術部研究員。

1. 創作國畫有「歷史癖」

醉心於歷史人物畫創作。在桂林的幾年，他踏勘靖江王府、王陵等歷史古蹟，探訪明代靖江王後裔，結交柳亞子、端木蕻良等有「歷史癖」的文人學者，熟讀歷史典籍，潛心創作，完成了《伯夷叔齊》、《屈原》、《正氣歌》、《鄭成功海師規勸留都圖》、《史可法督師揚州圖》、《瞿張二公殉國史畫》等歷史人物畫，形成較大影響。

2. 田漢、朱蔭龍、徐悲鴻等人對其畫作的評價

其中，《瞿張二公殉國史畫》一幅，畫的的是明末忠臣瞿式耜、張同敞二公。他二人抵禦清兵，守衛桂林，城破

被俘後忠貞不屈，就義於桂林疊彩山。這幅畫「畫面上兩棵並肩而立的青松，樹幹粗壯，枝葉繁茂，氣宇軒昂。作為背景的遠山迷濛，雄渾巍峨，畫面疏朗而又肅穆，象徵兩位英烈堅貞的意志與高潔的情懷。歷史的風雲與現實的危機在畫中結合為一體，具有震撼人心的力量」[27]。著名戲劇家田漢看了尹瘦石的這些畫，十分讚歎，作詩稱道：「宜興並代兩神工，瘦石悲鴻意境同。」給予很高的評價。

一九四四年六月，尹瘦石的歷史人物畫展覽在桂林展出，其作品蘊含的歷史教訓、愛國情感，給人強烈的震撼，產生較大影響，獲得較高的評價。朱蔭龍評論說：「尹瘦石將他近年所作的畫，舉行了一回預展。這意義不是尋常的。我們從壁上幾幅力作，如《伯夷叔齊》、《屈原》的巨像，《正氣歌》的史圖，可以窺見作者的用心。在那壯健有力的線條上，如火的憤怒，正藉著筆透露出來。尤其令人警惕的是十四幅南明永曆四年庚寅秋、冬間桂林的『時事寫真』——瞿式耜、張同敞殉國史繪。在北都淪陷的紀念日，來看南都滅亡的開端，這裏面血的教訓太大了。」[28]

徐悲鴻一九四五年寫了題為〈尹瘦石之畫〉的一篇文章，文中論及尹瘦石在桂林創作歷史人物畫的情況和意義。他說：「尹瘦石君精於繪事，尤工人物界畫（在今日為最難能可貴）。凡所興起，多民族英雄史蹟，與古特立獨行之士，暨民間苦痛及其憔悴呻吟者。其為史畫，尤精考據。凡當時之典章文物，與衣冠服飾佩戴之微，無不廣事搜討，並與歷史專家議論其事。歷年所作，如明末瞿式耜、張同敞二公在桂林殉國史事全部，正氣歌十四首，石壕吏八幅，以及大幅之伯夷、叔齊、屈原、鄭成功等賢哲。以其精嚴、生動之筆，摹繪可歌可泣壯烈之史。作者必有所感，慷慨書寫，必定以世道人心為對象。但居今之世，當艱難悽楚死生人獸之際，覽其激昂悲壯之形，苟有人心，能無感動耶。」[29]這段話狀寫尹瘦石在桂林期間的美術藝術創作實踐和成就，十分準確全面，可謂時代的定評、藝界的褒獎，十分可貴。

[27] 轉引自黃國樂，〈桂林抗戰文化城期間主要國畫家研究〉，《抗戰文化研究》第二輯（廣西師範大學出版社，二〇〇八年），頁一七五。
[28] 朱蔭龍，〈尹瘦石畫展先睹記〉，載《大公晚報》[桂林版]一九四四年四月十八日。
[29] 徐悲鴻，〈尹瘦石之畫〉，《尹瘦石書畫集》扉頁（武漢出版社，一九九〇年）。

（六）何香凝

何香凝（一八七八至一九七二年），女，原名諫，又名瑞諫，廣東南海人。中國民主革命的先驅，著名的畫家和詩人。一九四一年底，太平洋戰爭爆發，香港淪陷，何香凝老人在中共的營救下，於一九四二年二月同柳亞子一道離開日軍占領下的香港，經過廣東東江游擊區，長途跋涉，備嘗艱辛，同年七月到達桂林。

1. 生活清苦，志節自持

何香凝到桂林，一家幾口，生活十分清苦。蔣介石從重慶派人到桂林，送來了一張十萬元的支票和一封信，請她到重慶去。她提筆在信封上批了兩句詩：「閒來寫畫營生活，不用人間造孽錢。」連信和支票一起，原封交來人退了回去，拒不接受蔣介石派人送來的安撫費。艱苦的生活中，除了養雞種菜有一部分收益外，她一家主要的就是靠賣畫為生了。她喜愛畫菊、畫松、畫梅，表達自己抗爭的性格和對時局的悲憤之情。

一九四四年「三八」節，她寫了一篇文章，題目是〈紀念今年「三八」不要忘記大眾的苦難〉，述說她的這種對信仰的忠貞與堅守：「我追隨中山先生奔走革命三十餘年，我深深理解他的三民主義，是志在救國救民。就在他垂危的時候，我曾答應過他，我要永遠堅守政治節操。當我沒法解救大眾的苦難時，我寧可吃粗米紅薯，和大家同樣吃苦，分擔大家的苦難。」她還說：「此刻我是一個老百姓，我只藉賣畫來維持最低限度的生活，我的生活是可以對得住中山先生，對得住死難的同志和千千萬萬正在受苦的同胞的。然而革命尚未成功，同志仍須努力。我希望人家不要粉飾太平，等待勝利，我們要腳踏實地刻苦奮鬥；從多方面努力去爭取民族的解放和社會的進步，實在，也只有民族真正解放了，大眾生活真正合理了，然後婦女才能徹底解放。」

她的一首〈賣畫〉的詩也表達這種心境：「結交從古重黃金，貧賤驕人感慨深。寫幅歲寒圖易米，堅貞留得萬年心。」這既是她在桂林生活的真實記錄，更是她自己一生的真實寫照。

2. 畫作散失殆盡，唯存梅菊楓

一九四四年六月，桂林大疏散，何香凝不去重慶，南下桂東的賀縣（今賀州市）。九月到達昭平，十二月四日，到達賀縣八步，在這裏，她看到了許多老朋友，有陳劭先、梁漱溟、陳此生等，她很高興地居住了下來。

何香凝在桂林和賀縣八步期間，所畫作品大都在戰亂中失散了。她在八步居住十個月時間，現留下的作品有：為劉校長作的《墨梅》，為她當時的房東廖仕漢作的《臘梅》，為當時在信都中學任教的賴又莘作的《楓葉》，另一幅《菊花》贈給當時當地工商界人士韋冠英。這些作品，現藏賀州市博物館。

一九四五年八月十五日日本宣佈投降，抗日戰爭取得最後勝利。何香凝於十月離開賀縣八步，經梧州去了廣州。

四、抗戰時期豐子愷、廖冰兄等漫畫家在桂林的創作

構成戰時桂林美術運動極活躍的另一翼是廖冰兄、葉淺予、豐子愷、余所亞、周令釗、特偉等漫畫藝術家的活動。以上除余所亞外，均是一九三八年冬至一九三九年初撤到桂林的。他們與桂林木刻界藝術家團結合作，曾創辦了《漫木旬刊》等多種刊物；《漫木旬刊》上的許多作品，都是運用木刻漫畫形式刊出的。這自然有戰時印刷方面的困難，圖版須用木刻製版上機印刷的因素，但也充分顯示了戰時美術界內的團結協作與力量。

（一）廖冰兄

1. 帶領漫畫宣傳隊傳播抗日思想

廖冰兄，原名東生，廣東省廣州市人，著名漫畫藝術家。一九三八年三月，廖冰兄在武漢加入軍委會政治部第三廳漫畫宣傳隊。一九三九年初，他率漫畫宣傳隊抵桂林，開展多項抗日文藝宣傳活動。他同劉建庵、賴少其等在《救亡日報》上創辦副刊《救亡木刻》，五月，同賴少其、劉建庵、黃新波等創辦《工作與學習‧漫畫與木刻》雜誌，他負責《漫畫與木刻》的編輯工作。他還帶領漫畫宣傳隊到廣西全州、湖南零陵等地舉辦「抗戰漫畫巡迴展覽」，不久，又到廣東曲江、南雄，連縣、翁源等地舉辦「抗戰漫畫展覽」，傳播抗日思想。他還積極參與辦展覽、輔導講課、義賣勞軍等抗日救亡文化活動，十月十月底，為桂林中學開設漫畫訓練班。十一月初至翌年五月中旬，創辦桂林行營戰時繪畫訓練班。為漫宣隊、木協聯合主辦的漫畫講座講課。一九四〇年三、四月，多次參加桂林美術界交誼會，討論〈戰時繪畫之形式及內容問題〉，《關於繪畫工作者的修養問題》等。在桂林中學參加繪像義賣勞軍。五月，籌辦大型「戰時美展」。一九四〇年六月，他擔任中華全國木刻界抗敵協會常務理事。

2. 漫畫、木刻創作成績突出

在桂林，廖冰兄創作了大量漫畫、木刻作品，尤其在創作連續木刻漫畫上有突出成績。一九三九年與陳仲綱合作了極有影響的《抗戰必勝連環畫》。全書共有一〇八幅圖，單幅畫三幅。漫畫家郁風曾撰文詳細做了介紹：「內容分兩部分：《越打越弱的日本》和《越打越強的中國》。在第一部分中有十二個題目，每個題目用四幅連續畫來表現。從《日本為什麼打中國》起，說明日本人民的窮困、軍閥統治者的剝削和野心、在我國作戰所遭遇的困難和打擊、製造傀儡陰謀的敗露、外交的無辦法、人民的反戰，直說到《最後一定打敗》。第二部分中有十五個題目，說明我們地大人多、軍器和戰鬥力的越打越進步、正規軍與游擊隊配合的戰略、軍民合作、努力生產和捐輸、清除內奸、民族團結、世界的援助，直說到《最後勝利是我們的》。」[30]該連環畫在《救亡日報》及《工作與學習・漫畫與木刻》上曾連載了一部分，後由文化供應社結集出版。他和陳仲綱還合作創作了《憲政運動》（後改為《建國必成》，《救亡日報》一九四〇年四月二十二日至五月二十七日連載）、《空室清野》等連續漫畫，與方曲直合作創作《憲政運動續畫》（後改名為《抗戰建國連環畫》）。

他的作品還有《開拓者》、《肅清漢奸，哪怕鬼子》（與黃新波合作）、《七七的獻禮》（與賴少其合作）、《汪精衛的變》（與劉建庵合作）、《讀書之難，難於上青天》等。他的作品，主要發表在《救亡日報・漫木旬刊》。組畫有《新之頌》（八幅），《汪精衛的變》（四幅），《募寒衣》（三幅）。還有，《女童軍之死》、《拿起犁耙耕田，擎起槍桿自衛》（收入《漫畫木刻月選》一輯，桂林南方出版社，一九四〇年），《日本軍閥的悲哀》、《戰爭的另一面》、《開拓者》、《保衛西南》等。這些畫構圖新穎，形象鮮明，思想深刻，愛憎強烈，通俗易懂，深受群眾歡迎，是抗戰藝術史上別具一格的作品。

一九四〇年八月，他離桂去了重慶。

（二）豐子愷

豐子愷（一八九八至一九七五年），浙江人，散文家、漫畫家、教育家。抗戰爆發後，攜家人流離失所，逃難途

30 郁風，〈試評《抗戰必勝連環畫》——給作者的信〉，《救亡日報》一九四〇年三月二十八日。

經江西、湖南、湖北等省，於一九三八年六月二十四日到桂林，住馬房背，後移居兩江泮塘嶺。到一九三九年四月五日離桂林轉柳州到宜山，入浙江大學講藝術教育課。豐子愷在桂林生活了約十個月的時間。

豐子愷由浙江家鄉逃難出來，半年多的奔波驚恐，全家人已身心疲憊。來到山清水秀的桂林，生活安定下來，令豐子愷的思想和創作異常豐富起來，在桂林留下了大量的藝術作品和藝術教育思想。

1. 教授藝術求涵養學生愛美之心

豐子愷到桂林，是應桂林師範學校校長唐現之之邀，到該校任圖畫、國文教師。在課堂上他不僅給學生講解繪畫基本常識、創作要領等藝術技巧，更重視講授藝術規律。他曾在日記中表達他教授藝術課程的宗旨：「我教藝術科，主張不求直接效果，而注重間接效果。不求學生能作直接有用之畫，但求涵養其愛美之心。能用作畫一般的心來處理生活，對付人世，則生活美化，人世和平。此為藝術的最大效用。」因此，他在教學中強調：「藝術不是孤立的，必須與人生關聯；美不是形式的，必須與真、善相鼎立。」

他在十二月一日的一次題為〈漫畫宣傳藝術〉的演講中，大力宣傳了這種「藝術必須與人生關聯」的思想，他說：「今天要我來講漫畫宣傳技法。但我覺得：對你們這種人，畫的技法還講不到，第一先要矯正人的態度。一切宣傳，不誠意不能動人。自己對抗戰尚無切身之感，如何能使別人感動？」

2. 教授愛國思想帶領學生身體力行

面對國難家仇，他不僅口授愛國思想和正確的藝術觀以及藝術創作方法技巧，教學生們如何蒐集現實生活素材，製作抗戰宣傳畫，而且身體力行，帶領學生走上街頭，開展抗日救亡美術宣傳。一九三八年十一月，敵機空襲桂林，炸毀不少民房，百姓死傷多人。師生群情激憤，集會控訴日寇暴行。他即將此事結合在教學中，要求學生每人畫一幅控訴日寇罪行的漫畫，他再根據大家交來畫稿中存在的弊端，以《控訴日機暴行》為題進行講解示範，然後要大家修改，親自帶領他們上街下鄉張貼宣傳。

十一月二十八日，他為學校畫抗戰宣傳畫一套四幅。他在日記中記到：「今日起，為宣傳保衛大廣西事停課二星期。第一星期籌備宣傳，教師須到校指導。我與王星賢擔任壁報及漫畫指導。……學校會議決定，宣傳除派學生分組走近鄉外，復以石印印吾抗戰畫四幅，隨隊揭貼，又以轉送他校。……學校要我自作四幅，趕快覓材。返家途中，覓得四題，首曰《歡送》，末曰《凱歸》。中間二幅一正一反：正曰《保國》，寫男女老幼共捧國旗，反曰《轟炸》，寫敵機濫炸平民，炸彈片切去母親背上乳兒之頭。如此，有頭有尾，有正有反，成一系統。」以後幾天，他幾次帶學生到兩江墟開展抗日宣傳。

3. 創作漫畫內容豐富

豐子愷在桂林，繪畫作品很多，有時一天畫七八幅，多時可畫十幾幅，如《教師日記》一九三九年三月三日記載：「今日開始作畫。題材取人物及楊柳、燕子，題字用『春光先到野人家』。日得十餘幅，題字同而畫材異。乃取巧之法。」又三月二十二日記載：「上午又作《阿Q正傳》漫畫十幅。」

他的作品，內容豐富：

一**類是揭露日寇暴行，鼓動民族抗戰的抗戰漫畫**：如《轟炸（一）》、《轟炸（二）》、《停杯投箸不能食》、《腰下防身劍，摩挲日幾回》、《散沙團結，可以禦敵》、《戰地之春》、《勝境在望》、《大哥同小弟》和保衛大廣西的《戰漫畫》。他畫的《漫畫日本侵華史》》全套，曾兩次完成，後不幸在流亡途中失落。

第二類是後方生活圖景：這部分有《廣西小品》（八幅）、《春風到草廬》等，其中，《廣西小品》畫的均是廣西生活圖景，豐子愷說，最有特色的兩幅是：「十歲兒童揹嬰孩放爆竹圖，及全家圍繞火爐上圓桌面吃飯圖。前者嬰孩之頭向後傾掛，似將脫落者。後者桌低於膝，菜僅一鍋，肉、菜、蒜、辣，雜置其中。二圖皆有原始生活相。」[31]

第三類是題贈畫：此類多以祝福、勉勵話語或寓意入畫，如《春光先到野人家》、《偶抛佳果種，喜見綠芽生》、《衣食當須紀，力耕不吾欺》、《除蔓草，得大道》等。獲他贈畫的有文化界人士林半覺、王星賢、李雨三、錢可人、汪毓靈、鮑慧和、舒群、桂林師範學校同事等，也有鄰居和酒店老闆等。

4. 留意民俗工藝描摹入畫

豐子愷在生活中，很注意觀察廣西的風俗文化，對桂林的種種具有工藝特點的日用器物，如竹籃、竹匣、竹碗、長煙桿、摺紙燈，永福的土製小罐形油燈，泮塘嶺的灶間和嬰兒新枚所住牛棚木窗上簡單而美觀的花紋，以及謝四嫂家的大門門閂，等等，都懷著欣喜之情，描摹下來，並在日記裏記載。他認為，這些物品，「有一種簡樸的巧」，「兼顧美術與實用」[32]，值得關注。

5. 三次重作《漫畫阿Q正傳》

豐子愷在桂林還重繪了《漫畫阿Q正傳》。他從一九三九年三月二十一日開始，每天繪十幅，至二十五日，五天時間繪成，共五十四幅圖。一九三九年，桂林開明書店匯集出版。此畫為豐子愷深愛之物，費力頗多。他在《教師日記》裏寫到：「此畫今日已是第三次重作。第一次作於二十六（一九三七）年春，時閒居杭州田家園……時張生逸心同居杭，出資自印吾所作西湖十二景將成，即要求再印《漫畫阿Q正傳》。許之，夏間鋅版五十四塊已成，付上海南市城

[31] 《豐子愷文集・七・文學卷（三）》（浙江文藝出版社、浙江教育出版社，一九九二年），頁一一〇。
[32] 《豐子愷文集・七・文學卷（三）》（浙江文藝出版社、浙江教育出版社，一九九二年），頁三八。

隍廟附近某印刷廠印行。正在印刷中，「八一三」事起，南市成為火海，此阿Q漫畫之鋅版及原稿皆成灰燼。不久我即將逃難，輾轉流離。途中常念及此稿，自念此身若再得安居，誓必重作此畫，以竟吾志。」豐子愷「重作此畫」的心願在桂林得以完成並在一九三九年出版，他稱為「意外之收穫」。

6. 出版《教師日記》、漫畫專集和理論著作

豐子愷在桂林還寫了〈畫碟餘墨〉、〈評中國畫風〉、〈談抗戰美術〉、〈國畫與國文〉、〈我所見的藝術與術家〉、〈美術的基本〉、〈中國畫與西洋畫〉、〈中國畫的特色〉、〈談壁上標語〉等一批理論文章，並寫了一本《教師日記》。《教師日記》自一九三八年十月二十四日起至一九三九年六月二十四日止，約有二百日的日記，部分在一九三九年《宇宙風》雜誌發表，一九四四年六月由重慶萬光書局出版。在桂林的一段生活，令豐子愷感懷甚深。在離開桂林之前全校師生的送別會上，豐子愷懷著依依不捨之情說：「桂林師範好比是我的母校，今後我到了遙遠的地方，想到桂師，定有老家之感。」

豐子愷離開桂林後，繼續在桂林報刊雜誌上發表了漫畫作品，出版漫畫專集和理論著作，計有《客窗漫畫》（一九四二年八月桂林今日文藝社出版）、《子愷漫畫近作集》（一九四三年八月桂林文光書店出版）、《畫中有詩》（一九四三年三月桂林文光書店出版）、《車廂社會》（桂林本，一九四三年五月桂林良友復興圖書公司出版）、《世態畫集》（與吳甲原合作，一九四四年三月桂林文光書店出版）、《圖畫常識》（一九四一年九月桂林文化供應社再版）、《藝術修養基礎》（一九四一年七月桂林文化供應社出版）、《漫畫的描法》（一九四三年八月桂林開明書店出版）、《藝術與人生》（一九四四年一月桂林民友書店出版）、《藝術學習法及其他》（一九四四年四月桂林民友書店出版）等。

豐子愷一九三九年四月五日離桂林，八日到達宜山，入浙江大學任教。八月，遷到廣西思恩。不久隨浙江大學遷到貴州。

（三）葉淺予

1. 從事抗日美術運動

葉淺予，一九〇七年三月三十一日生，浙江省桐廬縣人。抗戰爆發後，葉淺予在上海組織漫畫宣傳隊一九三八年十月武漢淪陷後，他經長沙撤到桂林。十一月下旬，在桂林被推選為中華全國攝影協會首屆幹事。不久到重慶、香港等地繼續從事抗日美術運動。一九四一年三月五日至二十八日，參加桂林美術界籌建工作室募捐美展。之後，又離桂赴重慶、香港。一九四二年二月，和戴愛蓮、黃苗子、丁聰、陳志庠、馬國亮等一行十四人由香港脫險抵達桂林。

一九四二年二月葉淺予到桂林後，參加了桂林文藝界多項活動；三月，他被推選為廣西各界救濟歸國僑胞委員會籌委會常委；四月二十六日任中華全國美術協會桂林分會理事；七月中旬，在廣西藝術師資訓練班為桂林美術界舉辦的暑期術講座講課。在桂林期間，葉淺予參與舉辦了多個畫展，並舉辦了個人畫展。一九四一年三月二十八日，他參加桂林美術界籌建工作室募捐展在樂群社堂展出；四月四日，他與張安治、張篷舟等籌備的「救僑美展」展出，展品包括葉淺予、丁聰、沈樾、張安治等的畫，歐陽予倩、林素園的書法，以及攝影、雕塑等作品共二百多件。六月二十七日至三十日，葉淺予在依仁路社會服務處舉辦「葉淺予漫畫展」，連展三天。展品分為《重慶小景》《逃出香港》兩部分，共七十多幅。前部分作品描繪戰時陪都重慶人民在日軍轟炸下的慘狀；後部分二十多幅作品，是他由香港撤到桂林後所作，所繪內容為香港戰事和淪陷後的險惡境況。

2. 漫畫創作與出版

葉淺予在桂林期間，還創作了多幅漫畫在《半月文萃》、《救亡日報》等報刊雜誌發表。他與黃新波、丁聰、李樺、特偉、劉建庵、周令釗、溫濤、林仰崢、黃超、黃茅、大風等合作出版的漫畫木刻集《奎寧君奇遇記》，收入的漫畫作品有：葉淺予的《奎寧君奇遇記》，丁聰的《香港淪陷前生相》、《光榮戰利品之獲得》，周令釗的《從前方來的朋友》，特偉的《一個老公務員的日記》等，另附有蘇聯漫畫選；收入的木刻作品有：黃新波的《死市》、《得意忘形》，劉建庵的《三十多年的老傳達》，溫濤的《姐與弟》；林仰崢的《豬與阿其仔》，黃超的《回到劫後的老家》，還收入美術評論六篇，有李樺的〈想像力與創造力〉、黃茅的〈漫畫的質〉、劉建庵的》短談漫畫〉、黃新波的〈靈魂的鞭韃〉、余迪的〈漫談繪畫藝術〉等。《奎寧君奇遇記》內容豐富，反映戰時生活的各面，圖文結合，形式多樣，是桂林漫木界攜手合作推動抗戰美術發展的又一成果。

一九四二年九月二十五日，葉淺予與戴愛蓮、丁聰、馬國霖、葉崗等離開桂林去重慶。行程中，他們在貴陽等地舉辦畫展和演出，葉淺予戲稱為「江湖賣藝團」。一行人後經貴陽去了重慶。

（四）其他漫畫家

對桂林抗日美術運動的發展起過推動作用，在創作上取得一定成績漫畫家還有余所亞、周令釗、特偉等。

1. 余所亞

余所亞，筆名SOA，著名漫畫家。生於香港，原籍廣東臺山。抗戰爆發後，積極從事抗戰漫畫創作。一九三八年被選為中華全國漫畫家協會研究部負責人，並主持漫畫訓練班。後到香港、越南等地報刊工作。一九四〇年八月二十六日由香港抵桂林。

（1）參與抗日文藝活動

余所亞在桂林期間，積極參與抗日文藝活動。一九四〇年十一月二十三日，被選為中華全國漫畫家協會廣西分會籌備委員會委員。一九四一年元月，參加了中華全國木刻界抗敵協會和中華全國漫畫家協會聯合舉辦的「街頭詩畫展」。一九四一年春，主編《美術批評》。一九四四年二月至五月，負責西南劇展會美術組指導員。一九四四年四月下旬，同黃新波、梁深等聯合開辦「春潮美術畫展」。一九四四年七月上旬，同黃新波聯合開辦「夜螢畫展」。

一九四二年，在《木藝》被迫停刊，全木協被封閉，桂林木刻運動陷入低潮的艱苦環境裏，余所亞曾計畫為桂林木刻界辦一木刻刊物，為木刻運動的復興創造條件，然而，「終阻於物價的暴漲，複製的困難，目前不能不把原來的計畫改小」，[33]結果只編了一本雜誌型的《木刻新選》，選載了李樺的《下種》、黃新波的《黃昏》、劉侖的《歸來》、蔡迪支的《拾煤》、陳仲剛的《災區》、梁永泰的《新玩具》等十二幅作品，為處於困境中的進步美術界開闢了顯露戰鬥火光的一處營地。

（2）創作漫畫、雜文、小品文和評論

余所亞在桂林，創作了一批漫畫、雜文、小品文和評論在《救亡日報》、《野草》、《青年文藝》、《半月文萃》、《詩創作》、《文藝生活》等報刊發表。主要有：漫畫《前線馬瘦，後方豬肥》、《消夏圖》、《春夜悲鳴

[33] 余所亞，《木刻新選・序》，載《木刻新選》（桂林白虹書店，一九四二年）。

者》、《安東柴霍夫像》、《郭沫若像》等，文章〈致蘇聯漫畫家〉、〈談諷刺畫家〉、〈繪畫散談〉等。發表在《野草》三卷二期上的《前方馬瘦，後方豬肥》是他的代表作。該作標題警醒、寓意深刻，是進步藝術家對國統區黑暗本質進行辛辣諷刺和有力鞭撻的力作。他還編輯了《魯迅美術語錄》和《木刻新選》、《世界風雲人物》等畫冊。一九四四年秋，因桂林將陷，余所亞撤往重慶。

2. 周令釗

（1）從事抗戰宣傳和美術教育

周令釗，一九一九年五月生，湖南省平江縣爽口村人，美術家。抗戰爆發後，參加湖南省抗敵畫會、「八一三」歌詠隊，在湖南、廣州一帶從事抗戰宣傳活動。一九三八年在武漢參加軍委政治部第三廳領導的漫畫宣傳隊。一九三九年到桂林，是年十一月，應聘為桂林行營政治部召開的戰時繪畫訓練班講課。一九四〇年初參加中華全國木刻界抗敵協會，陣中畫報聯合舉辦的口「抗戰街頭詩畫展覽」。是年三月初參加歐陽予倩領導的廣西省立藝術館美術部工作。四月，同李樺、廖冰兄、黃新繪像義賣，將收入支援前線戰士。六月下旬，任中華全國木瓢抗敵協會理事。一九四二年初參加桂林美術界新年團聚會。加入抗敵演劇隊第五隊，在廣西，雲南抗日前線巡迴演出，宣傳抗戰。抗戰勝利後，繼續從事演出、美術教育工作。

（2）創作漫畫與連環木刻漫畫等美術作品

在桂林期間，周令釗創作了一批美術作品，主要有連環畫《兒童魂》（《工作與學習・漫畫與木刻》連載）、連環木刻漫畫《空室清野》（與陳仲剛合作）、《火燒敵機場》（一九四一年桂林文化供應社出版），漫畫《從前方來的朋友》（組畫，收入《奎寧君奇遇記》，一九四二年桂林耕耘出版社出版）、《吳稚輝先生說：「汪精衛是妓女政客」》、《站得牢，跌不倒》、《法西斯併吞了捷克》、（我們所知道改頭換面的仇貨）、《春天多一點汗，秋天多收擔糧》、《要抗戰到底》、《仇貨！仇貨！仇貨！》，宣傳畫《汽油是國家的血液》、《要抗戰到底》、《同情與愛護》、《民族解放的開端》和木刻《送茶女》（和新波合作），《對於戰士的心》、《請進來》、《長者的遺物》等。周令釗為雜文刊物《野草》設計的封面，畫的是一堵嚴密的磚牆上，縫隙中長出一枝小草，頗有藝術意味而又耐人咀嚼，為《野草》月刊增色不少；《野草》月刊編者秦似幾十年後回憶起來，對其仍有讚色。

3. 盛特偉

盛特偉，署名特偉，廣東省中山人，漫畫家。抗戰爆發後，盛特偉到武漢參加軍委會政治部漫畫宣傳隊。一九三八年十月武漢淪陷後，盛特偉與漫畫宣傳隊撤到桂林，繼續開展漫畫宣傳活動。一九四〇年下半年他離桂赴香港，一九四一年底香港淪陷後他於一九四二年三月中旬回到桂林，一九四三年三月十四月間離開桂林赴重慶。

（1）參與籌備「中國抗戰藝術展覽會」

盛特偉兩次居桂期間，均積極投身桂林抗戰文化運動，做了大量的工作。一九三九年六月六日，同黃新波、梁永泰等一起籌備「中國抗戰藝術展覽會」，該展覽會由中蘇文化協會和蘇聯對外文化協會主辦，展出重點是抗戰美術作品，以漫畫、木刻為主，六月底在蘇聯舉行。九月二十日，他同黃茅一起，帶領漫畫宣傳隊，攜帶漫畫二百多幅，離桂赴曲江、南雄、連縣、翁源一帶，舉辦流動展覽，培訓漫畫、木刻創作人員。十月下旬返桂，應聘為桂林中學戰地服務團舉辦的漫畫壁報訓練班上課，並下鄉開展漫畫壁報活動。十一月初，應聘為桂林行營政治部設立的戰時繪畫訓練班上課，為期半年，課程為：素描、色彩、布畫、圖案、漫畫、木刻。同時被聘為教員的還有：汪子美、劉元、沈同衡、周令釗、張友慈、廖冰兄、黃茅、梁中銘等人。

（2）參與「抗戰街頭詩畫」、「香港的受難」畫展

一九四〇年初，參加中華全國木刻界抗敵協會和陣中畫報社主辦的「抗戰街頭詩畫」展覽。參展者還有：陽太陽、黃新波、劉元、宋萍（克君）、龍廷壩、龍敏功、張友慈、周令釗、陽建德、龍若林等人詩畫作品一百多幅。一九四二年十二月二十六日至一九四三年一月九日，和郁風、黃新波、溫濤、楊秋人、盛此君等在桂林中華聖公會禮拜堂聯合舉辦「香港的受難」畫展，揭發控訴了日本強盜的侵略罪行，這次畫展，最初是由郁風和特偉、新波三人發起的，共展出作品六十幅。其中特偉的作品有：《不要忘記我們》（素描）、《一個新命運明天就要到來》（色彩）、《聖誕日的公共食堂趴案貓》、《人力的消失》（素描）、《一列開往口口所的軍用車》（色彩）、《羽譯——口口口口老人悄悄地過去了》（色彩）等。

（3）出版漫畫集和理論著作

在桂林期間，盛特偉創作了大量的漫畫，主要有：《對敵宣傳畫四幅》、《桂林市民疏散》《汪精衛眼中的獨立、自由、和平》、《一個老公務員的日記》、《孤獨者》、《地球的縱火者》《鬼子過年，一年不如一年》、《軍事預算日增，日本的人民供不應求》、《張伯倫的戲法》、《廣西山水甲天下》（與黃新波合作）等。《廣西山水甲天下》一幅，以桂林奇峰林立般的炮陣，顯示抗戰中的廣西軍民嚴陣以待的英姿與鬥志，構思奇巧而又激蕩著堂堂正氣。是作者較出色的一幅作品。特偉還為《藝叢》、《抗戰文藝》、《廣西婦女》等刊物設計封面。

特偉在桂林，還與劉建庵合作創作出版了漫畫集《我控訴》，該畫集由特偉畫，建庵刻，一九四二年十月由桂林三戶圖書社出版，包括《法西斯的存在，就是人類文明的毀滅！》、《「相見甚歡」（日本外相松岡訪德印象）》、

《當心鼻子！》、《劊子手》、《奠基之日》、《達爾蘭擲下的肉彈》、《法西斯和青年》、《新和平神造像》、《腿兒軟軟》、《「去職」與「上任」》等四十幅漫畫。

特偉在桂林還寫作發表了不少文章，對漫畫理論發表了獨特的見解。《漫畫研究初步》是其理論著作代表，在其中一章〈什麼是漫畫〉（載《救亡日報》一九三九年十二月二十九日）中，他指出：「究竟什麼是漫畫的特質，拿什麼作為界限呢？概括地說，漫畫的特質就是『誇張』，不論是內容形式，都可以把它擴大，把它誇張起來……其次，漫畫應該是暴露的、改革的、教育的甚至是攻擊的，而所採用的手段是諷刺（或幽默的諷刺，或滑稽的諷刺、含蓄的或露骨的諷刺等）。非如此不成為漫畫，因為漫畫的使命是諷刺社會一切畸形發展，暴露社會的黑暗、醜惡、不平，以改善社會的構助人類意識的發達，並且打擊一切破壞和平的人類公敵和阻止會進步的惡勢力。」他最後的結論是：「總之，漫畫是繪畫的一個部門，是在形式上或內容上以誇張諷刺的手法來表現事象的繪畫。」

一九四二年，特偉的作品參加了《香港的受難》畫展，受到美術界人士的好評。

五、抗戰時期陽太陽在桂林的美術活動與創作

抗戰時期活躍在桂林的眾多美術家大都是因戰亂從全國各地來到桂林的，也有在廣西本土成長起來的美術家，如陽太陽、徐傑民、龍廷壩、林半覺等。其中，陽太陽是最傑出的一位。

陽太陽（一九〇九至二〇〇九年），原名陽煥，後改名陽雪塢，廣西桂林人。油畫家、詩人、藝術教育家。一九三七年七月至一九四四年六月，陽太陽在桂林生活了七年時間，是抗戰時期桂林美術界重要的藝術家、藝術教育家。

（1）從事抗日美術宣傳工作

一九二八年，陽太陽考入上海美術專科學校，一九三五年赴日本深造，翌年創作油畫《女青年》、《赤色之戀》參加日本美展，受到美術界人士讚揚。一九三七年七月「盧溝橋事變」爆發，陽太陽放棄赴巴黎作藝術考察的計畫，於八月乘船回國，九月回到闊別十年的故鄉桂林，積極投身抗日進步文化運動。十月，應徐悲鴻之邀在桂林美術院舉辦「陽太陽個人畫展」。一九三八年五月，在桂林加入第五路軍國防藝術社，任美術部主任。一九三九年七月四日，同夏衍、艾青、田漢、舒群、王魯彥等被推選為中華全國文藝界抗敵協會桂林分會籌委會委員，負責總務工作。一九四〇年初，參加中華全國木刻界抗敵協會。一九四三年，同林半覺，龍潛、張家瑤、龔紹焜、林垣之、馮靜居等被選為廣西美術會理事。一九四四年秋湘、桂大撤退，陽太陽離開桂林到貴縣覃塘中學任教。

（2）戰鬥畫作獲得讚譽

從事抗日美術宣傳工作，創作大量充滿戰鬥激情的作品，是陽太陽在桂林的重要活動內容。這一時期陽太陽創作的作品主要有油畫《騎者與馬》、《磨刀的人》，水彩畫《持槍的人》，國畫《農戶》、《女戰士》、《打刀的人》等。他的畫生動形象，感染力強，艾青特地為《女戰士》題詩。他還畫有揭露日軍暴行的漫畫《姦殺》、動員抗戰力量的宣傳畫《紀念「七七」要充實國防》等。陽太陽也畫了不少表現山水田園風光的作品，如油畫《陽朔風景》、《沙原上的船》、《灕江暮色》、《象鼻山》、《殘》、《白鷺》、《曉》，水彩畫《巷》、《早霧》、《雪》，還有《秋林山居》、《殘月》、《夜航》、《青色的調子》、《風車》、《農村》、《雨之街》、《早霧》、《雪罩著的村子》、《暮》等。

他的作品，得到了評論家的讚譽。黃超當年在《廣西日報》著文評陽太陽的畫，說：「雖然在畫面上看不見流血的場面，但是，在他純熟的技巧製作的繪畫裏，仍多戰鬥的內容。」他舉《戰士和馬》與《打刀的人》二幅為例，說：前者「寫出了荷槍的人和馬都是參加戰鬥的」；後者則「很清楚地說明了要為災難復仇而寄希望於刀上」。他指出陽太陽的國畫「充滿抒情的韻味，也是難得之作」[34]。

孟超說：「所謂陽太陽的畫，富有現實感，企圖著一個理想，這也不是抽象的概念。太陽最喜歡畫機器的動律，喜歡畫受難者的愁苦，喜歡畫戰鬥者的奮昂，有時也常帶一絲哀愁，有時也失望，但他那愛世的心，正義的情緒，是深伏畫幅骨骼裏。新寫實主義作風應該是正確的人生觀與高度的情感的結合，這，太陽是當之無愧的。」[35]李傳信在〈陽太陽畫展觀後〉一文中指出：「看他油畫的幾張山水吧，尤以《陽朔風景》的，表現的手法很獨特，這樣，對南國這種峭壁削岩，直立千尋的石山，寫來非常真切。又如《殘》、《白鷺》、《曉》那幾張的境界，真令人有幽深飄然之感。」[36]一九四二年十月二十四日，《廣西日報》在「關於陽太陽畫展」的通欄標題下，發表了陳邇冬等的署名文章，對陽太陽抗戰時期的畫作做了綜合性的評論。

（3）多次參與畫展，舉辦個展

參與抗日文藝界的多次畫展籌備並多次舉辦個人畫展是陽太陽在桂林的又一重要活動內容。一九三七年八月，他剛剛從日本回國到桂林時，就應徐悲鴻之邀在桂林美術院舉辦「陽太陽個人畫展」，展出作品近百幅，向家鄉人民彙報。一九三八年一月，他代表國防藝術社召開廣西省藝術工作者會議，籌備「廣西全省美展」，繪製大型宣傳畫、漫畫

34 蔡定國，〈陽太陽抗戰時期年譜〉，《陽太陽藝術文集》（南寧：廣西美術出版社，一九九二年）。
35 孟超，〈從太陽畫作談到初陽畫風〉，《力報》[衡陽版]一九四四年二月二十七日。
36 李傳信，〈陽太陽畫展觀後〉，《廣西日報》一九四二年十月二十八日。

並從事詩文創作。一九三九年六月，他代表國防藝術社發起籌辦留桂畫家抗戰流動畫展，並組織來桂的漫畫宣傳隊，連同國防藝術社、《陣中畫報》社，籌集作品到廣西全州等地展出。

一九四〇年，他組織國防藝術社美術部與《陣中畫報》社聯合舉辦抗戰街頭詩畫展覽。一九四〇年十月十八日同萬昊、張在民、黃超、陳仲綱，鍾惠若、林恆之、盛此君、陳頤模、吳宣化、張蘭芬等人舉辦十一人油畫展。一九四二年九月下旬，選油畫二幅，定價五千元，捐贈本戰區慰勞傷兵。一九四二年十月二十三日，第二次舉辦個人畫展，展出作品八十幅。四月初同張安治等參加「兒童的展覽會畫展」。六月二十六日，在桂林創辦初陽畫院，年底，主辦初陽畫展。一九四四年六月初，同張光宇、劉火子等參加西洋名畫欣賞展覽。一九四五年在玉林縣城第三次舉辦個人畫展。

（4）從事藝術教育工作

從事藝術教育，培養藝術人才，是陽太陽在桂林的活動另一項重要內容。一九四一年，陽太陽擔任了桂林美術專科學校教務長、教授等職。一九四三年六月，陽太陽辦起初陽美術學院，又稱初陽畫院，自任院長，主導教學和建院工作。李濟深、茅盾、歐陽予倩、田漢、熊佛西、周鋼鳴、李文釗為贊助人。院址設在桂林建乾路。初陽畫院第一年招生十八人。第二年增至三十多人。課程設有中國畫、油畫、水彩素描、色彩、藝術史論、文藝理論。院內備有石膏模、人體模特、靜物等，供學員室內寫生基本練習，師生們並訪問農村、工廠，進行社會調查，到山水風景田園中去寫生作畫，蒐集素材。一九四四年一月一日，該院在桂林青年會禮堂舉辦初陽畫院師生作品展覽會，展出師生創作的國畫、油畫、水彩、水墨畫、素描作品一百餘幅。此外，陽太陽還任桂林榕門美術專科學校西畫系主任，為廣西藝術師資訓練班及桂林美術界舉辦的各種美術講座講課。陽太陽為桂林美術界培養了一批優秀人才。

（5）戰鬥詩作激情澎湃

陽太陽還是一位激情澎湃的詩人，他寫有〈火・自由〉、〈給戰友們〉等戰鬥的詩作。發表在桂林《半月文藝》第十七、十八合期（一九四二年一月二十日）的〈給戰友們〉，表達了他的抗戰到底的決心：「我們知道，／我們為什麼而戰鬥著呵／今天／讓我們踏在兄弟們的血跡上／重新再說一次吧／我們必須從敵人手裏／奪回我們被奪去了的歡樂。」一九四一年六月，他和李文釗、胡危舟等辦起大型詩刊《詩創作》，李文釗任社長，陽太陽、胡危舟、陳邇冬任主編。《詩創作》發表了郭沫若〈罪惡的金字塔〉、田間〈她也要殺人〉、艾青〈賭博〉等重要詩作和茅盾、胡風、黃藥眠等的重要詩論，成為抗戰時期桂林乃至西南大後方重要的詩刊。他寫的政治抒情詩《消滅納粹黨徒》長達三百行，是陽太陽的代表作，當時形成較大影響。

一九四四年秋，湘桂大撤退，陽太陽被迫離開桂林，到玉林、貴縣等地活動，後在貴縣覃塘中學任教。抗戰勝利後他去了廣州。新中國成立後，他回到廣西，長期擔任廣西美術學院院長。

第五章　史料探微

一、從桂林抗戰文學研究看史料發掘和思路拓展

（一）由文學、文藝研究拓展到文化研究的過程

在一九三七至一九四五年中國全面抗戰的八年中，中國人民為反抗日本侵略者而浴血奮戰，在展開平型關大捷、臺兒莊血戰、武漢會戰、百團大戰等軍事抗戰的同時，愛國文化人用手中的筆，在國土尚未淪陷的大後方，展開著抗日文化保衛戰。在廣西，以桂林文化城為中心的文化保衛戰，是抗日戰爭時期中國文化人抗日文化保衛戰的一個生動內容。

桂林文化城誕生於河山變色、鐵蹄橫行的戰爭環境裏。在一九三七年全面抗戰爆發的頭一年裏，古都北平、文化中心上海（上海僅剩下英、法租界，被稱為淪陷區中的「孤島」）、首都南京陷落，翌年，華南和華中重鎮廣州、武漢

也相繼陷落。在這樣嚴峻形勢下，在南方的一座小城——以風景甲天下聞名的桂林，從僅七萬人口毫無文化地位的小城市，竟轉眼成為具有四十萬人口、上百家報刊社、上千文化人聚集的重要文化城。曾任全國人大副委員長的文化名人胡愈之一九七八年在回憶抗戰初期的文化形勢時說：「山明水秀的桂林，本來是文化的沙漠，不到幾個月時間（指一九三八年十月到一九三九年上半年——李建平注）竟成為國民黨統治下的大後方的唯一抗日文化中心了。」[1]當時桂林的文化繁盛景象，文藝評論家周鋼鳴一語概括是：「文人薈萃，書店林立，新作疊出，好戲連臺」，並稱讚為「繁花競秀，盛極一時」。文學史家藍海在《抗戰文藝史》中稱為「抗戰文藝運動的大據點」（頁五一）。

當時先後在桂林活動的作家藝術家和學者有一千多人，著名文藝家、學者有：郭沫若、茅盾、巴金、夏衍、柳亞子、徐悲鴻、田漢、艾青、胡愈之、胡風、賀綠汀、范長江、楊朔、秦牧、歐陽予倩、王魯彥、艾蕪、周立波、陶行知、梁漱溟、馬君武、沈志遠、雷沛鴻、李四光等。許多重要的作品在這裏創作而出，許多重要的劇作在這裏首次上演和發表；出版和發行的書刊，在全國堪稱第一。一九四四年二至五月舉辦的西南五省戲劇展覽會，更是聚集了南方五省近千名戲劇工作者和文化工作者參加，演出劇目一百二十六個，造成了中國現代戲劇史上的空前盛舉，影響遠至海外。

對這段寶貴的民族文化史蹟，廣西學者開展了積極研究。其源頭可追溯至上個世紀六〇年代初，當時，《廣西日報》副刊專門開闢「桂林文化城憶舊」專欄，先後發表了夏衍、司馬文森、周鋼鳴、秦似、李任仁、林路、汪鞏、潔泯等當年在桂林工作和戰鬥過的文化人的回憶文章，與此同時，廣西師範學院（今廣西師範大學）中文系專門組成了「抗戰時期桂林文學研究組」，對桂林抗戰文學史料進行蒐集和整理，並編成《抗日戰爭時期桂林文藝史料》初稿，可惜，這些史料尚未及付印，「文化大革命」便開始了，桂林抗戰文藝的研究工作被迫中斷。在中共十一屆三中全會召開後的一九七九年，桂林抗戰文化研究重新提上日程，正式展開。一九八四年開始編撰出版《抗戰時期桂林文化運動資料叢

[1] 胡愈之，〈憶長江同志〉《人民日報》一九七八年十一月二十三日。

書》。一九八八年十二月廣西學者聯合起來於成立了廣西抗戰文藝研究會（一九九六年改名廣西抗戰文化研究會，並正式在廣西自治區民政部門登記），將研究工作推向新的階段。

一九七九至二〇〇九年的三十年，廣西學者在桂林抗戰文化研究方面活動多樣，取得大量學術成果，如舉辦多次學術研討會，其中一九九五年的學術研討會，以弘揚愛國主義精神為會議的主題，邀請了湖北、山東、四川等省學者參與，取得了較重要的研究成果，《人民日報》和上海《社會科學報》均於當年發表了會議綜述。整理出版的學術成果主要有：編輯《抗戰時期桂林文化運動資料叢書》、《桂林抗戰文藝詞典》、《桂林文化大事記》等各種資料集二九種，出版專著《桂林文化城史話》、《桂林抗戰文藝概觀》、《桂林抗戰文學史》、《抗戰時期文化名人在桂林》、《歷史的高峰——桂林文化城的魯迅研究》、《中國共產黨與桂林抗戰文化》、《抗戰遺蹤——廣西抗戰文化遺產圖集》、《豐碑：桂林抗戰紀實文物史料圖集》等十九種，字數在一千萬以上；出版連續性論文集《桂林抗戰文化研究文集》一至八輯共八本，《抗戰文化研究》年刊已出至（二〇〇七至二〇一二年）六輯。

桂林抗戰文化研究逐漸在國內學術界形成較大影響。武漢學者章紹嗣一九九八年在〈抗戰文藝研究回眸六十年〉裏說：「自一九八八年後，全國的抗戰文藝研究勢頭減弱」，這時，「廣西取得了顯著成績」（《抗日戰爭研究》一九九八年第四期）。二〇〇五年在紀念中國抗日戰爭勝利六十周年的時候，學術界對近十年來的抗戰文化研究進行了回顧和評析，湖北省江漢大學鄧正兵的文章〈近十年來抗戰文化研究述評〉在評述「抗戰文化的區域發展及其特色」時，以較多的篇幅介紹了廣西抗戰文化研究情況：「二十世紀八〇年代中期後，學術界對國統區地方抗戰文化的研究取得了相當的成果，近十年來繼續保持興盛的勢頭。關於桂林抗戰文化的研究最引人注目，發表了相關論文二百多篇，出版了著作十餘本，近年來的研究不斷走向深化……」並肯定了廣西抗戰文化研究對中國抗戰文化研究的作用：「目前，專門研究抗戰文化的學術團體不多，廣西抗戰文化研究會和桂林抗戰文化研究會等機構對推動抗戰文化研究起了重要作用。」（《抗戰時期的中國文化》，人民出版社，二〇〇六年）。湖南學者唐正芒在論文〈近十年抗戰文化研究述評〉中說：

「當年抗戰文化繁榮活躍的桂林，今天出現了同樣繁榮活躍的抗戰文化研究。從地區來說，當今研究抗戰文化成果最多、影響最大、最為熱烈而又歷久不衰的大概首數桂林。桂林是抗戰年代名播中外的文化名城。在這一得天獨厚的歷史和地域優勢下，桂林抗戰文化研究堪稱獨秀山下一枝獨秀。……桂林抗戰文化研究經過改革開放後二十多年的發展，已逐步從單純的歷史研究中走了出來，正形成為一種集文學、藝術、文化、黨史、地方史、新聞出版、教育、圖書館等眾多學科聯合攻關，有現代資訊技術參與，為改革開放和當前的經濟社會發展服務的現代新型學科的雛形。桂林抗戰文化研究還進入了一些桂林高校的研究生課程，這更是可喜的開拓。桂林抗戰文化研究形成了一支可觀的、比較穩定的研究隊伍，其研究成果已引起了中外學界的矚目。」（《湘潭大學學報》二〇〇七年第四期）

桂林抗戰文藝（文化）研究由一九七九至二〇〇九年保持了三十年的活力，一個重要因素是史料發掘不斷深化，史料發掘整理和研究的領域不斷拓展，形成了由文藝到文化的拓展、由基礎研究向應用研究的轉化。桂林抗戰文化研究最初是從對文藝家活動的史料蒐集和研究開展的，經過三十年的努力，目前已形成了集文學、藝術、文化、新聞出版、黨史、地方史、教育、圖書館等眾多學科聯合攻關的研究局面，許多跨學科成果在產生，許多新研究領域在出現。研究方向也在加強向應用研究轉化。隨著經濟社會發展對文化需求的加大和抗戰文化研究的深入，自二〇〇二年九月在桂林舉辦廣西抗戰文化資源調查與開發研討會和二〇〇四年十二月在南寧舉辦廣西抗戰文化研究與文化資源開發研討會以後，廣西抗戰文化研究工作正在發生一定的轉變，由書齋擴展到田野，由文本擴展到圖像，由歷史拓展到現實。其標誌一是抗戰文化遺產──八路軍桂林辦事處紀念館納入廣西旅遊發展規劃、抗戰文化研究與廣西紅色旅遊發展結合起來；標誌二是二〇〇八年廣西抗戰文化研究會完成了自治區社科規劃專案《廣西抗戰文化遺址保護與旅遊開發及其項目設計研究》；標誌三是二〇〇五年廣西抗戰文化研究會為紀念中國抗日戰爭勝利六十周年推出新的研究成果──《抗戰遺蹤──廣西抗戰文化遺產圖集》，二〇〇八年桂林抗戰文化研究會和八路軍桂林辦事處紀念館聯合編著《豐碑：桂林抗戰紀實文物史料圖集》，這兩本由上千幅圖片和幾十萬文字組成的抗戰文化研究著作，是將檔案資料與田野調查成果、將歷史圖像與現實場景、將學術研究與攝影藝術和數碼技術結合起來的產物。它以彩色的品相和現實文化遺產的定位，構成了獨特的內質和品格。以上幾項成果是發掘抗戰時期文化新史料、推進研究工作深化、擴張社會影響的初步收穫。

（二）新史料發掘途徑管見

關於新史料的發掘和研究，大約可以理解為三層涵義：一是新史料的發掘途徑，即勘查新礦源；二是辨析舊史料、廢史料，開發新價值，即運用新方法、借助新史料，提煉舊史料中前人未提煉出的新價值；三是整合舊史料，發掘其綜合利用價值，即借助它學科、多學科的史料和研究成果，啟動舊史料的中樞，使舊史料得到二度、三度運用。第一層涵義大體是宏觀指導性的，第二、第三層涵義大體是微觀操作性的。

我是一九八〇年開始涉足桂林抗戰文藝研究領域的，一九八一年在《廣西大學學報》發表第一篇資料性長文〈桂林文化城期刊簡介〉，一九八二年發表第一篇學術論文〈論桂林文化城在國統區抗日文藝運動中的地位和作用〉，在這一領域開展工作即將滿三十年了。結合三十年來從事桂林抗戰文化研究的實踐，我對本次會議的議題，重點談談新史料的發掘途徑問題。

1. 圖書館、檔案館館藏歷史資料

圖書館、檔案館是我們史料發掘實踐活動最多的處所。到圖書館、檔案館蒐集研究資料，是最傳統的途徑，也是至今學人最主要和最正統的資料蒐集方法。一般說來，它似乎不是我們討論「新史料」發掘與研究的領域，其實不然，理由主要有三：

（1）一個圖書館或檔案館不可能藏有你的研究需求的所有資料，你必須到幾個甚至幾十個圖書館、檔案館蒐集資料。這是一輩子跑不完的。我從八〇年代初開始，曾自費和利用出差機會到過北京圖書館（今國家圖書館）和重慶、南京、上海、廣州、南昌、貴陽、昆明、桂林等地的省級圖書館以及中國現代文學館查閱過幾乎所有能見到的抗戰時期桂林的出版物，但比較重要的還有一個成都的四川圖書館沒有去，還有許多市級圖書館和高校圖書館也藏有許多珍貴的資料，都還顧不上去或無法去。

（2）經過近一二十年的發展，圖書館科技手段不斷提升，檔案館檔案的逐步解密，館藏資料較八〇年代、九〇年代有了許多新的增補，館藏史料較前豐富了許多。這是我們必須繼續去圖書館、檔案館發掘新史料的又一理由。

（3）一些塵封已久的歷史資料被圖書館人發掘出來，有待我們各個學科的學者開發利用。例如廣西柳州市圖書館在一九九八年一月從塵封多年的書庫中意外地翻檢出四千餘冊日文原版書籍，其中有七百餘冊內容與日本侵華戰爭有關。據圖書館工作人員回憶：這些書籍是一九五八年成立圖書館時，遼寧省撫順市圖書館「支援工作贈送的」，由於年代久遠，人員變動，它們一直「不為人知」地被保存著。柳州市為此專門成立了「中日歷史研究室」，夜以繼日進行整理、翻譯工作，目前已完成七百五十餘冊，不少書籍中以不同方式記載著日本軍國主義侵華的野心、暴行。

2. 上世紀末的當事人口述資料

上世紀八九〇年代開始，採訪當事人或親屬，蒐集口述資料成為發掘新史料的一個重要途徑。人民文學出版社從七〇年代末開始出版的《新文學史料》在這方面貢獻許多，刊登了許多老作家的回憶錄，成為現代文學研究的重要參考資料。我自上世紀八九〇年代以來，先後訪問過當年在桂林工作過的夏衍、艾青、端木蕻良、盛成、林煥平、于逢、秦似、潔泯、舒蕪、晏明、彭燕郊、陽太陽、曾敏之、陸華柏、張在民、徐傑民等作家、藝術家，另對一些作家做了函訪。這些工作，為桂林抗戰文化研究積累了相應的資料。但是，自上世紀末特別是進入二十一世紀以後，這批抗戰文化人除極個別人以外，絕大部分已先後仙逝，採訪當事人蒐集口述資料的方式已基本完結。出版界這些年來出版的大批著名文化人的回憶錄可以歸入此類，細細查閱和辨析，仍能從中發掘到一些可用的資料。

3. 新世紀以來的多元化資料

改革開放以來，特別是新世紀以來，隨著國家的逐步開放和國力的強大、社會物質文化水平的不斷提高、社會科學事業的不斷發展，出現了一些新的資料來源，構成了可供發掘的新途徑。我認為有以下一些：

（1）田野考察資料

田野考察是民族學、人類學的主要研究方法，過去在文學和文藝研究中運用不多。從事抗戰文藝或文化研究，卻越來越需要借重此種方法此種途徑。抗戰時期文化人大都有離鄉背井到處遷徙的經歷。茅盾可能是遷徙最繁、跋涉最多的作家。抗戰爆發時茅盾在上海，上海淪陷前夕轉到廣州、香港，後去武漢，數月又折回香港，一九三八年底赴新疆，一九四〇年五月到延安，十月到重慶，「皖南事變」後到香港，太平洋戰爭爆發後於一九四二年三月撤到桂林，住至同年十二月後去重慶。國外研究者因此稱茅盾這一時期為「流浪期」[2]。其他如艾青、巴金、胡愈之、郁達夫、蕭紅、端木蕻良、胡風、夏衍、田漢、豐子愷，等等，抗戰時期大後方文藝家基本上都有過一番由北到南、由東到西的大遷徙，流動性都相當大。因此，要做好抗戰文藝研究，不做相應的哪怕是一定程度的田野考察，僅對作家文本做細讀分析，怕是

2 松井博光，高鵬譯，《黎明的文學——中國現實主義作家・茅盾》（浙江人民出版社，一九八二年）。

難以研究到位的。這類似於姚朝文提出的解決文學研究困境的兩種總的方向拓展之一：「將嚴格限定在文本（尤其是書面文本，而且集中於經典文本）的、傳統意義上的經典詩學轉向文本賴以存在的語境研究。」[3]這裏所說的田野考察包括勘查作家故居、舊居、重要文化活動遺址，查看舊居及其紀念館保存的文物、圖片，體驗作家活動地的自然和人文環境，訪問當地的知情人，查閱方志、地方報刊，等等。

（2）地方誌和地方文學史資料

修志是中國文化的一個傳統。改革開放以來，地方誌研究發展很快，成果甚豐。各地整理出版了許多市誌、縣誌、行業誌，十分系統完備，還有類似《××百年》的許多資料集、圖片集。這些志書蒐集了許多當地社會發展資料，包括文化資料。這裏面包括了許多重要文化活動史實和重要文化人行蹤的資訊和資料，從中可以發掘許多前所未知的史料。據謝泳的資料介紹，民國時期新修的方志，現存約有一千五百種；上世紀八〇年代以來新編纂的方志約有二千種。[4]

與此相近的一類資料還有近十來年各省學者編撰出版的地方文學史著作。據初步統計，計有陳伯海、袁進主編的《上海近代文學史》，王文英主編的《上海現代文學史》，邱明正主編的《上海文學通史》，張振金著的《嶺南現代文學史》，鍾賢培、汪松濤主編的《廣東近代文學史》，陳慶元的《福建文學發展史》，吳海、曾子魯主編的《江西文學史》，崔洪勳、傅如一主編的《山西文學史》，馬寬厚的《陝西文學史稿》，喬力、李少群主編的《山東文學通史》，王嘉良主編的《浙江二十世紀文學史》，王維國主編《河北抗戰題材文學史》，王齊洲、王澤龍著的《湖北文學史》，陳書良主編的《湖南文學史》（現代卷、當代卷），馬清福的《東北文學史》，白長青主編的《遼寧文學史》，彭放主

3 姚朝文，《文學研究泛文化現象批判》（上海三聯書店，二〇〇八年），頁五。
4 謝泳，〈中國現代文學史料的幾個來源〉，寧網-Eyii.com-網路新閱讀。

編《黑龍江文學通史》，內蒙古大學中國語言文學系編的《內蒙古自治區文學史》，陳遼主編的《江蘇新文學史》，高松年的《吳越文學史》，王永寬等的《河南文學史》，譚興國的《巴蜀文學史稿》，鄧經武的《二十世紀巴蜀文學》，耿予方的《西藏五十年•文學卷》，蔡定國、楊益群和李建平的《桂林抗戰文學史》等二十餘種。這些著作，除了一九六〇年出版的《內蒙古自治區文學史》之外，大多數是上世紀九〇年代以來寫作和出版的，裏面蒐集整理有許多在一般《中國現代文學史》裏無法容納和沒有涉及的文學史料。

（3）民間收藏資料

俗話說：「亂世藏金，盛世藏器。」改革開放三十年中國經濟社會的快速發展，促進了文物收藏業的興盛。過去不被收藏家看好的民國報刊書籍也成了收藏家青睞的藏品。民間收藏中的現代文學資料是相當可觀的。民間收藏包括學人收藏和收藏家收藏。學人收藏方面，鄭振鐸、唐弢是最著名的。唐弢有藏書四萬餘冊，共計平裝二三千餘冊，線裝書二千餘冊，外文圖書六百餘種，期刊一千八百八十八種。其中毛邊書一千三百餘冊，簽名本六百餘冊，初版本一千五百餘冊，珍稀本六百餘冊。藏書中有一級品一百四十一種。在他去世後，家人將全部藏書捐獻給了中國現代文學館，建立起唐弢文庫。繼之的著名學者有姜德明、陳子善、倪墨炎和香港學者胡從經等。胡從經有藏書三萬冊，其中藏有近現代文學論著與作品萬餘冊，近現代文學期刊千餘種，其中有百多種為《全國期刊聯合目錄》所不載。私人藏書也並非完全無法借用，在有一定的交情、正當的理由和最好能達到雙贏的結果的情況下，有時是可以從私人藏書中發掘到一些長期無法找到的新資料的。

收藏家中，在抗戰紀念品收藏圈有「四大天王」：北京「藏書狀元」秦傑集藏抗日史料三十年，藏品二千餘件，拍場上專購版本文獻價值理想的抗日精品；瀋陽詹氏「九一八侵華罪證研究室」主人詹洪閣專藏東三省抗日文物，文獻和器物五千餘件；四川成都企業家樊建川集藏各種文物二百萬件，投資五億元籌建建川抗戰博物館，其中有抗戰文物幾萬件，包括抗戰時期的多種出版物；湖南長沙企業家劉昌年珍藏人民軍隊抗日書刊和日軍侵華史料二萬餘件，集藏的日軍侵華地圖中就有湖南省衡陽遭日軍細菌戰毀滅的街巷詳圖，當地群眾參觀人數已達一五萬人次。據中國收藏家協會對四千七百位會員的調查，收藏抗日文物文獻的收藏家過千人。全國範圍內的紅色收藏愛好者不計其數，以解放區、抗日根據地出版物和器物作為收藏專項的收藏家遍佈各地。收藏家的藏品大都難以使用，但有的資料通過編撰出版某一專題書籍得以面世。

（4）家譜和日記資料

在一些已去世的著名文化人的家屬手中，收藏有其家譜和日記。這也是新史料開發的處所，當然也要有相當的交情才能見到。大多數情況下，只能等待家屬、親友整理好交出版社出版後才能見到了。民間收藏的書信數額也極大，中華全國總工會的方繼孝先生對中國近現代文化名人手跡情有獨鍾，十幾年來共收藏七千餘件，其中信箚六千餘通。

（5）來自中國臺灣和海外各國的資料

自上世紀末中國改革開發以後，大陸與臺灣的關係逐漸改善，中國與世界各國的聯繫日益密切，帶來了教育、出版和學術合作等文化交流活動的頻繁。來自臺灣和海外各國的現代文學新史料也逐漸增多，如臺灣出版的《傳記文學》，是瞭解現代作家生平史料的一個重要渠道；又如已經在美國斯坦福大學的胡佛檔案館全部開放的《蔣介石日記》，二〇〇七年已由團結出版社以《蔣介石日記揭秘（上下）》書名出版，輯錄了蔣介石自一九一五至一九四九年部分日記共一千餘篇。該書作者張秀章對蔣介石日記深入研究整理並逐篇進行了考釋、注解和評析，內容涉及黨務、軍事、行政、外交以及家事等諸多方面，是研究民國史和中國現代文化史的重要參考資料。

（6）可供整合的藝術、出版、新聞、教育、歷史、文博等學科資料

現代文學的發生發展過程與中國政治變動、文化思潮和文化界其他學科的發展密切相關，尤其是藝術、哲學、新聞、出版、教育、歷史、文博等學科。許多活動是多學科交叉開展的，尤其是抗戰文學，與抗戰藝術密不可分。許多作家身兼兩職、三職，是作家又是編輯家、是作家又是新聞記者、是作家又是教育家之類的例子不勝枚舉。因此，利用其他學科的資料和研究成果，可以輔助我們的現代文學研究。這裏要涉獵的領域相當多，發掘工作的工作量也相當大。但所得往往很多，常常有令人欣喜的收穫。

（三）發掘新史料的幾個實例

1. 拓展研究新領域實例

文學研究向文藝、文化領域拓展，是現代學術發展的趨勢，是學科建設的需要。這正如美國學者W・J・T・米切爾所說：「從過去的二十五到三十年來，由於媒體的影響，文學理論走了下坡路，不再是人們研究的中心，許多人紛紛轉向了文化研究。誠然，文學的力量變弱、走向邊緣的境遇叫人難過，但是在這裏我並不想對其表示哀悼，也不像許多人那樣人云亦云說書本死了，文學業已終結。事實上，文學以及文學理論並沒有終結。雖然文學受到媒體的衝擊走向了邊緣化，但是……它們已經從文學機構撒播到文化生活中的各個方面，包括媒體、日常生活、私人生活領域和日常經驗中。同時，文學理論本身也向各個方面播撒開來。在美國有一種流行的說法：理論死了，已經終結了，關於理論再也沒什麼可說的了。身為一個大的文學理論雜誌的編輯，我堅決反對這種說法。文學理論自身並沒有消亡，只是發生了某

種形式上的變化，它已轉而研究新的對象，如電視、電影、廣告、大眾文化、日常生活等；文學理論有了新的表現形式和新的話語。」[5]現代文學研究也應當取此態度，由狹隘的學術領地跳出，向廣闊的學術新天地拓展，只有如此，它才有自由空闊的生長空間，才不至於被認為已陷入困境，走向死亡。如前所說，桂林抗戰文學研究的歷程就是一個由文學研究向文藝研究、文化研究拓展的過程，由此保持了學科的活力和發展的動力。一個明顯的例子是廣西學者從事桂林抗戰文化研究的課題連續四年在國家社科基金獲得立項，即：廣西師範大學文學院李江主持的二〇〇六年國家社科基金西部專案《抗戰時期桂林文化城戲劇家群及其成因研究》（06XZW007）、廣西大學新聞與傳播學院商娜紅主持的二〇〇七年國家社科基金西部項目《抗戰時期廣西新聞出版事業研究》（07XXW002）、廣西師範學院新聞學院靖鳴主持的二〇〇八年國家社科基金一般專案《抗戰時期國共合作背景下桂林新聞事業史研究》（08BXW003）、廣西社會科學院李建平主持的二〇〇九年國家社科基金藝術學一般專案《桂林抗戰藝術史》（09BA008）。

2. 整合它學科成果發掘新史料實例

自二十世紀末到本世紀初，抗日戰爭史研究領域逐漸形成由史料突破帶動理論突破的新面貌，這就是由對國民黨軍隊在正面戰場的戰績的資料統計帶動對抗日戰爭正面戰場的重大作用的認識上的重大突破。我們從中國人民抗日戰爭紀念館公佈的《中國人民抗日戰爭戰績》可以看到：從一九三一年九月到一九四五年九月，正面戰場、敵後戰場、東北抗日軍民殲滅日軍數分別為八十五萬、五十二點七萬、十七萬。這一資料準確說明了，中國的抗日戰爭，是由中國共產黨領導的八路軍、新四軍和國民黨領導的政府軍在敵後戰場和正面戰場共同作戰所展開的。

最權威的表述是胡錦濤總書記二〇〇五年九月三日在紀念中國人民抗日戰爭暨世界反法西斯戰爭勝利六十周年大

[5] [美]W・J・T・米切爾，李平譯，〈理論死了之後〉，《文藝報》二〇〇四年七月十五日。

會上的講話。胡錦濤總書記論述論抗日戰爭的戰略力量時說：「中國國民黨和中國共產黨領導的抗日軍隊，分別擔負著正面戰場和敵後戰場的作戰任務，形成了共同抗擊日本侵略者的戰略態勢。以國民黨軍隊為主體的正面戰場，組織了一系列大仗，特別是全國抗戰初期的淞滬、忻口、徐州、武漢等戰役，給日軍以沉重打擊。」[6]肯定了中國共產黨和國民黨軍隊，一同構成了抗日戰爭的主體力量，各自在敵後戰場和正面戰場戰鬥，共同抗擊日本侵略者。歷史學的研究突破，必然衝擊抗戰文藝研究形成思維振盪。

中國社會科學院文學所秦弓，近幾年對「抗戰文學與正面戰場」的研究，包括〈抗戰文學與正面戰場〉（《河北學刊》第二十五卷第五期，二〇〇五年）、〈抗戰文學對正面戰場問題的表現——抗戰文學與正面戰場研究〉（《陝西師範大學學報》第三十五卷第二期，二〇〇六年）、〈抗戰文學對正面戰場的正面表現〉（《涪陵師範學院學報》二〇〇六年第一期）、〈關於抗日正面戰場文學的問題〉（《重慶師範大學學報》二〇〇九年第一期）、〈抗戰時期作家與正面戰場的關係〉（《抗戰文化研究》第一輯，二〇〇七年）、〈抗戰文學中的滇緬公路〉（《抗戰文化研究》第二輯，二〇〇八年）、〈抗戰文學中的武漢會戰〉（《抗戰文化研究》第三輯，二〇〇九年）等系列論文，是整合歷史學研究成果，發掘抗戰文學研究新史料，開拓研究新領域的一個很好的實例。

3. 史料發掘新途徑實例

（1）借助檔案資料完成的《豐碑：桂林抗戰紀實文物史料圖集》

八路軍桂林辦事處紀念館研究員文豐義等編著的《豐碑：桂林抗戰紀實文物史料圖集》，二〇〇八年八月由廣西

---

6 胡錦濤，〈在紀念中國人民抗日戰爭暨世界反法西斯戰爭勝利六十周年大會上的講話〉，《紀念中國人民抗日戰爭暨世界反法西斯戰爭勝利六十周年學術研討會論文集》（中共黨史出版社，二〇〇六年），頁二。

師範大學出版社出版。它以八路軍桂林辦事處紀念館、桂林市檔案館、桂林圖書館、桂林市博物館等單位的館藏資料為基礎，輯錄整理出歷史圖片八百一十七幅，分為共赴國難、中流砥柱、文化抗戰、同仇敵愾、保衛桂林、歷史的啟示六個部分，反映桂林抗戰歷史進程和政治、軍事、社會、文化、外交等各個方面的歷史內容，是考察桂林抗戰歷史的抗戰文化的基本樣本。其中，涉及抗戰文化內容為頁九四至二三四，共一百四十一頁，約三百圖。

（2）勘踏文化遺址完成的《抗戰遺蹤——廣西抗戰文化遺產圖集》

廣西抗戰文化研究會和廣西社會科學院文史研究所等單位合編的《抗戰遺蹤——廣西抗戰文化遺產圖集》，二○○五年十一月由廣西人民出版社出版。該書以「反映現存文化遺產」，即實實在在的可觸摸的物質文化遺產，反映那段已經逝去六十多年的悲壯歷史。書中內容分為指揮地遺址、戰場遺址、日軍侵華罪行和中國人民災難遺址、抗日英雄活動和死難烈士紀念地遺址、抗戰機構活動遺址、名人故居和文化遺址、國際援華抗戰或反戰機構和人員活動遺址、抗戰標語與石刻、紙質文化遺產等九部分，由四百二十幅圖片和十萬多字組成。其中涉及郭沫若、夏衍、歐陽予倩、徐悲鴻、張曙、賴少其等文藝家的遺址、遺物及一批抗戰書籍報刊。該項研究是將歷史與現實結合、將文化研究與文化遺產保護與開發結合，通過大量田野考察完成的成果。

（3）利用民間收藏完成的《無法塵封的歷史——抗戰舊書收藏筆記》

安徽省社會科學院文學所錢念孫研究員著的《無法塵封的歷史——抗戰舊書收藏筆記》，二○○五年八月由安徽教育出版社出版。著者從自己所藏的近七千冊民國舊書中挑選出二百二十二種，每種配以書影和文字介紹，全書共刊出三百多幅書影和圖片，近二十萬字的介紹文字，其中不乏市面難見的珍品。涉及文學的著作有臧克家的《從軍行》、鄒韜奮的《對反民族的抗爭》和《小言論》、蘇雪林的《南明忠烈傳》、趙超構的《延安一月》、陳樹人的《戰塵集》

等。注意此類由藏書家編撰的著作，雖然不一定能得到直接的研究資料，但往往能從中獲得有關的資訊和某種啟示，這也是研究工作所需要的。

二、茅盾抗戰文藝活動史實補正及其佚作鉤沉

（一）關於《茅盾年譜》的補正

《茅盾年譜》，查國華編，長江文藝出版社一九八五年三月第一版。該書在一九四三年六月四日、七日、九日、十四日、二十一日，七月三日這幾個條目中，記載了茅盾與葉聖陶在桂林相逢的活動情景。茅盾是一九四二年十二月三日離開桂林去重慶的，以後沒有回過桂林，何以又於一九四三年在桂林與葉聖陶相會呢？此中顯然有錯。

查葉聖陶日記《蓉桂之旅》（載《新文學史料》一九八二年第四期），葉聖陶是一九四二年六月四日至七月十一日旅居桂林的，日記中六月、七月各日與茅盾相會的情景，與《茅盾年譜》一九四三年中所記的那些條目相同。由此可知，《茅盾年譜》將茅盾一九四二年的這些活動誤記為一九四三年了。

另外，我補充一九四二年茅盾的兩個活動日期：

1. 茅盾香港脫險後到達桂林的時間

《茅盾年譜》記作：「五日以後，到達桂林……」（頁二六〇）此處沒有標明準確日期。

據筆者查閱，一九四二年三月九日《大公報》[桂林版]「桂市點滴」欄目報導了「茅盾、以群由港脫險抵桂」的消息。筆者在一九八一年所寫的〈茅盾在桂林的文學活動〉（現已收入福建人民出版社一九八三年出版的《中國當代文學研究資料・茅盾專集》第一卷上冊）已明確寫清了這一日子。一九八五年發表的茅盾回憶錄《桂林春秋》（載《新文學史料》一九八五年第四期）也寫到是三月九日到達桂林的，可以確知這一日子是準確的。

2. 關於茅盾離桂林後到達重慶的日子

《茅盾年譜》只寫：「三日離桂林，約二十餘天，到達重慶……」（頁二六六）此處亦無明確日子。

茅盾一九四二年底到重慶的準確日子，在筆者所能查到的幾個《年譜》、《年表》中，均未見有記載。是否查無可考呢？不然。筆者在一九四三年一月一日《新華日報》所載的茅盾的文章〈希望二三〉上發現了蹤跡。茅盾寫道：「路上走了十多天，到達陪都時正在耶誕前夜。」耶誕節是十二月二十五日，由此可考訂出茅盾是十二月二十四日到重慶的。〈希望二三〉是茅盾到重慶的幾天後寫的文章，所記述的日子當不會有誤，可以斷定十二月二十四日到達重慶這日子是準確的。

不容否認，《茅盾年譜》的作者集茅盾數十年的活動史料整理、刊佈出來，工作是巨大的，成果來之不易，對於我們來說也極為寶貴。我們不可能要求《茅盾年譜》將茅盾一生活動史實囊括盡淨。一部完備、準確的《茅盾年譜》，必然是在集體的力量下產生的。這裏我將查國華《茅盾年譜》中尚未記錄的茅盾的一些活動史實補充如下，供今後《茅盾年譜》的修訂工作輯錄補充：

一九三八年

四月十八日　致《戰時藝術》編者信一件。《戰時藝術》一九三八年第五期以〈來信〉發表。

一九四二年

三月中旬　出席《文藝雜誌》社舉行的文藝界友人宴會；出席的尚有王魯彥、王西彥等。

五月十日　參加文協桂林分會召開的關於「保障作家合法權益」第二次會議，討論工作方案。

六月三十日　應中國旅行社《旅行雜誌》主編孫春臺之邀，與孔德沚赴中國旅行社的宴請，席間應約寫稿。

七月十四日　參加田漢主持的「歷史劇問題座談會」，就歷史劇創作問題發言。

十月十六日　應廣西藝術師資訓練班之邀，為其學員講〈文學之產生、發展及其影響〉。

十一月中旬　參觀沈逸千個人畫展，為沈逸千《白楊圖》題詩並寫畫展觀感一篇。

十一月　本月，編成《見聞雜記》、《白楊禮讚》、《茅盾自選短篇集》三書交出版社。

十二月三日　離桂林，當日到柳州，拜訪第四戰區司令長官張發奎，寫詩相贈。發表於《正氣》週刊一九四三年第一卷第一期。

(二)關於《引領向北國——抗戰烽火中的茅盾生平事略》的補正

此《事略》實為「年表」。曹金林編著，載《抗戰文藝研究》一九八四年第一期。此《事略》既為「年表」性質，史實記載就較為簡略，一九四二年茅盾在桂林的活動，僅做十條記載，但大體還詳略得當，茅盾主要活動史實基本收錄。

我發現的該《事略》中的一個錯誤之處是茅盾離桂時間。《事略》寫道：

十二月十日左右，茅盾夫婦離開桂林，乘汽車至貴陽，從貴陽去重慶。

茅盾離桂時間應是十二月三日。我查閱一九四二年十二月四日《大公報》[桂林版]，該日「桂市點滴」欄目有「茅盾昨攜眷乘車赴渝」的報導。查國華《茅盾年譜》也已記明此日。

我也曾有此認識。一九八一年三月二十七日茅盾逝世後，筆者應《語文園地》之約，於四月上旬趕寫了〈茅盾在桂林的文學活動〉一文交該刊於同年第三期（雙月刊）「沉痛悼念茅盾同志」專輯刊出。由於發稿在即，加之環境所限，《大公報》非輕易可見，因而未能查找到茅盾離桂的準確日期。筆者最後只能由茅盾〈希望二三〉一文「路上走了十多天，到達陪都時正在耶誕前夜」一句，由二十四日推前「十多天」，定作「十日左右」寫進拙文中。文中是這樣寫的：「茅盾於一九四二年十二月十日左右離開桂林，乘汽車經貴陽到達重慶」（這裏，「乘汽車」亦有誤，應是乘火車至金城江，轉汽車經貴陽到重慶）。

一九八二年，我查閱到了《大公報》[桂林版]，在撰寫的〈簡論一九四二年茅盾在桂林的活動〉文章中，已將茅盾離桂時間改正為十二月三日（此文已收人湖南人民出版社一九八三年《茅盾研究論文選集》）。但對「十二月十日左右」之誤，仍未做明確說明。這裏就此此機會將此錯誤指出。

（三）茅盾軼文（詩）鉤沉

筆者在現代文學研究工作中，從所查閱的一些舊報刊上發現了現代文學巨匠茅盾的二則軼文（詩）。它們不僅未曾收入《茅盾全集》和各類文集、文（詩）選集，而且在各家《茅盾年譜》、各類茅盾研究資料集的作品目錄中均未收入，茅盾的回憶錄中亦未提及。現將這兩則軼文（詩）介紹出來，供茅盾研究界參考。

1. 致張發奎詩一首

一九四二年十二月三日，茅盾離開桂林前往重慶，途經柳州停留期間，曾寫有一詩贈與張發奎：

致張發奎詩

倭奴驚哭國人笑，長勝將軍猶未老。
淞滬當年頌戰功，南天此日載仁道。
深謀遠其制機先，惜士愛民倡導早。
勒馬何時鴨綠江，引觴一擲乾坤小。

詩作發表於一九四三年一月一日創刊的《正氣》週刊第一卷第一期。詩前有編者誌：「名作家茅盾日前經柳趨訪張向華將軍曾獻詩一首誌別。」關於該詩寫作時間，原詩未注明。茅盾係十二月三日離桂林的。查茅盾回憶錄〈桂林春秋〉一節，寫道：「十二月三日，我們與海男順利地來到了柳州，並在柳州過夜，因為從桂林至金城江沒有直通客車，必須在柳州換車。……第二天，在去金城江的火車上……」由此可知此詩寫作時間當在十二月三日或四日。究竟是三日晚抑或四日上午去訪張發奎並題詩相贈的呢？回憶錄未提及訪張之事，不好臆斷，考證暫到此為止吧（該詩標題為筆者所加）。

張發奎當時任國民黨第四戰區司令長官，率部駐守柳州，負責兩廣軍務。當時中國共產黨曾派地下黨員左洪濤、何家槐任張發奎的秘書，做張的統戰工作。茅盾途經柳州，探訪這位柳州最高領導人並辭行，是正常的。茅盾贈詩，表面看來是讚頌這位「長勝將軍」戰功、政績的應酬詩，其深意則是鞭策這位國民黨將領記取當年抗日戰功，在今日繼續堅持抗戰，直至驅逐外敵，收復國土。該詩「勒馬何時鴨綠江，引觴一擲乾坤小」一句，體現了茅盾的這種深刻用心。

仔細吟誦全詩，茅盾的愛國心聲清晰可觸，給人以強烈的警醒和深切的激勵。此詩應屬茅盾舊體詩詞中抗戰意識表現得十分強烈的一首，值得我們珍視。

2. 致《戰時藝術》編者的信一封

《戰時藝術》雜誌是廣西國防藝術社所辦的綜合性藝術刊物，一九三八年三月一日創刊，社長李文釗，主編先後由熊紹瓊（司徒華）、陳邇冬擔任。該刊出版後，曾向茅盾約稿，並寄去兩期刊物。同年四月十八日，茅盾給該刊編者寫了一信，《戰時藝術》於一九三八年五月一日出版的第五期刊出。這封信在現所見的茅盾年譜、茅盾著譯年表等研究資料中均未提及，亦未收入茅盾各個集子中，屬茅盾軼文無疑。現介紹如下：

致《戰時藝術》編者的信

××先生

來示及戰時藝術二冊，收到已久，遲覆為歉。我已經讀過這二冊，意見如下：論文方面如一期的「把筆端觸到後方種種」，「發動職業劇人……」，「關於舊戲改良……」等篇，都是針時當前的實際問題提出了精確的意見的，我相信這樣的主張應當使從桂林一地普遍到全國去。作品方面，比較薄弱一點，但這自然是客觀事實所限，——人少與無外來投稿。鄙意少登作品，多登指導性質的論文，亦一辦法；因為此刊既為××社所辦，一方可為××社同人發表研究及與國內其他文化工作的團體和個人交換意見之機關，另一方面可盡了推動廣西國防文藝的使命。所以我時於 貴刊的俞途豔 有莫大的期望！目前我因積壓事件太多，急待清理，一時不能寫些短文奉上，出月以後，當有時間，敬當遵命寄上短文。……

茅盾啟　四月十八日

信中所說的「××社」，即為國防藝術社的簡稱「國藝社」；收信人不詳；省略號為原刊發表時省略（標題為筆者所加）。茅盾在這封信中，對《戰時藝術》做了中肯的評價，表達了他對那些能針對抗戰實際問題提出精確意見的理論文章的厚愛和對《戰時藝術》的期望，反映了他對抗戰文藝理論建設和批評工作的重視。他甚至建議《戰時藝術》：「少登作品，多登指導性質的論文」；他認為：這樣做，同樣是盡了推動抗戰文藝的使命。茅盾的這封書信，對我們瞭解茅盾抗戰初期的文藝思想，是有幫助的。茅盾後來在〈新刊三種〉一文中，對《戰時藝術》雜誌做過介紹。〈新刊三種〉現在葉子銘編的《茅盾文藝雜論集》中已收入。

三、艾青抗戰文藝活動史實補正

（一）關於《艾青抗戰時期活動年表》的補正

《艾青抗戰時期活動年表》，賀錫翔編著，載《抗戰文藝研究》一九八四年第三期。該《年表》是筆者目前所見最為詳細的《年表》，是富有參考價值的，但《年表》中有幾個錯處是必須指出的。

1. 艾青「沒有」出席中華全國文藝界抗敵協會桂林分會成立大會

《年表》一九三九年十月二日載：

（艾青）出席中華全國文藝界抗敵協會桂林分會成立大會。

這是一個錯誤的記載。艾青是一九三九年九月離開桂林赴湖南的新寧縣任教的，十月份已不在桂林，不可能出席成立大會。據《救亡日報》報導，艾青是九月下旬離桂的，《年表》也寫艾青「九月在湖南」，艾青不可能九月底到達湖南那偏僻的小縣城後又能在十月二日前趕回桂林，這在時間上說是來不及的。

查文協桂林分會會報《抗戰文藝・桂刊》創刊號關於分會成立的報導和一九三九年十月四日《救亡日報》[桂林版]的報導：〈文協桂林分會昨開成立大會〉，均未見艾青出席的文字。艾青在一九三九年七月四日出席文協桂林分會籌備會時，被選為籌備委員之一，如十月二日在桂林參加了成立大會，又是被選為桂林分會理事的，而文協桂林分會理事名單中竟沒有艾青。這些均說明了艾青沒有出席這個成立大會。

2.「（一九三九年十月）在桂林主編《廣西日報》副刊《南方》」史實錯誤

《年表》在一九三九年十月之後寫道：

> 本月在桂林主編《廣西日報》副刊《南方》。

這又是一個較大的史實錯誤。《南方》始終是艾青主編的，自一九三八年十二月二十日創刊至一九三九年六月底，共出版約九十期。《南方》停刊的具體時間不詳，現所見最後一期是六月二十八日的《南方》第八十九期。至九月二十一日，《廣西日報》出一新副刊《漓水》，〈編後小記〉曾說：「《南方》脫期太久了，本刊就是《南方》的繼續。」這說明一九三九年七月以後已無《南方》。艾青一九三九年十月也不在桂林，因而一九三九年十月「在桂林主編

《廣西日報》副刊《南方》」是不準確的：

（二）關於《艾青年表》的補正

《艾青年表》，周紅興編，收錄於人民文學出版社一九八三年《中國現代作家選集・艾青》，此年表對材料核實較準確。尤以著譯活動記載較詳，其他社會活動收錄較少。

這裏，筆者就所掌握的材料，對周紅興的《艾青年表》和賀錫翔的《艾青抗戰時期活動年表》未收錄的活動補充如下：

一九三八年

八月十六日　致S君信一件。《詩》月刊第三卷第二期（一九四二年六月）以〈退居衡山時〉為題發表。

十一月十三日　出席第五路軍政治部藝術股歡迎來桂美術界救亡工作人員會議。出席者尚有陽太陽、劉元、特偉、汪子美等。

十二月二十日　主編《廣西日報》副刊《南方》。今日的《廣西日報》刊出第一期，登載有艾青的〈發刊詞〉（未署名，艾青給筆者的覆信中確認為自己所寫）。

十二月二十五日　《廣西日報》副刊《南方》發表艾青詩作〈縱火〉。

一九三九年

五月二十五日　《廣西日報》副刊《南方》發表〈文學上的取消主義〉。

四月五日　《救亡日報》副刊《文化崗位》發表〈詩的祝禱——給寫詩的朋友們〉。

七月十二日　《救亡日報》副刊《文化崗位》發表詩作〈死〉。

四、《郭沫若傳》中兩處史實有誤

龔濟民、方仁念夫婦辛苦多年，在完成兩大本的《郭沫若年譜》之後，又寫出了《郭沫若傳》（北京十月文藝出版社，一九八八年）。他們對郭沫若研究是有一份功勞的。展讀《郭沫若傳》，發現兩處小小的史實錯誤，願指出來供學術界同人瞭解並供龔、方二人來日修訂此書時之用。

（一）郭沫若在廣西大學演講的講題應是〈戰時教育〉

《郭沫若傳》頁二四五記載：郭沫若在桂林期間，他在日本九州帝國大學的先後同學、當時任廣西大學校長的白鵬飛，邀請去廣西大學為師生演講。

這事是準確的，郭沫若在《洪波曲》中亦記載了此事。《郭沫若傳》記錯之處在郭沫若這次演講的內容。《郭沫若傳》寫道：

> 他（郭沫若）不談一般的抗日大道理，而從復興中華民族的精神談起，說明我們的民族精神一是富有創造力，二是富有同化力，三是富有反侵略性。

接下去還引有〈復興民族的真諦〉中的一段文字。

這裏，將〈復興民族的真諦〉認作郭沫若在廣西大學的演講稿了。不錯，〈復興民族的真諦〉是郭沫若一九三八年十二月在桂林所寫，但他到廣西大學演講的不是這一講題，而是〈戰時教育〉。當時《廣西日報》是這樣記載的：「廣西大學，於昨（十七）日上午十時，請軍委會政治部第三廳廳長郭沫若到良豐該校演講，講題為〈戰時教育〉。」

郭沫若在桂林共做了演講五次，這件事我寫於一九八二年的〈郭老戰鬥生活的一個縮影——抗戰時期郭沫若在桂林的活動及其意義〉一文（載《抗戰文藝研究》一九八三年第一期）中已有記載。龔、方二人可能沒有見到此文。

（二）《救亡日報》復刊日應為一九三九年元月十日

《郭沫若傳》頁二四六，在談到郭沫若任社長的《救亡日報》一九三九年在桂林的復刊時寫道：

新的一年總算有了個好的開頭，《救亡日報》果真於元旦在桂林復刊。

這裏的復刊日有誤。《救亡日報》在廣州失陷後遷來桂林籌備復刊，這是郭沫若一九三八年十二月在桂林時過問、關照過的。該刊原定一九三九年元旦復刊，但實際情況是推遲了十天，到元月十日才復刊的。

現存於八路軍桂林辦事處紀念館的《救亡日報》表明了這一日期。當年曾在《救亡日報》任記者、編輯工作的華嘉在撰寫回憶文章〈桂林《救亡日報》之憶〉時曾專門查證過該報復刊日，查證結果寫到了文章中；該文刊於《新聞研究資料》第三輯（一九八〇年），龔、方二人顯然也未看到。《郭沫若傳》是依據《洪波曲》中郭沫若的誤記寫入的。

將這一日期記錯的除《郭沫若傳》外，還有龔、方二人合編的《郭沫若年譜》（頁三三九）、王繼權等人合注的《郭沫若舊體詩詞繫年注釋》（頁二三三注釋一），可見實有著重指出的必要。

另外，該書頁二七五所記一九四一年桂林文藝界紀念郭沫若創作二十五周年和誕辰五十周年慶祝晚會上，有「中國戲劇社合唱田壽昌作詞、姚牧譜曲的祝壽歌《南山之什》」。這裏，「中國戲劇社」應為「新中國劇社」。查《郭沫若年譜》一九四一年十一月十六日條目，是寫作「新中國劇社」。同一作者所寫的兩部書，一正一誤，不知何故？這裏一併將此小小瑕疵指出。

五、抗戰時期秦牧在桂三篇集外佚文評價

秦牧、楊朔、劉白羽是中國當代文學中並列的散文大家。秦牧的散文成就及影響，主要是在五六〇年代裏取得和形成的。秦牧正式步入文壇是四〇年代初的事。他早年的作品，蒐集成冊的只有一本《秦牧雜文》（另有一本中篇小說《「賤貨」》），該集收雜文十八篇，小說性質的歷史小品七篇。他在四〇年代所寫的大量作品及理論評論文章，至今尚未收入近年編輯出版的《秦牧文集》、《秦牧自選集》、《秦牧選集》等大型專集中（僅小說部分已基本收入陳衡編的《盛宴前的瘋子演說》中，廣西人民出版社一九八七年出版）。這，一方面是由於時間久遠，資料大都散失，蒐集確實不易；另一方面，秦牧最初步入文壇的作品，畢竟不如後來的老練圓熟。秦牧曾經說過：「和世俗流行的『文章是自己的好』的觀念未必相同，我頗知自己作品的缺點、弱點，對幾十年來的作品，本來並不想一一端出來公之於眾。」（《盛宴前的瘋子演說・序》）因而他在《秦牧文集・總序》中說：「這套文集裏面，我只收入解放後的作品，並沒有蒐集解放前的。」

綜觀現今所見的秦牧各類作品集及有關研究資料集，的確難以看到秦牧早年的作品，即使一套比較完整的秦牧作品年表，至今仍未能見到有人編出。因而我們看不到秦牧由早年至今五十年來文學寫作活動的完整面貌，這無疑是不利於對秦牧這位有影響的散文家的研究的。我在從事桂林抗戰文藝研究工作中，曾發現秦牧早年在桂林所寫的幾篇論文和評論。這幾篇文章，既未收入秦牧的任何集子中，也無人在秦牧研究文章和資料集中提及。這裏，我想介紹出來，一則彌補上述遺憾，為編撰秦牧著作年表，凸顯秦牧早年的文學活動身影盡一點力；二則不想使秦牧的這幾篇文章在歷史長河的流逝中湮沒消失，為我們文學研究工作者提供一些材料，促進秦牧研究工作的開展。秦牧儘管說過並不想把自己的作品一一端出來公之於眾，但他也說過：「有些人有『悔其少作』的心理，不願提起青年時代的幼稚之作。這一點，我倒沒有。……每個人都穿過開襠褲，回首前塵，這並沒有什麼可恥之處。而且，優點和缺點總是相對而言的。」（《盛宴之前的瘋子演說・序》）他也清楚地知道研究工作者的需要：「對某一作家的優點和長處，固然可以研究，對他的缺點和短處，也同樣值得探求。」（《秦牧自選集・序言》）況且，我並不認為秦牧早年的這幾篇作品代表了「缺點和短處」。

這裏我要評價的是秦牧一九四二年在桂林寫的三篇理論研究與評論文章：〈論小說創作〉、〈論丁西林的《妙峰山》〉、〈易卜生研究〉。

（一）〈論小說創作〉的評價

〈論小說創作〉，署名「秦牧」，二千餘字，發表於《文學創作》創刊號，一九四二年九月一日出版於桂林。該文不是闡述小說創作原理的理論文章，而是在描述中國現代小說發展脈絡的基礎上，評析今日小說創作問題的批評文章。全文分為三節，前兩節評述中國現代小說發展歷史，雖僅僅一千多字，但概括了「從創造社、文學研究」到「終於通過《七月》、「光明特刊」等狹窄的橋樑邁步到一個新天地來了」這二十多年的小說創作面貌。應當說，這兩節文字是全文最精彩處。這不僅僅指的是作者能以簡約凝煉的文字結構二十餘年的小說發展圖景，更重要的在於，作者清晰理出了小說發展的主脈以及由此而形成的「光輝傳統」。秦牧認為，現代小說之所以能疾飛猛進的發展，在於它一開始就「隱伏下革命文學的線索」，並能跟著時代一道「喋血前進」。秦牧是這樣表達現代小說的這一正確的「創作方向」和所形成的「光輝傳統」的：

《小說月報》、《創造期刊》該是當年小說創作的一面鏡子，……這是二十年來小說創作的一個起點：題材方面，從人道主義出發描寫廢墟上的鬼戲（？？）從溫情主義出發描寫灰色卑瑣的人生，不曾接觸到歷史的全面，卻已經接觸到歷史的真實；主題方面，在解釋人生，闡揚善與愛之中，已隱伏下革命文學的線索。初期的文學活動，雖像沒有開過浪漫主義的花，沒有結過寫實主義的實常常依傍靈感觀念，在小說創作上表現為隨感錄的形式，但那種創作方向，在易卜生中間閃爍著一點雨果（茅盾語），在白樺派的風味裏混和著客觀主義，正徵兆著一個階級的苦悶與掙扎，在新的歷史ロロ之前，他們如果不是一步步喋血前進，唯有慘澹地沒落。這正說明二十年來的小說創作，何以每一歷史階段都能有新的成就，近十年遠勝於前十年，而且手法雖劃然不同，脈絡仍依稀可見。同時也說明，唯美、象徵、頹廢、印象諸流派，又何以像大海中的小浪花，隨時湧起，而又旋歸消滅？

作者認為，正是在這一創作方向和光輝傳統之下，小說創作取得了比其他領域更大的成績。文章接下去寫道：

在這種歷史的巨力光輝的傳統之下，我們的小說領域逐漸出現了屹立在（？）毒之上四面揮戈的魯迅，像巴爾札克般胸襟浩闊的茅盾，美妙的故事家沈從文，熱情的自白者巴金，爽颯的丁玲，凝煉的魯彥，響著感慨笑聲和噴薄著智慧的幽默的老舍、張天翼，沉厚憂鬱的沙汀，老實淳樸的艾蕪……他們都是這一光輝傳統的發揚者，繼承者。

在第二節評述抗戰時期的小說創作時，秦牧對「小說題材漸次擴張」和「主題方面，除了繼續發揚反侵略的要義外，著重於後方社會的批判」的情景，做了簡略描述，並分別介紹了短篇小說和長篇小說創作方面的成就和新人。在這節文字裏，作者還對促成小說「加速前進」的時代、理論、翻譯這三大要素，做了扼要分析。文章寫道：

時代、理論和翻譯可以說是刺激新文學，尤其是小說創作加速前進的三大要素。「五四」、「五卅」、「九一八」、「七七」，首先在文學領域中予以反映的是小說創作。從文學革命到革命文學，從大眾語運動到民族形式問題的提出，首先受到試煉的也是小說。新文學運動初期對於日本文學、泰戈爾、尼采諸人的介紹，很快的使小說領域受到影響（？？）俄國作家、法國作家系統的迻譯，受影響既深且速的也莫若小說。當前時代激蕩如此，民族形式問題的討論已有了初步成就。而且翻譯風氣正盛（巴爾札克、易卜生全譯的進行和譯文刊物的滋長是一個例），情勢如此，小說創作偉大的前途是可以預卜的。

該文的第二節文字，談到了當前小說創作的問題，秦牧概括為以下三點：（1）從概念出發，虛構人物，或從故事入手，安插人物，前者使作者變成概念化的俘虜，浮光掠影，人態模糊；後者使人物和故事脫節，情趣、意義，兩不相涉，……（2）只陳列素材，忘記了有機的聯繫和必要的剪裁，絮絮道來，叨叨切切，還不曾跨越過舊現實主義的門檻。（3）視野的廣度和思想的深度，對於藝術創作最為重要，……我們當前小說的取材和主題，一般說來，仍嫌粗淺，生活的偏枯造成文學的偏枯，認識的浮淺影響主題的浮淺。」這些評論，是符合當時創作的實際並富有理論深度的。

〈論小說創作〉一文，顯示出作者具有文學史家穿透歷史的目力和淘揀萬物的胸襟與才能。在短短的二千餘字裏，他能描寫出現代小說發展二十餘年的歷史，提煉出歷史的啟迪和經驗教訓，這些描述和總結，今天看來，基本是準確和正確的，而瀟灑流暢的文筆，又透顯出作者令人親近的隨筆式評論風格。

（二）〈論丁西林的《妙峰山》〉的評價

〈論丁西林的《妙峰山》〉，署名「林覺夫」，約六千字，一九四二年六月七日作，發表於《文學批評》創刊號（一九四二年九月）。

這是一篇箚記性劇評，全文分五節：第一節「剪影」，概述近年來的喜劇創作和對《妙峰山》作者丁西林之印象。第二節「五組人物」，介紹了劇中的五組人物，即第一組：王老虎和他的部下陳秘書、楊參謀以及小學校長等人；第二組：懼內的郭士宏先生和他太太谷蘭芝；第三組：華華小姐；第四組：學生旅行團的男女青年；第五組：汽車夫阿祥和他太太小蘋果。秦牧分析了這五組人物在劇中的作用，例如第一組人物，是劇中最主要的故事脈絡和最突出的主題思想；第二組和第五組人物，是劇中「笑料的源泉」。

秦牧在該文第三節「畫夢圖」中分析了劇本的主題思想。他認為，劇本無意中透露了作者的烏托邦思想，因而主題思想「有點像：勸人到妙峰山上做『有良心的強盜』」。秦牧引用劇本中王老虎勸說學生旅行團青年上山入夥的兩段描繪妙峰山世外桃源情景的語言來說明這種主題思想的流露。秦牧指出了這一主題思想的缺陷：「妙峰山寨景象的描畫，是丁西林的良善的火花，然而卻同樣是那個劇本的瘀血。通過這一幅畫夢圖，我體味到人性的芬芳，卻又惘然於孤獨的感情之晦澀。」

第四節「銀鈴樣的語言」，評論該劇的語言成就與特色，認為：「對話是丁西林最大的成功。」第五節「不止刺激和哈哈大笑的喜劇」，是對中國式喜劇的發展道路的思考。秦牧認為：「我想中國的喜劇，該不是創造一些標本式的形象，讓他們做技巧的俘虜和情節的傀儡罷！而且，也不只是為了一時娛樂的目的，在誇張和不負責任的情形下提供一些刺激和哈哈大笑而已罷！浪漫主義的莫里哀的喜劇、美國式的喜劇、蘇聯《紅色新婚曲》式的喜劇，不是我們的土壤所能有和所宜有，我們的喜劇還須求諸於自己的園地和歷史的真實中，等待諷刺的事象，可讚美和可譏笑的人性，在我們周圍多著呢……而在某一個意義上說：我們今天歡迎『淚的笑匠』卓別林，還過於賣弄小聰明的無聊的羅克。」這裏，顯示出秦牧嚴肅的文學觀和戲劇觀，顯示出嚴肅的作家對中國現實、對窮苦民眾的關切與努力。

（三）〈易卜生研究〉的評價

〈易卜生研究〉，署名「林覺夫」，約一萬字，發表於《文學批評》第二期（一九四三年三月一日出版）。

這大約是秦牧當年用力最勤的一篇論文。秦牧一九八七年所寫的《文學生涯回憶錄》記下了當年在桂林寫作〈易卜生研究〉之事：「有一段時間我成了易卜生迷，把凡有中譯本的易卜生的劇本統統找來閱讀，並寫過一篇長達萬言的論文〈易卜生研究〉，登在桂林曇花一現的《文學批評》雜誌上。」（《新文學史料》一九八八年第三期，頁四六）這是秦牧回憶早年文學活動時唯一一篇提及篇名的理論文章。四十多年後，秦牧還清楚地記得文章的標題和發表的刊物名，說明秦牧對這篇文章的珍視程度和所留下的印象之深。

〈易卜生研究〉分為四個部分：第一部分：「環繞著易卜生的世界」，是對易卜生的生活時代和社會環境進行分析；第二部分：「七十八年底生命的道路」，概述易卜生的生平；第三部分：「像海水一樣深邃的著作」，是全文的重點，在全文中約占五分之三的篇幅。下面做較詳細的介紹。

秦牧著重從主題思想方面對易卜生劇作進行分析，他認為，易卜生劇作大體可分為五類。勃蘭克斯把易卜生的作品按所表現的問題分為四種，即：宗教問題、社會階級問題、兩性問題、新舊思想問題。秦牧認為，這兩個劇作，一反映了易卜生對宗教的態度及希望通過宗教改革來達到社會改造的烏托邦思想，同時，顯示了他的思想局限。秦牧這樣做出評價：

> 易卜生是尊重宗教的，何止尊重，他還主張用絕對信心和徹底的犧牲精神來擁護宗教，但他認為傳統的思想值得懷疑，偶像必須破壞，儀式可以廢棄……

他希望希臘主義和希伯來思想能夠調和融合，用智慧來改造宗教，使宗教能夠十分切合於地面的生活，用宗教的慈愛之心來美化人生，使智慧能真正引導人類走向善的境界，這是易卜生烏托邦理想……在社會問題劇方面，秦牧分析了《社會棟樑》、《國民公敵》及《娜拉》。他說：「在這類劇本中所刻畫的人性和所洋溢的反抗精神，比較以宗教題材寫成的劇本更為強烈。」

儘管如此，秦牧並不認為易卜生的人性探索有了偉大的成就，他準確評價了易卜生人性探索的意義與價值。他說：「聽易卜生對於人性的憐憫的歎息，又是何等使人惘然若失……人性問題賽入一個八陣圖，古今中外多少哲人在這裏迷失了真理的方向！但這並不損害易卜生的價值，他提出問題，向社會控訴指斥，美的，醜的、惡的，善的，讓你看個明白，如何解決？你們進一步去探求罷！他只用道德觀點來視人，對於『為何這樣？』『將來怎樣？』的問題，他有時任意指示意見，有時索性不理。」

在兩性問題劇中，秦牧分析說：《海上夫人》中艾梨妲和醫生最後所共同感覺的「婚姻是兩性共同的生活，須各有自由意志，須一同負責任」，就是易卜生「對家庭生活應具的重要條件」的見解。秦牧還指出了在這類劇中所體現的易卜生在兩性生活方面的美醜觀。他說：「易卜生又認為感性的生活是醜的，理性的生活是美的，所以對於流行於資本主義勃興時期的對於性生活的隨便混亂的態度異常憎恨，認為足以破壞家庭的寧靜。這種思想強烈地表現在他的傑作《群鬼》中。」

對於易卜生劇作中所反映的新舊思想問題，秦牧這樣寫道：「用過去和未來、老和幼、舊和新的對照指示出新的成長和舊的死亡，也是易卜生劇作中的重要主題思想。這思想普遍滲透於他的各個劇本中，尤其在寫昏庸的老人和活潑的小孩時，更使我們深切地喜悅。這類意識在上述作品都隨處湧現著，姑不再一一列舉。」

對《建築師》、《我們死人再醒時》這兩個晚年創作的「精神歷史」劇，秦牧評論道：劇作「除了批判別人，也深切的理解自己，……以象徵的筆調刻畫自己的精神歷史，使人和他一同回顧眺望一下，精神生活的過程」。

秦牧在分析了上述五類劇作後，對易卜生的作品和思想做了總的評價：

> 從這些著作中幾乎可以清晰的看到易氏生涯轉變的一些痕跡，他是怎樣開始對人生懷疑對現實反抗的？怎樣在孤獨的生活中走入唯心的觀念領域中去的？又是怎樣從革命的浪漫主義走向靜觀的自然主義又轉向新浪漫主義的？易氏的作品自然博大精神，不是三言兩語所能概括，而像一根紅索貫串於他全部作品中的，卻自有一些基本的因素，「反抗的精神和絕對自由的自我人格的向上與完成」，「易卜生主義」滲透在他全部作品中，令人激情起伏，不能自已。另方面，對於群眾的失望、孤憤與傷感等勃蘭克斯所稱謂的「憤慨的厭世主義」，又令人讀起來俯仰無憑，鬱積難舒。讀著他的作品，使我們品味到人性的芬芳，而又惘然於孤獨的感情的晦澀。

在這篇長文的最後一部分即第四部分「從斯堪的納維亞半島到世界」裏，秦牧指出了易卜生對時代、對世界的影響，並對這種影響，做了辯證的分析與評價。

通過這篇理論長文，我們清楚地看到了秦牧青年時代就具有的銳利的批評眼光和扎實的理論功力。大約正是〈論丁西林的《妙峰山》〉、〈易卜生研究〉這兩篇劇論的影響吧，秦牧受到桂林劇評界的注意。一九四四年春西南八省戲劇展覽會在桂林召開時，秦牧被吸收參加了以田漢為首的「十人劇評團」（其他成員是：孟超、韓北屏、周鋼鳴、華嘉、駱賓基、陳邇冬、秦似、洪道）。遺憾的是，當年的劇評許多如今不能覓見了，僅見的幾篇，由於是集體署名，是否有出自秦牧手筆的文章，尚待考證。但願隨著文學事業的發展和文學研究工作者的努力，能逐步考證出秦牧及其他作家早年的佚作來。

秦牧一生，雖以寫作散文為主，但他的寫作範圍是頗廣的。這裏介紹的三篇文章，正是他青年時代在文學批評和理論研究方面的寫作活動的一個側影。在秦牧早年作品現今極難覓到極少被介紹出來的情形下，這幾篇文章是值得我們重視的。

六、對《桂林文化城概況》一書的若干訂正

如果從萬一知發表在《廣西師範學院學報》一九八〇年第二—三期上的〈桂林文化城記事〉算起，三十年來，有關抗戰時期桂林文化活動的資料蒐集、整理和選編出版工作，已取得相當豐碩的成果。不說單篇資料長文，僅資料集和工具書，即已出版了《抗戰時期桂林文化運動資料叢書》一套七種，原屬該套叢書的《美術運動》和《文學活動》，也更名為《抗戰時期桂林美術運動》和《抗戰時期桂林文學活動》單獨出版，另外還有《桂林文化大事記（一九三七至一

九四九）》、《桂林抗戰文藝詞典》等。這些資料叢書，給後人從事有關研究，提供了堅實的基礎，對抗戰文化研究，是功不可沒的。

與此同時，我也看到，隨著時間的推移，資料蒐集和研究工作逐步深入，加之新資料的不斷發現，對早期出版的資料叢書中的一些史料錯誤做一訂正，已成為擺在有關研究人員面前的一項工作。一個人的精力是有限的，視野也必定會有局限，將眾多研究工作者的新發現和新考訂匯集起來，將會使有關桂林抗戰文化研究史料更為完備、更為準確。於是，我嘗試著對一些資料集和學術著作做些力所能及的考訂工作。如有錯謬、失誤之處，還望業內同行再做考訂及批評。下面僅對《桂林文化城概況》一書做些訂正。

《桂林文化城概況》（廣西人民出版社，一九八六年）是一部內容豐富、用力頗多、史料價值極高且使用較頻的資料集，凡從事桂林抗戰文化研究的人，我想，大多數是參閱過此書的。正因如此，內中的一些瑕疵與疑點，尤應指出與訂正。以下依頁碼順序進行：

（1）〈代序〉頁一三：

一九三九年二月間，周恩來同志從皖南新四軍駐地視察回渝，途經桂林時……

周恩來抗戰時期三次來桂林，時間分別為一九三八年十二月、一九三九年二月、一九三九年五月。三次來桂的原因，其實是：一九三八年十一月長沙大火後經桂林撤往重慶；一九三九年二月由重慶經桂林去皖南；一九三九年五月由皖南返重慶經桂林停留。關於周恩來第二次來桂林的活動史實，我們在《周恩來生平大事記》（四川人民出版社，一九八六年）可見：「二月十六日離渝到廣西……」，「二十三日至三月十五日，受黨中央委託，到皖南（安徽涇縣）雲嶺新四軍軍部，傳達黨中央……指示」。因此，稱周恩來一九三九年二月來桂的因由有誤。

（2）〈代序〉頁一四：

如茅盾一生創作的十二個短篇小說，就有九篇是在桂林創作和發表的。

茅盾作為現代中國第一流的小說家，不僅以長篇小說《子夜》、《蝕》、《霜葉紅似二月花》等聞名於世，他的短篇小說創作，數量也是很多的。說茅盾一生創作只十二個短篇小說，這裏明顯有誤。查一本較易找到的《茅盾短篇小說集》（人民文學出版社，一九八〇年），可以看到，這裏收有五十一篇。由此可見，此處有誤。失誤原因，我推測是引用他人材料不慎造成的。將「茅盾」、「短篇小說」、「十二篇」、「九篇」、「桂林」這幾個關鍵字串聯在一句話裏的，最早只能查到在我所寫的〈論桂林「文化城」的地位和作用〉裏[7]。而我的文章原話是：「茅盾在抗戰時期寫的十二篇短篇小說，有九篇發表在『桂林文化城』期刊上。」將「抗戰時期」遺漏了，又變成了「一生」，因此出錯。

（3）正文頁二（以下均為正文頁碼順序，不另注）：

我黨設立八路軍桂林辦事處……

此處為〈抗戰時期桂林文化運動大事記〉。內中所用「我黨」這一詞語，不規範。「我黨」這一用語，當是黨史文件、黨史材料所專用。作為學術性著作和歷史資料，應當規範寫作「中國共產黨」（或簡稱「中共」）。

（4）頁三一，在一九三九年十二月十日的條目上寫著：

由《救亡日報》社編印的《十日文萃》一卷四期在桂林出版。本期刊登有葉劍英同志的文章……

《十日文萃》是一九三八年在廣州創刊的，出版三期後廣州淪陷，隨《救亡日報》遷來桂林，《十日文萃》一卷四期是由廣州遷來桂林後出版的第一期，出版時間為一九三八年十二月十日。用互校法，我們可以在同書頁二三七至二三八見到《十日文萃》的創刊與出版情況。這裏將一九三八年弄錯為一九三九年了。

（5）頁三四，在一九四〇年一月十二日條目上寫著：

今日出版的《十日文萃》刊登葉厥孫寫的訪問記〈周恩來談抗戰的回顧與前瞻〉，郭沫若的詩〈過桂雜詠〉。

---

[7] 該文發表於《廣西大學學報》[內刊]一九八二年第一期；後又更名為〈論桂林文化城在國統區抗日文藝運動中的地位和作用〉，發表在《抗戰文藝研究》一九八三年第五期；一九九二年出版的《桂林抗戰文化研究文集》已收入。

查上述兩篇詩文，載《十日文萃》第六期，一九三九年一月二十日出版。這裏與第四條屬同一錯誤，將出版時間，由一九三九年一月錯寫為一九四〇年一月。

（6）頁四八，一九四〇年九月十八日的條目有：

《詩創作》三、四期合刊上，發表了郭沫若的名詩〈罪惡的金字塔〉……

此處亦為時間有誤。一九四〇年時，《詩創作》還未問世。同書頁一五五寫明：「《詩創作》……一九四一年六月十五日創刊於桂林。」查《詩創作》三、四期合刊，出版時間為一九四一年九月十八日。因而，此條目應歸入一九四一年內。

（7）頁四八，一九四〇年十月十三日、十月十六日關於文協桂林分會會員大會及理事會召開的兩條目，與**頁五二**，一九四〇年十二月一日條目似有重複，疑**頁五二**條目有錯。

文協桂林分會會員大會每年召開一次，此處寫成在十月和十二月相隔僅兩個月又召開一次，並改選了理事，此為疑點一。查一九四〇年十二月的《救亡日報》，查不到此消息報導，此為疑點二。在頁五二的條目還寫有：「還決定在《廣西日報》上開闢《文協》旬刊，由艾青負責主編。」艾青已於一九三九年九月離開桂林去湖南，後去重慶。一九四〇年艾青不在桂林，《文協》旬刊不會是艾青主編。此為疑點三。因而一日的條目存疑。

（8）頁六一，一九四一年三月二十九日條目是：

巴金在桂林著手寫作長篇小說《火》的第二部。

據我所知，巴金在桂林寫作長篇小說《火》的情況是：《火》第一部的最後兩章寫於桂林，《火》第二部寫於昆明，《火》第三部寫於桂林。此處存疑。

（9）頁六七，一九四一年七月二十四日條目：

晚上，文協桂林分會……歡迎鐵血劇團的王魯彥……

王魯彥是否與鐵血劇團有關係，不詳。即使有關係，當時王魯彥的主要身份是文協桂林分會負責人、作家，且早已到桂，不可能在此時由文協桂林分會開聯歡會歡迎王魯彥。因而此處必定有錯。

（10）頁一〇一，一九四三年六月一日的條目有：

今日出版的《文學創作》第二卷第二期上，開始連載著名的南社詩人柳亞子在桂林所寫的自傳《五十七年》，記述了作者追隨孫中山參加民主革命、反對蔣介石叛變革命以及抗日戰爭爆發後繼續從事抗日民主革命活動的經歷。

此處對《五十七年》的敘述有誤。柳亞子在桂林寫作和發表的《五十七年》，實際只寫到一九〇六年，即他二十歲以前的經歷，沒有寫完全書就因湘、桂大潰退而中止了。至一九五八年柳亞子去世時止，都沒有續寫此書。關於《五十七年》一書，我們在一九八六年上海人民出版社出版的《柳亞子文集‧自傳‧年譜‧日記》裏可見到全貌。《桂林抗戰文藝詞典》頁一八六、拙著《抗戰時期桂林文學活動》頁三六〇也都有簡略介紹。

（11）頁一三三，在一九四四年五月的條目寫到：

本月桂林華華書店出版茅盾的長篇小說《霜葉紅似二月花》。

這是《霜葉紅似二月花》的再版。茅盾的重要作品之一《霜葉紅似二月花》，是一九四三年五月由桂林華華書店初版的。在一九四三年十月二十日召開的有巴金、艾蕪、田漢等作家出席的「《霜葉紅似二月花》第一部座談會」上，其會議紀錄就有這樣的記載：「出版人孫懷琮先生見人便滿臉堆著笑，給你遞過一本最新的《霜葉紅似二月花》、一張刊誤表。」（載一九四四年二月一日出版的《自學》第二卷第一期）。

（12）頁一三五，末段：

中旬　為了支援衡陽抗戰的士兵，鼓舞其鬥志，由文協桂林分會組織、田漢帶領的全市文化界擴大動員抗戰國旗大遊行，上午十時起，在各主要街道舉行。

此處前面用「中旬」這一模糊時間，是可以的，但後面又出現了「上午十時」的準確時間，就矛盾了。「上午」，是指「中旬」的每天上午，還是其中某一天的上午？這就不清楚了。因此，兩處時間應統一。據查，舉行「國旗大遊行」的時間為十八至二十日這三天。將「中旬」改為「十八至二十日」為好。

（13）頁二二二：

如王魯彥的《一雙鞋子》……

王魯彥沒有寫過《一雙鞋子》這篇小說。據查，應為王西彥。

（14）頁三四二，〈抗戰時期桂林文化人名單〉第一條寫：

名單包括抗戰時期在桂林的本地人和外地人。

而頁三四四中所列的「田濤」，抗戰時期其實並沒有到過桂林。一九八八年，我曾專門寫信給田濤先生詢問此事，他在回函申明確說了：「我在抗戰期間，沒有到過桂林。」田濤抗戰時期在桂林的報刊和出版社發表、出版了大量小說作品，易被人誤認為他當時確實在桂林居住過。

（15）頁三七八：

蜜蜂園　賀宣著

此處作者應為賀宜，疑為校對之誤。

（16）頁三九五第二行：

赤偃草　孟超著

此處書名應為「未偃草」。

（17）頁三九六倒數第五行：

新水滸（通俗小說）　谷斯範著

此處列入在一九四二年出版的書目內，其實，此書應為一九四〇年出版。

（18）頁三九七第一行：

葉紅集　茅盾等著

此處書名應為「紅葉集」。

（19）頁四〇五第一行：

文學手冊　艾蕪著

此處列在一九四三年出版的欄目內，其實該書一九四一年三月由桂林文化供應社初版，一九四二年又出《文學手冊（增訂本）》。查一九八一年湖南人民出版社新出的《文學手冊》，上仍附有一九四二年四月十二日艾蕪所寫的《後記》，其中寫明該書於一九四一年即已出版。

（20）頁四一六：

「人間　高爾基著　適夷譯」。

此條與頁四一一條目相重，當刪去其中一條。

第六章　歷史與傳承

一、國魂所繫　心向力行——《抗戰文化研究》卷首語

戰爭雖已遠去，歷史依然不朽。是抗戰精神的引領，我們在抗戰文化研究領域堅定前行。

一部抗日戰爭史，是中華民族由屈辱到自豪、由失敗到勝利、由孱弱到剛強的歷史，是中華民族精神重建、國魂再造的重要歷程。今天，「起來！不願做奴隸的人們！把我們的血肉，築成我們新的長城……」的旋律已成為我們民族基因中重要的元素，整合成了中國的國魂。

顯然，印刻在中華民族發展史上的抗日戰爭和留存於中國廣袤土地上的抗戰文化遺產，絕不是一段平凡的時空和一些普通的物像。它隱藏著中華民族在涅槃中成長的密碼，與我們民族發展進程緊密相連。

於是，有那麼多的人在追隨這段歷史，有那麼多的人在傳承抗戰精神。抗戰電影、電視劇的製作和播映，抗戰歷史和人物圖書的出版，抗戰博物館的建立，抗戰史資料的發掘和研究的深入，各類研究抗戰史內容的學術會議的召開，包括抗戰遺址的紅色旅遊線路的開發，等等，這些與抗日戰爭相關的活動，構成了戰後幾十年來我們文化生活和學術研

究的一個亮點。有關抗戰文化和文學藝術的研究，也產生了許多有價值的論文和著作，鑑於國內尚無研究抗戰文化和這一時期文學藝術的專門刊物，我們編輯了這本《抗戰文化研究》叢刊。

《抗戰文化研究》以傳承抗戰精神，鑄造中華國魂為宗旨，以發掘抗戰文化史料、研究抗戰文化的深層內涵和當代價值、探討抗戰文化遺產的保護與開發為重點。以期將抗日戰爭研究和抗戰文化研究推向深入，造就新境。

《抗戰文化研究》在選題上注意了系統性、前沿性和寬泛性，選題有歷史性的也有當代性的，有學理性的也有資料性的，有基礎研究課題也有應用研究選題。作者來自中國社會科學院和全國十個省市自治區，還有一位是日本學者。這樣的內質和面貌，基本達到了我們原來設定的辦成前沿性和全國性叢刊的設想。

《抗戰文化研究》由廣西抗戰文化研究會和廣西社會科學院文史研究所創意並聯合主辦，在組稿和編選過程中得到全國學者的呼應和支持。中國社會科學院文學研究所支持組建了編輯委員會，中國社會科學院學部委員、文學研究所所長楊義欣然出任主任，大大推動了本叢刊的工作。

國魂所繫，心向力行，中國知識分子牢記著自己的民族擔當，《抗戰文化研究》願意在其間盡力。

（原載《抗戰文化研究》第一輯，廣西師範大學出版社，二〇〇七年）

二、為了抗戰精神的傳承——廣西抗戰文化研究述評

（一）研究歷程

廣西抗戰文化研究，可追溯至上個世紀六〇年代初，當時，《廣西日報》副刊專門開闢「桂林文化城憶舊」專欄，先後發表了夏衍、司馬文森、周鋼鳴、秦似、李任仁、林路、汪鞏、潔泯等當年在桂林工作和戰鬥過的文化人的回憶文章，與此同時，廣西師範學院（今廣西師範大學）中文系專門組成了「抗戰時期桂林文學研究組」，對桂林抗戰文學史料進行蒐集和整理，並編成《抗日戰爭時期桂林文藝史料》初稿，可惜，該文藝史料尚未及付印，「文化大革命」便開始了，桂林抗戰文藝的研究工作被迫中斷。在黨的十一屆三中全會召開後的一九七九年，桂林抗戰文化研究重新提上日程。

在經過近十年的單兵作戰和資料蒐集階段後，一九八八年十二月，廣西學者集合起來，成立了廣西抗戰文藝研究會（一九九六年改名廣西抗戰文化研究會，並正式在廣西壯族自治區民政廳登記），將研究工作推向新的階段。正如章紹嗣在《抗戰文藝研究回眸六十年》中所說：「自一九八八年後，全國的抗戰文藝研究勢頭減弱」，這時，「廣西取得了顯著成績」[1]。九〇年代以來的十五年，廣西抗戰文化研究成果顯著，活動形式多樣，形成較大影響。

1 章紹嗣，〈抗戰文藝研究回眸六十年〉，《抗日戰爭研究》一九九八年第四期。

1. 活動方式

廣西文化人和專家學者們推動抗戰文化研究和抗戰文化遺產的保護和開發工作，主要通過以下方式：

（1）舉辦多次學術研討會

一九九三年十月在桂林舉辦第一屆學術研討會，廣東、湖北、山東等地和廣西的專家學者共六十多人出席，提交論文五十多篇。會後出版了論文集。一九九五年，為紀念抗戰勝利五十周年，在廣西壯族自治區黨委宣傳部的支持下，又召開了紀念抗戰勝利五十周年暨廣西第二屆抗戰文化研討會。該次會議成為廣西紀念抗戰勝利五十周年十大紀念活動之一，北京、廣東、湖北、山東、江蘇、貴州、雲南等省及廣西的專家學者八十餘人參加會議，提交論文七十餘篇，會後出版了論文集。一九九八年十一月在桂林舉辦了第三屆學術研討會，提交論文六十多篇，會後出版了論文集。二〇〇一年十二月在桂林舉辦了第四屆學術研討會，提交論文四十八篇，編輯出版《桂林抗戰文化研究文集（第七輯）》。二〇〇二年九月在桂林舉辦廣西抗戰文化資源調查與開發研討會，出席會議三十多人，收到論文十九篇。

值得著重提出的是二〇〇四年十二月在南寧舉辦廣西抗戰文化研究與文化資源開發研討會。這次會議，出席會議四十多人，收到論文二十八篇，著重研究了抗戰文化研究如何實現由歷史研究向現實應用研究轉化、學術成果如何為現實經濟社會發展服務的學科發展方向和學術成果轉化的問題。會議圍繞以下問題展開了研討：廣西抗戰文化圖片資料的蒐集與出版研究、抗戰文化史實與電視劇創作、抗戰文化遺產保護開發與紅色旅遊線路的設計、廣西抗戰文化網站的建設與資訊化時代的傳播策略，等等。經過充分研討，會議取得了抗戰文化研究和文化資源開發的新思路、新辦法和學術新收穫。會後編輯出版《桂林抗戰文化研究文集（第八輯）》。

（2）組織會員撰寫和編輯出版學術專著和論文集

Ⅰ.**組織編輯《抗日戰爭時期桂林文化運動資料叢書》**：包括《西南劇展》、《桂林文化城紀事》、《文藝期刊目錄索引》（三十六萬字）、《桂林文化城概況》、《歐陽予倩與桂劇改革》、《旅桂作家》、《戲劇活動》、《美術活動》、《文學活動》共九本；

Ⅱ.**出版了一批有分量的研究專著、論文集和工具書**：如《桂林抗戰文藝詞典》、《桂林文化大事記（一九三七至一九四五）》、《桂林抗戰文藝概觀》、《桂林抗戰文學史》、《抗戰時期文化名人在桂林》等。

Ⅲ.**出版連續性論文集《桂林抗戰文化研究文集》**：自一九九二年以來，與桂林市文化局、桂林抗戰文化研究會合編出版了《桂林抗戰文化研究文集》一至八輯共八本。

（3）學術交流

二〇〇〇年五月，廣西抗戰文化研究會秘書長李建平到香港訪問期間，與香港抗日受難同胞聯合會主席、世界抗日戰爭史實維護聯合會會長杜學魁和已遷居香港的原會長丘振聲進行了學術交流，相互就抗日戰爭史實維護和抗戰文化研究等內容進行了介紹和探討。研究會還與美籍華人和韓國學者建立了學術聯繫，他們關於廣西抗戰文化的研究成果，也在《桂林抗戰文化研究文集》中發表。

（4）建立桂林抗戰文化研究網

由廣西抗戰文化研究會和桂林圖書館聯合編輯的《桂林抗戰文化研究》網頁於二〇〇五年一月編就上網發佈，網址為：www.gll-gx.org.cn。該網頁內容包括廣西抗戰文化研究會和桂林抗戰文化研究會十餘年來的工作概況、主要成果介紹、學術動態、相關圖片等。

3. 活動特點

（1）突出愛國主義精神和優秀民族文化傳統的弘揚與宣傳

廣西抗戰文化研究從一開始，就以弘揚愛國主義精神為其要旨，提出「以抗戰精神研究抗戰文化」。一九九五年的學術研討會，以弘揚愛國主義精神為會議的主題，取得了較重要的研究成果，《人民日報》和上海《社會科學報》均於當年發表了會議綜述。

（2）研究領域由文藝研究到文化研究逐步深入

桂林抗戰文化研究最初是從對文藝家活動的史料蒐集和研究開展工作的，經過二十多年的努力，目前已形成了集文學、藝術、文化、新聞出版、黨史、地方史、教育、圖書館等眾多學科聯合攻關的研究局面，許多跨學科成果在產生，許多新研究領域在出現。

（3）學術成果由資料彙編到專著和系列性研究論文集的形成

在廣西抗戰文化研究第一個十年的二十世紀八〇年代，學術成果主要在資料蒐集與整理方面，《桂林抗戰文藝詞典》、《桂林文化大事記》、《抗日戰爭時期桂林文化運動資料叢書》是主要成果；在第二個十年即二十世紀九〇年代裏，出現了一批有分量的研究著作，如《桂林抗戰文學史》、《桂林抗戰文藝概觀》、《抗戰時期文化名人在桂林》、《歷史的高峰——桂林文化城的魯迅研究》，同時，編輯出版了《桂林抗戰文化研究文集》一至六集。進入新世紀的幾年裏，又編輯出版了《桂林抗戰文化研究文集》七至八集，二〇〇五年編撰出版《抗戰遺蹤——廣西抗戰文化遺產圖集》。

（4）研究隊伍由個人到市級和自治區級學術團體的建立

一九八八年成立、並於一九九六年在廣西民政廳登記成立時的廣西抗戰文化研究會和一九九三年成立的桂林抗戰文化研究會，是使廣西抗戰文化研究在二十世紀九〇年代保持活躍，得以深入開展下去的組織基礎，並且初步開始了與相關學會的工作協作和學術活動的聯合。

（5）研究方向向應用研究轉化

隨著經濟社會發展對文化需求的加大和抗戰文化研究的深入，自二〇〇二年九月在桂林舉辦廣西抗戰文化資源調查與開發研討會和二〇〇四年十二月在南寧舉辦廣西抗戰文化研究與文化資源開發研討會以後，廣西抗戰文化研究工作正在發生一定的轉變，由書齋擴展到田野，由文本擴展為圖像，由歷史擴展到現實。其標誌一是抗戰文化遺產——八路軍桂林辦事處紀念館納入廣西旅遊發展規劃，進入廣西紅色旅遊線路；二是二〇〇五年廣西抗戰文化研究會為紀念抗日戰爭勝利六十周年推出新的研究成果——《抗戰遺蹤——廣西抗戰文化遺產圖集》。這本由四百多幅圖片和六萬文字組成的抗戰文化研究著作，是將檔案資料與田野調查成果、將歷史圖像與現實場景、將學術研究與攝影藝術和數碼技術結合起來的產物。它以彩色的品相和現實文化遺產的定位，構成了獨特的內質和品格，在紀念抗戰勝利六十周年的書籍中給人別具一格之感。這兩項成果是這種研究工作深化、社會影響擴張的初步收穫。

二十多年來，廣西抗戰文化研究整理、出版各種資料集二十六種，出版著作和論文集二十五種，字數在二千萬以上；發表的學術論文三百餘篇，計三百三十萬字，還徵集、整理、收藏了大量的歷史圖書、雜誌、檔案、照片，開展了對名人舊居、紀念館等文化遺產的保護建設工作以及對抗戰文化遺址的初步調研。以桂林為重心的廣西抗戰文化研究在保護和開發抗戰文化遺產、弘揚抗戰精神方面做出了貢獻。

在抗日戰爭那最艱苦的環境裏，中華民族迸發出了最耀眼的民族振興之光，取得了中國近代一百年歷史中最輝煌的勝利。這是一段偉大的歷史，是中華民族成長過程中最難忘懷的記憶。我們為這一偉大歷史所激動，為這段歷史所蘊藏的偉大精神所感奮。這段歷史所包容的民族精神：愛國主義、堅忍不拔、團結合作、英勇頑強的精神，激勵著我們努力工作。我們沒沒無聞、孜孜不倦地從事抗戰文化研究，為的是使我們民族永久擁有這段包含著苦難也誕生了輝煌的記憶，呼喚我們的民族不忘歷史，實現中華民族的振興。

三、一個抗日城市災難與戰鬥的文學記憶——一九三七年以來中國作家筆下的桂林抗戰文化城興亡圖像及戰爭記憶

（一）擁有美麗和諧的桂林是人類的幸福

桂林，是上帝造就的美的典範。大自然賦予這塊土地的外貌是秀美，內涵是和諧。灕江兩岸山與水的奇妙組合，是自然風光的和諧。山與水的匯聚，構成了一幅世間罕見的天然圖畫。由自然風光的和諧，育出了自然與人文的和諧。生息在這裏的人們創造的文化，其內涵也是和諧。越城嶺與靈渠的組合，催生了嶺南文化，造就了一座桂林城。山水的和諧美麗，薰陶了人的和諧與美麗。這裏的人民生活安寧，勤勞好學，享受田園詩畫，熱愛鄉土家國。除了反抗外敵入

侵的戰爭（如一九四四年日軍攻占桂林時的城防保衛戰）或北方中央政權南征時的戰事之外，這裏的人們從沒發生大的武裝起義等戰爭。一九四九年十一月，桂林以和平迎來解放。外來的漢人與當地的壯族以及其他少數民族人民和睦相處，安居樂業，民風淳樸。遊人來到桂林，往往在讚歎山水風光之美的同時，也被平和純樸的生活氣息所打動。陽朔西街，是文化和諧的典型之地。因其為外國遊人所喜愛流連與居住，它被桂林人稱為「洋人街」。因了山水的和諧，中西文化在這裏對接交融，誕生出心靈的美麗，文化的美麗。

桂林是桂林人的，是中國人的，也是全世界人的。每年前來桂林旅遊的世界各國遊客有一百多萬人，慕名前來桂林旅遊的外國政要、國家元首，可以列出一大串名單，僅美國總統，先後就有尼克森、卡特、布希、克林頓四人，聯合國秘書長有瓦爾德海姆和德奎利亞爾。

擁有美麗和諧的桂林不僅是桂林人的幸福，也肯定是人類的幸福。桂林，不管她是否進入了世界遺產名錄，她以她的美的存在，肯定既是世界自然遺產，也是世界文化遺產——在世界人民的心中。

（二）入侵者的毀壞令桂林留下永難癒合的傷疤和痛苦記憶

然而，在六十多年前，由於日本軍隊入侵中國，桂林，這片美麗的土地，遭受了毀滅性破壞和劫難。

第一種劫難是來自空中的日本飛機的狂轟濫炸。

一九三八年十月廣州、武漢相繼淪陷後，桂林已是全國僅剩不多的未被日軍占領的後方城市之一，又是廣西的省會城市，西南的政治、經濟、文化、商業中心，還是西南一帶的重要軍事重鎮。日軍為切斷中國大陸通往海外及越南的交通線，企圖儘快打通侵略中國的大陸交通線，從一九三八年初至一九四二年期間，隔三五日就有日軍飛機來轟炸桂林城。少則幾架，一兩次；多則數十架，好幾次。躲警報幾乎成了家常便飯。當時的七星巖、獨秀峰下的讀書岩、隱山的老君洞、伏波山下的還珠洞、穿山岩等等，就是躲警報最集中的地方。據當時的報刊資料統計，僅從一九三八年底到一九三九年初的很短的一二個月時間裏，日軍飛機轟炸桂林市區達幾十次，全城房屋半數被毀，損失房屋幾千間，整個桂林城差不多都遭到了日機的狂轟濫炸，到處是硝煙烽火，殘垣斷壁，逃難的、哭喊的隨處可見，一片慘象。著名音樂家張曙，就是在一九三八年十二月二十四日日機的轟炸中喪生於桂林的。

第二種大劫難是一九四四年桂林城遭受日軍的地面進攻以致淪陷。

一九四四年夏，日軍發動了打通西南國際交通線的「一號作戰」，即湘桂戰爭，一時間湘北烽煙瀰漫，長沙失守，衡陽告急，戰火迫近廣西。八月以後，戰爭的氣氛已經籠罩了桂林城。九月十二日廣西省政府發佈第三次緊急疏散令，強迫所有市民全部疏散，限定在十四日正午前全部撤離桂林城。十月下旬，日軍飛機又多次來犯桂林，桂林再次遭受日機的第二階段大轟炸。日軍飛機所到之處，火光沖天，濃煙滾滾，硝煙瀰漫了整個桂林城。廣西日報社、市政府、環湖飯店、省政府等多數被燒光。一九四四年十月底日軍開始進攻桂林，入侵之敵為日本南方派遣軍第十一軍團所屬各師團，總兵力約十萬人。桂林城守軍只有二萬多人，他們在為捍衛美麗的家園、捍衛自己民族的尊嚴的戰鬥中，以鮮血和生命，英勇抗擊來犯的日本侵略者，譜寫了一曲感天動地的愛國主義壯歌。面對日軍在強大的炮火和坦克掩護下的大規模進攻，中國抗日官兵不怕犧牲，冒著槍林彈雨，頑強抗擊進犯日軍。日軍在攻擊中，多次施放毒氣、窒息性煤氣，使用火焰噴射器，致使桂林守軍陣地一片火海，退守岩洞的官兵被大量毒死。除了被日軍毒氣熏昏而被俘者外，中國軍人沒有一人投降。據沈奕巨的《廣西抗日戰爭史略》所引日軍戰報資料，桂林保衛戰中，中國軍隊戰死五千六百六十五人，被俘一萬三千一百五十一人。日軍沒有公佈自己的傷亡人數。據戰後桂林防守司令韋雲淞的《桂林防守軍戰鬥要報》記載，中國軍隊傷亡約九千人，日軍傷亡六千餘人。中國軍隊最後突圍出去的約有三千人。十一月十一日桂林城淪入敵手。一九四五年七月二十八日桂林光復，共淪陷二百五十九天。劫後的桂林城，原有的房屋百分之九十九遭到破壞。「城內外餘剩大小屋宇四八七間。……回憶民國三十三年（一九四四年）春季，據市府統計，全市屋宇為五萬二千五百間，現時……實不足百分之一，如此浩劫，誠屬桂林有史以來所未有！」[2]「一片焦土，滿目荒涼」[3]是當時桂林城最真實的寫照。一九四五年七月底桂林光復後，「城裏的住戶沒有十家，因為他們回來是無處可安身的」[4]。

日軍占領桂林後，燒殺搶劫，橫行肆虐，桂林所受災難深重。日軍每駐一地，擄掠姦殺，無惡不作。桂林市東郊王家村農民一百餘人避入岳山黃泥巖內，日軍用衣服包裹毒氣瓶加火熏燒，使進入巖內的村們民全部慘遭熏死。黃泥巖成為「白骨洞」，景況極慘。當其撤退之時，又大肆破壞。桂林城完全被毀於日軍的暴行下。桂林，由文化城變成死城。

（三）作家的職責與永存的紀錄

在抗戰歲月裏，作家們圍繞著一座抗日文化城的災難與戰鬥的歷史，以手中的筆，記下了戰爭的各面，包括日軍的罪行和中國人民的反抗。這些文字，成為一種歷史的見證，成為民族精神的代表，彌足珍貴。

這些記憶文字，可分為以下幾類：

1. 日軍的罪行與桂林城的劫難

巴金一九三八至一九三九年在多篇文章裏記載日軍飛機轟炸桂林的罪惡。一九三八年十一月，巴金由廣州來到桂林。居住桂林期間，他眼見到一次次的轟炸、一次次的災難，悲憤地寫下〈桂林的受難〉，記下了日軍飛機轟炸桂林的暴行：

2 于瑞雲，〈甲申浩劫紀實〉，桂林市政協文史資料委員會編《難忘的一九四四年》（灕江出版社，一九九四年），頁六七。
3 同上，頁六六。
4 戈衍棣，〈桂林的毀滅〉，桂林市政協文史資料委員會編《難忘的一九四四年》（灕江出版社，一九九四年），頁七〇。

我初到桂林時，這個城市還是十分完整的。傍晚我常常在那幾條整齊的馬路上散步。過一些日子，我聽見了警報，後來我聽見了緊急警報。又過一些日子我聽見了炸彈爆炸的聲音。以後我看見大火。我親眼看見桂林市區的房屋有一半變成了廢墟。幾條整齊馬路的兩旁大都剩下斷壁頹垣。人在那些牆壁上繪著反對轟炸的圖畫，寫著抵抗侵略的標語。我帶著一顆憎恨的心目擊了桂林的每一次受難。我看見炸彈怎樣毀壞房屋，我看見燒夷彈怎樣發火，我看見風怎樣助長火勢使兩三股濃煙合在一起。在月牙山上我看見半個天空的黑煙，火光籠罩了整個桂林城。黑煙中閃動著紅光，紅的風，紅的巨舌。十二月二十九日的大火從下午一直燃燒到深夜。連城門都落下來木柴似地在燒燒。城牆邊不可計數的布匹燒透了，紅亮亮地映在我的眼裏像一束一束的草紙。那裏也許是什麼布廠的貨棧吧。

在一九三九年一月出版的《文叢》第二卷第五、六期合刊裏，巴金寫下〈寫給讀者〉一文，他說：

我壓下憤怒的火幾次走過災區。我看見那些殘破的房屋，看見頭髮和衣服還粘在地上的帶血的人皮，看見排列在郊外街巷裏的無辜者的屍體。有一次我踏過還在冒煙的瓦礫堆，陪一位朋友去探望他那被烏黑在火海中的故居，我們無法在火堆中找出任何的遺物。我們又走過已經燃燒了六個鐘頭的街市。我望著一家旅館的高門樓燒斷，讓磚石和焦木帶著千百點細小的火星塌了下來。在山洪爆發似的巨響之後，我聽見一個男人在廢墟上發出「救命」的尖聲呼號。

巴金在桂林，還寫了〈在廣州〉、〈桂林的微雨〉、〈先死者〉等一批散文，描寫了他親見的「生命的毀滅、房屋的焚燒、人民的受苦」的場面。

夏衍一九三九年寫的〈桂林怎樣抵抗轟炸〉[5]，記載了日軍飛機轟炸桂林的罪行：

離開桂林一個月，回來一看，桂林是換了一個面貌了。汽車穿過街道，我實在想不出一句適當的話來形容面貌的慘澹！全市三分之一的民房，是被炸毀燒毀了，這個以山水秀麗出名的都市隨處都是瓦礫、焦炭、炸彈坑、散亂的電話線，烤乾枯了的街道樹，和一種從這些斷瓦殘垣死樹中間散發出來的異樣肅殺的空氣，桂林受了重大的傷，最少也有三分之一的最繁盛的市區已經化成焦土了。但是這焦土上還保持著潑辣的生命，這焦土上還有著千萬個不怕轟炸的人，還有著千萬個不肯屈服的心！

我經過去年六月間的廣州的轟炸，但是從被害的程度講，從罹災區域的比例講，桂林的遭遇實在慘過了廣州，桂林僅有的一條大街，從桂北路經中北路到桂南路，已被燒成零落的幾個小段了，西城一帶，更是一片荒廢！

艾青一九三八年十一月到桂林，他用詩歌記載日本飛機轟炸桂林的暴行，這類詩作有〈死難者的畫相〉、〈江上〉、〈敵機殘骸〉、〈江上浮嬰屍〉。原為畫家的艾青，用文字繪出了被日機轟炸而死亡者的畫像：

冬季的風從地上吹過／池水已乾了／池邊站立著人群／人群在看著池裏的五具屍身／一個死了的女人的旁邊／並臥著一個小孩／他的小小的手臂／他的斷了的手臂／擱在他的身體的附近／——這小的生命已伴隨他的母親／在最後的痛苦裏閉上了眼睛

5 《新華日報》一九三九年二月三日。

（〈死難者的畫相〉）

葉聖陶一九四二年四月十六日至七月十三日的日記《蓉桂之旅》，在六月九日、十日、十一日、十二日，七月六日裏均有日機侵犯桂林上空轟炸桂林和美國飛機與日機交戰並擊落日機的記載。

豐子愷一九六二年十月二十六日發表在《廣西日報》的兩則日記中，一九三八年十二月二日的日記記載「今日敵機又一大批，來炸西門一帶」的罪行。

艾蕪在一九四四年也寫下在戰爭中的所見：「看見戰區的男女同胞，在敵人炮火底下房屋燒了，無家可歸，有的被慘殺，有的被姦淫。再看見前線的士兵弟兄，同敵人拚命作戰，弄來整天，飯都不能吃下，也是常事。」

舒群的散文，記錄了日軍發動的侵略戰爭給中國人民帶來的災難，控訴日軍的暴行。他從武漢開始寫的〈血的短曲〉系列文章，在桂林又繼續著，寫下了〈血的短曲之七〉、〈血的短曲之八〉、〈血的短曲之九〉三篇。〈血的短曲之七〉記下了一位幫助中國抗戰的美國女醫生特茹丁格在日本飛機轟炸中慘亡的血的事實；〈血的短曲之九〉則以一個陷入淪陷區敵寇牢籠裏失去了祖國和自由的愛國者的內心描寫，表達了抗戰軍民渴望自由和解放的心境。

黃藥眠、黃寧嬰兩位詩人在湘桂大撤退中，留下一路血淚一路詩。分別寫出了以大撤退為題材的兩部長詩。前者寫出《桂林底撤退》，後者寫出《潰退》。《桂林底撤退》詩一萬八千行。一九四四年秋日軍進攻桂林前夕，黃藥眠看到老百姓逃難的苦難，寫成紀實的詩：

有些人頭髮像刺蝟／有些人則眼睛裏含著／惶恐的餘光／有些人在路旁叩頭／向路人告地狀／有些人則退隱在屋角／閉起了眼睛／沉默無言／有些老太婆／為懷念他的孩子／而哀呼著上天／有些婦人／為思念她們丈夫／而揩拭著／緋紅的砂眼／孩子在母親懷裏／張著饑渴的小唇／但母親沒有了乳／只是滴著一連串

的淚／還有那些生病的人／明知是絕望了／痛苦地咬著衣襟／懇求著／誰來結束他的生命

記載日軍入侵給中國人民帶來深重災難的還有朱蔭龍。朱蔭龍是桂林人，桂林城的興衰，令他感慨良多，寫下不少反映那個年代的詩篇。其中〈續獨秀峰題壁三十首和原韻〉，把一九四四年因日本軍隊入侵，桂林淪陷前後社會動亂和百姓的痛苦寫得淋漓盡致，堪稱戰時桂林的史詩，現鐫刻於獨秀峰北麓。

由於日本軍隊的入侵帶來的中國抗日戰爭，給中國人民造成了三千五百萬人死傷、六千億美元的直接和間接經濟損失[6]的沉重代價，留給中國人民的痛苦記憶實在是太深刻太沉重了，因而，這種對戰爭的記載文字，在一九四五年八月中國抗日戰爭結束後同樣大量出現，同樣令人觸目驚心。

郭沫若一九四八年在香港寫抗日戰爭回憶錄《洪波曲》，在第十六章裏，他用了「桂林種種」、「舟遊陽朔」、「張曙父女之死」三節文字，記載了他在桂林的活動，其中「張曙父女之死」一節，對被日本飛機轟炸遇難的音樂家張曙父女之死，表達了尤為強烈的對敵抗戰的決心和對戰友的沉痛悼念。他在輓聯中寫道：「點滴遺冷水，八桂城中，七星崖下，痛飛盡滿腔熱血，誓報此仇。」

著名畫家賴少其，一九三八年抵桂林，參與領導桂林木刻界的抗敵運動。創辦了《救亡木刻》、《工作與學習・漫畫與木刻》等刊物和副刊，並負責編輯工作。在桂林期間，賴少其創作了大量作品。主要有《大地的咆哮》（木刻組畫）、《日本鬼，你別走！》、《我為什麼不死在戰場上》、《母與子》等。一九八六年，他寫了〈憶桂林大火〉詩，記錄一九三八年十二月二十九日日軍飛機轟炸桂林之罪行：「獨秀峰前憑欄杆，知否日機下鐵蛋？一城木屋成灰燼，灕江煙雨猶嗚咽。」此次轟炸，日機毀我房屋一千五百棟以上，萬餘人無家可歸，甚為淒慘。這一石刻現鐫刻於獨秀峰北麓，保存完好。

---

6 《辭海》（一九九九年），頁八一七。

2. 國人民同仇敵愾，共築反侵略民族長城的反抗的聲音和不屈的民族精神

在敵人的殘暴和罪惡面前，中國人民同仇敵愾，共築反侵略的民族長城。作家對廣西和桂林抗戰情緒的高漲和不屈的民族精神的表現，同樣有大量地記載和表現。

上海作家朱雯，一九三八年因上海戰火燃起而遷來桂林。桂林秀美的風光和幽靜的環境給朱雯生活的安寧和心境的快慰，桂林的抗日救亡熱潮也給朱雯以深切感受和強烈激奮。他說：「在這裏，不僅有秀麗的山水，不僅有質樸的風俗，而且最重要的還有不可抑遏的抗戰的熱情。」[7]他在〈桂林浮雕〉一文中記載了他由湖南進入廣西和初到桂林時所見的抗戰新氣象：

從湖南長沙出發，一路可以坐汽車直達桂林。若乘公路車輛，則須在黃沙河耽擱一晚。黃沙河是一個小小的市鎮，屋舍不多，居民也少，但是一種整齊有秩序、淳樸有紀律的光景，完全看得出來。大半的壯丁，都已應徵入伍，有的已經開赴前方，有的還在後方訓練；而少數沒有被徵去的壯丁也都穿著灰布的制服，精神飽滿地在田間或者店鋪中操作。我們所借寓的那家客店的主人，就是一個典型的壯健的夫子；他很瞭解當前的局勢，也很明白抗戰的情況，一閒下來就跟我們談著這些在想像中以為他們不會關心的國家大事。然而我們覺得很高興，因為在這裏，全面抗戰的局面確確實實已經展開了。

……

桂林本是一個小小的古城，自從作為廣西省會以後，便開始物質方面的建設，到如今城內外都可以通行汽車，而街道整潔，屋舍儼然，近年來又積極興辦學校，組織民團，訓練民眾，使文化向來被視為比

[7] 朱雯，〈從桂林到香港〉，載《烽鼓集》（福建人民出版社，一九八三年）。

較低落的廣西，發生了十分顯著的變化。尤其是在全面抗戰展開以後，這裏已經動員了許多軍隊，許多民眾，奔赴前線，英勇殺敵，但目前還在徵兵，還在進行訓練，最後勝利一天沒有得到，則戰士的補充，是一天也不會懈怠的。

巴金在〈桂林的受難〉裏不僅記下了日軍的罪行，也寫下了中國人民的不屈與堅強。他寫道：「還有第五次、第六次的轟炸……但是我不想再寫下去了。從這個城市你們會想到其他許多中國的城市，它們全在受難，不過它們是咬緊牙關在受難，它們是不會屈服的。在那些城市的面容上我看不見一點陰影。在那些地方我過的並不是絕望悲觀的日子。甚至在它們的受難中我還看見中國城市的歡笑。中國的城市是炸不怕的。我將來再告訴你們桂林的歡笑。」他說，他此時的作品「全和抗戰有關」，表達了強烈的民族悲憤和復仇的意志。

夏衍的〈桂林怎樣抵抗轟炸〉在記載日軍飛機轟炸桂林的罪惡的同時，記錄了桂林人民反轟炸的鬥爭：

但是桂林的人卻好像早已經預期了會有這麼一日，所以遭遇了這樣的慘劫之後，從他們眉目間還是發現不出些微絕望和悲哀，他們依舊振奮地在準備，泰然地在生活。

使桂林能夠如此的，省市政當局的措置得當自然是一個主要的原因。廣西政治上有一個最不可及的特點，就是不尚空言，而很迅速地提出實際的辦法。有辦法，而且辦得很快，這是使我們外來者瞠目敬佩的地方。十二月二日大轟炸之後，那時候我還在桂林，在那些罹災民房的牆隙裏還吐著火舌的時候，當局處理災民善後的佈告已經貼在牆上了，這辦法是簡單而明白的三點：第一，開放四處戲院、電影院作為災民住宿的地方。第二，未罹災居民每戶均有收容一個罹災者的義務，托詞拒絕者可以報警查究。第三，罹災民眾每人發給伙食費五角。看起來是很平常，但是在全中國許多遭受了轟炸的城市裏面，能夠這樣敏捷而實際地為老百姓想了辦法的，似乎還不多。

桂林是一個不死的城，焦土上新的芽在成長，新的力在生成，春天，已經在眼前了。

青年詩人嚴傑人，在那戰火紛飛的年代裏，他通過詩，傾訴民族的聲音，表達人民的意願，而不是只重個人情緒的宣洩。他贈友人的詩〈祝福〉，極鮮明地表達了這一思想內容：

……我們既已決心／用喉嚨去吞噬一切的不幸／用胸膛去呼吸一切的災難／我們既已決心／用肩膀去擔負世間的痛苦／用肉體去代替人民承受／一切殘酷的刑罰／對於死又有什麼懼怕的呢／即使有一天面對面地站在死的面前／我們也還要昂著不垂的頭

由艾青主編的《廣西日報》副刊《南方」，創刊於一九三八年十二月二十日。艾青撰寫的〈發刊詞〉寫出了抗戰時代中國人民新生的民族精神：

在清晨，我們聽見鐵鳥翱翔空際的聲響，聽見炸藥開鑿山洞的聲響，聽見青年學生們唱著救亡歌聲從我們的窗邊過去……

祖國正邁向勝利的路上……

另方面，我們卻正感受著敵人的瘋狂與殘暴，每個日子都披示給我們以無比的痛苦——敵人沒有一秒鐘停止過他的轟擊，狂炸，予千百萬的無辜的中國人民以死亡的威脅！

祖國正在血腥的鬥爭中……

我們呼吸著解放的空氣，我們在自由的歌聲裏奮發，我們以自己的膂力推進時代的巨輪而獲得了光榮，我們將供獻這鮮美的生命給民族革命的神聖的戰爭！

我們一刻也不能懈怠我們的工作！暴露侵略的魔鬼在我們國土的罪行，高揚我們戰鬥的熱情，堅毅，勇猛，爭取祖國的勝利和光榮！[8]

作家們寫下的，不僅僅是桂林一個城市的景象，而是中華民族力量的展現，是中國走向新生的希望。正如邵荃麟在一九四四年寫下的一段文字所表述的：「三個月的旅行中間，我深深感到我們民族的堅韌性。這是任何敵人任何殘酷的迫害所難以消滅的，這更增強了我對於人類和我們民族的信心。」[9]

3. 愛國進步文化人的文化保衛戰圖像

抗戰時期，由於全國大批文化人聚集桂林，使桂林成為中國南方重要的抗日文化據點、抗戰文化運動的中心之一。許多重要的作品在這裏創作問世，許多重要的劇作在這裏首次上演和發表；出版和發行的書刊，在全國堪稱第一。當時每天出版的書刊在二十種以上，刊物銷路約近一萬份。原全國人大副委員長胡愈之曾說：「山明水秀的桂林，本來是文化的沙漠，不到幾個月竟成為國民黨統治下的大後方的唯一抗日文化中心了。」[10]愛國文化人在這裏，以自己的行動和智慧，以手中的筆為武器，開展一場文化保衛戰，記錄下了愛國進步文化人的文化保衛戰圖像。

---

8 《廣西日報》一九三八年十二月二十日。
9 〈作家生活自述〉，《當代文藝》一九四四年第四期。
10 胡愈之，〈憶長江同志〉，《人民日報》一九七八年十一月二十三日；收入潘其旭等編《桂林文化城紀事》（灕江出版社，一九八四年），頁一三三。

巴金在桂林，冒著死亡的威脅編輯《文叢》。他說：「這本刊物是在敵機接連的狂炸中編排、製型、印刷的。倘使它能夠送到讀者諸君的眼前，那麼請你們相信我們還活著，而且我們還不曾忘記你們。……我在這個城市裏經歷過它最慘痛、最艱苦的時刻，我應該藉著這本小小刊物把這個城市的呼聲傳達給散處在全國的讀者諸君。物質的損壞並不能摧毀一個城市的抗戰精神，正如刊物的停刊與撰稿人的死亡也不能使我們的抗戰的信念消滅。倘使這本小小的刊物能夠送到諸君的手中，還希望你們牢牢記住弟兄們的這樣的囑咐。」[11]巴金在桂林，還寫完了長篇小說「抗戰三部曲」《火》的第二部。他說：「我們是不會投降的。而且不達到我們的目的，我們永不會停止抗戰。」

著名戲劇家田漢率平劇宣傳隊，來桂林上演他創作的《岳飛》、《江漢漁歌》、《新兒女英雄傳》、《雙忠記》等愛國歷史劇；歐陽予倩在桂林創作和導演了《梁紅玉》、《青紗帳裏》等抗戰劇作和新編歷史劇《忠王李秀成》；夏衍在桂林創作的話劇《心防》，更是正面表現了堅持抗戰鬥爭的革命文化戰士的鬥爭生活和精神面貌，給人以直接的鼓舞和感召力量。

由香港淪陷而撤回桂林的詩人鷗外鷗寫下詩作〈不降的兵〉。漫畫家廖冰兄創作出了極有影響的《抗戰必勝連環畫》，包括《越打越弱的日本》和《越打越強的中國》兩部分內容。音樂家張曙倒在敵機轟炸的血泊之中，在遇難的前一天的晚上，用鮮血和生命寫下了抗戰歌曲：「十二月裏喝涼水，點點滴滴記在心。日本鬼子的仇和恨，此生不報枉為人。」專寫舊體詩的愛國老人柳亞子，此時也吟出了「河山還我金湯固，百萬青年子弟兵。武力由來屬民眾，中華民族此長城」的豪雄詩篇。

由胡愈之等人創辦的《國民公論》雜誌一九三九年在桂林出版，〈創刊詞〉寫道：「我們文化人，在今天國家民族最嚴重的關頭，最重要的工作，是喚醒民眾，激發士氣。」《頂點》雜誌的編者在〈編後雜記〉說：「《頂點》是一

[11] 《文叢》第二卷第五、六期合刊（一九三九年一月二十日出版）。

個抗戰時期的刊物。它不能離開抗戰，而應該成為抗戰的一種力量。」

秦牧在一九九一年出版的回憶錄《尋夢者的足印——文學生涯回憶錄》中，以〈到了桂林〉和〈混亂的「湘桂大撤退」〉兩章，記下了自己在戰爭年代裏的思想覺醒和鬥爭生活。他說：「在桂林的日子裏，我也稍微提高了政治認識，覺得如不堅持團結、進步、抗戰，中國的前途就不堪設想了。……並且覺得一定得奮發努力，投身到爭民主的浪潮中去，如非結束這種黑暗統治，國家勢將滅亡了。」秦牧歸結說：「這種覺醒也決定了我後來的寫作道路。」秦牧回憶在桂林的生活時說：「我真正比較嚴肅地跨上文學道路，是四〇年代初的事，即在一九四一年太平洋戰爭爆發之後。那時我在桂林當中學教師。」

茅盾寫了《桂林春秋》，夏衍在回憶錄《白頭記者話當年》裏寫了〈在桂林〉一章，他們都以詳盡的篇幅，記載了愛國進步文化人在桂林開展的文化救亡鬥爭。

就連美國作家史沫特萊在〈中國的戰歌〉中也讚許地說到抗戰文化人在桂林的抗戰鬥爭：「廣西省同其他省份大不相同，仍舊准許言論、出版、集會自由，還是一個民主空氣較為濃厚的省份，國內其他地方的作家、編輯、文化人，集合在這裏堅持鬥爭。」

通過桂林抗戰文化城的圖像，我們可以看到，每一個作家，每一個文化人，此時均在愛國主義旗幟下戰鬥著，毫不隱晦、毫不懈怠地為抗戰謳歌，為民族復興吶喊。

4. 中國軍民抗日戰鬥的紀錄

青年詩人嚴傑人，時為《廣西日報》記者。他深入桂南崑崙關戰場採訪，寫下了〈將軍〉、〈指揮所裏的參謀長〉、〈夜襲〉、〈播音部隊〉等詩作。以詩的形式，記錄中國軍人抗戰的身影。他的這批戰火中誕生的詩作，給桂林詩壇帶來陽剛的氣質，立起抗戰詩的榜樣。

（四）重要的文化價值

文學是人類的精神財富，是人性追求真善美的結晶，是人類發展史的一種記載文本。發生在二十世紀三〇至四〇年代的中國人民反抗日本侵略軍的抗日戰爭，留下了大量以文學形式記載的歷史。對桂林這座美麗城市遭受的劫難、英勇的抗日鬥爭以及最後在日軍進攻下全城被毀滅的文學記載，是對這段人類慘痛歷史的一個典型的文本。它以紙質文化遺產的形式，留傳後世，具有重要的文化價值。

1. 匯聚為一個民族文化和反法西斯文化的寶庫

血與火交織的八年抗戰，在中華民族反抗外來侵略的鬥爭史上是壯麗的一幕，在中國新文化史上同樣是輝煌燦爛的篇章。在為時六年的桂林抗戰「文化城」裏，大批文化藝術成果在這裏誕生、傳播，為艱苦抗戰中的愛國軍民輸送精神食糧，也為後人留下了寶貴的精神財富。

在這個文化寶庫中，存有大批文化藝術精品。茅盾的長篇小說《霜葉紅似二月花》，巴金的散文〈桂林的受難〉、〈桂林的微雨〉、〈餓死者〉，徐悲鴻的國畫幅《江南春雨》、《雞鳴不已》，柳亞子的愛國舊體詩詞，艾青的詩作〈我愛這土地〉、〈吹號者〉，田漢、夏衍、歐陽予倩等人的劇作等等，是其中的傑出代表。這些文化藝術精品，深刻揭示了人性中對自由的追求對壓迫的反抗，揭示了中華民族生長發展的內在性格原因。

在這個文化寶庫中，存有與世界反法西斯文化協同戰鬥的不朽之作。作家劉白羽在論中國抗戰文學時說：「中國的抗戰文學，是整個第二次世界大戰反法西斯戰鬥文學的一翼，中國抗戰文學，也得到了世界許多國家反法西斯文學的滋養。中國抗戰文學的巨大成就是和全世界進步的文學的影響分不開的。」桂林的眾多作家藝術家創作出了一批反戰、反侵略的傑出作品，其中以《野草》雜誌所載作品最多、影響最大。一九四一年蘇德戰爭爆發後，《野草》雜誌由於刊登了多篇聲援蘇聯衛國戰爭的文章而在當時蘇聯反法西斯營壘裏流傳，戰後成為世界反法西斯戰爭文化遺產留藏於蘇聯博物館裏。桂林抗戰文化運動中誕生的反法西斯的文化藝術作品，是留給中國人民和世界人民及其珍貴的財富。

2. 凝結成一座連接世界文化的橋樑

桂林，不僅以秀甲天下的迷人的自然景觀吸引世界友人前來觀光，而且以其深厚的歷史文化和抗戰時期誕生的反法西斯文化，吸引著越來越多的人們的關注與嚮往。首先，寶貴的反法西斯文化遺產將永久為世界人民關注和珍視；其次，當年在桂林活動過的文化前輩，一些人後來移居海外，他們本人和他們的親屬，對這段歷史、這片土地，長久懷念嚮往；一些當年來中國和桂林支援中國的抗日戰爭的國際友人及其他們的親屬，也在尋找機會回中國探訪。再次，隨著一些史料、遺物、遺址的發現，會構成海內外和國際性的關注熱點，如二十世紀九〇年代中期在桂林市興安縣貓兒山發現的美軍飛機殘骸就是一例。最後，隨著桂林抗戰文化研究的深入和大力宣傳，桂林抗戰文化的寶貴價值逐步被社會和海外瞭解和重視，許多學者和文化人開始從文化角度關注桂林，關注桂林抗戰文化，甚至參與桂林抗戰文化研究。桂林抗戰文化將在對外開放和國際交往中起到獨特的橋樑與紐帶作用。

3. 張揚起一面愛國主義大旗

正是由於一場偉大的正義戰爭，使中國大批優秀的作家聚集在桂林，在這裏寫下大量的作品，開展大量抗戰文化活動，以扎扎實實的文化成果，將桂林鑄造成以民族精神和愛國主義為靈魂的抗戰文化城，一面飄揚在南中國的愛國主義大旗。桂林，成為愛國主義者的集結地，愛國主義作品的誕生地，愛國主義思想的傳播地。作家們與一切愛國軍民一起，在這裏忘我地工作著，為民族而戰，為祖國的獨立和自由而戰。

正是在團結抗戰的愛國主義旗幟下，才有了全民一心、持久抗戰的民族「心防」，才有了全國眾多文化人聚集桂林的盛況，才有了繁花競豔的文化大觀和民族精神的飛揚。

（五）由作家的記憶到民族的記憶

戰後幾十年來，廣西對這段抗戰文化人的文化保衛戰歷史十分珍視，對這批文化遺產妥善保護和開展研究、開發。廣西學者成立了廣西抗戰文化研究會，開展抗戰文化研究，以「弘揚抗戰精神，宣傳抗戰文化，建設先進文化」為宗旨，發掘和整理抗戰文化遺址和紙質文化遺產，努力實現由作家記憶到民族記憶的文化傳播。

廣西的專家學者們通過舉辦學術研討會、撰寫和編輯出版學術專著和論文集、田野考察、學術交流、組織和參與評獎、建立桂林抗戰文化研究網等方式，突出愛國主義精神和優秀民族文化傳統的弘揚與宣傳，並在根據社會發展的實踐，不斷把研究領域由文藝研究到文化研究逐步深入，在研究方向上向應用研究轉化，推動抗戰文化研究和抗戰文化遺產的保護和開發工作[12]。

自二十世紀八〇年代以來的二十年多年裏，在廣西學者專家的共同努力下，廣西抗戰文化已經取得了豐碩的成果。據筆者目前所掌握的材料，已整理、出版各種資料集二十六種，出版著作和論文集二十五種，字數在二千萬以上；發表的學術論文三百餘篇，計三百三十萬字，還徵集、整理、收藏了大量的歷史圖書、雜誌、檔案、照片，開展了對名人舊居、紀念館等文化遺產的保護建設工作以及對抗戰文化遺址的初步調研工作。以桂林為重心的廣西抗戰文化研究在保護和開發抗戰文化遺產、弘揚抗戰精神方面做出了貢獻。

12 詳見〈為了抗戰精神的傳承——廣西抗戰文化研究述評〉，載《抗戰文化研究》第一輯（廣西師範大學出版社，二〇〇七年）。

抗日戰爭是中國近代一百年歷史中最輝煌的勝利，是中華民族成長過程中最難忘懷的記憶。我們為這一偉大歷史所激動，為這段歷史所蘊藏的偉大精神所感奮。我們堅持從事抗戰文化研究，為的是使我們民族永久擁有這段包含著苦難也誕生了輝煌的記憶，為的是實現中華民族的振興。

四、抗日戰爭的歷史呈現與影視劇創作——以桂林抗戰文化為例談談抗日影視劇創作的歷史把握

（一）引人注目的影視劇題材

抗日戰爭在中國近代發展進程中的重要性越來越為人們所認識，抗日題材影視劇成了近十年來中國影壇螢屏的重要內容。僅就二〇〇五年中國紀念抗戰勝利六十周年期間（六至九月）的情況看，有學者做了這樣的介紹：「關於抗戰的影視創作有了相當大規模的呈現，為迎接抗戰六十周年紀念，中國出現了令人驚訝的創作熱情，整體上已經大大超越了該題材以往過少的狀態……根據研究者（吳素玲等）初步統計，近期相關抗戰題材或涉及抗戰表現的創作已經播放的有三千多集。」[13]桂林是抗日戰爭時期中國大後方的一個重要文化據點，其文化抗戰的內容十分豐富，史稱桂林文化城。此段歷史內容近年來引起了不少作家、學者和影視製作單位的關注，桂林抗日題材影視劇呼之欲出。從以下幾個會議可以見其端倪：

[13] 周星，〈世界背景下的中國抗戰影視劇創作反思〉，《文藝爭鳴：理論評論版》二〇〇六年第一期。

（1）在二〇〇四年十二月二十八日廣西抗戰文化研究會和廣西社會科學院文史研究所召開的「廣西抗戰文化研究與文化資源開發研討會」上，該會會長李建平在會議開幕詞中說：「會議將圍繞以下方面展開研討：廣西抗戰文化圖片資料的蒐集與出版研究、抗戰文化史實與電視劇創作、抗戰文化遺產保護開發與紅色旅遊線路的設計、廣西抗戰文化網站的建設與資訊化時代的傳播策略，等等。」[14]這是廣西抗戰文化研究會在開展桂林和廣西抗戰文化研究二十多年來，在蒐集大量史料和出版多項研究成果的基礎上，探討抗戰文化研究成果如何轉化和抗戰文化資源如何開發而提出的四個思路，其中，對桂林抗戰文化史實如何進入影視劇創作的問題，進入了廣西文化人的考察與研究之中。

（2）在二〇〇六年十二月十五至十六日廣西抗戰文化研究會和廣西社會科學院文史研究所召開的「國際視野下的廣西抗戰文化學術研討會」上，有學者提出了結合廣西抗戰史拍攝影視劇的議題，該次會議的「綜述」有這樣的記載：「廣西社會科學院研究員李建平就歷史研究如何與現實社會發展結合問題發言。他說：要以開放的視野從事抗戰文化研究，讓歷史研究為現實的經濟社會發展服務。……他提出結合的具體路徑，一是與文化遺產保護工作結合起來，加強保護、維護，建立愛國主義教育基地；二是與旅遊業結合起來，設計開發出旅遊景點和線路，使抗戰遺產進入文化產業經營；三是與現代影視媒介聯姻，提升研究和傳播層次，打造文化品牌。廣西壯族自治區黨史研究室研究員陳欣德建議，抗戰文化研究可以與現代影視媒體聯手，推出影視成果。」[15]

---

14 李建平，〈廣西抗戰文化研究與文化資源開發研討會開幕詞〉，《廣西抗戰文化研究會會刊》二〇〇五年第一期（總第三期），頁一〇，廣西壯族自治區桂林圖書館地方文獻部收藏。

15 李建平、王紹輝，〈以開放的視野從事抗戰文化研究——「國際視野下的廣西抗戰文化研究學術研討會」綜述〉，《抗戰文化研究》第一輯（廣西師範大學出版社，二〇〇七年），頁二八七。

（3）二〇〇八年四月十八日，廣西廣播電影電視局組織召開「迎接建國六十周年電影電視劇題材研討會」，桂林抗戰文化城題材成為會議討論的六個選題中（其他五個是：北部灣題材、南方農村題材、紅七軍題材、李濟深題材、湘江之戰題材）最為熱議的一個。中國作家協會民族文學處處長尹漢胤認為：「從歷史來講，廣西作為全國的抗戰模範省，有很多抗戰的故事題材可寫，對於桂林抗戰文化城這個題材來說，……可以好好地做。」[16]北京華盈星娛樂集團、華盈星國際影業投資（北京）公司董事長李爾崴表示願意就桂林抗戰題材、飛虎隊題材與廣西合作。廣西文聯主席、作家潘琦介紹自己正在創作的桂林抗戰題材的電視劇，內容是描寫一對戀人抗戰期間發生在桂林的故事[17]。

（4）二〇一〇年六月一日，廣西電視臺在南寧主持召開「桂林抗戰文化題材電視劇策畫會」。會議邀請作家、編劇、文史專家和電視製作人一起專項研討以抗戰時期桂林文化城抗日活動為題材的電視劇創作問題，為廣西電視臺籌拍的桂林文化城抗日題材長篇電視劇提供策畫思路。

這些情況表明，桂林抗戰題材影視劇已由關注、醞釀開始進入實際操作層面，對其創作與攝製問題進行深入研究，已十分必要。筆者對抗戰文化研究多年，參加了上述幾個會議並做了發言，但限於會議時間限制，一些觀點沒有展開或提及，因而提筆寫出，或可為從事桂林抗戰題材影視劇創作和攝製的有關人員與機構參考。

（二）桂林抗戰文化城的特殊內容與歷史內涵

中國抗日戰爭，是二十世紀人類發展史上弱國戰勝強國、正義戰勝邪惡、光明戰勝黑暗的偉大事件，無數輝煌，

16　楊玲，〈廣西迎接建國六十周年影視劇重點題材研討會會議實錄〉，《電視文學》二〇〇八年第二期。
17　參見趙娟、蔣錦璐，〈廣西影視要做大片〉，載《廣西日報》二〇〇八年四月二十四日。

產生於這場偉大的戰爭之中。中國人民在開展盧溝橋抗戰、滬淞會戰、平型關戰役、臺兒莊血戰、武漢會戰、百團大戰、崑崙關戰役、長沙會戰、常德保衛戰、入緬作戰、敵後游擊戰等軍事抗戰的同時，愛國進步文化人用手中的筆，在國土尚未淪陷的西部大後方，展開著抗日文化保衛戰。桂林文化城，是抗日戰爭中文化保衛戰的一個生動內容。

桂林文化城誕生於河山變色、鐵蹄橫行的戰爭環境裏。在一九三七至一九三八年古都北平陷落、首都南京陷落、文化中心上海陷落（僅剩下英、法租界，被稱為淪陷區中的「孤島」）、華南和華中重鎮廣州、武漢也相繼陷落的惡劣形勢下，桂林這座以風景甲天下聞名的南方的一座小城，迅速地從戰前僅有七萬人口、毫無文化地位的小城市，成長為具有四五十萬人口、上百家報刊社、上千文化人聚集的重要文化城。曾任全國人大副委員長的文化名人胡愈之一九七八年在回憶抗戰初期的文化形勢時說：「山明水秀的桂林，本來是文化的沙漠，不到幾個月（指一九三八年十一月到一九三九年上半年——筆者注）竟成為國民黨統治下的大後方的唯一抗日文化中心了。」[18]

桂林抗戰文化城的這種特殊內容，為抗日題材影視劇創作打開了一方新領地。

1. 抗日影視劇的一個新領域

桂林抗戰文化城在以往的影視劇中尚未表現過，是中國抗戰影視劇的一個新題材，它的「新」，表現在以下方面：

（1）類型新

抗日影視劇一般都是軍事題材，表現戰場、指揮所、情報、槍戰、支前，等等，此種內容的影視劇都可以歸於軍事抗戰影視劇類型。桂林抗戰文化城中的愛國進步文化人則是以筆為武器，以舞臺、講壇、書刊等為戰場，通過舞臺演

---

[18] 胡愈之，〈憶長江同志〉，載《人民日報》一九七八年十一月二十三日。

出、街頭美展、歌詠大會、課堂教育、書刊出版、集會演講等形式，匯成一股文化抗戰洪流，形成一種特殊的文化景觀，這的確能令人耳目一新，精神振奮。表現這種生活內容的影視劇可以構成抗日影視劇的一種新類型，即文化抗戰類型。

（2）人物新

以往的抗日影視劇絕大多數以政治家、軍人、民兵等為主角，拍攝桂林抗日文化城影視劇則可以以文化人為主角，推擁著名文化人出場。二十世紀中國著名文化人有一大批在桂林留下了動人的抗日文化活動業績，主要有：茅盾、巴金、田漢、夏衍、歐陽予倩、徐悲鴻、胡愈之、王魯彥、艾青、胡風、柳亞子、梁漱溟、豐子愷、吳曉邦、戴愛蓮、張曙，等等。再輔以周恩來、李克農、蔣介石、李濟深、白崇禧、陳納德、胡志明等政治家、軍事家在桂林的抗日活動，其影視劇的人物表現能不異彩紛呈、動人心弦？二〇〇〇年灕江出版社出版的《抗戰時期文化名人在桂林》和二〇〇四年桂林市政協內部印發的《抗戰時期文化名人在桂林（續集）》[19]記錄了二百多位著名文化人在桂林的活動史實，可以參閱。

（3）地域風貌新

桂林抗戰題材影視劇的基調大體應是文戲，文戲環境自然離不開優雅明麗。桂林恰恰是一處山水美麗之地。在抗日影視劇中展示桂林山水——祖國的美好河山，可以更鮮明地揭示日本侵略者對中國大好河山狂轟濫炸的罪惡，可以更強烈地激發抗日軍民奮起保衛祖國大好河山的愛國激情。殘酷的戰爭場面和優美的地域風貌交錯疊影，應能產生強烈的美學效果，這也是桂林抗日題材影視劇可以出新之處。

[19] 《抗戰時期文化名人在桂林》（桂林：灕江出版社，二〇〇〇年），由魏華齡、李建平主編，收錄文化名人一百一十五人；《抗戰時期文化名人在桂林（續集）》（二〇〇四年，內部印行），由魏華齡主編，收錄文化名人一百二十四人。

2. 史料豐，題材多

（1）現存史料極為豐富

一是文化人當年在桂林留下的大量的歷史文字和藝術作品，如巴金在桂林寫的〈桂林的受難〉、〈桂林的微雨〉、〈先死者〉等一批散文，茅盾的紀實文學《劫後拾遺》、長篇小說《霜葉紅似二月花》和一批短篇小說，艾青的抒情短詩〈我愛這土地〉和長詩〈吹號者〉、〈他死在第二次〉、〈火把〉，艾蕪的長篇小說《山野》、《故鄉》、端木蕻良的長篇小說《科爾沁旗草原（第二部）》，王魯彥的《傷病旅館》、《千家村》、《陳老奶》等短篇小說，田漢的《秋聲賦》、《岳飛》等劇作，歐陽予倩的新編歷史劇《忠王李秀成》，夏衍為《救亡日報》、《野草》寫的大量時論和雜文，聶紺弩的雜文〈韓康的藥店〉，鷗外鷗的詩作〈不降的兵〉，大畫家徐悲鴻的《灕江春雨》、《雞鳴不已》、《馬》、《青崖渡》等一批畫作，廖冰兄的《抗戰必勝連環畫》，等等[20]。

二是文化人後來寫的大量的回憶錄，如郭沫若《洪波曲》中關於桂林的文字，茅盾《我走過的路》中關於桂林的章節，田漢的《母親的話》、柳亞子的《懷舊集》、歐陽予倩的《後臺人語》、豐子愷《教師日記》以及胡愈之、吳曉邦、葉淺予、秦牧、秦似、林煥平等的回憶文章。

三是經過三十年的資料蒐集和史料研究，目前廣西抗戰文化研究會已積累了大量史料，廣西學者編撰出版的資料集、論文集、圖片集和學術專著達五十多種[21]，對文字、檔案、圖片、實物、遺址等各類史料均做了整理，歷史材料十分豐富。

20 詳見李建平，《桂林抗戰文藝概觀》（桂林：灕江出版社，一九九一年）。
21 詳見李建平，〈廣西抗戰文化研究書目〉，《抗戰文化研究》第一輯（桂林：廣西師範大學出版社，二〇〇七年）。

（2）衍生題材形式多樣

大量的歷史材料反映出當年桂林抗戰文化城的繁盛景觀，折射出當年抗日鬥爭的艱苦與曲折，也衍化為豐富多樣的影視劇題材。

Ⅰ.文化人題材：以文化抗戰為主題，以表現文化人的鬥爭生活為主體內容。

Ⅱ.統一戰線題材：以國共兩黨聯合抗戰為主題，以表現八路軍桂林辦事處和國民黨桂系的合作抗日和矛盾鬥爭為主體內容。

Ⅲ.平民（難民）題材：以戰爭與人生命運為主題，以表現戰爭環境下平民百姓的遭遇和命運為主體內容。

Ⅳ.軍事題材：抗日戰爭時期，廣西曾發生兩次大的抗日軍事戰鬥，一次是一九三九年十二月到一九四〇年初的崑崙關大戰，一次是一九四四年十一月的桂林保衛戰。桂林抗日題材影視劇也可以做成文戲與武戲結合的精彩大戲，尤其是桂林保衛戰，其抗日軍人英勇頑強的戰鬥場景和不屈精神，實在是可歌可泣。

Ⅴ.諜戰題材：諜戰劇是觀眾喜愛的影視劇樣式，近年來十分流行。桂林抗戰文化城有拍攝諜戰戲的基礎。此前已拍攝過以桂林美國飛虎隊機場為背景的諜戰電影《飛虎隊諜戰》。李克農、李濟深、白崇禧、胡志明、鹿地亙等在桂林的活動，國民黨中統和軍統、國民黨桂系、日軍間諜等的活動，都是可以衍生諜戰戲的歷史因子。

Ⅵ.國際反法西斯題材：抗戰時期，桂林曾有蘇、美、日、越、朝等國的反法西斯機構和人士在其間活動，尤其以日本反戰作家鹿地亙為首的在華日本人民反戰同盟西南支部和以陳納德為首的美國志願航空隊——飛虎隊（一九四三年改編為美國陸軍第十四航空隊）的活動較多，影響較大，頗為引人關注。

3. 歷史內涵價值高

桂林抗日文化城不僅活動內容豐富，拍攝影視劇的題材多樣，也包含有深邃的歷史文化內涵，可以給影視劇作品添加厚度與深度。

（1）「文化抗戰」構成中國抗日戰爭的一種重要的反抗形式

中國的抗戰，軍事抗戰是主要的，共產黨領導開展的敵後戰場和國民黨領導開展的正面戰場共同抵抗著日本侵略者的瘋狂進攻。中國的抗戰，也是一場文化抗戰。抗戰時期，日本侵略者在軍事進攻的同時，也在無時不刻地展開著對中國的文化侵略。先是文化掠奪，對北平、上海、天津、濟南、杭州等大城市的圖書、文物的大肆掠奪，繼而是思想毒化，宣揚所謂中日「同文同種」、「東亞共榮」、「日中親善」等等，收買了一批漢奸和文化敗類，妄圖動搖中國人民的抗戰意志和信心。文化抗戰因此成為反抗日本侵略者的極為重要的戰鬥形式。愛國進步文化人以忠貞的報國之心、摯熱的愛國之情、英勇的鬥爭精神，頑強地展開著維護國家主權和民族尊嚴的文化抗戰，正如郭沫若在一九四〇年寫的〈三年來的文化戰〉中說到的：

> 文藝作家們不斷地暴露著敵寇的慘絕人寰的殘暴獸行，表揚著抗戰將士英勇殺敵的，種種可歌可泣的故事。描寫著努力於抗戰建國的各方面艱苦奮鬥的種種姿態。新聞記者們不斷地出入於槍林彈雨中採集前方戰訊向國內外報告，在前後方創設著並支持著大型小型、全國性、地方性的報紙，盡力於抗戰建國的鼓吹督勵。社會科學家奮勉地從事於革命理與實際問題的研究與討論，增進著全國人民對於抗建事業的認識與瞭解，並常常地對於妥協投降分裂倒退等漢奸論調予以毫不放鬆的誅伐。自然科學家埋頭苦幹，對於戰爭

上、交通運輸上、國防工業上、戰時生產上、醫藥衛生上，各種迫切的要求，從事於資源的考查與技術的探討，以求適當的解決。教育家以及一般的文化工作者們不斷地努力於文盲的掃除、普教的改進、專門人才的培養、工作幹部的訓練、文化娛樂的設施。出版界在極其艱苦的條件之下不稍懈怠地從事著全國文化食糧的產出與供應。所有這些反文化侵略的戰士們，三年來盡瘁於抗戰建國的種種業跡，無疑地為了反侵略鬥爭的偉大任務。[22]

愛國進步文化人以卓有成效的文化抗戰支撐著中國人民的信念，支撐著堅持抵抗、絕不屈膝投降的行動。由於中國的軍事抗戰始終堅守住中國西部國土、文化抗戰始終在支撐著中國人民的抗戰信念，中國戰場因此成為第二次世界大戰支撐時間最長的反法西斯陣線主戰場之一。相比起二戰時期歐洲戰場上，曾發生不到一年時間便亡了六七個國家的情況，其中包括國力強大、文化悠久的法國這樣的強國，我們就易於理解到「文化抗戰」在中國抗日戰爭中的重要意義，肯定其為中國抗日戰爭中反抗侵略者的一種重要的反抗形式了。

（2）民族「心防「彰顯民族精神

抗戰初期，夏衍創作了題為《心防》的抗戰劇作，「心防」二字，很好地概括了「文化抗戰」的本質與形態。文化抗戰，是構築民族「心防「的一場偉大的戰鬥，四萬萬中華同胞聚集在愛國主義的旗幟下，築成了頑強抗日的民族「心防」。有了民族「心防」，就有了持久抗戰，就有了民族的不降，就有了民族的不亡。桂林抗戰文化城是二戰時期中國持久抗戰的文化大據點，全民一心、持久抗戰的民族「心防」是支撐其生存的脊樑。桂林文化城，孕育了無數愛國

22 郭沫若，〈三年來的文化戰〉，載《郭沫若文集》第十一卷（北京：人民出版社，一九五九年）。

詩篇，鍛造了無數愛國進步文化人。他們以對國家對民族的忠貞與赤誠，以自己的愛國情感和思想智慧，張揚民族正氣和人類正義，構成了我們民族永遠不敗的文化傳統和民族精神，永遠屹立於世界的民族長城。

（3）國共合作，全民抗戰推進中華民族復興大業

桂林為什麼能成為南中國抗戰文化的中心？為什麼能凝聚眾多作家藝術家和文化人在這裏創作和演出？為什麼會成為有國際影響的反法西斯文化重鎮？歷史告訴我們，這一切，是天時、地利、人和的匯集：抗戰形勢的客觀需要與桂林地理位置的特殊；中國共產黨的策劃、領導與得力操持；國共合作創造出桂林良好的政治環境。這一切，匯成了一種支撐人心向背的政治力量，一股愛國主義洪流。這裏，國共兩黨通過八路軍桂林辦事處和國民黨桂系實施的良好的合作起到很重要的作用。

在一九三八至一九四四年這六年多時間的裏，桂林文化城裏的國共合作關係除了在「皖南事變」後的一九四一年有過短暫的分裂外，大多數時間是一種合作、配合的關係，共同面對反抗日本侵略者的大目標。國民黨之所以在一九四一年後在桂林還能與共產黨人和愛國進步文化人有著良好的合作關係，這與一九四〇年以後國民黨元老李濟深長駐桂林，國民黨中央的頑固派勢力滲透不深有關。這也昭示了，只有國共合作，形成全民抗戰的潮流，才能創造抗戰勝利、民族復興奇觀。它對於今天我們推進兩岸合作，統一祖國大業，同樣具有重要的啟迪意義。

（三）把握歷史是影視劇創作的前提和基礎

桂林抗戰文化城作為中華民族復興史上的重要一頁，以此段歷史創作影視劇，必須全面準確地把握這段歷史，包括史實與本質。

1. 看清歷史面貌

首先是對這段歷史有個基本的瞭解，看清它的全貌，大體包括這些方面：

（1）**時代背景**：即抗戰大勢，國際形勢等。

（2）**社會面貌**：即經濟、政務、民生、民俗和地理等。

（3）**歷史進程**：即時代背景和社會情況的動態變化。

（4）**關鍵人物**：有國共雙方人物、重要文化人等。

（5）**重要事件**：形成這段歷史的一些關鍵性和有影響力的歷史事件。

欲瞭解這些情況，可以從以下方面著手：當年出版的報刊、書籍，當事人後來寫的回憶錄，歷史檔案，採訪親歷者，後人編撰的方志和研究成果，歷史文物和圖片，等等。

2. 把握歷史的本質

瞭解歷史，不是僅僅要知道細節和事件，而是要看透細節背後的歷史本質。中國持久抗戰，最終以三千五百萬人死傷、六千億美元的直接和間接經濟損失的沉重代價[23]，贏得了這場中國近代史上自鴉片戰爭以來一百多年反抗外敵侵略的唯一一次完全勝利的戰爭。一部抗日戰爭史，是中華民族由屈辱到自豪、由失敗到勝利、由孱弱到剛強的歷史，是中華民族精神重建、國魂再造的重要歷程。抗日戰爭為中國人民的民族復興提供了最偉大的真理，昭示了近代中國社會不斷向前推進的歷史本質，這就是：國共合作是抗戰勝利之本；全民族聯合奮起英勇抗戰是取得抗戰勝利的最偉大的力量；中國共產黨是抗日戰爭的中流砥柱；正義必定戰勝邪惡，侵略者終歸走向失敗。抗日影視劇的創作和攝製，必須緊

---

23 《辭海》（一九九九年），頁八一七。

緊把握這個歷史的本質，一切人物、事件和細節都得為表現歷史本質服務，這樣才會獲得民族共鳴，也才對得起創造這段神奇歷史的英烈。

3. 弘揚歷史精神

這場戰爭、這段歷史，鍛造了中華民族的新精神——抗戰精神。如今，戰爭雖已遠去，歷史依然不朽，抗戰精神長存，「起來！不願做奴隸的人們！把我們的血肉組成我們新的長城……」的旋律已成為我們民族基因中重要的元素，整合成了中國的國魂。抗戰精神仍然在引領著中華民族在二十一世紀裏的新長征。

我在二〇〇五年紀念抗日戰爭勝利六十周年時寫過一篇論文在當年的《中國文化報》發表[24]，其中論述了抗戰精神的幾點：抗戰精神，是維護民族尊嚴和國家主權的愛國主義精神；抗戰精神，是萬眾一心反抗外敵的民族團結精神；抗戰精神，是艱苦奮鬥一往無前的勇敢精神；抗戰精神，是實事求是的創新精神。我認為：抗戰精神充分體現了中華民族的民族性格、思想智慧和意志力量，是中華民族優秀民族精神和井岡山精神、長征精神的延續和發展，是中華民族的寶貴文化遺產和精神財富。

今天，我們創作和攝製抗日影視劇，應該承繼先人的民族擔當，以弘揚抗戰精神為宗旨，以傳播抗戰精神為責任。古人云：「志高而文偉。」[25]抗日影視劇應當張揚民族正氣，渲染民族精神，拍出一種莊嚴大氣，具有大國風範的藝術大片。

---

24 該文首發於二〇〇五年八月十三日《中國文化報》，題為〈抗戰精神：凝聚中華民族的偉大精神〉；後經加工修改再發表於廣西師範大學出版社二〇〇七年九月出版的《抗戰文化研究（第一輯）》，改題為〈抗日戰爭對中國先進文化建設的貢獻〉。

25 劉勰，《文心雕龍・書記》。

4. 處理好各種歷史關係

要表現好這段歷史，要體現出歷史的本質，要弘揚歷史精神，得注意處理好歷史存在的一些重要且複雜的關係。從大處說，可以歸納這麼幾個：

（1）中國人民堅持十四年抗戰與美蘇援助加速抗日戰爭結束進程的關係

國際上有這麼一種言論，認為二戰中日本的戰敗，是敗給了美國和蘇聯，中國並沒有打敗日本。國內也有少數人在附和這種論調。我認為，中國取得抗日戰爭的勝利，是毫無疑義的，中國是當之無愧的戰勝國；中國能進入聯合國五個常任理事國之一，就是一種歷史的肯定，世界的選擇；日本的戰敗，不是敗給哪個國家，是敗給了世界反法西斯陣線，敗給了包括中、蘇、美、英等代表正義的世界各國。

歷史發展到現代社會，世界各國構成了一個既有獨立又相互聯繫的整體，戰爭不再是一國與另一國的單獨交鋒，各個國家構成的利益聯合體的相互協作甚至聯合行動成為戰爭行為的常態和行動的主體。日本認識不到這一點，挑起侵華戰爭，又挑起太平洋戰爭，必然會遭到世界反法西斯陣線的聯合痛擊。此是它失敗的根本原因。中國人民堅持十四年抗戰，好比一鍋水慢慢加熱到了七八十度，美、蘇最後加了一把火，加速了水的沸騰，促進了中國抗日戰爭結束進程的提早到來。我認為，弄清這個關係，對於我們正確對待歷史，對於我們增強民族自信心，是非常重要的。

（2）中國共產黨與國民黨既聯合又鬥爭的關係

在一九三七至一九四五年中國人民全面抗戰的八年裏，中國共產黨與國民黨的關係是既聯合又鬥爭，聯合抗日是主要的、貫穿始終的，摩擦鬥爭是次要的、短暫的。在以往相當長的一段時間裏，我們的近代史教科書和許多文藝作品包括影視劇裏，都把中國共產黨與國民黨之間的摩擦鬥爭過於強化了。這掩蓋了歷史的真相，也為今天的海峽兩岸合作共創祖國統一大業增加了阻礙。這是我們又要著重處理好的一個關係。

（3）國民黨桂系與蔣介石中央派系的矛盾與鬥爭關係

國民黨桂系隸屬於國民黨中央體系，但它們有矛盾，或明或暗地在進行鬥爭。這種矛盾鬥爭給中國共產黨和愛國進步文化人在桂林的生存和活動提供了良好的空間。因為國民黨桂系害怕蔣介石中央集團吞併自己，不時防範蔣介石勢力向廣西的滲透，而它們認為共產黨此時根本沒有力量在廣西和桂林興風作浪，對國民黨桂系在廣西的統治構成不了威脅，反倒是可以作為聯合抗日和抗蔣的一股重要的政治力量，因此一直與八路軍桂林辦事處保持較好的合作關係。但它們對廣西當地的地下黨是殘酷鎮壓的，它們認為地下黨的活動目標是國民黨桂系政權，所開展的活動動搖著桂系在廣西的地方政權。這裏面情況非常複雜，有時很難一刀切，要具體情況具體分析，很好地吃透歷史，才不至於混淆敵我，攪亂了抗日民族統一戰線。這要花些功夫鑽研。

（4）文化抗戰與軍事抗戰的關係

桂林文化城的文化抗戰是很有成效的，造成了很大的影響，尤其是西南劇展，在二戰時期能誕生出來，簡直是一個奇蹟。但戰爭畢竟是戰爭，軍事抗戰仍是戰爭的主角，不能把文化抗戰的作用渲染過大。要文戲、武戲一起演，將文化軟實力轉化為軍事硬實力的理由、情景、過程、效果演示出來，方為大本事，也才真實可信。可將一九四四年的桂林保衛戰推演為全劇的高潮，民族英雄在此時此地湧現。而民族英雄的誕生，離不開文化抗戰的錘鍊，離不開抗戰精神的積澱。

（四）處理好藝術創作的幾個關係

抗日題材影視劇大體屬於革命歷史劇，與上述歷史的把握相適應，在藝術創作上也有一些關係應很好地把握。我體會主要有這麼幾點：一是歷史史實與藝術虛構，二是紀實性與傳奇性，三是大人物與小人物，四是宣傳與票房（收視率）。這些問題，由於各製作單位、製片人、導演、編劇的情況不同，製作規模、取材角度、藝術風格甚至製作時機都會有所不同，因此很難有統一的標準，這裏不必細說。大體做到從這幾個方面有所謀畫就可以了。

五、關於編撰《中國抗戰文藝史》的思考

（一）時代需要編撰新的《中國抗戰文藝史》

抗戰勝利已經六十多年了，我們的抗戰文學研究在資料的蒐集整理和編撰地區性抗戰文學史著作方面取得了相當大的成績。但是在編撰一部全面反映抗戰文學史實總結抗戰文學經驗和成就方面，還一直沒有突破。自藍海的《中國抗戰文藝史》出版以來，六十年了還無新的《抗戰文學史》或《抗戰文藝史》面世。

藍海的《中國抗戰文藝史》是我國第一部現代文學斷代史，也是研究中國抗戰文藝發展的必備專著。該書一九四七年出版時只有一百六十六頁，約八萬字。一九四九年被譯成日文，由日本評論社出版。一九八四年，山東文藝出版社

出版了朱德發執筆的藍海《中國抗戰文藝史》修訂本，約三十萬字。至今又過去了二十多年，仍無一部完整、嚴謹意義上的《中國抗戰文藝史》出現。

現代文學史著作據說已經編撰出版了二百二十種了，[26]抗戰文藝史作為最早出現的現代斷代文學史，作為占了現代文學史近二分之一時間的一個現代文學史的重要組成部分，中國文學史建構特別需要編撰出一部新的《中國抗戰文學史》或《中國抗戰文藝史》。無論是從政治的需要（兩岸統一、亞洲和平），還是學術建設需要，都是如此。

（二）編撰《中國抗戰文藝史》的條件已經具備

1. 資料積累充分

改革開放以來，抗戰文藝和文化的資料整理工作進展很快，出版的資料成果很多。解放區文藝運動的資料整理工作一直走在全面，田仲濟（藍海）就是中國解放區文學研究會會長。有關學者整理出版的成果有《中國解放區文學書系》二十卷，《延安文藝叢書》十六卷，劉增傑、趙明、王文金等編《抗日戰爭時期延安及各抗日民主根據地文學運動資料》（上中下三冊）等。

二十世紀九〇年代中期，重慶出版社和廣西教育出版社又先後出版了大型的《抗戰時期國統區抗戰文學資料叢書》二十卷和《中國淪陷區文學大系》七卷，形成了對抗戰時期中國三大區域文學資料比較完備的蒐集和整理。

重慶、桂林、昆明、武漢、上海等地的學者對抗戰時期各文化中心的資料蒐集也取得相當大的成效。主要有：四

---

26 秦弓，〈抗戰文學研究的概況與問題〉，《抗日戰爭研究》二〇〇七年第四期。

川社會科學院編《抗戰時期文藝期刊篇目索引》及其續編，武漢市文藝理論研究室編《武漢文學藝術史料》三輯，上海社會科學院主編《上海孤島文學資料叢書》，重慶師範學院編《國統區文藝資料叢編》，廣西社會科學院文學所等編《抗戰時期桂林文化運動資料叢書》七種，李建平編《抗戰時期桂林文學活動》、楊益群編《抗戰時期桂林美術運動》，魏華齡、李建平主編《抗戰時期文化名人在桂林》，廣西社會科學院主編《桂林抗戰文藝詞典》（廣西人民出版社），文天行等編《作家戰地訪問團史料選編》，蘇光文編《抗戰文學紀程》，王大明等編《抗戰文藝報刊篇目彙編》，文天行等編《中華全國文藝界抗敵協會資料》，等等。大量的資料成果，為深入開展抗戰文藝和文化研究奠定了基礎。

2. 歷史研究形成理論突破

新世紀以來，抗日戰爭史研究有了突破性進展，對抗戰文藝研究形成思維振盪和發展衝擊，要求抗戰文藝研究有新的突破。最重要的理論代表是胡錦濤主席二〇〇五年九月三日在紀念中國人民抗日戰爭暨世界反法西斯戰爭勝利六十周年大會上的講話中關於抗日戰爭的戰略力量和中華民族偉大的民族精神的觀點，肯定了中國共產黨領導的八路軍、新四軍和國民黨所屬軍隊一同構成抗日戰爭的主體力量，各自在敵後戰場和正面戰場戰鬥，共同抗擊日本侵略者；肯定了抗戰精神是中華民族偉大的民族精神的重要部分。

3. 區域性抗戰文藝研究體系基本形成提供研究基礎

改革開放三十年來，對中國抗戰文藝和文化的整體研究，出現過鍾興錦等《抗日戰爭文化史》（中共黨史出版社，一九九二年），蘇光文《抗戰文學概觀》（西南師範大學出版社，一九八五年），文豐義、盤福東等《血染的豐碑——中國抗戰文化》（廣西師範大學出版社，二〇〇三年）等著作。

隨著區域經濟發展和區域文化的崛起，區域性抗戰文化研究也十分活躍，出版了多部區域性抗戰文學史或文化史著作。主要成果有：魏華齡《桂林文化城史話》（廣西人民出版社，一九八七年），劉增傑《中國解放區文學史》（河南大學出版社，一九八八年），屈毓秀等《山西抗戰文學史》（北嶽文藝出版社，一九八八年），章紹嗣等《武漢抗戰文藝史稿》（長江文藝出版社，一九八八年），文天行《國統區抗戰文學運動史稿》（四川教育出版社，一九八八年），王劍青、馮健男主編《晉察冀文藝史》（中國文聯出版公司，一九八九年），胡凌芝《蹄下文學面面觀》（長春出版社，一九九〇年），馮為群、李春燕《東北淪陷時期文學新論》（吉林大學出版社，一九九一年），黃萬華、申殿和《東北淪陷時期文學史論》（北方文藝出版社，一九九一年），李建平《桂林抗戰文藝概觀》（灕江出版社，一九九一年），劉建勳《延安文藝史論稿》（陝西人民出版社，一九九二年），蔡定國、楊益群、李建平《桂林抗戰文學史》（廣西教育出版社，一九九四年），蘇光文《大後方文學論稿》（西南師範大學出版社，一九九四年），張泉《淪陷時期北京文學八年》（中國和平出版社，一九九六年）和《抗戰時期的華北文學》（貴州教育出版社，二〇〇五年），陳青生《抗戰時期的上海文學》（上海人民出版社，一九九六年），黃萬華、徐祥《中國抗戰時期淪陷區文學史》（福建教育出版社，一九九六年），文天行主編《中國抗戰文學概覽》（四川大學出版社，一九九六年），唐正芒《南方局領導的大後方抗戰文化運動》（湖南師大出版社，一九九九年）和《中國西部抗戰文化史》（中共黨史出版社，二〇〇四年），齊衛平等編《抗戰時期的上海文化》，民革中央孫中山研究學會重慶分會編著《重慶抗戰文化史》（團結出版社，二〇〇五年），袁小倫《粵港抗戰文化史論稿》（廣東人民出版社，二〇〇五年），靳明全、宋嘉揚、郝明工、潘成菊《重慶抗戰文學論稿》（重慶出版社二〇〇三年），郭仁懷《淮南抗日根據地文藝史》，保定市歷史文化叢書編輯委員會編《保定抗戰文化》（方志出版社二〇〇五年）等和朱瑛的碩士學位論文〈論抗戰時期新疆抗戰文化〉（華東師範大學，二〇〇三年），另有《國統區抗戰文藝研究論文集》（重慶出版社，一九八四年），《東北淪陷時期文學國際學術研討會論文集》（瀋陽出版社，一九九二年），《桂林抗戰文化研究文集》（一至八集）等。

這麼大量的區域性抗戰文藝史著，可以說已構成了一個區域性抗戰文藝研究體系，客觀上形成了需要有一部整體性的中國抗戰文藝史論著出來統領的需要。

（三）編撰《中國抗戰文藝史》的建議

1. 定位於「抗戰文藝史」

有的學者傾向於寫《中國抗戰文學史》，我主張寫《中國抗戰文藝史》。理由是：抗戰時期的文學、藝術是不可分的，藝術的作用甚至站在了文學的前頭。我們看到，歷史所呈現的人物群體是「中華全國文藝界抗敵協會」而不是「作家協會」，活躍在那一時代的文藝主角是〈松花江上〉、〈義勇軍進行曲〉、〈大刀向鬼子們的頭上砍去〉、《黃河大合唱》等救亡歌曲，是《放下你的鞭子》、《屈原》、《梁紅玉》、《兄妹開荒》、《白毛女》等舞臺表演藝術作品，最有戰鬥力的文藝隊伍是演劇隊、戲劇兵。很難有哪一部純粹的文學作品能超出上述藝術作品的影響和流行程度。抗戰文藝的最高成就也是藝術作品──〈義勇軍進行曲〉，她後來成為中華人民共和國國歌，成為了中華民族的國魂。離開了藝術史實去專寫文學史，顯然難以充分反映抗戰文學、抗戰文藝的本質和它們在那一時代所發揮的巨大作用，亦即無法寫出與抗戰這偉大時代相稱的厚重史著。所以我認為，一部新的《中國抗戰文藝史》，應當結合抗戰藝術史實撰寫，而不是專寫「抗戰文學史」。

至於是否應寫《中國抗戰文化史》，答案當然是應當寫。但寫作抗戰文化史涉及面太廣、學科多，即包括作為哲學上層建築重要組成部分的意識形態的文化各個門類，如文學、藝術、新聞、出版、思想、理論、教育、社會科學等，在「抗戰文藝史」未完成前，可暫不考慮。當然，另有一班人馬去做另做別論。

2. 史料運用上要做到全面、豐富、新穎

經過了改革開放三十年的努力，學術界在抗日戰爭時期的史料發掘和整理方面取得巨大成果。尤其是區域性文藝史料蒐集整理，無論在數量還是質量上，都大大超過了改革開放前所掌握的資料。特別是一些檔案資料的解密，為學術研究提供了新視角。因此，要充分掌握和科學運用好這些資料新成果，包括西北解放區、西南國統區、東北、華北和臺灣淪陷區、上海「孤島」與香港等地區的史料，以及臺灣學者掌握的史料，從中理清新線索，探索新結論。

3. 史實敘述上要尊重歷史，全面、完整、公正

要把尊重歷史史實作為敘述歷史的基本原則，從中華民族的根本利益出發敘述歷史。既要高度肯定和全面介紹統一戰線旗幟下中國共產黨和其他愛國黨派、民主進步人士的抗日文化活動情況及其業績，也要客觀敘述由國民黨執政、國民政府實施的符合愛國統一戰線大政方針的抗戰文化史績。

4. 史論提煉達到時代高度

時代已進入二一世紀，戰爭過去了六十多年，世界局勢發生了很大的變化。因此，撰寫《中國抗戰文藝史》既要有歷史意識，也要有時代意識，史論提煉要達到時代高度。

（1）要總結中國愛國進步文化人為維護和平、正義和人類公理，以文藝為武器反抗邪惡、暴力、非正義戰爭所開展的文化抗戰的歷史經驗，為今天世界和平發展提供可供借鑑的啟示。

（2）文藝是引導民眾前進的燈火，是塑造民族精神的利器。撰寫《中國抗戰文藝史》要闡明抗戰文藝在中華民族發展史上的特殊價值和重大意義，尤其是對鑄造中華民族偉大的民族精神的重大作用。把「抗戰文藝

史」寫成一個古老的民族在艱難困苦的歲月裏成長進步的心靈發展史。

5. 寫作成員由兩岸三地構成

抗日戰爭史及其相關專門史、相關專題研究，如抗戰文化史、抗戰時期教育史、抗戰時期學術史、戰時受災損失調查、慰安婦問題、南京大屠殺等，是海峽兩岸學者共同關心的研究專案，兩岸學者都已開展了大量的工作，取得大量前期成果。建議《中國抗戰文藝史》研究以中國社會科學院文學研究所為核心，充分整合人力資源，聯合大陸、臺灣、香港各地素有研究的學者組成聯合研究小組，既統一又有分工的開展研究工作，力求做出最好的研究成果，寫出海峽兩岸學界共同認可的《中國抗戰文藝史》。

6. 課題立項途徑

由於該項研究涉及區域廣，調查問題多，所需經費大，建議通過申報國家哲學社會科學基金重大項目獲得研究經費，保證研究工作的順利開展。

7. 預期成果

（1）**總體目標**：我心目中的《中國抗戰文藝史》是這般模樣：史論結合、兩岸合作、民族心史、大氣磅礴。

（2）**寫作規模**：我提出的方案是分為總論、解放區文藝、大後方文藝、淪陷區文學（含臺灣文學）四卷，約一百八十至二百萬字。其他更好的方案期盼大家擬就。

（原載《抗戰文化研究》第二輯，廣西師範大學出版社，二〇〇八年）

六、魏華齡及其桂林抗戰文化研究——兼評魏華齡先生的《桂林抗戰文化史》

二〇一一年七月，灕江出版社出版了九旬老人魏華齡先生的學術專著《桂林抗戰文化史》。該書史料豐碩，論述全面，內涵深邃，見解深刻，是一部桂林抗戰文化研究集大成之史著。

（一）魏華齡先生與桂林抗戰文化研究

翻閱此部大著，首先感慨的是魏華齡先生人品精神的高貴。魏老是最早倡導和從事桂林抗戰文化研究的學者之一。在黨的十一屆三中全會召開不久的一九七九年，他就寫作發表了〈歐陽予倩與桂林劇運〉等文章，以後，又最早寫作出版桂林抗戰文化研究專著《桂林文化城史話》。可以說，他是自六十歲開始才進入桂林抗戰文化研究領域的，但他自投入起，一幹三十年，在開拓出一片人生新境地的同時，開拓出一片學術新領地。三十年來，他在寫作大量論文的同時，撰寫出版了《桂林文化城史話》、《一個獨特的歷史現象：桂林文化城（上、下）》、《九十自述》等多部著作，主編出版了《抗戰時期文化名人在桂林》（兩本）和《桂林抗戰文化研究文集》多卷。如今又完成五十多萬字的《桂林抗戰文化史》，如此豐碩的成果，對於一位用六十多歲到九十多歲的人生歲月來完成的老人而言，其中的艱辛與付出，不難想像。僅僅就他在〈後記〉裏說的：「由於年老手抖，更不會使用電腦，寫字握筆不聽指揮，字跡東倒西歪，難以辨認，像這樣的書稿，是任何出版社、編輯都無法接受的。多虧我女兒逐字辨認並掌握了我的字跡規律，然後用電腦將幾十萬字手稿列印成字跡清晰的書稿」，就可體會出他寫作的艱難。想到這些，真是令人感佩不已。

是什麼使得魏華齡先生能以如此執著的熱情和頑強的毅力來做這番工作，取得如此豐碩的成果的呢？從大的方面說，是他在《桂林抗戰文化史．前言》裏說的：「桂林抗戰文化是中國共產黨領導下所創造的革命文化運動，是中國人民革命鬥爭的一個組成部分，是自『五四』以來人民大眾反帝反封建的新民主主義文化的重要組成部分，是世界反法西斯戰爭和中國近現代民族解放鬥爭的珍貴文化遺產，繼承和發揚它，歷史地落在了我們這一代人的肩上。」從小的方面說，是他把老一輩革命文藝家的寄託掛在心上。他說：「早在一九八五年初，秦似教授在為我的《桂林文化城史話》一書的序言中就期待一本『更為系統、更為全面、更為深入』的桂林抗戰文化史書問世。二十多年來，我一直把秦似的『期待』掛在心上，但由於種種原因，這樁心事一直未能了結。」現在出版的《桂林抗戰文化史》，雖然魏華齡先生自謙地說「與秦似的『期待』還有差距」，但他「總算盡了心，也盡了力。」

歸結起來，魏華齡對桂林抗戰文化的追求，是他對桂林抗戰文化的本質和歷史價值有清醒的認識和科學評價的基礎上所做的人生選擇。他從青年時代起追求科學，追求真理，在苦難的舊中國和朝氣蓬勃的新中國生活了幾十年的人生閱歷和科學理論的武裝下，他認識到中國共產黨領導的人民解放道路是中國發展進步的唯一之路，發生在他生活的土地上的桂林抗戰文化，「是中國共產黨領導下所創造的革命文化運動，是中國人民革命鬥爭的一個組成部分，是自『五四』以來人民大眾反帝反封建的新民主主義文化的重要組成部分，是世界反法西斯戰爭和中國近現代民族解放鬥爭的珍貴文化遺產」（《桂林抗戰文化史．前言》），因此，他的一生，承載了「繼承和發揚它，歷史地落在了我們這一代人的肩上」的歷史責任。

有如此崇高的理想和追求，才有了如此強大的人生動力，才有了如此動人的行為和驕人的成果。魏華齡的人品精神的高貴，不僅僅只是表現在他個人的奮發表現和閃光形象上，還大量輻射到社會上和青年中，推動了桂林抗戰文化研究的發展。二十世紀九〇年代初期，他發起成立了桂林抗戰文化研究會，擔任第一任會長，以後，又擔任了廣西抗戰文化研究會和桂林抗戰文化研究會名譽會長。他積極領導會員們展開各種學術活動，深入開展學術研究，熱情引導一批批青年學者在桂林抗戰文化研究之路並在其間大顯身手。他以蓬勃的熱情、豐富的學識、高尚的人格彰顯桂林抗戰文化的魅力，也以自己的學問和成就支撐起桂林抗戰文化研究的實力和品位，他實際成為這三十年桂林抗戰文化研究的旗手。如今，桂林抗戰文化研究在學術界碩果累累，在社會上名聲遠播，在服務經濟社會發展中發揮越來越大的作用。中共中央政治局委員、中宣部部長劉雲山同志二〇〇七年五月到桂林考察工作時說的一番話：「抗戰文化是桂林文化中最有特點的一部分，……要組織專家、學者進行研究，探討和策畫，要把整理、發掘、展示抗戰文化作為文化專案，文化工程來做好」，是對桂林抗戰文化研究工作的肯定和希望。魏華齡先生對桂林抗戰文化研究的開拓和推進之功，是必定付諸史載的。

（二）關於《桂林抗戰文化史》

《桂林抗戰文化史》無疑是桂林抗戰文化研究的一部大書，是桂林抗戰文化研究的一個重要收穫。拜讀全書後，我體會到該書有以下幾個特點：

1. 體例全

魏華齡在二十世紀八〇年代時寫作出版的《桂林文化城史話》，雖只是一本十五萬字的小書，但通過〈文化城的形成〉、〈文化城的出版發行事業〉、〈文化城的新聞事業〉、〈中華全國文藝界抗敵協會桂林分會〉、〈文化城的文學活動〉、〈文化城的戲劇活動〉（上、下）、〈文化城的音樂活動〉、〈文化城的美術活動〉、〈文化城的兒童運動〉、〈文化城的尾聲〉等十一章，已構成了一個「桂林抗戰文化史」基本體系的雛形。現在出版的這本《桂林抗戰文化史》又有了新的拓展，全書分〈前言〉、〈概覽〉、〈文化活動及成就〉、〈附錄〉四大部分。其中〈概覽〉部分為全書的主要內容，包含：桂林文化城的形成、中國共產黨與桂林抗戰文化、桂林抗戰文化的內涵、桂林抗戰文化運動的特徵、一個獨特的歷史現象、桂林文化城、桂林抗戰文化與延安抗戰文化的內在聯繫、桂林抗戰文化的歷史地位，共七個方面的內容。按時間順序、內在聯繫、外在影響與歷史作用等，以宏觀的視角全面闡述了桂林抗戰文化的本質、特徵、歷史地位等重大問題。〈文化活動及成就〉部分，作為概況性的介紹，又分為十八個部分：八路軍桂林辦事處成立前的文化概況、文化城的社會科學、廣西建設研究會、文化城的出版發行事業、文化城的新聞事業、中華全國文藝界抗敵協會桂林分會、文化城的文學活動、國防藝術社、廣西省立藝術館、繁榮的抗戰戲劇、西南第一屆戲劇展覽會、文化城的音樂活動、文化城的美術活動、抗戰教育與科學事業、文化城的少年兒童工作、文化城的最後一戰、桂林抗戰文化在敵後、繼承和發揚桂林抗戰文化的優良傳統、建設中國特色社會主義文化。這就使得桂林抗戰文化史的體系更加完備、科學，由此展開的論述也更為全面、充分，也更富於歷史的邏輯性，增加了全書的學術性。為展現輝煌一時的桂林抗戰文化歷史與業績，提供了很好的讀本。

2. 史料豐

魏華齡對桂林抗戰文化的研究一開始就建立在扎實的史料發掘整理的基礎上的。他不僅年輕時就在桂林文化城的文化氛圍裏接受薰陶，接觸了進步文化人和文藝作品，是歷史當事人，中年以後又長期擔任桂林市政協文史資料委員會的負責人和分管這一工作的市政協副主席，長期查看和整理大量的歷史資料，結識了一批瞭解歷史的文化老人。這些經歷使他具備了其他學者所沒有的天然的史料把握優勢。他從事桂林抗戰文化研究以後，又進行了對桂林抗戰文化的全面的資料調查和整理，因而他的研究，從二十世紀八〇年代的《桂林文化城史話》開始，是一貫之地以扎實的史料構建起來的。在這本《桂林抗戰文化史》裏，我們又看到了魏華齡先生在史料上的拓展和突破。一是時間上的前後延展，增加了一九三七年「七七事變」以前桂林開展的抗日救亡文化活動的情況和一九四四年十一月桂林淪陷後桂林抗戰文化在敵後活動的情況；二是以新的史料支撐起一些新的專項研究內容的展開，如桂林文化城的社會科學、桂林文化城的抗戰教育與科學事業等，這些都是前人很少涉足的領域；三是以附錄形式提供了較完備的研究資料，包括：〈桂林抗戰文化大事記（一九三二至一九四五）〉、〈抗戰時期旅桂著名文化人簡介〉、〈抗戰時期旅桂文化人筆名錄〉。其中，〈旅桂文化人筆名錄〉的編製尤為顯示出魏華齡先生在資料工作方面的辛勞與貢獻。這份〈筆名錄〉早在二十世紀八〇年代他就開始做了，到二〇〇〇年七月時做了第三次修訂，二〇〇一年一月做第四次修訂，二〇〇九年十二月做第五次修訂，用二十多年的時間才定稿面世。由此我們可以掂量出書中那些新史料的沉甸甸的分量，也深切感受到魏華齡先生治學上的嚴謹與學術品格的高貴。

3. 觀點新

在多年的研究中，魏華齡形成了許多新穎而又頗有見地的學術觀點，不斷地激發了學術界的學術碰撞與思維飛躍。比如，在《桂林抗戰文化史・前言》中，他提出「桂林抗戰文化」和桂林「文化城」是兩個不同的概念。他認為，「桂林抗戰文化」是一個包含了十四年歷史文化內容的文化史學概念；桂林「文化城」則是一個社會文化學概念。桂林作為抗戰時期中國的大後方文化中心之一，時間只有六年。這六年時間，桂林成為國民黨統治區內的一個共產黨領導的、先進的「文化特區」——一塊特別有利於共產黨人和進步文化人開展進步文化活動的「特區」，這就是桂林「文化城」，是「一個獨特的歷史現象」。這樣的觀點，十分新穎，內涵深邃，能給人深刻的啟迪。

對「桂林抗戰文化的內涵」的探討，也是一個重要的理論問題。魏華齡在書中專列一節加以論述。他提出，桂林抗戰文化的內涵，可以概括為下列三個方面：「（1）馬列主義、毛澤東思想的傳播；（2）愛國主義、集體主義、社會主義思想得到弘揚；（3）科學世界觀、革命人生觀和艱苦奮鬥精神的培育。」這些論述，都探討了桂林抗戰文化的本質與價值意義，是頗為珍貴的理論收穫。

4. 作用大

該著是對桂林抗戰文化研究的集大成著作，也是對桂林抗戰文化史的首次全面總結與界定，因而它起到了篳路藍縷的指導作用。它不僅以翔實的史料鋪墊其歷史的輝煌一頁，也以完備的體例展示歷史業績的各個方面，還以正確的歷史觀牽引歷史圖影的敘述。這些方面均為桂林抗戰文化研究的實踐提供了可貴的範本，引導桂林抗戰文化研究持續深入的開展下去。

衷心祝願魏華齡先生健康安好！人品與學術為桂林再添華彩！

二〇一一年九月二十五日

【附錄一】李建平：桂林抗戰文化是中國文化的一個奇蹟

廣西社科院文史研究所所長、研究員李建平走進桂林百姓文化大講壇，向桂林市民做了一場〈抗日戰爭中的一個文化奇蹟——桂林抗戰「文化城」〉的演講，巧合的是，他演講所在地正是六十多年前桂林抗戰文化進行得如火如荼的地方——廣西省立藝術館舊址。站在這裏演說當年事，李建平頗多感慨，連稱桂林抗戰文化是「二十世紀三四〇年代中國的一個文化奇蹟」。

江南唯一繁盛之地

李建平在演講中分析，桂林成為當時全國所注目的文化城，首先是她具備了人氣聚集的條件，桂林當時屬於抗戰大後方，相對於全國至少一半的土地都淪陷的情況下，桂林成為全國抗戰人士一個理想的聚集地。李建平調查得知，抗戰期間全國各地的工廠、機關、學校紛紛遷來桂林，使桂林市人口逐年暴增，一九三六年桂林市人口七萬人，一九三八年十二萬人，一九四二年三十一萬人，一九四四年五十萬人。李建平說：「有了人氣，是文化能夠滋生繁茂的一個要點。大概在一九四二年前後，李濟深就說過一句話，桂林是當時『江南唯一繁盛之地』。」

對於當時桂林呈現文化繁榮，民眾救亡情緒高漲的景況，文藝評論家周鋼鳴以「文人薈萃，書店林立，新作迭出，好戲連臺」來加以概括，並稱讚說「繁花競秀，盛極一時」。

當時先後在桂林活動的作家、藝術家和學者有一千多人，著名的有郭沫若、茅盾、巴金、夏衍、柳亞子、徐悲鴻、田漢、艾青、胡愈之、胡風、賀綠汀、范長江、楊朔、秦牧、歐陽予倩、王魯彥、艾蕪、周立波等；著名學者有陶行知、梁漱溟、馬君武、沈志遠、雷沛鴻、李四光等。許多重要的作品在這裏創作，許多重要的劇作在這裏首次上演和發表；出版和發行的書刊，在全國堪稱第一。著名出版家趙家璧曾說，抗戰時期國統區的書刊，有百分之八十是在桂林出版的。一九四四年二至五月舉辦的西南五省戲劇展覽會，更是聚集了南方五省近千名戲劇工作者和文化工作者參加，演出劇目一百二十六個，造成了中國現代戲劇史上的空前盛舉，影響遠至海外。當時在中國西南考察的美國戲劇評論家愛金生在《紐約時報》撰文介紹西南劇展：「如此宏大規模的劇展會，有史以來，自古羅馬時代曾經舉行外，尚屬僅見。中國處在極度艱困條件下，而戲劇工作者以百折不撓之努力，為保衛文化、擁護民主而戰，給法西斯侵略以打擊，厥功至偉。此次聚中國西南八省戲劇工作者於一堂，檢討既往，共策將來，對當前國際反法西斯戰爭，實具有重大貢獻。」李建平說，這是對中國的抗日文化事業的最好讚譽，對愛國進步文化人抗日文化保衛戰的充分肯定。

沒有一天停過筆

一九三七年至一九四五年的八年抗戰，是中國近代史上中華民族所蒙受的一次最大的災難，同時又是我們民族戰勝自我，戰勝蠻橫、強大的外敵的一次偉大實踐。桂林文化城，是抗日戰爭中文化保衛戰的一個生動內容。活躍在桂林抗日文化城裏的文化戰士，以血肉和智慧共築民族抗日長城。李建平講了幾個著名作家在桂林的創作故事。

一九三八年十一月，巴金由廣州來到桂林，寫下了〈在廣州〉、〈桂林的受難〉、〈桂林的微雨〉、〈先死者〉等一批散文，在描寫「生命的毀滅、房屋的焚燒、人民的受苦」中，表達了強烈的民族悲憤和復仇的意志：「我們是不會投降的。而且不達到我們的目的，我們永不會停止抗戰。」他說，他此時的作品，「全和抗戰有關」。巴金在桂林，還寫完了他的長篇小說「抗戰三部曲」《火》的第二部。

著名詩人艾青也被抗戰之火燃燒得詩興遄飛，他那最著名的抒情短章〈我愛這土地〉和長詩〈吹號者〉、〈他死在第二次〉、〈火把〉，均是在桂林寫作和孕育而成的。其中〈我愛這土地〉傾訴了對祖國的摯愛，最後兩句尤為人們熟知：「為什麼我的眼裏常含淚水？因為我對這土地愛得深沉……」

大畫家徐悲鴻，在桂林創作了《灕江春雨》、《雞鳴不已》、《馬》、《青崖渡》等一批畫作。在《雞鳴不已》上，他題寫了「風雨如晦，雞鳴不已」，以報曉的雄雞，象徵著苦難的祖國對光明未來的不捨的呼喚，其愛國丹心，躍然紙上。

著名戲劇家田漢率平劇宣傳隊，來桂林上演他創作的《岳飛》、《江漢漁歌》、《新兒女英雄傳》、《雙忠記》等愛國歷史劇。戲劇家歐陽予倩在桂林創作和導演了《梁紅玉》、《青紗帳裏》等抗戰劇作和新編歷史劇《忠王李秀成》。夏衍說他在抗戰八年裏，「沒有一天停過筆」；他在桂林二年多的時間裏，辦《救亡日報》，寫雜文，寫劇本；他創作的話劇《心防》，正面表現了堅持抗戰的文化戰士的鬥爭生活和精神面貌，給人以鼓舞和感召力量，是中國文化人「文化抗戰」的典型作品。

李建平說，這些愛國作家以文化抗戰業績，樹立起了桂林「文化城」的抗日大旗，支撐大後方抗戰軍民鑄成民族抗戰的「心防」。

飛虎隊桂林機場遺址能否妥善保護？

廣西和桂林保存有大量的抗戰文化遺產，許多是全國重點文物保護單位、全國愛國主義教育示範基地。李建平認為，它反映了那段已逝去六十多年的悲壯歷史，展示民族的力量和意志，是一座座凝聚民族精神的豐碑，對抗日戰爭史研究、文化遺產保護與開發、愛國主義宣傳教育、紅色旅遊的規劃和線路開發等，均具有十分重要的理論價值和現實應用價值。

因此李建平說：「我們應該在思想觀念上高度重視抗戰這段歷史，印刻在中華民族發展史上的抗日戰爭和留存於中國廣袤土地上的抗戰文化遺產，絕不是一段平凡的時空和一些普通的物像。它隱藏著中華民族在『涅槃』中成長的密碼，與我們民族發展進程緊密相連。任何忽視、漠視、輕視這場戰爭、這段歷史的言行，都將是對中國歷史的褻瀆，都會對中國當代發展構成阻礙。」

李建平根據他的田野調查認為，在發掘和保護抗戰文化遺址方面，我們已經做了很多，取得了一定的成績，但還不夠。一是隨著城市建設和改造，不少抗戰文化遺產遭到毀壞甚至消失，比如臨桂秧塘飛虎隊機場將面臨此種厄運。二是一些抗戰遺址沒有很好地維修保護，如桂林保衛戰的遺址，指揮部、戰壕、碉堡等，仍遮蔽在一片荒草中，被人遺棄淡忘。

李建平建議把桂林抗戰文化遺址的宣傳介紹與旅遊結合起來，張揚桂林抗戰文化的光榮。因為，每年來桂林旅遊的國內國際遊客在一百萬人以上。

（來源：記者楊力，《桂林日報》二〇一〇年四月七日）

【附錄二】　作者論著要目

（一）獨著

1. 《新潮：中國文壇奇異景觀》，廣西人民出版社，一九八九年。
2. 《桂林抗戰文藝概觀》，灕江出版社，一九九一年。
3. 《大地之子的眷戀身影——論端木蕻良的小說藝術》，廣西民族出版社，一九九五年。
4. 《抗戰時期桂林文學活動》，灕江出版社，一九九六年。
5. 《理性的藝術》，接力出版社，一九九六年。
6. 《廣西當代文藝理論家叢書・李建平卷》，廣西人民出版社，二〇一二年。

（二）合著

1. 《桂林抗戰文藝詞典》（第三作者），廣西人民出版社，一九八九年。

2.《抗日戰爭文化史》（第八作者），中共黨史出版社，一九九二年。

3.《文藝新視野》（第一作者），灕江出版社，一九九三年。

4.《桂林抗戰文學史》（第三作者），廣西教育出版社，一九九四年。獲廣西第五次社會科學優秀成果獎二等獎；第三屆廣西文藝創作「銅鼓獎」。

5.《廣西文學五十年》（第一作者），灕江出版社，二〇〇四年。獲廣西第九次社會科學優秀成果獎二等獎。

6.《文學桂軍論》（第一作者），中國社會科學出版社，二〇〇七年。獲廣西第十次社會科學優秀成果獎一等獎、第六屆廣西文藝創作「銅鼓獎」。

7.《文化力與文化產業》（第二作者），方志出版社，二〇〇七年。

8.《廣西文化圖史》（第一作者），廣西人民出版社，二〇〇九年。獲廣西第十一次社會科學優秀成果獎二等獎。

9.《廣西北部灣地區歷史文化資源保護與開發研究》（第二作者），廣西人民出版社，二〇一一年。

（三）主編

1.《為了光明的事業》，廣西人民出版社，一九九八年。

2.《抗戰時期文化名人在桂林》，灕江出版社，二〇〇〇年。

3.《桂林抗戰文化研究文集（第七集）》，廣西師範大學出版社，二〇〇三年。

1.《抗戰遺蹤——廣西抗戰文化遺產圖集》，廣西人民出版社，二〇〇五年。

5.《二〇〇五年廣西藍皮書：廣西文化發展報告》，廣西人民出版社，二〇〇五年。

6.《二〇〇六年廣西藍皮書：廣西文化發展報告》，廣西人民出版社，二〇〇六年。

7. 《二〇〇七年廣西藍皮書：廣西文化發展報告》，廣西人民出版社，二〇〇七年。
8. 《二〇〇八年廣西藍皮書：廣西文化發展報告》，廣西人民出版社，二〇〇八年。
9. 《二〇〇九年廣西藍皮書：廣西文化發展報告》，廣西人民出版社，二〇〇九年。
10. 《二〇一〇年廣西藍皮書：廣西文化發展報告》，廣西人民出版社，二〇一〇年。
11. 《二〇一一年廣西藍皮書：廣西文化發展報告》，廣西人民出版社，二〇一一年。
12. 《二〇一二年廣西藍皮書：廣西文化發展報告》，廣西人民出版社，二〇一二年。
13. 《抗戰文化研究（第一輯）》，廣西師範大學出版社，二〇〇七年。
14. 《抗戰文化研究（第二輯）》，廣西師範大學出版社，二〇〇八年。
15. 《抗戰文化研究（第三輯）》，廣西師範大學出版社，二〇〇九年。
16. 《抗戰文化研究（第四輯）》，廣西師範大學出版社，二〇一〇年。
17. 《抗戰文化研究（第五輯）》，廣西師範大學出版社，二〇一一年。
18. 《抗戰文化研究（第六輯）》，廣西師範大學出版社，二〇一二年。

後記

感謝宋如珊教授將拙著收入「現當代華文文學研究叢書」出版！

為出好這部文集，我整理了我三十多年來的學術成果。作為廣西社會科學院專職研究人員，在這三十餘年裏，我的主要研究方向和成果分類主要在中國現當代文學、區域文化與文化產業和桂林抗戰文化研究這三個方面。我在這裏選編的是關於桂林抗戰文藝研究的論文及學術考證性文章。我的著作情況，詳見《作者著作目錄》。

在泛黃破損的紙張中整理這些文稿，彷彿又重溫了一遍走過的歷史，心中不由湧起對三十年來關心支援我工作的領導、編輯、朋友和家人的感激之情，沒有你們的幫助和支持，也不會有這些成果的產生。我真誠地謝謝你們！

二〇一二年十二月八日

現當代華文文學研究叢書09　AG0159

桂林抗戰文藝論

作　　者 / 李建平
主　　編 / 宋如珊
責任編輯 / 王奕文
圖文排版 / 楊家齊
封面設計 / 陳佩蓉

發 行 人 / 宋政坤
法律顧問 / 毛國樑　律師
出版發行 / 秀威資訊科技股份有限公司
114台北市內湖區瑞光路76巷65號1樓
電話：+886-2-2796-3638　傳真：+886-2-2796-1377
http://www.showwe.com.tw
劃撥帳號 / 19563868　戶名：秀威資訊科技股份有限公司
讀者服務信箱：service@showwe.com.tw
展售門市 / 國家書店（松江門市）
104台北市中山區松江路209號1樓
電話：+886-2-2518-0207　傳真：+886-2-2518-0778
網路訂購 / 秀威網路書店：http://www.bodbooks.com.tw
國家網路書店：http://www.govbooks.com.tw

2013年11月　BOD一版
定價：480元

國家圖書館出版品預行編目

桂林抗戰文藝論 / 李建平著. -- 一版. -- 臺北市 : 秀威資訊科技, 2013.11
面； 公分. -- (現當代華文文學研究叢書)
ISBN 978-986-326-140-7 (平裝)

1. 中國文學史 2. 抗戰文藝 3. 文藝評論

820.908 102012511

讀者回函卡

感謝您購買本書，為提升服務品質，請填妥以下資料，將讀者回函卡直接寄回或傳真本公司，收到您的寶貴意見後，我們會收藏記錄及檢討，謝謝！

如您需要了解本公司最新出版書目、購書優惠或企劃活動，歡迎您上網查詢或下載相關資料：http:// www.showwe.com.tw

您購買的書名：________________________________

出生日期：________年________月________日

學歷：□高中（含）以下　□大專　□研究所（含）以上

職業：□製造業　□金融業　□資訊業　□軍警　□傳播業　□自由業

□服務業　□公務員　□教職　□學生　□家管　□其它_____

購書地點：□網路書店　□實體書店　□書展　□郵購　□贈閱　□其他

您從何得知本書的消息？

□網路書店　□實體書店　□網路搜尋　□電子報　□書訊　□雜誌

□傳播媒體　□親友推薦　□網站推薦　□部落格　□其他__________

您對本書的評價：（請填代號　1.非常滿意　2.滿意　3.尚可　4.再改進）

封面設計____　版面編排____　內容____　文／譯筆____　價格____

讀完書後您覺得：

□很有收穫　□有收穫　□收穫不多　□沒收穫

對我們的建議：________________________________

____

____

____

請貼
郵票

11466
台北市內湖區瑞光路 76 巷 65 號 1 樓
秀威資訊科技股份有限公司 收
BOD 數位出版事業部

....

（請沿線對折寄回，謝謝！）

姓　　名：＿＿＿＿＿＿＿＿＿　年齡：＿＿＿＿　性別：□女　□男

郵遞區號：□□□□□

地　　址：＿＿＿＿＿＿＿＿＿＿＿＿＿＿＿＿＿＿＿＿

聯絡電話：（日）＿＿＿＿＿＿＿＿＿（夜）＿＿＿＿＿＿＿＿＿

E-mail：＿＿＿＿＿＿＿＿＿＿＿＿＿＿＿＿＿＿＿＿